FOLIO POLICIER

Gunnar Staalesen

La Belle
dormit cent ans

Une enquête de Varg Veum,
le privé norvégien

*Traduit du norvégien
par Élisabeth Tangen et Alexis Fouillet*

Gallimard

Titre original :

TORNEROSE SOV I HUNDRE ÅR

Gunnar Staalesen est né à Bergen, Norvège, en 1947. Il fait des études de philologie avant de créer, en 1975, le personnage de Varg Veum qu'il suivra dans une douzaine de romans policiers.

Ses thèmes de prédilection *via* son personnage de privé, chaque fois impliqué plus qu'il ne le voudrait dans des affaires qui le burinent et le blessent sans jamais le blinder, demeurent l'effondrement du rêve social-démocrate, les désillusions du mariage et la pression criminogène qui en découle, l'enfance et, de fait, le conflit des générations. L'amour n'est jamais loin. Le ton est profondément humaniste et cache, dans un humour désabusé parfois cynique, une violente tendresse pour les personnages décrits servis par des enquêtes merveilleusement ficelées, réalistes et pourtant bien souvent surprenantes.

Les six premiers volets de cette série ont été publiés en France par Gaïa Éditions.

1

Je trouvai Lone H. à son coin habituel dans Istedgade*. Elle n'avait absolument pas changé au cours
de toutes ces années, en fait bientôt dix ans. Son corps
plantureux était peut-être devenu un soupçon plus
plantureux, mais sa chevelure roux flamboyant faisait
toujours des boucles figées comme celle d'une statue
de déesse grecque. Les deux mouches amovibles
qu'elle se plaisait à placer et déplacer sur son visage
comme bon lui semblait se trouvaient ce jour-là l'une
juste à côté de l'aile gauche de son nez, et l'autre tout
en haut de la joue droite. Ses yeux avaient la couleur
marron terne d'un cocktail à base de vodka et de
fange. Son nez était courbé, rappelant un balbuzard
pêcheur, et elle se redressait souvent fièrement de
telle sorte que vous aviez constamment l'impression
que l'audience vous serait refusée.

Mais sa robe était nouvelle : c'était de flottants

* Une rue de Copenhague, équivalent de la rue Saint-Denis
à Paris. (*Toutes les notes sont des traducteurs.*)

atours mauves bourrés de grosses fleurs, et ouverts par une fente qui remontait dangereusement près de l'aisselle.

J'avais compris depuis belle lurette que ce qu'il y avait de méprisant dans son regard était en grande partie dû à sa myopie, aussi m'approchai-je tout près d'elle afin qu'elle me reconnaisse.

« Veum ? fit-elle en plissant les yeux.

— Salut, Lone », répondis-je. Je n'avais jamais réussi à savoir ce que représentait ce H. Personne ne le savait, mais les rumeurs prétendaient qu'elle était la fille d'un homme politique danois de tout premier plan. Et Lone ayant découvert que les rumeurs étaient une bonne publicité, elle n'avait jamais rien fait pour les démentir.

« Une demi-heure dans ta chambre ? demandai-je.

— Cinq cents.

— Ça me va.

— Alors on y va », conclut-elle avant de s'éloigner majestueusement, telle une reine, avec mézigue sur les talons.

Nous entrâmes dans l'hôtel le plus proche, et Lone gratifia tout juste le réceptionniste d'un hochement de tête. C'était un petit homme chauve vêtu d'une chemise à carreaux et dont la moustache ressemblait à une brosse à dents sale.

« Excusez-moi... » s'exclama-t-il quand je fus passé.

Je le regardai avec étonnement.

« Ça fera deux cents », dit-il.

C'était un nouveau système.

« Je suis avec... commençai-je.

— Deux cents. »

Je payai, et l'argent disparut derrière le comptoir,

comme aspiré par un gigantesque tourbillon. Peut-être poursuivit-il sa descente — versement d'espèces au Prince des Ténèbres, secteur Istedgade.

Puis je suivis Lone H. dans les escaliers.

Istedgade est le caniveau de Copenhague. La nuit, elle brille comme un collier de perles factices, mais uniquement parce qu'il y fait sombre. Quand la lumière revient — au cours des premières heures de la matinée — alors apparaissent des fissures dans la peinture sur les murs, les couleurs vulgaires des devantures de sex-shops, et les sillons profonds dans les visages de ceux qui traînent encore dans le coin. Ils font penser à des limiers... ou à des rats. Certains sont à plaindre ; d'autres sont à éviter soigneusement.

Si on est au début juin, avant onze heures du soir, on peut avoir l'impression qu'Istedgade fourmille de vie. Mais ce sont les touristes qui fourmillent le plus. De petits Japonais, l'appareil photo bringuebalant autour du cou, observent de leurs yeux grands ouverts tout ce qui se passe autour d'eux à travers leurs petites lunettes rondes. Des Allemands, dont le tour de taille avoisine celui d'une autochenille et dont les yeux rappellent des raisins secs noyés dans une sauce grasse, roulent le long des trottoirs étroits, un épais cigare au coin des lèvres. Des Indiens, le regard grave et la barbe pendante, déambulent à travers ces marchés mondains, et des Suédois et des Norvégiens tentent de dissimuler leur incorrigible ivrognerie au moyen de répliques gaies et de regards fixes.

Ceux qui vivent de la rue forment une catégorie à part. Des jeunes gens bien mis, qui vont manifestement souvent chez le coiffeur, vêtus de vestes croisées, montent et descendent lentement la rue au volant de grosses voitures américaines, tout en notant dans de petits calepins ce que gagnent leurs protégées, heure après heure, client après client, tout au long de la nuit. Les petits propriétaires de sex-shops, reconnaissables à leurs manches de chemise retroussées, leurs bretelles et leur brioche houblonnée, comptent leur argent avec flegme, ne levant que rarement les yeux plus haut que le bord de la caisse enregistreuse. Les touristes forment des groupes le long des rayons, autour des lectures prohibées, agitent des doigts excités, se pourlèchent en faisant un compte approximatif de leurs avoirs avant de passer à la caisse. De gros videurs baraqués, postés devant les rares clubs qui proposent encore des live shows, ont autant à faire pour inciter certains à entrer que pour en tenir d'autres dehors.

Ceux qui font le mieux leur beurre dans Istedgade, vous ne les rencontrerez jamais. Ils restent en périphérie, dans les rues adjacentes, dans de petits appartements sous les toits, ou dans les chambres qui leur sont réservées dans les nombreux petits hôtels. Ceux qui financent l'ensemble vivent dans de grandes villas au nord de la ville, ou dans des appartements luxueux avec vue sur une bonne partie de Copenhague. Ce sont les commerciaux. Ce sont les requins. Sans la toxicomanie, Istedgade serait une rue bien plus paisible, et Copenhague une ville nettement plus sûre pour les touristes. Et les parents inquiets se trouvant dans des villes et provinces situées très au nord de Copenhague n'auraient pas besoin d'y envoyer des détectives privés pour retrouver leurs filles.

J'arrivai à Copenhague vers dix-neuf heures, pris une chambre dans un hôtel bon marché de Nørregade, me douchai rapidement avant de me faire une idée de la situation.

La fenêtre de ma chambre donnait sur une cour d'immeuble encaissée, ornée d'escaliers de secours qui montaient en zigzag vers les toits et les pigeons, tout là-haut. Les pigeons se faufilaient jusqu'à un petit carré de ciel. Ce dernier pâlissait, et l'air était empreint d'un soupçon de gel. On était début juin, mais l'hiver avait été long et rude, cette année-là. Je parvins dans Istedgade et commençai mon traditionnel passage en revue des filles alignées sur les trottoirs.

La plupart des filles d'Istedgade — et il y en a beaucoup — sont des oiseaux marins blessés rejetés à terre, sur une côte hostile.

Les aînées ont le visage blasé et cynique de la Dame de Cœur : figées dans une pose bien acquise depuis longtemps, leurs traits comme ceux de statues brisées. Elles se cachent sous d'épaisses couches de maquillage, et dégagent une forte odeur de parfum.

Leurs cadettes sont des enfants meurtries. Leurs bouches sont contractées en une expression qui peut faire penser à du mépris. Elles ne sont pas chez elles. ici. On les imaginerait mieux sous des porches ou près de portes, dans de petites villes beaucoup plus au nord, embrassant timidement des adolescents empotés au moment de leur souhaiter bonne nuit. Au lieu de cela, elles accompagnent de petits bonshommes dans la force de l'âge jusqu'à des chambres d'hôtel douteuses et couchent avec, leur donnent une satisfaction sordide en même temps qu'elles se procurent suffisamment d'argent pour la prochaine injection, qu'elles savent inévitable.

Peut-être allais-je trouver parmi elles celle que je cherchais, peut-être pas. Elles sont nombreuses, et d'une certaine façon semblables. Elles sont vêtues simplement, de jeans communs, de pulls à col roulé sous des blousons masculins ouverts. C'était facile de ne pas voir celle que vous cherchiez, un visage dans la multitude, dans l'obscurité.

Et si je la trouvais, qu'avais-je à lui proposer ?

Un billet retour... vers quoi ?

Mais je ne me posais pas ce genre de questions. Je n'étais pas payé pour. Il fallait que je vienne, que je voie et que je trouve. Et si je ne trouvais pas, je rentrais chez moi. On me payait pour cela aussi, la plupart du temps.

Elle s'assit sur le bord du lit, ouvrit son sac à main, fouilla dans le fond, plaça un long cigarillo entre ses lèvres roses et pulpeuses, et l'alluma au moyen d'un briquet doré. Je m'assis sur l'unique chaise de la pièce.

C'était une pièce ascétique, munie d'un large lit, de la chaise que j'occupais, d'un lavabo et d'une soucoupe contenant une poignée de petits savons sous emballage individuel. Au-dessus se trouvait un dérouleur de papier hygiénique. Un store avait été baissé devant la fenêtre. Il y était peint, dans un ovale, une illustration démodée représentant une femme à demi nue, assise sur les genoux d'un monsieur très habillé, portant un faux col victorien. Hormis cela, il n'y avait dans la pièce aucun autre objet décoratif

que Lone — ce dernier point étant laissé à l'appré-
ciation du client.

« Ça fait une paye, Veum, dit-elle d'une voix qui
grinça comme une charnière rouillée. Mais tu tiens
le coup, à ce que je vois. Oui, parce que je me doute
que tu n'es pas venu en simple touriste. »

Je la regardai en secouant lentement la tête.

« Comment ça va, Lone ? »

Un nuage de fumée s'échappa de sa bouche rose
et s'éleva vers le plafond. En fermant presque complètement les yeux, sa bouche pouvait passer pour
une véritable rose. Si vous les ouvriez, vous vous
aperceviez que ce n'était que de la poudre aux yeux.

« Je bosse à corps perdu, si tu vois ce que je veux
dire... La vie suit son petit bonhomme de chemin : les
lits grincent, il y a autant d'appendices différents que
d'oiseaux dans le ciel. Certains sont gros, d'autres
petits. Mais dans l'ensemble, la vie continue tout tranquillement pour la vieille Lone. Elle tient le rythme,
comme elle peut. Elle ne va pas tarder à être trop
vieille.

— Et à ce moment là... ?

— Je prendrai ma retraite. Mon compte en banque
se remplit jour après jour — nuit après nuit — et
quand j'aurai passé l'âge, je me paierai un bout de
maison là-haut, près de Dronningmølle, et je passerai
mes soirées devant la cheminée, à regarder la mer
par la fenêtre, vers la Suède et les lumières, là-bas,
les bateaux qui font l'aller-retour, peut-être... Qui
sait, peut-être se trouvera-t-il quelqu'un pour vouloir
vivre avec la vieille Lone. Elle sait pas mal de choses,
et elle peut encore apprendre. Juste à attendre d'être
assez vieille... »

15

Ça, c'était son rêve. Cela ne semblait pas si désagréable d'être dans ce rêve-là.

« Peut-être... Peut-être que je viendrai te voir, là-bas aussi.

— Avec plaisir, Veum, répondit-elle avec un sourire en coin. Je te ferai des crêpes, avec de la confiture de myrtilles dessus. »

Je lui rendis son sourire, comme pour lui signifier que j'acceptais son invitation. Je cherchai mon portefeuille dans ma poche intérieure.

« Mais tu n'es pas venu pour parler de la pluie et du beau temps avec la vieille Lone. De qui s'agit-il, cette fois ? Encore une minette enfuie ? »

Je sortis une petite photo. Elle la leva devant ses yeux et les plissa. Elle la fixa longuement.

« Elle a l'air jeune, Veum. Elle n'a pas l'air d'une... Elle a l'air... innocente... »

J'acquiesçai. Ça avait aussi été mon impression, la première fois que j'avais vu la photo. Une photo d'une jeune fille de l'archipel, peut-être prise au moment de sa confirmation. Une photo de colonie de vacances pour jeunes chrétiens. Une enfant : un visage pâle, aux joues rondes et au menton peu prononcé ; de grands yeux bleus, ouverts. Des cheveux blonds tombant tout droit de part et d'autre du visage, une frange séparée en deux par le vent qu'on devinait sur la photo. Une jeune fille qui s'était enfuie de chez elle.

« Cette foutue rue ! poursuivit Lone. On dit qu'une personne meurt chaque nuit, Veum. À cause de la drogue. Moi, je n'y ai jamais touché. De la bière, un verre par-ci, par-là, pour la vieille Lone — et pas trop, parce que j'économise pour me payer une maison.

16

Mais ces gamines... Tout ce qui les préoccupe, c'est le prochain shoot qu'elles vont se faire, et c'est pour ça qu'elles se bradent à ce point, parce qu'elles ne peuvent pas tenir le coup longtemps, et le temps leur interdit de faire la fine bouche. Si j'avais dû coucher avec tous ceux qu'elles se tapent, j'aurais depuis des années la dégaine d'une vieille serpillière. Même dans ce domaine, un peu d'élégance ne nuit pas, hein, Veum ?

— Ça se tient, dans un sens... »

Elle me rendit la photo, avant de dire laconiquement :

« Je l'ai vue. J'ai peur qu'elle fasse partie de la Niche. »

Je repris la photo, que je ne pus m'empêcher de regarder. Je sentis comme une main glacée me parcourir le dos, d'une omoplate à l'autre. Ce visage-là... dans la Niche ? Je sentis les muscles de ma nuque et de ma mâchoire se contracter, sans rien pouvoir faire d'autre que serrer les dents si fort que c'en devint douloureux.

Elle me regarda avec tristesse. Elle acheva son cigarillo entre deux doigts précis et le jeta par terre, sous le lavabo. Puis elle s'humecta les lèvres.

« Est-ce qu'il y a autre chose que je puisse faire pour toi... Veum ? Tu as payé pour, je crois...

— Pas encore. Enfin, je veux dire que je n'ai pas encore payé. »

J'exhibai les cinq billets de cent en poursuivant :

« Et ce n'est pas que ça ne m'aurait pas plu, mais si elle est bel et bien dans la Niche, ça veut dire que je n'ai pas... que chaque minute peut être précieuse.

— Ça fait déjà trois ou quatre jours qu'elle y est,

Veum. Si elle avait quelque chose quand elle y est arrivée, à présent, elle ne l'a plus. Alors, une fois de plus ou de moins...

— Une fois de plus ou de moins, c'est précisément ça qui fait la petite différence. »

Elle me regarda attentivement. Ses yeux étaient pleins de sagesse.

« Tu... Tu as maigri, Veum. Comment ça va, au juste... sentimentalement parlant ?

— Je m'entraîne plus dur, Lone. Je n'ai plus si souvent les moyens de manger à ma faim. Et l'amour... » Je haussai les épaules et lui tendis les cinq billets. « Poker. »

Je me levai et restai un instant à la regarder.

« Prends-toi plutôt une demi-heure, Lone. Et prends soin de toi. On se reverra bien... un jour. »

Je lui donnai une petite tape amicale sur l'épaule. Rien de plus, parce que toutes les marques d'affection, elle les avait déjà reçues des autres. Mais ce geste précis — cette petite tape amicale — je me doutais qu'elle n'y avait pas si souvent droit.

Puis je fis volte-face et m'éloignai.

« Fais gaffe aux frères Billing ! » fit-elle avant que j'aie atteint la porte.

Je m'arrêtai.

« Qui ?

— Les frères Billing. Ce ne sont pas des orfèvres. »

Je hochai lentement la tête et remerciai pour le conseil. Je vendrais chèrement ma peau, dans la limite de mes modestes capacités.

Je jetai un dernier coup d'œil sur elle en refermant la porte derrière moi. Elle était assise sur le bord du lit, les jambes légèrement écartées, le regard vide. Sa robe mauve semblait trop grande pour elle, et elle me faisait penser à une jeune fille lors de son premier rallye, une jeune fille avec laquelle personne ne veut danser.

2

La Niche ne se trouvait pas à proprement parler dans Istedgade, mais dans l'une des rues adjacentes, à l'extrémité ouest. Ce n'était même pas un hôtel, mais un bâtiment gris de quatre étages, un immeuble à la façade terne, au crépi fissuré, aux fenêtres aveugles et dont la porte d'entrée tenait tout juste sur ses gonds. L'escalier qui menait à celle-ci était de guingois.

Je continuai à marcher, sur le trottoir d'en face, tout en parcourant la façade du regard. Des rideaux bruns étaient tirés devant les fenêtres. De la lumière brillait derrière la plupart des rideaux. Au moment où je passais, un homme relativement âgé sortit. On eût dit l'heureux lauréat d'un nirvana milieu de gamme, et il mourrait vraisemblablement d'un infarctus au cours de l'heure à venir. Il chancela vers Istedgade, les jambes flageolantes.

Je serrai les dents, traversai la rue et empruntai la même porte. J'arrivai dans une petite entrée et dus franchir une nouvelle porte. Au moment où j'attrapai la poignée, une sonnerie retentit quelque part, et une tête apparut au guichet situé dans la porte de gauche.

C'était un homme, à en juger par la barbe. Des poils naissants d'un blanc jauni entouraient une bouche humide de bière, et deux yeux pleins de suspicion se plissaient vers moi. Son visage était blafard, et le cadre du guichet aidant, l'ensemble faisait penser à une espèce d'animal accroché au mur tel un trophée de chasse rapporté d'un quelconque cauchemar. Mais ça parlait.

« Qu'est-ce que vous voulez ? demanda le trophée.

— Discuter.

— Va faire ça à l'Assemblée. Ici, on ne discute pas.

— Qu'est-ce qu'on y fait, alors ?

— On paie et on baise. En tout cas, on paie.

— Combien ?

— Intéressé ?

— Si on veut. Ouais.

— Elles sont jeunes, mais pas chères, et tu devras te contenter d'une demi-heure.

— Combien ?

— Trois cents ? » tenta-t-il. Comme je ne répondais pas, il ajouta : « Et cent pour la chambre.

— Et si j'ai un désir plus particulier ?

— Particulier ? Qu'est-ce que tu veux dire ? Française ? Suédoise ? Afro ?

— Quelqu'un en particulier. Elle s'appelle Lisa, et elle est norvégienne. »

Il haleta et me toisa rapidement de la tête aux pieds.

« Qu'est-ce que tu es ? Flic ? On ne fait rien d'illégal, ici.

— Même pas s'il se trouve par le plus grand des hasards que cette fille est mineure ? »

Il afficha un sourire obséquieux.

« Tu n'es pas en Norvège, ici, mon pote. » Il fit mine de vouloir fermer son guichet.

Je réagis rapidement. Je l'attrapai par le col et le tirai pour le faire revenir dans l'ouverture. Ses épau-

les coincèrent, et je ne parvins pas à le sortir entièrement, mais suffisamment pour que ça lui fasse mal

« Tu as envie que je fasse faire un tour complet à
ta tête ? »

Je plaçai mon poing fermé sous son menton.

Il toussa faiblement, chercha son souffle, donna des
coups de pied de son côté de la porte. Mais il n'avait
pas beaucoup de force. Il avait passé beaucoup trop
de journées dans la petite pièce de l'autre côté de la
porte, et faire de l'exercice se résumait pour lui à
passer la tête par le guichet.

« Je ne connais personne... On n'a personne... du
nom de Lisa... » toussa-t-il.

Je maintins ma prise sur sa veste de la main droite,
tandis que la gauche cherchait la photo de Lisa. Je la
levai devant ses yeux crispés. Les globes de ses yeux
se mirent à tourner à toute vitesse, et les pupilles
allèrent faire un tour sous les paupières, avant de
retomber à leur place.

« Alors ? Ça ne me pose aucun problème d'entrer
te voir. Je peux te faire des choses encore plus péni-
bles que ce que je te fais en ce moment. Je peux être
assez brutal, quand on me fout en rogne. Et à cet
instant précis, je me sens pas mal en rogne. »

Il couinait comme un rat prisonnier en me mon-
trant ses dents couleur mastic. « Je... ne peux pas. Ils...
vont me tuer...

— Qui ça, "ils" ?

— Arrête... Ils te choperont aussi... Rentre au pays,
dis que tu ne l'as pas trouvée.

— Tu veux que j'entre ? » Je resserrai ma prise sous
son menton et l'attirai vers le bas, où sa gorge rencontra le bord du guichet. Il commençait à suffoquer.

« Deuxième étage, hoqueta-t-il. Première porte à gauche. » Je le lâchai, et il tomba en arrière — en repassant par le guichet, puis dans la pièce. « Connard ! » ajouta-t-il, une fois bien à l'intérieur.

Je ne pris pas la peine de répondre. J'avais déjà commencé à monter les escaliers.

Quelqu'un gémissait bruyamment derrière la porte, que j'enfonçai d'un coup de pied. Elle était étendue sur le lit, et elle était nue. Un homme d'âge mûr était couché sur elle, la chemise et la veste ouvertes, et le pantalon baissé sur les genoux. Il faisait un effort qui semblait vain pour s'introduire en elle.

Ils sursautèrent tous les deux quand la porte claqua contre le mur. Il était violet, elle était livide. Il tenta de dire quelque chose, elle ne fit qu'ouvrir la bouche. Je refermai sèchement la porte derrière moi.

Quatre ans plus tôt, j'étais entré dans une chambre semblable, où j'avais trouvé un couple dans des circonstances à peu près identiques. À l'époque, c'était tout juste si le type avait survécu. Mais il s'agissait aussi d'une fille que je connaissais très bien. Aujourd'hui, il ne s'agissait que d'un visage sur une photo que j'avais en poche, et l'homme était une ombre échappée d'un quotidien ordinaire.

En conséquence, je ne fis que dire :

« Je suis venu pour te ramener chez toi, Lisa. » D'un signe de tête en direction de la porte, je fis comprendre au bonhomme que je souhaitais le voir déguerpir.

Il s'extirpa du lit. Il avait la cinquantaine bien passée, et ses cheveux grisonnants tombaient en longues mèches agglutinées sur son crâne dégarni. Son visage était plissé comme un paquet de saucisses de Francfort, ses yeux étaient ternes et soumis. Il remonta son pantalon, en bougonnant quelque chose où il était question d'argent.

« Adressez-vous à la caisse », lui dis-je.

La fille de la photo restait étendue sur le lit. Sa poitrine était plate, son sexe était maigre, pitoyable.

« Habille-toi. Tu vas prendre froid. »

Elle referma les cuisses, comme on replie des ciseaux après s'en être servi, et me jeta un regard de défi.

L'homme continuait à parler d'argent à voix basse. Il s'arrêta avant d'arriver à la porte. Cette dernière s'ouvrit à nouveau. D'autres personnes encore voulaient entrer. C'étaient deux hommes qui durent entrer un par un, trop carrés pour passer la porte en même temps.

Ils faisaient chacun autour d'un mètre quatre-vingt-dix. Celui de gauche devait peser à peu près cent kilos, alors que celui de droite était un gringalet de quatre-vingt-dix kilos. Il semblait en revanche en meilleure condition physique. Ils portaient des costumes à carreaux larges, comme s'ils allaient à une fête déguisée, mais ce serait dans ce cas *ma* fête, et je n'avais pas l'impression qu'on pourrait parler de réjouissances. Le quinquagénaire s'était brusquement mis à sourire.

« Minute, avant que vous ne fassiez une bêtise », dis-je.

Ils sourirent à leur tour.

Ils ne se présentèrent pas, mais je supposai que c'étaient les Frères Billing, parce qu'ils n'avaient vraiment pas l'air d'orfèvres.

3

Le plus costaud des deux continua à avancer. Il alla jusqu'au mur, en me prenant au passage. Il m'écrasa de ses kilos contre la paroi, et je me sentis aussi plat qu'une tranche de citron.

Petit Frère s'arrêta non loin et s'adressa au quinquagénaire d'une façon qui interdisait l'équivoque : « Dehors ! » Après que l'homme eut prestement disparu, il ferma la porte et la verrouilla. La clé coulissa dans la serrure avec un bruit rouillé, fatidique — à peu près ce qu'on doit entendre aux Enfers, lorsqu'ils referment la porte derrière vous.

Lisa avait remonté la couette sous le menton, et ressemblait à une petite fille qui ne voulait pas entendre un conte, mais qui y était contrainte.

« Écoutez, les mecs, couinai-je. Vous faites une mégaboulette. Je suis détective privé, et je suis venu de Norvège pour ramener cette gamine chez elle. Elle a quinze ans, mentis-je, et si je reviens sans elle, les flics vont débarquer pour un grand nettoyage, et il ne va plus y avoir une seule pute dans toute Istedgade avant que cette affaire ne soit réglée, et vous allez perdre plein d'argent. Un sacré paquet de pognon... Les mecs ? »

Grand Frère bougea imperceptiblement. Il baissa les yeux vers moi. Mon visage se trouvait environ au niveau de sa cravate, et j'essayai de lui présenter mon regard le plus mignon. Ses yeux étaient comme des choux de Bruxelles : verts et raboteux, et son nez donnait l'impression que beaucoup de monde avait marché dessus. Lorsqu'il parlait, c'était comme s'il avait la bouche pleine de bouillie.

« Passe un coup de fil au chef... et demande-lui ce qu'on en fait. »

Petit Frère rouvrit la porte et sortit.

Grand Frère s'éloigna encore un petit peu de moi. J'essayai de bouger, mais il plaqua une main grosse comme un jambon sur mon épaule.

« Bouge pas ! »

Il fit quelques pas. Il fronça les sourcils et regarda Lisa. Il n'avait pas l'air content.

« Laisse-moi te regarder. »

Elle serra la couette contre elle. Ses yeux s'étaient agrandis.

Il jeta la main vers elle et lui arracha la couette. Elle resta dans la même position, mais sans rien derrière quoi se dissimuler, juste ses maigres bras nus repliés sur son cou. Assise, elle faisait un peu moins adolescente, un peu plus femme. Sa poitrine bougeait faiblement au rythme de sa respiration. Et elle respirait — avec peine, profondément.

« Ouais, voilà, fit-il en souriant. Ça te dirait que je te cloue au lit ? Je... je t'embrocherais sur ma flèche de telle sorte que tu ne pourrais plus penser à un homme pendant des semaines. Alors ? »

Son visage reflétait une lueur étrange, quelque peu gamine, comme s'il avait été stoppé en cours de croissance.

« Je te hisserais à mi-hauteur de mon mât. »

J'essayai de détourner son attention.

« Est-ce que quelqu'un est mort ? demandai-je.

— Pas encore », répondit-il en me regardant. Puis Lisa à nouveau : « On va d'abord s'occuper de ce merdaillon. » Retour à moi : « Comment aimerais-tu mourir, le Norvégien ? On a plein de bonnes méthodes.

— Vas-y, raconte. »

Lisa avait la chair de poule sur tout le corps. Elle avait l'air de tout regretter. C'est presque toujours le cas, au bout d'un moment.

Ses seins rappelaient des chiots égarés, et le petit poussin qu'elle avait entre les jambes était mort beaucoup trop tôt. Ses cuisses étaient maigres comme des poignets, et on voyait sur la face interne de chacune les traces bleues qu'avaient laissées des pointes d'aiguilles émoussées.

« Dans le canal, dit Grand Frère. C'est le plus pratique. On te tape juste sur le crâne avec quelque chose de lourd... » Il me montra l'une de ses mains pour donner une idée de quelque chose de lourd. « ... et quand il fait nuit, on te balance dans le canal, et quand tu te réveilles, il fait froid, humide et sombre autour de toi, et tu es mort. » Il avait une façon synthétique de raconter les choses, mais il transmettait le principal.

« Ou bien, nous avons la méthode "viande hachée". Un de nos contacts travaille dans une charcuterie industrielle, comme agent d'entretien. » Il sourit à nouveau.

« Juste du ketchup, pour moi, fis-je à mi-voix.

— Et puis il y a la méthode "chasse au trésor". On t'enterre quelque part dans les bois, et on voit combien de temps il faut, avant que quelqu'un te retrouve. En général, il faut plusieurs années.

— E... est-ce que je peux me rhabiller ? » hoqueta Lisa depuis le lit.

Il la regarda encore une fois — et je me propulsai du mur derrière moi en baissant la tête, et chargeai sur son ventre. Il recula de deux centimètres, me ramassa par terre et me rejeta contre le mur. Je tombai au sol et y restai allongé. Quelque chose me faisait mal, mais tout s'était passé tellement vite qu'il me fallut un moment avant de comprendre qu'il s'agissait d'un de mes bras. Je restai étendu, au cas où.

Grand Frère sourit.

« Puis nous avons la méthode "jeté contre le mur". Elle est assez sympa, celle-là aussi, mais légèrement ennuyeuse. Ça prend tellement de temps. »

De temps en temps — précisément dans de telles occasions — je me pose la question : Qu'est-ce qui t'a poussé à devenir quelque chose d'aussi misérable que détective privé ? Pourquoi ne t'es-tu pas trouvé un job dans un bureau, où tu aurais mis des lettres dans des enveloppes, des notes dans des tiroirs et des candidatures dans la corbeille à papiers ? Pourquoi ne t'es-tu pas dégoté un boulot au service des Ponts et Chaussées, pour passer le restant de tes jours à creuser des trous dans les rues, avant de les reboucher ? Qu'est-ce qui t'a fait choisir de devenir un missile humain, un sac de frappe vivant, un crachoir public et un vagabond sans le sou ? — Mais personne ne me répond jamais. Il y a toujours quelqu'un pour entrer par une porte ou une autre.

La porte s'ouvrit, et Petit Frère revint. Cette fois-ci, il ne verrouilla pas la porte derrière lui. De deux choses l'une : ou bien je pouvais m'en aller, ou bien je n'en avais plus pour longtemps. Petit Frère constata sans commentaire particulier que je gisais sur le sol, et dit :

« Le patron dit que c'est en ordre. On le laisse partir. »

Grand Frère eut l'air déçu. Je me relevai sur les genoux.

« Transmets au patron de ma part qu'il a le sens des affaires.

— Il a dit que si tu revenais encore une seule fois ici, ça serait la toute dernière. Pigé ?

— J'ai pigé que vous êtes adeptes de formules lapidaires, dans le secteur. A-t-il dit quelque chose... la concernant ? » demandai-je avec un signe de tête en direction de Lisa.

Il jeta un regard de mépris à la jeune fille nue, sur le lit.

« Elle peut partir. De toute façon, il n'y avait pas de quoi grimper aux rideaux.

— Mais... commença Grand Frère. Je vais d'abord — tu m'as promis que je... »

Petit Frère regarda Grand Frère et haussa les épaules.

« Si tu en as envie, tu as...

— Non ! cria Lisa, avant de me regarder en face pour la première fois. Non, dis-lui de ne pas... Empêche-le de...

— Je l'emmène, maintenant, dis-je en me redressant complètement. Sinon, pas de marché. »

Les deux frères me regardèrent, incrédules.

« Si votre chef a dit qu'on pouvait partir, c'est parce qu'il est sensé. Elle est mineure, et vous pouvez tirer un trait sur votre business si elle et moi ne sommes pas dehors dans les cinq minutes qui viennent. Elle *et* moi ! Il y a des gens qui savent où je suis en ce moment, des gens qui m'apprécient suffisamment pour aller raconter à la police où on pourra trouver mes restes, alors réfléchissez-y à deux fois... ou repassez un coup de téléphone. »

Ils continuaient à me fixer.

« Rhabille-toi, dis-je à Lisa.

— Mais... commença Grand Frère.

— On s'en tape, fit Petit Frère en lui attrapant l'avant-bras, je vais te trouver quelque chose de mieux, là, tout de suite. Beaucoup mieux ! Laisse-les partir. »

Lisa se rhabillait. Elle remit ses sous-vêtements légers, son jean, son pull, enfila ses bottes et fut prête. Elle vint tout près de moi, comme si elle cherchait une protection. J'eus la cote, l'espace d'une demi-minute.

Puis Grand Frère s'approcha et me frappa au ventre. Ce n'était qu'un coup léger, mais suffisant pour me faire tomber à moitié dans les pommes. Je m'appuyai lourdement contre le mur, et tout s'assombrit devant mes yeux.

« Bordel ! entendis-je dire Petit Frère. Fous le camp, nom de Dieu. Le patron... »

La porte claqua, et il ne resta que Petit Frère dans la pièce. La pièce qui tournait autour de moi.

Il cracha par terre, devant moi.

« Va te faire foutre. »

Oui, j'avais pas mal la cote. J'avais à ce point la cote qu'il me fallut l'aide d'une adolescente de seize ans pour sortir de l'immeuble sur mes deux jambes. J'avais à ce point la cote qu'elle dut me soutenir jusqu'à ce que nous soyons rentrés à l'hôtel. On eût dit une catin banale accompagnée d'un client banal, et personne ne prêta attention à nous. La seule chose que je me demandai après coup, c'est pourquoi elle n'en avait pas profité pour se tailler.

4

Ils me connaissaient, à l'hôtel, ce qui fait qu'ils me laissèrent emmener Lisa dans ma chambre sans me regarder sous le nez. J'installai Lisa dans l'un des fauteuils verts à oreilles, j'envoyai un télégramme par téléphone à Bergen, disant que nous arriverions par le premier vol le lendemain matin. Il était 20 h 25, ce qui signifiait que le dernier vol pour Bergen décollait à cet instant. Je commandai dix tartines et un thermos de café à la réception. Lisa et moi allions passer la nuit ensemble. Dans la même pièce, car je fais rarement deux fois la même erreur, et j'avais une autre fois été si vertueux que j'avais fait réserver une chambre voisine à la mienne pour la fille que je venais de retrouver, et en me réveillant le lendemain matin, l'oiseau s'était envolé, et il m'avait fallu passer deux jours supplémentaires à Copenhague.

Je me tiendrais cependant à distance respectable, en lui abandonnant le lit.

Lisa ne disait rien. Depuis que nous avions quitté la Niche, elle arborait une expression boudeuse, comme celle que les gens de son âge réservent d'habitude à leurs parents. Je n'avais pas grand-chose à dire non plus, ce qui fit que nous nous conduisîmes comme deux parents proches : nous n'échangeâmes pas un mot.

Un homme vêtu d'une veste blanche apporta les tartines et le café. Il posa deux tasses sur la petite table d'appoint, une de chaque côté, les remplit de café et demanda si nous désirions du sucre ou du lait. Lisa ne répondit pas. « Non, merci, pas aujourd'hui », dis-je.

Il disparut, et nous attaquâmes les tartines. C'était ce genre de généreuses créations danoises qui font plus penser à des décorations florales qu'à des tartines. La garniture occupait autant de place en hauteur qu'en largeur, disposée comme pour concourir dans un championnat du monde ; et dès la première bouchée, vous sentiez ladite garniture vous caresser l'ensemble des joues, jusqu'aux oreilles.

Lisa sirota son café, dégagea consciencieusement toute la garniture de sa tartine et la mangea sans rien dessus. Elle fixait la nappe du regard. Celle-ci était bleue.

Les murs étaient blancs, et un plaid blanc et bleu pâle à grosses rosettes était posé sur le lit. Une photo ornait l'un des murs. Elle représentait une ferme, où un couple regardait un chien qui sautait avec concupiscence autour d'eux. C'était du plus pur style Disney tardif.

« Dis-moi un peu, qu'est-ce qui ne va pas ? » demandai-je.

Elle contemplait la nappe. Elle ne répondit pas.

« Je ne te demande pas ça par curiosité, ou pour pouvoir le répéter à tes parents, ou aux flics ou à qui que ce soit — je te pose la question parce que j'aimerais t'aider. Si je peux. »

Elle me regarda pour la première fois depuis que nous avions quitté la Niche.

« Qui t'a envoyé ? » demanda-t-elle. Ses yeux étaient remplis de méfiance, comme pour exprimer

31

que même si je répondais, il ne faudrait pas que je croie qu'elle croyait ce que je disais.

« Ton père. Il est venu me voir à mon bureau hier matin, parce que lui et ta mère étaient inquiets à ton sujet...

— Ah !

— Et parce qu'ils ne voulaient pas que la police soit mêlée à tout ça. On m'a dit que... tu avais déjà eu affaire à eux, dans le passé. Ils se sont arrangés pour que tu sois admise, si tu veux... te retaper.

— Me retaper ? Je n'ai pas de problèmes ! C'est *eux*, qui en ont. Ils sont malades, tous les deux. Cinglés.

— Tu te sens... parfaitement bien ? »

Elle ne répondit pas.

« Et c'est pour ça que tu te piques ?

— Je... je me pique ?

— J'ai vu les marques sur tes cuisses, Lisa. J'ai déjà vu des marques de ce genre. Elles en disent long.

— Qu'est-ce qui te prend de regarder mes cuisses, vieux dégueulasse ! » s'exclama-t-elle avec violence. Elle envoya d'un revers de bras quatre tartines par terre, renversa le thermos et sa tasse, avant d'éclater en sanglots. Son visage vira au cramoisi, et les larmes jaillirent de ses yeux.

Je me levai sans rien ajouter et ramassai ce qui restait des décorations florales, remis le thermos et la tasse d'aplomb, cherchai une serpillière du regard, mais dus me rabattre sur une serviette de la salle de bain.

Je la laissai pleurer : des pleurs violents, puérils — une petite fille dont on avait cassé la poupée préférée, ou à qui on avait refusé la friandise qu'elle réclamait.

Je la regardai. Ses pleurs enfantins soulignaient ce

qu'elle était en réalité : une enfant, une petite femme qui venait juste d'avoir seize ans. Quelques années auparavant, elle avait été une petite fille dans un escalier, ou près d'une clôture, ou dans le coin d'une cour de récréation. Quelques années encore auparavant, elle jouait dans un bac à sable, dévalait un toboggan, ivre de plaisir. Seulement quelques années auparavant, elle était encore un petit enfant. Quand elle riait, elle riait — et quand elle pleurait, elle pleurait. Son rire actuel ne pouvait être qu'hystérique — et ses pleurs actuels ne pouvaient être que convulsifs.

Il n'y eut finalement plus de larmes, mais elle continuait à pleurer. Tout son corps cherchait à happer l'air. Les sanglots secs venaient de son ventre, de son bas-ventre effiloché dans lequel tant d'hommes mûrs avaient introduit leur antenne.

Seize pauvres années. À sa naissance, j'avais vingt et un ans et je me trouvais loin, loin, sur un bateau qui s'appelait *Boléro*, qui faisait la navette entre la Norvège et les États-Unis. Quand elle avait cinq ans, j'en avais vingt-six et j'étudiais à l'École des Hautes Études Sociales à Stavanger, et je venais de rencontrer une fille qui s'appelait Beate Larsen à l'époque, Veum un an après, et maintenant Wiik. Et Lisa n'était même pas encore entrée à l'école. Quand elle avait dix ans, j'avais déjà été une fois à Copenhague, envoyé par les services de la Protection de l'Enfance, pour y retrouver une fille qui avait le même âge que Lisa aujourd'hui — et Lisa avait dix ans et allait à l'école primaire. Et à présent...

Nous étions tous les deux dans une chambre d'hôtel anonyme, dans une grande ville au visage de Janus. Le Tivoli, le Jardin zoologique et des touristes heureux d'un côté, et la toxicomanie, la prostitution et la mort de l'autre. Nos chemins s'étaient brusquement croisés, même si aucun de nous deux n'en était particulièrement enchanté.

La tempête se calma en elle. Elle restait assise, une expression d'extrême fatigue sur le visage, comme si elle venait d'accoucher. Ses cheveux faisaient des mèches collées, elle avait des taches écarlates sur le visage, ses yeux hagards étaient rougis. Elle me regarda, la tête près du bord de la table.

« Tu as une clope ?

— Non, mais je peux en faire monter. »

Elle acquiesça.

J'appelai la réception et leur demandai s'ils pouvaient monter un paquet de cigarettes et une boîte d'allumettes. Le même homme arriva. Il regarda Lisa avec curiosité et me jeta un regard sceptique. Je le raccompagnai à la porte et lui fis tout bas :

« Elle a des problèmes.

— Qui n'en a pas ? » répondit-il en haussant les épaules.

C'était une espèce de philosophie de la vie qui tenait en peu de mots.

Lisa ouvrit le paquet d'une façon qui trahissait une grande habitude, coinça une cigarette entre ses lèvres et l'alluma d'une main tremblante. Elle inspira la fumée, et je ne compris pas ce que cette dernière devint, puisqu'elle ne ressortit jamais. Elle devait avoir les poumons comme des passoires.

La cigarette lui fit retrouver une partie d'elle-même. Je vis ses traits trempés par la violente crise de larmes retrouver lentement leur fermeté, pour devenir durs et impénétrables.

34

Mais elle ne pouvait dissimuler le tremblement de ses mains et les tiraillements incontrôlables de son corps. Je savais qu'elle passait un sale quart d'heure. Je supposai qu'elle s'était fait son dernier shoot au cours de l'après-midi, avant de partir « au boulot ». Je ne connaissais pas son degré de dépendance, je ne savais pas depuis quand elle se droguait, mais je me doutais qu'elle avait déjà commencé à se familiariser avec cette impitoyable sensation de manque, je me doutais que les vagues avaient déjà commencé à monter relativement haut en elle. Le retour en avion du lendemain matin représenterait un cauchemar pour elle, et elle serait plus morte que vive à notre arrivée à Bergen. Mais il y avait en tout cas une place libre pour elle dans une unité psychiatrique ; de plus quelqu'un allait l'aider à traverser les horribles premières heures — la première nuit qui n'en finit pas, puis la quinzième, ou la vingtième, selon les personnes — et puis, si elle avait de la chance : retour à la lumière du jour. Et ce qui donnait son sens à ce labeur et à cette misère, c'était ma conviction que si elle en arrivait là, alors ce jour serait plus lumineux et plus clair que n'importe quel autre auparavant Seraient alors plus forts et plus chauds la lumière du soleil, le vert des arbres et de l'herbe, et le bleu du ciel — et elle se sentirait amoureuse, ivre de joie, amoureuse et heureuse. Elle louerait son destin en même temps qu'elle enverrait peut-être aussi — l'espace d'une fraction de seconde — une pensée reconnaissante pour ce bon Veum : qui vient quand on l'appelle et qui encaisse quand on cogne... L'extrémité incandescente de la cigarette avançait à vue d'œil, et elle s'en ralluma une. Une partie de la fumée avait dû s'accumuler derrière ses yeux — car ils étaient devenus troubles et bizarres. Mais je vis quelque chose de dur et de cynique briller à travers le brouillard gris, quelque chose qu'on aurait attendu chez une pute de cinquante ans, et pas chez une fille de seize ans. Et je savais qu'elle m'avait en horreur — parce que je l'avais vue faible, deux fois.

Je savais qu'elle m'avait en horreur, et je savais qu'il ne fallait pas que je dorme, ne fût-ce qu'une seconde, qu'il faudrait que je réfléchisse à deux fois avant d'aller pisser, et qu'il ne vaudrait mieux pas que je lui tourne le dos un seul instant.

« On se lève tôt, demain, Lisa. Tu ferais mieux d'aller te coucher.

— Et où as-tu prévu de dormir ? » fit-elle avec une lueur particulière dans le regard.

Elle n'avait même pas besoin d'ajouter « vieux cochon » : tout son visage l'exprimait, ses babines retroussées en un rictus de haine, découvrant ses dents. J'avais trente-sept ans, avec l'impression d'en avoir le double. Je me sentais comme un objet emballé pour la deuxième fois dans du papier kraft plein de taches de graisse.

Je répondis d'une voix douce et tranquille, pour souligner que je ne céderais pas à la colère.

« Nulle part. J'ai prévu de rester assis ici, sur cette chaise, en buvant du café et en feuilletant un bouquin. Je n'ai pas l'intention de fermer les yeux une seule sec...

— Je ne t'ai pas demandé si tu avais l'intention de fermer les yeux, je t'ai demandé où tu avais projeté de dormir. Je sais bien ce qui te fait baver. Je sais bien ce que tu veux.

— Comme je t'ai déjà dit, je...

— Mais alors il faudra que tu paies ! m'interrompit-elle avec virulence. Te mets surtout pas dans le crâne que tu m'auras pour pas un rond ! Deux cents couronnes la passe, pas une øre de moins. »

Elle projeta en avant le peu de poitrine qu'elle avait, posa une main dans sa nuque pour rabattre ses cheveux vers le haut, me jeta un regard qu'elle savait être une caricature d'œillade de vamp et laissa paraître un bout de langue qui commença à glisser de façon pernicieuse entre ses lèvres. Je m'étais peut-être trompé. Ce n'était peut-être plus une enfant, mais une femme bien trop mûre dans un corps bien trop petit.

Je lui adressai un sourire en coin.

« Reviens avec dix ans et quinze kilos de plus, Lisa. J'y réfléchirai à nouveau. Tu n'es pas trop mon... type.

— Comment tu les aimes, alors ? Cinquante ans et pachydermiques ? Putain de bordel, quel vieux cochon ! Tu es *vraiment* un vieux cochon ! » Elle avait fini par le dire. Deux fois, par-dessus le marché. Elle partait apparemment du principe que j'étais long à la comprenette. « Et merde ! » conclut-elle, plus pour elle que pour moi.

Elle alluma une nouvelle cigarette qu'elle fuma en silence. Je bus lentement ma tasse de café, et sortis le livre que j'avais prévu de lire. C'était un roman américain qui parlait d'un agent de la C.I.A. qui avait des ennuis avec sa femme. D'une certaine manière je n'étais pas dépaysé. Je passai un bon moment à lire la quatrième de couverture. Parfois, la lecture du livre est superflue si vous avez lu ce qui figure au dos. On peut lire beaucoup de livres de la sorte. On peut acquérir une importante culture livresque et une bonne repartie tout en se rendant populaire en société. Si vous êtes coutumier du fait.

Elle en eut finalement assez de rester assise comme ça. Elle se leva.

« Je vais au petit coin. Tu veux venir avec moi pour me tenir la main ? »

Les tics avaient fini par atteindre son visage.

— Pas exactement », répondis-je. Mais je me levai et l'accompagnai aux toilettes. Je m'assurai qu'il n'y avait là aucun objet pointu ou tranchant, et qu'elle ne pourrait pas se pendre avec les serviettes. Elle était déjà en train de se défaire. À travers la porte entre-bâillée, j'entendis le ruissellement crépitant contre la cuvette des toilettes. Quand elle sortit, elle n'avait fait que remonter sa fermeture Éclair, en laissant son jean déboutonné. Je vis qu'elle avait fait quelque chose à ses cheveux. Mais elle n'avait pas de peigne, et il aurait fallu qu'elle bataille une centaine d'années pour se débarrasser des tics qui agitaient son visage.

« Va te coucher, maintenant. C'est ce que tu as de mieux à faire. »

Elle vint jusqu'à la table, tout près de moi, écarta les cuisses vers moi et laissa une petite main décharnée en caresser l'intérieur, par-dessus le tissu bleu usé. Ses cuisses menues semblaient d'autant plus pathétiques.

Elle me passa une main dans les cheveux. Elle tenta de doubler sa voix d'une teinte sexy :

« Ne sois pas bête, allez. Profites-en. Est-ce que tu ne peux pas... J'ai tellement besoin... d'un shoot... Je ne te ferai pas payer, si seulement tu peux... Je rentrerai avec toi chez mes vieux, j'irai à l'asile, et je ferai ce que tu voudras avec toi, sans le dire à personne, mais donne-moi seulement...

— Lisa...

— Cent couronnes ? Cinquante !

— Va te coucher, Lisa. »

Elle me cracha au visage. Je n'étais pas seulement un vieux cochon, j'étais aussi une vieille tapette, et je pouvais aller me faire voir où bon me semblait, faire des pompiers à tous les vieux mecs qui vendaient leur cul — ah ouais, et je pouvais rester à me tripoter le pistil... ouais, jusqu'à ce qu'à ce que mort s'ensuive : elle avait toute une série de bonnes propositions édifiantes concernant ce que je pouvais faire de telle ou telle partie de mon corps. Mais j'avais un bouquin. Et je le lui fis savoir.

Elle me tourna alors résolument le dos et commença à ôter ses vêtements.

« Tu n'as pas besoin de... commençai-je.

— Et pourquoi pas ? fit-elle en se retournant brusquement. Tu as peur que ça t'excite ? » Elle retira son pull-over, prit un sein dans chaque main. « Regarde ! » Elle baissa son pantalon, mais sembla s'arrêter avant d'enlever sa culotte, et je devinai de nouvelles larmes dans ses yeux. Sa poitrine et son ventre se contractèrent violemment, et les marques bleues qu'elle avait aux cuisses me regardèrent comme autant d'orbites vides.

« S'il te plaît ! Donne-moi ma dose... »

Une des pires choses chez les gens qui se droguent, c'est qu'ils sont hermétiques à toute honte. Ils vous sortent les pires insultes pour vous supplier à genoux l'instant qui suit. Ils vous détestent au point de pouvoir vous tuer pour ensuite vouloir faire l'amour avec vous jusqu'au Jugement Dernier, si seulement vous faites des pauses régulières pour leur trouver leur dose.

« Va te coucher, Lisa, répétai-je patiemment. Je suis vraiment désolé. Je sais que tu souffres, mais je ne peux rien te donner. Je n'ai strictement rien à te donner. »

Si j'avais été policier, j'aurais pu la menotter au lit, mais tout ce dont je disposais, c'était d'un livre sur un agent de la C.I.A. et sa femme, et il y avait peu de chances que ça la captive, elle.

« Tu es un sale porc ! » Ses petits seins tressautèrent lorsqu'elle se retourna. Elle chercha désespérément du regard quelque chose qu'elle pourrait me balancer, mais en vain. À la place, elle donna un coup de pied dans la petite table, ce qui envoya par terre les deux tasses, le thermos et le reste des tartines. Je me levai et allai vers elle. Elle me jeta un regard étincelant.

« Ne me touche pas ! Ne pose pas tes sales pattes sur moi ! »

Elle recula jusqu'à ce que son dos heurte le mur. Elle me regardait comme un animal prisonnier, et ses yeux étaient emplis d'une véritable sauvagerie. Si je lui tendais la main, elle la mordrait.

Je montrai le lit du doigt.

« Va te coucher, Lisa ! Va te coucher ! »

À nouveau, sa tête disparut entre ses épaules. Elle venait brusquement de comprendre que cela ne servait à rien. Elle garda sa culotte, se glissa dans le lit, aussi loin sous la couette qu'il était possible, me tourna ostensiblement le dos et se recroquevilla en position fœtale.

Je remis la table sur ses pieds, ramassai le reste de l'affriolant dîner, allai à la salle de bains remplir d'eau l'une des tasses, avant de retourner m'asseoir dans mon fauteuil à oreilles.

Je restai un moment à regarder le mur au-dessus du lit, les contours de son corps sous la couette, à travers le mur dans la nuit, dehors, en bas : tous les mêmes destins, tous les enfants désespérés, adultes avant l'âge, tous les parents désemparés, les putes et les macs, les perdants et les gagnants... et je savais que cela ne servait à rien de réfléchir, ça ne servait à rien de parler. La seule chose utile, c'était d'agir. La seule chose qui aidait, c'était de venir ici, une fois après l'autre, encore et encore, jusqu'à ce qu'il n'y ait plus personne à chercher, jusqu'à ce qu'il n'y ait plus ni Istedgade ni de raisons de venir dans ce genre d'endroits.

Lisa était couchée, telle une panthère sur le qui-vive. Je savais qu'elle se sauverait si elle trouvait une ouverture.

Je ne pensai pas une seule seconde qu'elle dormirait. Je savais qu'elle attendrait. J'ouvris mon livre, à peu près à la page cinquante, et me mis à lire.

5

Mais elle avait dû finir par s'endormir. Et j'avais dû m'endormir. Car la dernière chose dont je me souvenais, c'était que l'agent de la C.I.A. écoutait sa femme respirer dans le lit à côté de lui, sans qu'il pût s'endormir. J'avais dû m'endormir avant lui, car un cri me réveilla soudain.

C'était un cri perçant et électrique ; c'était une locomotive déchaînée qui hurlait en jaillissant d'un tunnel à deux cents kilomètres à l'heure ; c'était le cri d'une mouette désintégrée par un jet en chute libre ; c'était le cri d'un jeune chacal piétiné par une horde d'éléphants ; c'était le cri d'une fille de seize ans, que son sevrage faisait trembler.

Je battis des bras et des jambes, ouvris tout grands les yeux et fus momentanément aveuglé par la lumière crue. Le cri vint vers moi, comme porté par un millier de doigts douloureux, et quelque chose me frappa au visage et à la poitrine, tout en donnant des coups de pied contre mes tibias et mes genoux. Je levai les mains pour me protéger le corps avec les avant-bras, tentai d'attraper ce qui passait, saisis un buste lisse et en nage. Sa peau me parut fiévreuse sous les doigts. L'une de mes mains effleura un mamelon dur comme de la pierre. Une odeur doucereuse m'entourait : écœurante plus que séduisante. Son corps m'échappa, et j'entendis le cri se changer en malédictions et sifflements, puis en pleurs hystériques.

J'y voyais à présent plus clair. Elle était aplatie sur l'un des accoudoirs, le visage caché contre mon ventre, ses mains crispées autour de mes cuisses et les cheveux comme un vivier d'algues contre ma chemise bleu ciel. Sa colonne vertébrale était bien visible sur son dos blanc, comme une chaîne de montagnes que vous aperceviez d'avion, loin en dessous.

On frappa violemment à la porte.

« Ohé, ohé ? fit une voix pâteuse. Qu'est-ce qui se passe, là-dedans ? Si vous ne vous calmez pas, j'appelle le gardien. »

Je me libérai sagement en la soulevant à moitié

entre mes bras, et sentis du même coup qu'elle ne devait pas peser beaucoup plus que quarante-cinq kilos. Je l'étendis doucement sur le lit. Elle mit ses mains sur son visage, comme pour se protéger de la lumière. Sa poitrine avait à nouveau disparu, il ne restait que deux mamelons pétrifiés et un profond creux palpitant à l'endroit où d'autres ont le ventre. Je la recouvris de la légère couette, me passai une main dans les cheveux et allai ouvrir la porte. Je laissai la porte entrouverte, afin de pouvoir la surveiller. Je ne pouvais toujours pas prendre de risque.

Un grand Danois rubicond se tenait au-dehors. Il portait un T-shirt blanc, un pantalon sombre retenu par une paire de bretelles gris-bleu, et ses cheveux gras et bruns se tenaient tout seuls sur sa tête. Il était pieds nus, son visage transpirait, et je le soupçonnais de peser à peu près trois fois plus que Lisa.

« Mais qu'est-ce que vous foutez là-dedans, en plein milieu de la nuit ? aboya-t-il en me jetant un regard inquisiteur. C'est un viol ?

— Je suis désolé de vous avoir réveillé, mais c'était un... cauchemar.

— Vous en faites un chouette, de cauchemar, à vous tout seul ! Qui est-ce qui est là-dedans ? »

Il essaya de voir derrière moi, par-dessus mes épaules.

Je m'appuyai au chambranle de la porte pour lui barrer la vue.

« Allez demander à la réception, fis-je d'une voix fatiguée. Ce n'est pas un secret. Je suis un pédophile de renommée internationale, et la fille qui est ici était vierge il y a cinq minutes. Mais plus maintenant. »

Il me regarda. Il ouvrit la bouche. Elle n'était pas

belle à l'intérieur non plus. Ses dents n'étaient que des trous entourés de blanc. Sa langue me faisait penser à de la charcuterie avariée.

« Au revoir », dis-je.

Il ne répondit pas. Je claquai la porte derrière moi et restai sur place, attentif. Au bout d'une petite minute, j'entendis des pas hésitants s'éloigner dans le couloir et une porte se referma doucement peu après.

Je retournai auprès de Lisa. Elle avait retiré ses mains, et ses yeux étaient grands et noirs, pleins d'angoisse. Je ne savais pas ce qu'elle voyait, mais en tout cas, ce n'était pas moi.

Ce fut une longue nuit, et je ne me rendormis pas. Lisa s'assoupit dans un sommeil agité, et se réveilla une ou deux fois par heure. Elle ne criait plus, mais se retourna violemment à quelques reprises comme si elle se débattait, gémit, toussa comme un enfant diphtérique. À l'aube, elle griffait inconsciemment la peau fine de l'intérieur de son avant-bras, à l'endroit où elle s'était fait ses premières injections, à l'époque...

Après une nuit blanche, vous vous trouvez dans une sorte d'étrange euphorie, une atmosphère tendue. Vos pores s'ouvrent, et vous vous sentez sale, crasseux et vaguement ivre. La nuit dégouline de vous comme d'un robinet que vous avez oublié de fermer, et le matin coule lentement vers vous comme l'eau qui était dans l'évier la veille au soir.

À l'aube, j'allai à la fenêtre et fixai le vide au-dehors. Les autres fenêtres donnant sur la cour intérieure étaient sombres. Aucune nymphe matinale n'écartait ses rideaux, ne levait les bras en un salut au soleil, nue, pointant vers vous ses seins pleins et son sexe bombé. Ce n'était qu'un rêve. Aucun homme d'âge mûr n'était installé à une table recouverte d'une toile cirée, occupé à une patience et à boire du whisky dilué dans un bête verre à moutarde. Ce n'était qu'une image de moi-même dans vingt ans.

Les premiers pigeons pointaient la tête hors des chéneaux pour commencer une journée de picorements. Certains d'entre eux agitaient des ailes engourdies, secouaient de leurs plumes des poux repus et me fixaient d'un œil sceptique, la tête penchée. C'était comme s'ils se demandaient qui je pouvais bien être, debout si tôt dans la matinée, ou si tard dans la nuit.

J'entendais un moteur tourner dans le lointain. Un bruit sourd, comme celui d'un chantier naval, se répéta à intervalles irréguliers. Je revins à mon fauteuil et à mon agent de la C.I.A., qui avait de plus en plus d'ennuis avec sa femme. Elle avait pris un amant à Rome pendant que lui chassait des espions d'un bout à l'autre de Berlin.

Les aiguilles de ma montre avançaient sur la pointe des pieds, comme pour ne réveiller personne. Le ciel se transformait lentement en champagne, de l'autre côté des fenêtres : un champagne orange, doré, plein de bulles de juin, des bulles d'été... C'était un de ces matins où il fait bon se réveiller à côté d'une douce maîtresse reconnaissante, pas avec une adolescente névrotique et droguée qui ne pense qu'à foutre le camp à la première occasion.

Je réveillai Lisa vers six heures et lui demandai si elle voulait un petit déjeuner. Elle me regarda comme si j'étais lépreux. Je lui conseillai alors de s'habiller, parce que nous allions rentrer à la maison.

Mais elle ne comprit pas ce que je lui disais. C'était une langue qu'elle ne comprenait pas, et « la maison » était une invective qu'elle n'avait pas encore apprise. La seule

6

Le taxi s'arrêta juste devant l'entrée de l'hôtel. Je tins la porte ouverte pour elle, la refermai sèchement et fis le tour pour entrer par la porte opposée. Au moment précis où je lui ouvrais, elle sortit de la voiture et commença à descendre le trottoir en courant.

« Et merde ! » fis-je avant de demander au chauffeur d'attendre. Puis je passai par-dessus le capot pour me lancer à sa poursuite.

La lutte était inégale. Elle avait bien vingt ans de moins que moi, mais elle était imprégnée de poison et dans une forme déplorable. Je l'avais rattrapée en une trentaine de secondes.

Je la saisis par l'avant-bras et la fis s'arrêter. Elle martela mes mains de ses petits poings. Un homme qui portait un manteau gris et des lunettes à monture dorée nous gratina d'un regard blasé, comme s'il avait l'habitude d'assister à ce genre de scène tous les matins, en se rendant au bureau. Et c'était peut-être bien le cas. Voilà ce qu'est devenu Copenhague, petit à petit.

« Calme-toi, Lisa. Tu n'arriveras pas à te débiner. On va rentrer, et ce que tu feras ensuite, c'est toi que ça regarde — et tes parents. Ma mission sera terminée quand je t'aurai ramenée chez toi, et j'ai bien l'intention d'aller jusqu'au bout. Alors on enterre la hache de guerre, O.K. ? Dans une paire d'heures, on sera à Bergen, et cette ville-ci... » Je regardai tout autour de moi. « Ce sont les coulisses d'un ancien cauchemar. »

J'eus droit à une nouvelle brochette imaginative de jurons, mais elle me suivit quand je la reconduisis au taxi. Le chauffeur avait la trogne d'un vieux limier, avec ses yeux marron et tristes et ses rides profondes et inquiètes. Sur le chemin de l'aéroport de Kastrup, il me décrivit la rigueur de leur dernier hiver. Je lui révélai qu'il n'avait pas été beaucoup plus agréable chez nous. C'était aussi une sorte de rapprochement fraternel dépassant les frontières. Lisa ne décrocha pas un mot.

Elle ne décrocha pas un mot non plus quand nous traversâmes la foule grouillante de Kastrup, et je maintins ma prise sur son avant-bras, juste au-dessus du coude, comme si nous étions deux jeunes mariés partant en voyage de noces, et comme si je ne voulais pas être privé de sa présence une seule seconde. Son visage n'exprimait que résignation.

Une fois dans l'avion, je la plaçai près d'une fenêtre et m'installai dans le fauteuil voisin. Je sentis enfin que je pouvais me détendre. Je partais du principe qu'elle n'était pas assez futée pour détourner l'avion vers Tanger ou Katmandou, ou à n'importe quel endroit qui pouvait la tenter.

L'hôtesse était légèrement plus âgée que celles qu'ils ont coutume de montrer dans leurs publicités. Elle avait un sympathique réseau de rides récentes sur le visage, ses cheveux blonds étaient parsemés de gris, et ses yeux exprimaient une joie triste, comme une jeune veuve que l'événement n'a pas attristée outre mesure. J'avais l'impression qu'elle prenait

Lisa pour ma fille, car c'est à moi qu'elle s'adressa pour demander si la jeune demoiselle désirait quelque chose à boire. Lisa ne la gratifia même pas d'un regard.

« Pas encore, dis-je. Mais le vieil homme ne cracherait pas sur une petite bière. »

Elle sourit, disparut et réapparut une seconde après avec une bouteille verte qu'elle tenait sur un petit plateau rond. Il y avait de la buée aussi bien sur la bouteille que sur le plateau.

Nous étions dans les airs. On voyait le Danemark s'éloigner lentement au-dessous, lorsque les nuages s'entrouvraient. La brume matinale, le long des dunes abruptes de l'est du Jylland, faisait comme des cheveux de bébé fraîchement lavés. Les champs de blé ressemblaient à des timbres coquille-d'œuf, et le Danemark tout entier figurait une énorme carte postale verte envoyée à l'éternité. Tout avait l'air tellement plus beau, vu d'en haut. Les villes n'avaient plus leur couverture de gaz d'échappement, et faisaient penser à de petits villages de contes de fées. Les larges autoroutes anonymes paraissaient être des rivières apaisées traversant tranquillement un paysage vert vif, dans lequel même les vieilles fermes désaffectées prenaient un aspect secret et séduisant. La mer battait les côtes, encore et encore, comme si le Danemark se faisait dévorer, petit à petit, morceau par morceau, au fur et à mesure que nous avancions en latitude. Il ne resta finalement que la dernière bande de sable près de Skagen, puis plus rien. Nous laissâmes le Danemark dans notre sillage, un sillage qui disparut rapidement, et il n'y eut plus que de l'eau en dessous : une mer grise qui nous montrait son écume blanche, qui aboyait contre le cigare d'acier, là-haut, juste sous la voûte du ciel ; un tapis marin gris qui ne fut qu'à de rares reprises déchiré par un petit bateau de pêche, ou par un gros ferry carré.

Et Lisa ne décrochait pas un mot.

À peu près à mi-parcours, elle me dit qu'elle devait aller aux toilettes. Je l'accompagnai et l'attendis devant la porte. L'hôtesse de l'air comprit alors que nous n'étions pas père et fille, et je sentis un soupçon de glace dans son regard lorsqu'elle passa chargée d'un bataillon de petites bouteilles vertes qu'elle destinait à un groupe d'hommes, tout à l'avant de l'avion.

Lisa ressortit, une expression découragée sur le visage. Elle me précéda vers nos places, toujours sans décrocher un seul mot.

Le trafic s'intensifia sur la mer, en dessous de nous, puis la Norvège se dressa comme une ombre gris bleuté, au nord-ouest. Ce fut comme toujours une bénédiction de voir ce pays fait de montagnes et de rochers, et non un pays fait de sable que vous aviez constamment peur de voir disparaître sous vos pieds, emporté par les flots. La Norvège avait quelque chose de sécurisant, mais c'était en fait probablement parce que j'étais norvégien. Mon impression n'aurait certainement pas été la même si j'avais été pakistanais.

De lourds nuages gris flottaient au-dessus des terres, et la côte fut rapidement effacée sous l'avion, comme par une gigantesque gomme. Un soleil qui semblait éternel se détachait sur un ciel bleu et pur au-dessus, tandis que nous avions en dessous un tapis gris mouvant, comme si la mer elle-même nous avait rejoints, avalant la Norvège, les montagnes, les forêts et tout le reste d'une seule énorme bouchée.

Les mâles, à l'avant de l'avion, riaient bruyamment de ce qui devait être une blague salace, et j'entendis notre hôtesse de l'air rire de façon froide et professionnelle.

Ses yeux ne riaient pas lorsqu'elle passa à notre niveau, mais un sourire était fixé au bas de son visage, comme un parasite en train de le dévorer tout entier.

Je regardai l'heure. J'essayai de me représenter le père de Lisa. À quoi avait-il ressemblé, durant cette demi-heure qu'il avait passée à mon bureau ? Un grand type, maigre, assez beau. Bien habillé, d'un costume gris et d'une cravate discrète ; sur le chemin de son bureau, faisant un crochet matinal par celui de ce détective privé auquel il avait téléphoné la veille au soir : Il s'agit de ma fille Lisa, elle a disparu...

Directeur adjoint dans l'une des banques les plus respectables de la ville, un homme portant beau et sans aucun doute un gros tas de papiers importants dans son attaché-case noir qu'il plaçait avec soin à côté de sa chaise... Mais dont le visage exprimait un curieux manque. Une chevelure grise, presque blanche, et des muscles maxillaires qui s'agitaient sans arrêt. Un homme au milieu de la cinquantaine, au regard lointain, comme s'il était constamment à l'affût du crépitement des liasses qu'on recomptait. Il ne comprenait pas sa fille, avait-il dit. Lui et sa femme avaient toujours essayé de lui offrir le meilleur gîte, ainsi qu'une bonne éducation. Il avait peut-être été trop occupé à un moment donné, avait peut-être passé trop d'heures au bureau, en heures supplémentaires, mais... un bon foyer, elle avait ce qu'elle voulait, comme elle voulait, lui et sa femme n'arrivaient pas à comprendre : Que Lisa, notre

Lisa... Nos deux premiers enfants étaient *tout à fait* normaux...

Je poussai un soupir. Je me suis arrangé pour qu'elle ait une place dans une clinique psychiatrique, avait-il dit, ils m'ont promis qu'ils feront tout leur possible, nous n'avons pas perdu espoir, que ce soit ma femme ou moi, avait-il dit, et je m'étais demandé comment était sa femme. Un bibelot que l'on sortait du placard lors des grandes occasions ? Une militante active à fort pouvoir décisionnel dans les organisations caritatives locales, les associations féminines et les Femmes de Droite ? Une poupée Barbie ou une féministe ? Qui avait ou non du temps pour sa fille ? Les parents vont rarement seuls, malheureusement. La plupart vont par paire, et il est extrêmement rare que ces paires soient vraiment assorties. Mais c'est un fait qui s'impose au bout d'un temps, une fois que les premières ampoules sont apparues.

Le commandant nous fit savoir par haut-parleurs interposés que nous devions attacher nos ceintures, et nous piquâmes l'instant d'après dans la bouillie grise. La pluie dessinait des lignes sur les hublots, et le cœur du nuage battait comme du coton sale contre le verre. Lisa pâlit dans la lumière artificielle. J'étais content de ne pas me voir : la barbe naissante, les rides de la nuit, avec sous les yeux les traces du sommeil qui m'avait échappé.

Nous nous retrouvâmes tout à coup sous les nuages, suspendus comme par miracle dans le ciel au-dessus du mont Fløien, du Byfjord, de l'île d'Askøy et du Lyderhorn — dans cet ordre — survolant un Bergen gris fraîchement lavé, avant de glisser vers Flesland où l'avion toucha le tarmac avec ce petit sursaut habituel, fila à travers le paysage, fit une surprenante pirouette et repartit en sens inverse, un peu plus lentement, et encore un peu — avant de s'arrêter pour de bon. Suivirent les premières secondes immobiles qui concluent toujours un vol, parce que tous les passagers portent en eux une prière silencieuse par laquelle ils expriment leur reconnaissance d'être bien arrivés, cette fois encore.

Je sortis de l'avion avec Lisa à la manière dont un père avance avec sa fille à travers la nef. L'hôtesse l'encouragea d'un mouvement de tête, ce qui n'était pas superflu. Je remerciai pour la balade, et elle nous signifia que nous étions les bienvenus pour un prochain vol. Mais j'avais l'impression qu'elle aspirait plutôt à me voir rester chez moi.

Il pleuvait sur Flesland, et nous rentrâmes la tête dans les épaules pour nous protéger du vent en nous dirigeant rapidement vers le hall d'arrivée.

7

Un hall d'arrivée est un endroit peu engageant. L'aménagement (s'il s'en trouve un) en est froid et impersonnel, car ceux qui arrivent ne font que passer la douane sans s'arrêter plus qu'il ne faut, et ceux qui attendent ne font qu'attendre. Les murs sont bruts, le mobilier stéréotypé a été produit en masse, comme celui de la salle d'attente d'une entreprise de bureautique.

Je conduisis Lisa aux deux personnes qui étaient venues l'attendre. Lisa se tenait immobile, les yeux rivés au sol, et un silence embarrassant s'installa. La femme, qui devait être sa mère, passa ses bras autour du cou de sa fille et posa la tête contre les jeunes épaules.

« Lisa ! » s'exclama-t-elle tandis que ses yeux laissaient échapper des torrents de larmes. Le père de Lisa me regarda d'un air gêné.

La mère de Lisa avait un visage rond, indéfinissable. Elle avait des poches sous les yeux, des rides amères de part et d'autre de la bouche. Ses lèvres étaient fines, ses yeux étaient clairs et bleus sous le voile argenté de ses larmes. C'était un visage qu'il était difficile de retenir lorsque la personne tournait la tête, qui s'oubliait au bout de cinq minutes. Ses cheveux étaient gris, comme du fer fissuré. Les fissures se dessinaient comme des entailles blanches dans le gris. Elle portait un manteau gris-bleu qui n'était pas en accord avec le compte courant de son mari.

« Vigdis, je te présente Veum » fit son mari.

Elle me regarda d'un air effrayé. Lisa se tenait toujours aussi roide entre les bras de sa mère. Elle se libéra doucement, comme si elle avait peur que sa fille ne s'évapore si elle la lâchait. Elle me tendit une main :

« Vigdis Halle. »

Sa voix était faible et sa main sans force.

Le père de Lisa passa une main maigre sur son long visage sec :

« Nous sommes garés là-bas. J'aimerais que vous veniez avec nous, Veum. Nous aimerions savoir... »

J'acquiesçai.

Nous quittâmes donc le hall d'arrivée. Lisa avançait d'un pas traînant et mécanique. Sa mère piétinait nerveusement à côté. Sa bouche s'agitait, mais aucun son n'en sortait.

Son père allait d'une manière dégingandée, presque gamine. Il portait un élégant manteau croisé de popeline beige, avec ceinture. Je marchais à quelque distance d'eux, comme si je ne faisais pas partie du même groupe. Comme si j'étais le garde du corps du président, escortant ce dernier de retour de week-end à la campagne.

Sa nouvelle Saab noire, dont le prix devait avoir six chiffres, nous attendait au parking. Elle me donna l'impression d'être en route pour un enterrement. Et c'était peut-être bien le cas. Il y a tant de choses qui arrivent sans crier gare, ici-bas.

Nous montâmes en voiture : Lisa et sa mère à l'arrière, son père et moi à l'avant. Personne ne dit quoi que ce soit en rentrant en ville. La route de l'aéroport défilait sous nous, dans toute sa monotonie ; le paysage de Fana se dépliait autour de nous, vert et luxuriant, luisant de pluie.

Nous gravîmes Birkelundsbakken sans que la Saab ne change de régime. Elle avançait comme une horloge électronique : vous ne l'entendiez pas. Je pensai à ma propre voiture, qui risquait de mourir si je m'attaquais à Birkelundsbakken. Quelqu'un aurait peut-être eu la générosité de me la voler pendant mon absence. Mais c'était peu probable. Les épaves n'ont pas tant la cote que cela.

Ils habitaient l'une de ces vieilles villas de Kalfarlien, en plein cœur de l'ancien quartier riche. C'était l'une de ces maisons poussées trop vite qui, de l'extérieur, donnent l'impression que le plafond est haut de quatre mètres et les toilettes distantes d'un kilomètre. Mais une fois dedans, elles ne sont que beaucoup trop grandes et beaucoup trop froides pour les meubles écrasés et les tout petits habitants, et les tableaux qui pendent au mur ressemblent à des timbres-poste.

Les rhododendrons s'épanouissaient dans le jardin, leurs fleurs encore en boutons. Le printemps avait été anormalement tardif, cette année-là. La neige n'avait pas fondu sur le mont Fløien avant tard dans le mois de mai. Il n'y avait qu'une voiture dans le garage qui pouvait en contenir deux. Le portail se referma automatiquement derrière nous, et nous entrâmes dans la maison à proprement parler par une porte latérale. Une allée de gravillons courait entre cette porte et la porte d'entrée. Le gravier était blanc comme du marbre pilé. Une pelouse s'étendait de part et d'autre, plus courte et mieux entretenue que les cheveux de ma nuque depuis des années. La maison était blanche, et les fenêtres grandes comme celles d'une cathédrale. Je vis Lisa tressaillir lorsque nous nous approchâmes de la porte.

Un seul nom figurait sur la plaque : *Niels Halle, Jr.* Junior : ce pouvait être du bluff, ou absolument pas, auquel cas il y avait eu un jour un senior dont le nom signifiait quelque chose, et peut-être que ce senior avait lui aussi été junior, et ainsi de suite depuis la nuit des temps et l'apparition des premières banques.

Il pleuvait toujours. La bruine s'étalait comme des toiles d'araignée sur nos cheveux, mais l'air était doux. Il devait faire près de vingt degrés.

Mais il faisait froid à l'intérieur. Nous entrâmes dans un grand vestibule désert d'où partait un large escalier qui menait à l'étage, et sur lequel s'ouvraient des portes à double battant donnant sur une chaîne de salles, trois en tout, et l'une plus grande que les autres, sans qu'aucune ne soit démesurée. On voyait un piano dans l'une d'elles, une grande table carrée, entourée d'un canapé d'angle et de larges fauteuils dans la deuxième et, dans la troisième, une table qui semblait épouvantablement vieille et horriblement lisse. Si vous laissiez tomber un petit pois sur cette table, il roulerait jusqu'au bord avant que vous n'ayez pu planter votre fourchette dedans, et vous n'oseriez de toute façon pas planter votre fourchette dedans, car le plateau de la table ne semblait pas admettre les rayures.

On devait facilement se sentir seul dans cette maison. Chacun pouvait rester isolé dans sa pièce, à s'occuper dans son coin. La mère de Lisa pouvait se mettre au piano dans l'une des salles, et jouer des préludes mélancoliques appris quand elle était jeune. Dans la deuxième, le père de Lisa pouvait suivre quelque chose à la télévision tout en lisant les pages boursières des journaux. Et dans la troisième, Lisa pouvait s'occuper à faire des rayures sur le plateau de la table.

Lisa et sa mère nous abandonnèrent dans le vestibule.

« On monte te chercher des vêtements propres. Tu vas peut-être prendre une douche ? » dit sa mère.

Lisa ne répondit pas, mais prit un air résigné en suivant sa mère dans l'escalier.

Son père les regarda partir, inquiet. « Entrons ici, Veum », dit-il en me conduisant dans la salle du milieu. Il alla jusqu'à une armoire haute et étroite faite de bois sombre.

« Quelque chose à boire, Veum ? Whisky ?

— Auriez-vous de l'aquavit ? »

Il réagit au bout d'une seconde.

« Bien sûr, que nous avons de l'aquavit. Linje ? Gammel Opland ? Ålborg Taffel ?

— Simers. »

Il fouilla jusqu'à la bonne étagère et en extirpa une demi-bouteille.

Il versa l'aquavit dans un petit verre et se servit un whisky dans un verre moins petit. Il ajouta de la glace et me lança un regard interrogateur.

Je secouai la tête.

« Non, évidemment », dit-il. Puis il me tendit mon verre, et nous trinquâmes silencieusement.

Ça faisait du bien. Comme la première promenade du printemps, dans une forêt de pins.

« Il faut que... je vous remercie pour ce que vous avez fait. Est-ce qu'elle... Est-ce que ça a été difficile de la trouver ?

— Non. J'ai... certains contacts.

— Comment... » commença-t-il. Il fit rouler son verre entre ses doigts, ce qui fit tinter les glaçons.

« Asseyons nous. » Il désigna la petite table basse rectangulaire et l'un des canapés.

Nous nous assîmes, chacun d'un côté de la table.

« Dans quel état... était-elle ? parvint-il à finir.

— Pas terrible.

— Nous... Ils nous attendent, là-bas. Il faut juste qu'elle... que nous la retapions un peu. C'est-à-dire, elle ne peut pas arriver à la clinique en ayant l'air de sortir tout droit du ruisseau.

— Non, en effet.

— Est-ce qu'elle était... ivre ? »

— Oui... et non. Je l'ai retrouvée hier au soir, comme ça figurait dans le télégramme, trop peu de temps avant le dernier vol du soir. Elle était relativement bas, et... elle n'a pas passé une très bonne nuit. Je ne peux pas vous cacher qu'elle est accro, et elle vit un enfer, à cet instant précis.

— C'est ce qu'elle... » Il ne parvint pas à finir. « Est-ce qu'elle était... seule ? » demanda-t-il à la place.

Je le regardai. Ses yeux étaient grands et noirs, et je voyais qu'il avait peur de la réponse, peur de ce que je pouvais lui raconter. Mais je n'avais aucune raison de l'épargner. Il ne me payait pas pour que je lui raconte des contes de fées.

« Non. Elle était avec... un homme.

— Un homme... qui lui aussi était... un...

— Non. Un client.

— Un... un... client ? » La vérité se fit jour en lui, lentement, et je vis les muscles de son visage se contracter encore plus violemment qu'auparavant. Il porta ses maigres mains à son visage, se cacha les yeux, appuya ses coudes sur ses genoux.

Au bout d'un moment, il me regarda entre ses doigts légèrement écartés.

« Il y a certaines... choses... Il y a certaines choses qu'un homme préférerait ne pas entendre concernant sa fille. Comprenez-vous, Veum ? »

J'acquiesçai. Je pouvais comprendre.

Il se cramponna à son verre, le vida en quelques gorgées rapides et essoufflées, se leva et alla jusqu'à l'armoire où il s'en servit un autre, encore plus fort, qu'il entama sans attendre. Je sirotai le mien, sans rien dire.

58

Il revint près de la table.

« Une traînée ! dit-il d'une voix neutre, plus pour lui que pour moi. Une petite putain ! Notre fille... »

Il baissa les yeux sur moi.

« Je me souviens — Seigneur, ça ne fait guère que quelques années ! Elle était si petite, elle avait de petites mains potelées, qu'elle me tendait si gentiment, quand nous étions en balade — le dimanche, juste à côté, jusqu'à Forskjønnelsen, et puis en remontant Fjellveien. Ses cheveux étaient plus clairs, à l'époque, et... Quand on la voit maintenant, il est impossible de s'imaginer qu'elle a un jour été potelée, n'est-ce pas ? »

Il se tut et regarda autour de lui, comme s'il était en visite dans une prison et qu'il en avait assez.

« Mais nom de Dieu, qu'est-ce qui se passe tout autour de nous ? Vous pouvez me le dire ? Veum ? Qu'est-ce qui nous arrive, à nos enfants, au *monde* ?! Une petite fille... c'est encore une petite fille ! Et puis droguée... une petite traînée, avec un inconnu, à Copenhague. Je sens que je vais vomir ! »

Il se laissa retomber et fixa le fond de son verre.

« Ce n'est pas juste, Veum ! Vraiment pas. Elle aurait pu vivre décemment... ici. Elle aurait pu grandir pour devenir une fille convenable, ici. Dans cette maison, comme son frère et sa sœur avant elle.

— Elle a un grand frère et une grande sœur ? embrayai-je.

— Oui. C'est... la petite dernière, si l'on peut dire. Ils sont grands, mariés, partis. Il ne reste qu'elle, elle qui devait être notre bonheur, maintenant... que nous sommes... plus vieux. Elle devait être un soutien pour nous, éclairer nos journées dans la dernière partie de notre vie, et puis... » Il fit un large geste des bras.

J'ouvris la bouche, mais ne pus rien dire.

On sonna à la porte, d'une façon qui n'était ni discrète, ni légère. C'était quelqu'un qui s'appuyait de tout son poids sur le bouton, en laissant sonner jusqu'à ce que quelqu'un ouvre.

Niels Halle se leva, une expression désespérée dans le regard. Il regarda autour de lui, puis moi, puis son verre. Il posa brutalement ce dernier et alla ouvrir.

Le silence se fit.

8

« ... pas la déranger maintenant. Passons à côté. »

Halle revint avec deux autres personnes, une femme et un homme. La femme était grande et brune. L'homme était plus petit, il avait les cheveux gris, et un visage pâle et timide. Il portait des lunettes. Leurs bouches se pincèrent lorsqu'ils se rendirent compte de ma présence.

Je me levai.

« Voici Veum, dit Halle en guise de présentations. C'est lui qui l'a trouvée. Et voici... Werner, expert-comptable... »

Le petit homme me tendit une main molle.

« Håkon Werner. Enchanté.

— ... et sa femme...

— Vera Werner », fit-elle d'une voix de baryton.

Elle portait un pull noir, une jupe de tweed brune et une veste marron clair en daim. Ses seins étaient gros comme des pastèques sous son pull, ses hanches étaient larges, et ses jambes semblaient pouvoir la porter pendant de longues promenades en montagne. Ses traits étaient puissants et purs. Ils avaient quelque chose de bourru qui soulignait l'impression d'assurance qu'elle dégageait. Elle n'avait pas l'habitude qu'on la contredise. Elle avait l'habitude qu'on lui obéisse. Ses yeux étaient bleus et purs, ses sourcils soulignés d'un geste sûr, et ses lèvres étaient esquissées au rouge à lèvres prune. Son menton était persuasif comme un poing serré, et elle soutenait mon regard sans faiblir. Je n'aurais pas aimé me retrouver dans le parti adverse, quelles que fussent les circonstances.

Son mari aurait pu être son chien. Il gardait la tête dans les épaules, et ses yeux marron exprimaient de la tristesse. Son visage était pâle ; seuls se démarquaient la zone grise où il se rasait et les minuscules dessins rouges autour de son nez, sous les yeux et jusqu'aux oreilles, dont l'origine tenait davantage à l'alcool qu'à la vie en plein air. Ses cheveux gris étaient coiffés en arrière autour d'une raie sur le côté. Ils étaient lisses et plats, et obéissaient au peigne sans protestation. Sa bouche semblait aussi molle et triste que ses yeux, et je lui trouvai la caractéristique de ne lever que rarement les yeux plus haut que mon menton. Quand il regardait sa femme, il ne montait jamais plus haut que ses seins. Peut-être le faisaient-ils toujours tomber en arrêt, peut-être étaient-ils la raison pour laquelle il s'était marié avec elle. On trouve tellement de raisons bizarres, et ces deux-là ne me semblaient pas faire partie des plus idiotes.

Madame Werner se tourna vers Halle.

« Comme je disais. Nous avons vu que Lisa était

rentrée, et nous ne partirons pas avant qu'elle nous ait dit où est Peter.

— Pour la troisième fois, Vera, fit Halle d'une voix faible, mais tendue. Lisa n'a aucun lien avec Peter. Plus maintenant. Je le lui ai interdit. S'il n'y avait pas eu Peter...

— Peter ! » La voix de madame Werner tomba comme un couperet. « Ça ne serait pas plutôt le contraire ?! Peter a toujours été un garçon comme il faut jusqu'à ce qu'elle, jusqu'à ce que ta petite salope de fille ne le fasse sortir du droit chemin, ne lui fasse faire...

— Ah ! fit Halle. Une gamine de treize ans débauche un garçon qui en a dix-neuf... Certainement pas ! C'est lui, le responsable. Six ans de plus qu'elle.

— Tu es un nigaud, Niels, et ce n'est pas nouveau. Tu ne vois même pas ce qui se passe juste sous tes yeux. Ta fille a seize ans, mais quand il s'agit de la ruse et de la méchanceté, elle est on ne peut plus adulte — Ah ! Les petites allumeuses savent bien comment elles doivent disposer leurs pièges ! »

On avait l'impression que c'était sa propre expérience qui la faisait parler de la sorte.

« Vera... fit Werner à voix basse.

— Pendant toutes ces années, continua-t-elle en l'ignorant, elle est venue chez nous, voir Ingelin — oui, c'était presque comme notre fille. Mais même dans mes délires les plus complets je n'avais imaginé... Ce n'était qu'une enfant, et je n'aurais jamais permis qu'il y ait quoi que ce soit entre elle et Peter... Jamais ! Même pas s'ils avaient eu l'âge. J'ai vite vu ce qu'il adviendrait d'elle.

— Je t'interdis de parler comme ça dans cette maison, Vera, siffla Halle. Je refuse de t'écouter parler de ma fille de cette façon. D'autant plus que nous savons tous comment ça s'est passé.

— Nous ne partirons pas avant d'avoir parlé à Lisa.

— Si vous restez, alors fermez au moins vos gueules. Pigé ?

— Tu es un voyou mal dégrossi, et c'est *nous* qui refusons de...

— Vera », fit son mari, un peu plus fort cette fois.

Elle me prit soudain dans sa ligne de mire.

« Ce type, là, sa fille, elle a séduit notre fils, voilà ce qu'elle a fait, elle l'a débauché, elle l'a fait se droguer, l'a entraîné avec elle dans les endroits les plus étranges, il ne rentrait même plus dormir à la maison, si ça avait été notre fille — Ingelin — je n'aurais jamais accepté ça, j'aurais mis le holà il y a longtemps... Mais ceux-là... Dieu seul sait de quoi ils sont faits. Ce ne sont en tout cas pas des êtres humains. »

Halle fit un pas vers elle. Il était pâle, et les muscles de ses joues semblaient possédés.

« Vera ! » hurla tout à coup l'expert-comptable Werner.

Elle se tut. Elle regarda son mari. Il tremblait de tout son corps. Des secousses puissantes lui parcouraient le visage, et sa voix était saccadée quand il dit :

« Tu en as suffisamment dit. Tais-toi. »

Il avait levé les yeux jusqu'au visage de son épouse, et je me rendis compte que je m'étais trompé. Ce n'était donc pas son chien. Pas tout le temps.

Et le fait est qu'elle se taisait.

Halle tourna les talons, alla jusqu'au meuble-bar

et se confectionna un whisky-soda musclé. Il ne proposa rien à personne.

Un ange passa. Madame Werner s'approcha de moi en hésitant.

« Vous... C'est vous qui l'avez trouvée. Est-ce que vous êtes... policier ? »

Je me raclai la gorge.

« Non. Détective privé.

— Pri-vé ? » répéta-t-elle, incrédule.

J'acquiesçai.

« Où... où l'avez-vous trouvée ?

— Je... je ne peux pas vous le dire.

— Et pourquoi pas ? demanda-t-elle d'une voix qui regagnait en puissance.

— Parce que c'est Halle mon client, et les informations que j'ai pu obtenir lui sont réservées.

— Mais vous ne voyez pas... il s'agit de notre fils. Peter. Il a disparu il y a plusieurs jours, et il n'a plus donné signe de vie. Il... il n'est jamais resté absent *si* longtemps, et je suis sûre qu'ils se sont vus...

— Ne l'écoutez pas, Veum, fit Halle par-dessus son verre. Son fils et Lisa sont sortis ensemble. Malheureusement. Mais c'est fini, depuis longtemps. Je crois que ce qu'il y a eu entre elle et lui, c'est la pire chose qui... enfin bref. » Il s'interrompit pour ne pas déclencher une nouvelle discussion.

Madame Werner me parlait toujours.

« Là où vous avez trouvé Lisa... Vous pouvez bien me dire... Il s'agit de notre fils... Est-ce que Peter y était ?

— Je n'ai rencontré personne qui réponde au nom de Peter, madame, répondis-je en la regardant. Elle était... seule. »

Ce fut comme si la lumière s'éteignait dans ses yeux, et son visage se marqua soudain d'un *vieillissement* indéfinissable. Elle détourna les yeux, alla jusqu'à l'une des fenêtres et resta là, à nous tourner le dos. Il me paraissait de plus en plus évident qu'être parent, de nos jours, était l'une des choses les plus difficiles qui soient.

Werner me jeta un regard d'excuse, comme pour se faire pardonner d'avoir amené avec lui ses propres problèmes et inquiétudes, dans cette pièce où il y en avait déjà tant.

Aussi bien les Halle que les Werner étaient comme pris en otage. Les otages d'une autre génération, ceux de leurs enfants. Leurs vies se reflétaient dans celles des individus qu'ils avaient mis au monde, et ils n'aimaient pas ce qu'ils y voyaient : ils en avaient peur.

La porte donnant sur le vestibule s'ouvrit à nouveau, et Lisa entra, accompagnée de sa mère. Lisa avait passé des vêtements propres, son visage était rougeaud et chaud, et la pointe de ses cheveux était encore humide. Elle pila lorsqu'elle vit les Werner.

« Ah non ! »

Madame Halle pila elle aussi. Elle devint livide, puis écarlate.

« J'ai cru entendre quelque chose... » Sa bouche se pinça encore davantage : c'était comme si elle n'avait plus du tout de lèvres.

À la fenêtre, madame Werner s'était retournée. Les deux femmes, qui avaient à peu près le même âge, étaient radicalement différentes. Le visage de Vigdis Halle était rond et doux, ses yeux soulignés de poches et ses lèvres étaient comme absorbées par sa bouche ; ses cheveux étaient poivre et sel, coupés relativement court ; et elle était plutôt petite. Vera Werner était grande et imposante, ses cheveux étaient presque noirs, teints, et son visage était bien dessiné, marqué, sans graisse superflue, à ce niveau en tout cas.

Il y avait une soudaine chaleur dans la voix de Vera Werner quand elle parla, comme si elles étaient de très bonnes amies, de très longue date.

« Vigdis... Je suis tellement contente que... que Lisa soit revenue. Est-ce que tu sais... est-ce qu'elle a dit quelque chose concernant Peter ?

— Je ne veux rien entendre ! Je ne veux pas ! »

C'était Lisa qui hurlait, et les larmes déferlèrent à nouveau de ses yeux. « C'est fini ; je ne l'ai pas vu, je ne veux pas ! »

« Là, vous entendez, dit Halle. C'est ce que j'avais dit. Elle n'a pas de contact avec lui... Plus maintenant.

— Lisa, écoute-moi ! dit madame Werner. Écoute... Peter n'était pas avec toi ? C'est bien sûr ? Tu ne sais pas où il est ?

— Je... je ne veux plus le voir, plus jamais, jamais ! »

Son visage était rouge, exprimant la même fureur intense à laquelle j'avais assisté à Copenhague. Je vis que son regard commençait à aller et venir autour de la pièce, à la recherche de quelque chose à lancer.

Je fis trois ou quatre pas.

« Écoutez. Je crois qu'il vaut mieux laisser Lisa tranquille. Les derniers jours ont été franchement éprouvants pour elle. Viens ici, Lisa, allons attendre les autres dans le vestibule. » Je jetai un regard éloquent aux autres et conduisis Lisa dans le vestibule. Sa mère la regarda partir d'un air embarrassé et désemparé. Son père se tenait comme une statue près du meuble-bar : un monument aux prémices de l'alcoolisme. Les Werner nous suivirent des yeux.

Je fermai la porte derrière moi.

« Lisa. Tu peux me parler, à moi. On... on se connaît, maintenant, pas vrai ? On est... amis, en quelque sorte. Tu peux... me parler. »

Pour la première fois, elle me regarda avec dans les yeux quelque chose qui pouvait passer pour du soulagement. Pour la première fois, je compris qu'il y avait un réel espoir d'entrer en contact avec elle, de la connaître un peu mieux.

« Eux, là-dedans... Ils sont nerveux et inquiets, eux aussi. Angoissés pour leur fils... Peter. Tu peux me parler de lui à l'occasion, si tu veux, mais par respect pour eux, et pour tes parents, est-ce que tu ne peux pas répondre juste à une question, maintenant ? Est-ce que tu as vu ou non Peter ces derniers jours ? »

Elle me regarda, tout à coup redevenue une petite fille : une adolescente de seize ans malheureuse et blessée.

« Non, répondit-elle. Non. C'est vrai... ce que je t'ai dit. C'est terminé. On... on a cassé, enfin, moi, j'ai cassé, la semaine dernière, et je ne veux plus jamais le revoir. C'est pour ça que je... »

C'était peut-être aussi simple que cela. Une passade malheureuse qui avait pris de l'ampleur, parce qu'il y avait trop d'agitation en elle, parce que les poisons qu'elle avait dans le sang l'affaiblissaient, c'était peut-être la clef de tout le désordre de sa vie : une histoire d'amour malheureuse avec un garçon suffisamment âgé pour être adulte ?

Elle recommença à pleurer, mais un peu plus calmement cette fois. Elle vint tout à coup tout près de moi, passa ses bras autour de mon cou et appuya sa tête contre ma poitrine, et pleura. Je l'étreignis à mon tour, et ses hoquets se firent plus profonds, plus forts. Elle tressautait entre mes bras, et je la laissai pleurer.

« Là, là, Lisa, là, là... »

La porte s'ouvrit derrière moi, et quatre personnes apparurent. Ils nous regardèrent, gênés. Niels Halle avait l'air jaloux de moi, et il n'y avait aucune raison à cela. C'était lui, son père.

« Nous allons la conduire... à la clinique, Veum... »

J'acquiesçai par-dessus son épaule.

« Ça devrait aller. Je pense que Lisa s'en sortira bien, Halle.

— Espérons.

— Lisa, viens là », fit sa mère. Elle posa une main sur le bras de sa fille et essaya de l'écarter de moi. Je la lâchai et laissai sa mère prendre le relais. Madame Halle conduisit sa fille au dehors. Lisa marchait la tête baissée, en continuant à renifler. Elle ne se retourna pas.

Halle agitait nerveusement ses clefs d'auto, et nous sortîmes.

« Envoyez-moi votre facture, Veum... pour que je puisse vous envoyer un chèque, fit-il une fois dehors.

— D'accord. Et... bon courage.

— Merci, dit-il en acquiesçant. Nous acceptons tous les encouragements qui se présentent. »

Il fit un petit mouvement sec de la tête en direction des deux autres.

Au moment où je fis signe de vouloir partir, madame Werner me dit :

« Excusez-moi, Veum... »

Je lui lançai un regard interrogateur.

« On nous a fait part... de vos compétences... on nous a dit le peu de temps que ça vous avait pris pour retrouver Lisa... et on se demandait... »

J'attendais. Nous entendîmes derrière nous Halle démarrer la Saab noire. Je les suivis du regard. Lisa était presque invisible à l'arrière, la tête posée sur les épaules de sa mère, dans les bras de sa mère. Il avait cessé de pleuvoir, et les odeurs d'herbe fraîche et de jeunes fleurs étaient intenses, presque exotiques. Le ciel formait une haute voûte d'un blanc resplendissant au-dessus de nous, et le soleil se dessinait comme une tache lumineuse dans cette blancheur, une tache encore plus blanche, encore plus marquée. Il ne tarderait peut-être pas à passer au travers.

« On se demandait... si vous accepteriez de nous retrouver Peter.

— Si vous faites appel à moi, bien sûr. C'est mon gagne-pain. Mais... Les derniers jours ont été éprouvants. Si je pouvais attendre... jusqu'à demain.

— Mais... commença-t-elle.

— On pourrait se mettre d'accord... Si vous pouviez passer à mon bureau. Il faut que l'on en discute sérieusement... pour avoir conscience du prix, de ce que ça va coûter...

— Est-ce qu'on ne peut pas... là, tout de suite ? Nous... nous habitons juste à côté. »

Elle montra du doigt la maison voisine : encore une maison blanche en bois, mais peut-être légèrement moins grande que celle devant laquelle nous nous trouvions, avec un jardin un peu plus petit. Mais cependant beaucoup plus impressionnante que toutes celles dans lesquelles j'avais vécu.

« Eh bien... » La nuit blanche me serrait la tête comme un étroit cercle métallique, mais d'un autre côté, ils étaient véritablement désespérés, et je savais ce qu'ils devaient ressentir. J'avais déjà rencontré beaucoup de parents dans la même situation, et j'avais moi-même un enfant quelque part. Et si nous pouvions nous en débarrasser sans attendre, alors je pourrais rentrer chez moi, dormir un peu, et commencer cette nouvelle mission dès le lendemain.

« Je vais faire du café, dit madame Werner.

— Bon, dis-je comme si c'était l'argument décisif. O.K. D'accord. »

Je les suivis, passant d'un jardin à l'autre.

9

Le vestibule était aussi grand et désolé dans cette maison-ci, mais il n'y avait que deux salles : une salle à manger et un living-room. L'ambiance de ces deux pièces était plus sombre et plus datée que chez les voisins, et le mobilier semblait plus provenir d'un héritage que d'un magasin de meubles. On y trouvait de longs rayonnages de livres, mais les dos de ces derniers avaient quelque chose de fatigué et de démodé qui m'informa qu'on avait acheté des livres dans cette maison, mais que c'était une époque révolue. Des tranches de cuir, de feutre jauni, des polars brochés, rabotés et recollés, une encyclopédie selon laquelle l'Empire Britannique régnait toujours sur de vastes contrées des quatre continents, des livres médicaux datant d'avant les grandes heures des maladies cardio-vasculaires... C'était une pièce dans laquelle on aurait pu entrer à la fin des années quarante sans remarquer de différence.

Madame Werner disparut dans les régions de la cuisine (je me demandai quel âge les livres de cuisine pouvaient bien avoir) pendant que Werner me désignait un fauteuil du genre moyennement confortable. Les bords en étaient un peu trop durs, et la suspension un peu trop récalcitrante.

« Puis-je vous proposer un cognac, un bon ? »

J'étais apparemment tombé dans le milieu qu'il fallait. On me proposait à boire à droite et à gauche, et il n'était pas encore treize heures.

« D'accord pour un petit. »

C'était une façon comme une autre de se maintenir la tête hors de l'eau. J'avais l'impression que ma peau commençait à être boursouflée, et j'avais les yeux qui piquaient.

Il disparut dans la salle à manger et revint peu après, deux verres ventrus à la main, et une photo encadrée sous le bras. Il me tendit l'un des verres, posa l'autre et s'installa dans un fauteuil du même acabit que celui qui me faisait souffrir. Il regarda un moment la photo avant de me la passer par-dessus la table.

« Peter », dit-il.

Je regardai la photo. Elle représentait un garçon d'environ dix-sept ou dix-huit ans. Ses cheveux étaient blonds, courts et relativement raides. Son sourire était large, et ses dents étaient en meilleur état que sa peau, d'où des boutons d'acné de toutes tailles pointaient autour de la bouche. Ses yeux étaient exceptionnellement éloignés l'un de l'autre, ce qui donnait au visage un aspect écrasé. Il ressemblait à

71

un millier d'autres jeunes hommes, avant que la vie ne se mette à laisser son empreinte. Ça aurait pu être moi, vingt ans en arrière.

« Photo de classe, dit Werner. Même s'ils ne se soucient plus de poser avec leur chapeau de bachelier... On l'a convaincu de se laisser prendre en photo.

— Ça peut être utile... dans certaines circonstances, dis-je en acquiesçant. Comme celles-ci, j'entends. C'est toujours à ça qu'il ressemble ?

— À peu de chose près. Ses cheveux sont peut-être un peu plus longs, un peu plus foncés, aussi. Il fait plus adulte, le bas de son visage est plus marqué, il me semble... Mais vous savez, c'est étrange, on ne remarque presque pas ce genre de changements chez ses propres enfants, en tout cas pas tant qu'ils vivent à la maison. Je veux dire, ils changent petit à petit, n'est-ce pas, jour après jour. Jusqu'à ce qu'un jour, vous les regardiez attentivement, et vous vous frappez le front en disant : "Mon Dieu ! Qu'est-ce qu'ils ont grandi !" Nous avons aussi une fille, vous savez, Ingelin. C'était avec elle que Lisa était amie, mais... Oui. » Il haussa les épaules et découvrit son verre de cognac.

« Mais n'oublions pas... À la vôtre, hein, Veum ! »

Je levai mon verre en retour et trempai mes lèvres dans le liquide doré. Il se répandit comme du miel ou du baume des Carpates, un souvenir d'un lointain été français.

« Quelle relation entretenait réellement votre fils avec Lisa ? »

Il ne répondit pas directement.

« Vous savez, on veut toujours... d'une manière ou d'une autre, on veut toujours que nos enfants nous ressemblent... n'est-ce pas ? Je suis expert-comptable, et même si ça n'a jamais été une vie particulièrement palpitante, elle a été fructueuse, intéressante... et j'aurais bien aimé que Peter... en tout cas quelque chose dans ce genre. C'est pourquoi nous l'avons toujours encouragé dans ses études, nous l'avons aidé à avancer quand il était bloqué, et bien récompensé quand il travaillait bien. Mais ensuite... »

Il pinça les lèvres et jeta un coup d'œil circulaire dans la pièce sombre, vers tous les rayonnages. Une grande plante verte, dont les longues feuilles pendaient, trônait sur un piédestal brun. Un lustre en bois noirci portant des abat-jour faits d'un fin tissu vert ornait le plafond.

« Il a passé son baccalauréat, et est entré en prépa. Mais il n'a jamais poursuivi. Il n'a jamais terminé sa prépa ; au lieu de ça... »

La porte s'ouvrit, et madame Werner entra. Elle portait un petit plateau à fleurs beiges et marron, sur lequel étaient posées trois fragiles tasses à café bleu-gris et une cafetière de la même famille. Un pot de crème et un sucrier attendaient sur un minuscule plateau en argent. Elle posa le tout sur la table qui nous séparait et distribua les tasses, posa le sucre et la crème à portée de main, versa le café et s'assit.

« Qu'est-ce que tu as raconté ? demanda-t-elle d'un ton sec à son mari.

— Rien. J'ai juste dit que...

— C'était la faute de cette gamine, l'interrompit-elle en s'adressant à moi. Il n'y avait jamais eu de problème avec Peter avant qu'elle ne commence à... »

Elle absorba un peu de café chaud.

« Servez-vous en sucre et en crème si vous... C'est

vrai que c'était une habituée des lieux, Ingelin et elles avaient toujours été amies, mais il ne faut pas oublier que Peter avait cinq ou six ans de plus, et il n'avait donc aucun contact avec... à l'époque. Ce n'est que plus tard...

— Quand ?

— Quand ? répéta-t-elle en regardant son mari. La première fois que moi, j'ai remarqué quelque chose, c'était... l'année où il a passé son bac. Peter avait dix-huit ans, et elle — Lisa — devait en avoir treize. Je me souviens... C'était une de ces douces soirées d'avril, Håkon et moi avions été nous promener dans l'Isdal, et Ingelin était au goûter d'anniversaire d'une cousine à elle, et quand nous sommes revenus... Vous n'avez pas pu voir, en arrivant tout à l'heure, mais il y a un autre tout petit jardin derrière la maison, qui est plus à l'abri des regards, avec un banc, une table de jardin et quelques jolis massifs de roses. Quand on est assis là, personne ne peut vous voir depuis la rue, mais on entend ceux qui arrivent... sur les graviers. Håkon et moi avions fait le tour, pour nous asseoir et profiter de la douceur de la soirée, et puis... Ils étaient là, Peter et Lisa, assis chacun à un bout du banc, si loin l'un de l'autre qu'il était aisé de comprendre qu'ils n'étaient pas assis comme ça quelques secondes plus tôt, et la mauvaise conscience était flagrante sur leur visage...

— Vera, dit prudemment son mari.

— Je n'ai rien dit, à ce moment-là, continua-t-elle. Elle, elle a grommelé qu'elle était venue voir Ingelin, mais qu'elle n'était pas là, alors elle était restée discuter, et je veux dire, elle n'avait pas besoin de m'en dire autant, s'ils n'avaient rien à cacher ! Il avait ses livres de classe ouverts devant lui, mais il n'avait pas l'air d'avoir lu.

— Ils étaient peut-être tout simplement troublés, comme les jeunes peuvent l'être quand ils sont... surpris.

— Et voilà ! C'est exactement ce qu'Håkon a dit. Déjà, à l'époque, il a défendu... Il a *refusé* de l'admettre !

— Vera...

— Mais moi, je l'ai vu... dès le début, des le premier instant, et si nous avions fait ce que j'ai dit, à l'époque, si on avait parlé à ses parents, et à elle... ça ne se serait peut-être pas... Mais on s'est contentés de parler à Peter... et vous connaissez les garçons, à cet âge !

— C'est la seule chose que nous pouvions faire, Vera. Ce n'était pas notre fille, mais c'était notre fils.

— Mais qu'aurais-tu fait *si* ça avait été ta fille, si ça avait été Ingelin — et un garçon de cinq ans de plus qu'elle — quand elle avait treize ans !

— Je...

— Parce que c'est comme ça qu'il faut voir les choses ! Plus tard, quand ils ont trente ans, ou plus, cinq ans d'écart, ce n'est pas grand-chose... mais si jeunes... J'ai pris Peter à part, le soir même, et je lui ai dit ce que j'en pensais. Il n'a rien répondu, mais il a dit que je m'étais trompé sur toute la ligne, et que si je ne m'étais pas trompée, c'était de toute façon quelque chose qui ne me regardait pas. Puis il a pris ses cliques et ses claques, et il n'est rentré que quand j'ai été couchée. » Une petite pause. « Mais Håkon était toujours debout. »

Håkon Werner avait une expression presque

rêveuse sur le visage. Nous le regardions tous les deux, dans l'expectative.

« Il était... bourré, dit-il au bout d'un moment. C'était la toute première fois que je le voyais... dans cet état. Il est rentré... Il avait des taches aux genoux, sur son pantalon, partout sur le devant de sa chemise... » Il passa sa main sur ses propres vêtements, aux endroits qu'il évoquait, comme pour essayer d'effacer des taches invisibles.

« J'étais assis là-bas, dans le fauteuil, sous le lampadaire, un livre à la main. Il est entré, là-bas. Il s'est appuyé sur le chambranle de la porte. Ses cheveux étaient en bataille, sa bouche à moitié ouverte, humide... et il avait les yeux brillants. Il n'arrivait pas à faire la mise au point sur moi. »

Vera Werner frémit. Elle avait déjà dû entendre cette description, mais c'était à chaque fois comme si elle la découvrait.

« Il a fallu que je monte avec lui. Il était pendu à mes épaules, et il s'emmêlait sans arrêt les guibolles. On comprenait sans aucune difficulté pourquoi ses vêtements étaient sales.

— A-t-il dit quelque chose ? demandai-je.

— Il a essayé. Mais ce qu'il disait n'avait ni queue ni tête. Il pleurait. Et j'ai saisi... son nom, à elle.

— Lisa ! compléta sa femme. Mais même à ce moment-là, il n'a pas voulu l'admettre.

— Je partais du principe que... qu'il voulait simplement s'expliquer, dit Werner.

— S'expliquer ! » pouffa-t-elle.

Je goûtai pour la première fois au café. Il était noir, fort, et ma langue se tordit dans ma bouche.

« Quand avez-vous été sûrs que... qu'il y avait quelque chose ?

— Heureusement, il a d'abord passé son bac. Même si elle lui tournait autour... comme un vautour. Je ne pouvais rien dire à Ingelin non plus. Comment aurais-je pu le lui expliquer ? Elle n'avait en fait que... elles étaient en quatrième !

— Ceux qui sont en quatrième aujourd'hui en savent plus sur la vie que nous pourrons apprendre jusqu'à notre mort, dis-je.

— Bon. C'est peut-être vrai. Mais pas mon Ingelin à moi. Elle est fragile et innocente, et je n'ai pas pu... je n'ai tout simplement pas pu ! »

Son mari me jeta un regard éloquent, qui en disait très long.

« Mais cet été-là... continua-t-elle. C'était la première fois qu'il ne voulait pas nous accompagner en vacances d'été. Nous avons une maison de campagne dans le Sunnhordland, au sud de Husnes, un endroit magnifique, près du fjord, parfait pour les enfants, les jeunes, les adultes — mais cette année-là, il n'a pas voulu. Il s'est trouvé un job d'été et il est resté seul à la maison, tandis que nous sommes partis avec Ingelin. Håkon avait ses vacances tôt. Les Halle... ils n'étaient pas encore partis. Les années précédentes, Lisa était souvent venue avec nous, au début des vacances, pendant une semaine ou deux, mais cette année-là — je n'ai pas voulu l'associer à la famille plus que nécessaire. Mais... ça a été une bêtise. Si je l'avais invitée... il ne se serait peut-être rien passé.

— Et c'est quoi, ce qui s'est passé ? » demandai-je.

Elle me fixa d'un regard vide.

« Ça... on ne sait pas. »

Son mari soupira.

« Mais on l'a senti, en revenant, continua-t-elle. Qu'il y avait quelque chose. Il était différent. Plus agité, agressif. Lisa... elle était en vacances, à ce moment-là, mais quand elle est revenue, elle commençait à prendre ses distances. Elle n'est plus jamais venue voir Ingelin, et quand j'ai posé la question à Ingelin, elle m'a répondu que Lisa la trouvait trop gamine, que Lisa s'était trouvé d'autres amis... en ville. Peter aussi sortait beaucoup. Il était à la fac, bien sûr, il venait de commencer, cet automne-là, et il avait cours le soir, mais il sentait souvent la bière quand il rentrait à la maison. »

Werner hocha tristement la tête.

« Ce n'est que plus tard... qu'il a commencé à se droguer. Je me suis pas mal renseigné. L'école d'Ingelin nous a fourni de la documentation. Pour pouvoir reconnaître les symptômes. Vous savez, il y en avait de plus en plus qui se... de plus en plus jeunes. Nous avons appris ce qu'il fallait remarquer : les pupilles étroites, le regard vitreux, une attitude de somnambule, le manque de concentration, la fatigue — je veux dire une fatigue anormale. Alors vous pouvez peut-être imaginer ce que j'ai ressenti quand j'ai tout à coup commencé à voir ces symptômes... chez mon propre fils !

— Il a commencé à faire des grasses matinées de plus en plus longues, poursuivit madame Werner. Parfois, il était presque impossible de le faire se lever. Et je ne le voyais jamais étudier. Il me disait qu'il le faisait à la bibliothèque de la fac, mais il arrivait qu'on tombe par hasard sur lui, en ville, ou que des gens nous disent l'avoir vu... Il traînait dehors, ou allait à la bibliothèque lire des revues et des journaux, ou glandait sur la place du marché en regardant les touristes.

— Et Lisa... avançai-je.

— Elle était entrée au collège et n'était plus dans la même classe qu'Ingelin. On la voyait quand elle passait devant chez nous, et elle ne daignait même plus nous dire bonjour. Elle avait... elle avait soudain commencé à prendre un corps de femme, brusquement, et elle est devenue une vraie femme, en quelque sorte — en l'espace d'un été et d'un automne.

— Ça m'étonne, dis-je. Elle n'avait pas l'air spécialement épanouie.

— Enfin, je veux dire, plus adulte qu'avant, en tout cas plus qu'Ingelin... Mais complètement immature, bien entendu !

— Mais ça... c'était il y a plus de deux ans.

— Oui, mais ça a duré... pas mal de temps. Au printemps, il y a deux ans, ils ont été obligés de retirer Lisa de l'école pour l'envoyer en cure de désintoxication. Puis elle est revenue, après l'été, et ça a apparemment bien été pour elle pendant plus d'un an. Mais à l'automne dernier, à l'automne dernier, ça a recommencé. Et cet hiver, elle s'affichait avec Peter. Ils...

— Attendez un instant. Entre-temps... Peter, est-ce qu'il a suivi une cure, de son côté ?

— Non, répondit-elle en secouant la tête. On n'a pas pu l'obliger, pas plus qu'avant...

— Il n'était pas accro *à ce point*, à mon avis, poursuivit Werner. Pas comme ça. Il était plus âgé, et il pouvait se contrôler... un peu mieux. Lisa a tout simplement versé sur une mauvaise pente et s'est retrouvée dans la m... avant de pouvoir dire ouf. Imaginez, elle avait quatorze ans quand ils l'ont envoyée faire sa première cure !

Peter... il a fini par laisser tomber la prépa, et il s'est trouvé un boulot. Ça ne se passait pas du tout comme je l'avais pensé, mais j'étais content malgré tout. Pendant un temps, j'ai vraiment cru qu'il allait s'en sortir. Il a recommencé à avoir un emploi du temps régulier, il partait travailler tôt le matin, revenait dans le courant de l'après-midi, restait souvent à la maison le soir. Mais, tout à coup... il a brusquement eu plus d'argent, on l'a vu... aux vêtements qu'il achetait. Et puis... il a recommencé à boire... et à se droguer, par la suite. À nouveau, j'ai vu... les mêmes symptômes.

— C'était à la fin du printemps de l'année dernière, embraya madame Werner. Et à l'automne, Lisa a recommencé à se droguer, à ce qu'on a entendu dire — il arrivait toujours qu'on discute avec ses parents, nous étions toujours voisins, après tout, et... on les connaît depuis très longtemps. Même s'ils ne disaient pas grand-chose, on comprend d'autant plus à ce que les gens *ne disent pas*, n'est-ce pas ? Cet hiver... elle et Peter, ils sont rentrés ensemble, tard dans la nuit... ils... Son père, Niels, est venu ici un dimanche matin, livide, et nous a demandé si elle était chez nous. Elle n'était pas rentrée cette nuit-là. Je lui ai dit le plus calmement possible que j'allais monter voir dans la chambre de Peter. Je suis montée. Mais elle était vide. Aucun d'eux n'était là, et il n'y avait eu personne de toute la nuit. Je suis redescendue... et je lui ai menti. Je lui ai dit que Peter dormait, seul. Il m'a dit qu'il allait déposer une plainte contre Peter, vu qu'elle était mineure. J'ai répondu... »

Son visage était devenu rouge brique, et son mari l'interrompit.

« Ne revenons pas sur ces choses-là, Vera. Ça ne fait que te rendre...

— Ce travail qu'avait Peter, dis-je, qu'est-ce que c'était ? demandai-je.

— Rien ! » s'exclama la mère.

Le père la regarda d'un air las.

« Il travaillait pour une entreprise de construction. Il était sur les chantiers, en alternance. C'était un bon boulot, qui lui faisait du bien. Il passait beaucoup de temps dehors, il avait pas mal de collègues adultes...

— Il travaille toujours ?

— Oui. De temps en temps. Il a été souvent absent ces six derniers mois, mais il a réussi à conserver son emploi. Je pense qu'ils veulent l'aider, autant qu'ils le peuvent.

— Comment s'appelle cette boîte ?

— Arve Jonassen S.A. Ce n'est pas une grosse boîte, mais on m'a dit qu'ils avaient bonne réputation. Ces derniers jours, il travaillait sur un bâtiment pour la commune, un lycée. Et ils ont quelques chantiers en cours dans les environs, à Sotra, Holsnøy, des endroits comme ça.

— Alors... À quel moment a-t-il disparu ? Et est-ce que quelque chose de particulier a pu provoquer sa disparition ?

— Non. C'était... avant ce week-end. Jeudi, ou dans la nuit de jeudi à vendredi. Il... On se voyait tellement peu... et on avait pris l'habitude qu'il soit souvent absent, même un jour ou deux. Mais cette fois-là, après être restés sans nouvelles pendant quatre ou cinq jours, nous avons téléphoné à... à son employeur, et ils ont dit qu'ils ne l'avaient pas vu non plus. C'est à ce moment qu'on a commencé à s'en faire pour de bon.

— Mais... pourquoi ne vous êtes-vous pas adressés à la police ? »

Madame Werner s'immisça dans la conversation :

« Parce que nous savions que Lisa avait disparu, elle aussi, et on a voulu faire d'une pierre deux coups... on a réfléchi trente secondes, et...

— ... on a conclu trop vite, comme toujours, compléta son mari, sarcastique.

— Il n'était vraiment pas avec elle ? me demanda-t-elle en me jetant un regard où pointait la panique.

— Non. Pas à ce que j'ai vu, en tout cas. Mais... Il y a une chose qui est cruciale, si je dois le chercher. Est-ce qu'il avait de bons amis, des amis *proches* ? »

Ils me regardèrent tous les deux pensivement, comme s'ils examinaient ma candidature.

« Il y avait un étudiant, finit par dire la mère... qui suivait les mêmes cours. Il est même venu ici à deux ou trois reprises, au début.

— Le premier semestre, ajouta le père, quand il était en prépa. En fait, je pense qu'il est resté en contact avec lui par la suite aussi, quand Peter a commencé à travailler. Il s'appelait... Bjørn Hasle.

— Hasle ? répétai-je. Vous savez où il habite ?

— Non, mais vous pouvez vous renseigner à... l'université. »

J'acquiesçai.

« D'autres ? »

Ils secouèrent la tête à l'unisson, comme deux singes savants.

« Ses collègues de travail, dit Werner, mais nous

n'en connaissons aucun, nous n'en avons jamais rencontré. Il faut vous renseigner... là-bas.

— Vous n'avez rien d'autre à me raconter... qui puisse avoir de l'importance ?

— Non. » Ils avaient vidé leur sac. Même madame Werner n'avait plus rien à dire. Elle était légèrement avachie, ses gros seins surplombant sa tasse de café. Son mari me regardait à travers ses lunettes, comme si une baie vitrée nous séparait.

Je vidai ma tasse de café et me levai.

« En ce qui concerne les honoraires... commençai-je.

— Ça n'a aucune importance, Veum, dit Werner en se levant. Faites selon vos tarifs. Trouvez Peter, et je vous paierai. Mais retrouvez-le, Veum, retrouvez-le ! »

Une passion inattendue emplissait à nouveau sa voix, et j'eus encore une fois l'occasion de me demander qui portait la culotte, dans cette famille : lui ou elle, ou peut-être — en fin de compte — Peter ?

« Il faudrait peut-être que je parle aussi avec votre fille. Ingelin.

— C'est indispensable ? Nous préférerions ne pas l'inquiéter. Elle, elle est vraiment... fragile.

— Bon. Mais s'il le faut... »

Il me rassura en acquiesçant.

« S'il le faut, d'accord... Mais pas maintenant.

— Je peux emprunter cette photo ?

— Bien sûr. Ça ne pose pas de problème.

— Mais vous la rapporterez, n'est-ce pas ? demanda madame Werner en s'arrachant à sa tasse de café.

— Bien entendu. »

Il y avait une étrange atmosphère de rupture dans la pièce douillette, comme si j'étais un cousin en visite. Les deux autres avaient l'air bizarrement perplexes, désemparés, perdus, sans repère solide.

J'en vins à me demander ce que Peter représentait réellement pour eux. Et, par la même occasion, comment pouvait bien être sa sœur, Ingelin.

10

Le soleil commençait à dégouliner sur la ville à travers les trous de la couche nuageuse, comme d'un pot de peinture renversé. Je rentrai de Kalfarlien en passant par Leitet. Les grandes villas disparaissaient à l'extrémité de Brattlien. En tournant dans Småskansen et en continuant dans Promsgate, les maisons se faisaient plus petites, moins hautes. Le funiculaire du Mont Fløien s'extirpait du sol comme une taupe aux yeux plissés, après une hibernation beaucoup trop longue. Je passai devant la caserne de pompiers de Skansen, dont la peinture s'écaillait en larges plaques blanches, pour arriver dans la ruelle où j'avais mes quartiers.

La cage d'escalier de la petite maison de bois était sombre, comme toujours, et je grimpai péniblement, encore habitué à la lumière blanche de l'extérieur. J'entrai dans l'appartement. J'avais été absent une journée et demie, et l'air était chargé. Je pendis mon manteau dans la petite entrée et allai dans la cuisine faire chauffer de l'eau. J'entendis dans la petite cour le faible bruit des pinces à linge se balançant sur leur fil. Je sentais que ça me ferait du bien à moi aussi

d'être mis à sécher. J'avais l'impression que l'intérieur de ma tête était plein de papiers roulés en boule,
sur lesquels étaient écrits des mots peu clairs : des
mots que je devais m'efforcer de distinguer, mais qu'il
m'était impossible de lire.

Quand l'eau fut chaude, je me fis une tasse de café
soluble. Je vidai mes poches de la petite monnaie
qu'elles contenaient : tout ce qu'il me restait de
liquide. Il ne me restait même pas de quoi me payer
une place de cinéma. Il aurait fallu que je demande
une avance à Werner.

Je posai le cadre qui contenait la photo de Peter
Werner sur la table de la cuisine et me mis à l'étudier.
Un visage jeune, inachevé. Aucune peine véritable
ne l'avait encore caressé de ses doigts sales, aucune
véritable joie ne l'avait illuminé. C'était une ébauche
de visage adulte, un coup d'essai, une esquisse. C'était
un dessin que l'artiste avait laissé de côté pendant
qu'il en continuait d'autres, et il était difficile de
savoir quand il s'y attellerait à nouveau. Peter
Werner, lieu de résidence inconnu.

Je parcourus la cuisine obscure du regard. Quelques assiettes, une tasse et un verre attendaient dans
l'égouttoir, depuis le jour de mon départ. Une éponge
à vaisselle sèche et recroquevillée gisait près de
l'évier. Le savon était orné d'une couche de mousse
séchée qui faisait comme un vernis gris-blanc. La
fenêtre derrière moi était couverte d'une couche irrégulière de poussière, de pluie et de saleté. De toute
façon, ce n'était pas si souvent que le soleil arrivait
jusque-là, environ deux ou trois heures au moment
du solstice d'été. Et ça faisait une paye que quelqu'un
d'autre que moi s'était assis à la place que j'occupais.

Ça faisait un bout de temps que je n'avais pas eu d'invité pour le petit déjeuner.

Je me sentis subitement seul. J'avais besoin de quelqu'un à qui parler. Une femme avec qui j'aurais pu prendre une tasse de café, discuter, qui aurait tendu la main pour me caresser la joue. Une femme qui aurait pu me regarder tendrement, secouant la tête en me souriant. Ou une femme qui aurait pu m'engueuler, me remettre à ma place, me dire à quel point j'étais un pauvre type, quel idiot, quel amant déplorable... mais une femme, quoi qu'il en soit.

Ou un enfant. Un petit garçon de huit ans, qui venait de commencer l'école primaire, et qui s'appelait Thomas.

Quelqu'un, rien de plus. Mais pas seulement le portrait figé d'un fils égaré répondant au nom de Peter. Peter Werner

« Salut, Peter », dis-je, mais il ne répondit pas. Il se contentait de me fixer sans rien dire, depuis l'autre côté d'un atelier de photo, à un instant quelconque du passé.

Parents et enfants. J'avais moi aussi eu des parents, dans le temps, mais ils étaient morts tous les deux. Et j'avais moi aussi été enfant, même si j'avais l'impression qu'une éternité s'était écoulée depuis.

J'avais parcouru les rues de l'autre côté de Vågen en courant, juste après la guerre, quand les zones incendiées étaient comme des prairies infinies et que les copains étaient des héros immortels. On ne pensait pas alors que des gens pouvaient mourir. Certains de ceux avec qui j'avais joué n'étaient déjà plus que poussière et cendres quelque part dans la terre, d'autres étaient des clients fidèles des cliniques psychiatriques et des centres pour alcooliques disséminés dans tout le pays. Heureusement, à l'époque, on ne savait pas ce genre de choses. Quand vous couriez dans les zones incendiées et les petites ruelles, vous ne vous doutiez pas que quelqu'un développerait un cancer qui le tuerait avant sa trentième année, qu'un autre mourrait dans une boîte de verre et d'acier après une sortie de route, dans des contrées très au sud de la Norvège et très à l'est des prairies infinies.

Et les grandes vacances dans le Ryfylke, la mer gris acier, la nature vert foncé du Vestland, un ciel qui était presque toujours gris pâle et seulement quelques jours heureux, clairs comme du cristal et bleus comme des campanules. Une ferme où vivait un chien de berger qui s'appelait Nounours et qui vous accompagnait où que vous alliez, vous suivit de ses yeux marron d'animal ; un père assis sous un parasol, un mouchoir posé sur la tête et un livre de mythologie scandinave sur les genoux ; une mère qui revenait des champs, avec à la main un panier de fraises qu'elle venait de cueillir. Vous ne pensiez pas à l'époque que le père allait mourir quelques années plus tard, laissant la mère veuve, et que le chien Nounours se ferait écraser par la voiture d'un touriste pressé. Vous ne pensiez pas à l'époque qu'il y aurait d'autres étés, que les cieux s'ouvriraient pour permettre au soleil de se libérer, que des nouvelles feuilles allaient éclore sur les arbres, que d'autres fraisiers surgiraient de terre — mais vos parents seraient disparus, ainsi que le chien Nounours, et vous-même... un jour, disparu.

Ma mère avait vécu relativement longtemps dans la ruelle. On avait démoli les maisons autour d'elle, l'une après l'autre, pour construire de nouveaux immeubles, et pendant un temps — avant que lesdits immeubles soient construits — le sombre appartement s'était fait plus clair et moins pesant. Ma mère, assise dans son fauteuil à bascule, était devenue de plus en plus menue tandis que la maladie invisible la dévorait de l'intérieur. Je me revoyais assis dans le canapé, une tasse de café froid entre les mains, pendant qu'à l'autre bout de la pièce, des sourires forcés dansaient sur l'écran bleu de la télévision. Nous n'avions plus grand-chose à nous dire, et nous avions regardé la télévision jusqu'à la fin des émissions. Puis j'étais rentré chez moi, traversant les rues éclairées, par la place du marché, avant de monter vers Stølen et Skansen. J'avais allumé la radio, et je m'étais servi un canon en me demandant si ma mère était toujours assise là-bas, dans la même pièce, à écouter la même émission que d'habitude à la radio.

Un soir d'août, personne n'ouvrit lorsque je sonnai. J'ouvris la porte à l'aide de la clé que j'avais toujours sur moi et découvris ma mère par terre, devant le poste de télévision. Un peu de sang s'était écoulé de sa bouche et de son nez, et des images muettes et grises dansaient devant moi sur l'écran. L'autopsie révéla que son ventre était pour ainsi dire totalement rongé par le cancer. Ils avaient dit qu'il était incroyable qu'elle n'ait pas souffert. « Elle n'avait pas l'habitude de se plaindre », répondis-je.

Je me retrouvai seul. Cela faisait déjà dix-neuf ans que mon père n'était plus, et j'avais réussi à avoir moi-même un fils, j'avais eu le temps de me marier — et de divorcer. La vie continuait, inexorablement. D'autres étés, d'autres hivers. Cela ne se remarquait presque pas, jusqu'à ce que, de temps en temps, quelque chose vous fasse vous arrêter — et réfléchir.

Les parents et leurs enfants sont si rarement heureux ensemble. Ou bien on est trop jeune, ou bien on est trop vieux. Et il y en a toujours certains qui meurent trop tôt — ou trop tard. Il semble parfois que les parents et leurs enfants soient aussi incompatibles que les étés et les hivers que l'on traverse, que les jours et les nuits qui passent. Et on le comprend toujours trop tard, dans une cuisine vide, une tasse de café lyophilisé tiède sur la table devant soi.

J'allai me déshabiller dans ma chambre, et me glissai entre les draps froids et humides. Je m'endormis presque instantanément, mais mon sommeil fut agité. Une femme était penchée sur moi et me secouait, et je compris qu'elle me disait quelque chose, qu'elle criait, mais je n'entendais aucun son. C'était Lone H., et je voyais ma mère dans un coin de la chambre, assise dans son fauteuil à bascule, se balançant d'avant en arrière, encore et encore, comme si elle n'était absolument pas morte.

Je m'éveillai dans la soirée, me levai et m'habillai avant de descendre en ville. J'allai au bureau pour y prendre le courrier, mais il n'y avait rien. Même pas une facture, pas le moindre prospectus.

Je m'installai derrière mon bureau et restai un moment à regarder la place du marché et Vågen. Le ciel était dégagé, et seuls quelques nuages bas et bordeaux flottaient au-dessus de l'île d'Askøy et rappelaient le dépôt au fond d'un verre de vin. Le ciel avait cette forte couleur indigo indescriptible, qui commence par pâlir en un bleu-vert opaque avant d'être transformée en bleu foncé, puis nuit, à peu près à la verticale du mont Fløien. Tout le spectre s'étend le soir dans le ciel entre Askøy et Ulriken, allant du rouge vif à une obscurité bleu profond, et la ville est plongée dans la pénombre comme un réseau de silhouettes sombres, étincelante de pointes lumineuses. J'avais le mont Fløien juste en face de moi, recousu en son milieu par la chaîne de lumières orange du funiculaire.

Tout était silencieux autour de moi ; le téléphone ne sonnerait plus jamais ; j'étais assis dans une cage de verre d'où je regardais la vie continuer sans même qu'elle fasse attention à moi.

Je restai longtemps ainsi. Rien ne pressait. Je n'avais nulle part où aller.

11

Le lendemain, je commençai à chercher Peter Werner. C'était une de ces journées d'été anticipé qui tombe Dieu sait d'où. Il faisait quatorze ou quinze degrés dès neuf heures du matin, et il n'y avait pas un nuage dans le ciel. Le contour des montagnes était exceptionnellement net, et une curieuse atmosphère d'intense attention planait sur toute la ville. C'était comme si le soleil était une mèche que l'on venait d'allumer, comme si la ville entière ne faisait qu'attendre que la bombe explosât. La journée allait être chaude. Je m'habillai légèrement : un T-shirt, un pantalon en velours et une veste en jean.

L'entreprise Arve Jonassen S.A. avait ses bureaux au troisième étage de l'un de ces horribles bâtiments de béton de Nordnes, à l'extrémité de Strandgaten.

J'y allai en voiture et me garai sur les communaux de l'ancien poste de douane.

Arve Jonassen n'était pas là. Mais on me fit savoir qu'il avait rendez-vous sur l'un des chantiers — une annexe scolaire dans le sud du quartier — à onze heures. S'il y avait urgence, je pourrais toujours l'y rencontrer. Je remerciai et dis que oui, il y avait urgence.

Le chantier se trouvait à peu près à l'endroit où la vallée de Bergen est le plus étroite, où il ne faut pas beaucoup plus d'un quart d'heure pour aller à pied d'un versant à l'autre. D'un côté, le mont Ulriken, dont le profil de biais et le mât de télévision étaient caractéristiques. De l'autre, Løvstakken et ses contours presque africains qui le faisaient passer pour le Kilimandjaro, les jours de légère brume, lorsqu'on le regardait de Nordnes ou de Sandviken.

C'était une annexe à moitié finie, dont les huisseries n'étaient encore que des trous béants dans un squelette gris de maison, haute de sept ou huit étages, et qui faisait passer les grosses villas rouge brique et blanc pour des maisons de poupées.

Une forte odeur de chaux, de béton et de sciure flottait dans l'air, et j'eus l'impression de sentir une vague de froid se jeter sur moi, en dépit de la chaleur. Une bétonneuse était au repos, mais on entendait les ouvriers plus haut, dans les étages : une perceuse hurlait du mieux qu'elle pouvait, tandis qu'un marteau marquait un rythme irrégulier, comme un fox-trot dansé par un boiteux. Un gros camion vert était arrivé sur le chantier, et quatre hommes chargés de planches faisaient la navette entre la plate-forme et une palette. Haut dans le ciel, au-dessus du bâtiment, une grue tendait le cou, pleine d'espoir. Pour la personne qui se trouvait dans la cabine, nous devions tous ressembler à de petites bêtes : il pouvait faire tourner sa grue vers nous et tous nous prendre sur son crochet si l'envie le prenait. Il était en quelque sorte le maître du monde, dans son petit local carré. En quelque sorte, puisque lui aussi dépendait d'un quelconque service du personnel, lui aussi avait un patron qui embauchait et remerciait, foutait à la porte avant de signer avec quelqu'un d'autre. Le plus jeune des quatre ouvriers était torse nu, et le soleil faisait briller son corps musclé, son dos large, ses avant-bras musculeux, et sa poitrine à l'avenant. Il avait les cheveux blonds, mi-longs, un menton volontaire, et se tenait très droit. Son jean était presque rendu blanc par l'usure, et ses grosses chaussures de sécurité lui conféraient une démarche lourde. Il portait un casque bleu sur ses cheveux blonds, négligemment penché d'un côté. Il me faisait penser à un cow-boy. En juin, quand le soleil brille, lors de la première journée d'été digne de ce nom, ce qu'on aimerait être, c'est ouvrier sur un chantier. (Mais en novembre, quand le vent siffle dans les rues et quand les bâtiments inachevés sont accueillants comme des tombeaux peints à la chaux et douillets comme une salle d'attente du pôle Nord, il fait bon être détective privé, si les gens ont l'amabilité de vous laisser tranquille. Et le plus souvent, ils l'ont.)

Juste à gauche du portail, une planche était posée sur quelques grosses pierres qui restaient du dynamitage. Deux hommes étaient assis sur cette planche. Chacun avait son thermos entre les jambes. Ils n'avaient pas l'air de se parler. Ils se contentaient de boire leur café tiède, ou Dieu sait ce que pouvait contenir leur thermos. Un gros J rouge ornait le dos de leur bleu de travail.

Au moment où je passai le portail, je constatai qu'une génération séparait les deux ouvriers. Le plus âgé avait la peau de la nuque rouge brique, pleine de trous et de bosses. Ses cheveux gris parsemés de mèches blondes, presque verdâtres, étaient courts dans la nuque. Sa mâchoire était carrée, sa bouche pleine de caractère, aux lèvres serrées. La peau de son visage présentait tout un réseau de vaisseaux sanguins, la carte manuscrite d'un paysage inconnu. Il avait l'âge indéfinissable qu'ont tous les ouvriers qu'on ne peut plus qualifier de jeunes : entre cinquante et soixante-dix ans. L'autre avait vingt et quelques années, et son visage était celui d'un jeune professeur : des lunettes, une petite bouche, une peau sur laquelle planait encore la pâleur des bibliothèques étudiantes, comme une faible lueur. Il était menu, se tenait un peu voûté, comme on le devient quand on reste penché trop longtemps et trop souvent sur ses livres.

Le plus âgé des deux me jeta un regard sceptique tandis que je m'approchais, et le plus jeune me regardait presque avec curiosité. Je suppose que j'avais l'apparence d'un inspecteur public, ou de quelque chose dans ce genre.

Je m'arrêtai devant eux.

« Bonjour. Vous ne pouvez pas me dire si Jonassen est arrivé ? »

Le jeune ouvrier secoua la tête, mais ne dit rien. Ce devait être une forme de respect de l'ancienneté. Le plus âgé s'accorda tout le temps nécessaire.

« Non. Pas encore, finit-il par dire. C'était avec vous qu'il avait rencard ?

— Non, ce n'était pas avec — nous. Mais on m'a dit... qu'il devait passer vers onze heures. »

Le cadet regarda sa montre et finit rapidement son café. L'aîné haussa les épaules : « Bon. »

Je changeai de pied d'appui et me lançai :

« Vous connaissez Peter Werner ? »

Le petit jeune se mordit les lèvres et évita mon regard. Celui du plus âgé se fit vitreux, et le coin de sa bouche tressaillit imperceptiblement, comme s'il avait envie de cracher sans savoir si c'était un geste bien correct.

« Il bosse ici. De temps en temps. »

Il sortit un paquet de tabac et des feuilles et employa toute sa concentration à se rouler une cigarette.

« De temps en temps ? » relançai-je.

Il acheva sa tâche, planta la cigarette au coin de sa bouche et l'alluma. L'autre eut l'air de vouloir dire quelque chose, mais je n'entendis rien. Lorsque le vieux eut correctement allumé sa cigarette, il se leva, me fit un petit signe d'adieu de la tête, et déambula tranquillement vers la construction.

Le plus jeune ne semblait pas pressé de partir.

« Qu'est-ce qu'il voulait dire ? » demandai-je.

J'entendis au moment où il ouvrit la bouche qu'il venait d'Oslo.

« Larsen n'aime pas parler de Peter Werner à des inconnus. Il se contente de les ignorer.

— Et qu'est-ce qui se passe, avec Peter Werner ? »

Il regarda furtivement tout autour de lui. Son regard n'avait pas encore rencontré le mien, mais restait fixé au-dessus de mes épaules.

« Il travaille... rarement. Mais il vient chercher sa paie. Il est... instable. Il se drogue, *moi* je le sais, c'est facile à voir. Et pour des gens de la génération de Larsen, c'est bien sûr ce qu'il y a de pire au monde. Il n'arrive pas à comprendre pourquoi Jonassen le garde en dépit de son absentéisme. Il... il touche une paie complète, et ne présente jamais aucun certificat médical. On... on a presque l'impression qu'il vient bosser quand ça lui chante, juste pour la forme.

— Ah oui ? Mais pourquoi... Est-ce que vous savez pourquoi Jonassen fait ça... pourquoi il le garde ? »

Il me regarda pour la première fois bien en face.

« On dit que... C'est peut-être à madame Jonassen qu'il faudrait demander...

— Ça veut dire que... » J'entendis un bruit de moteur derrière moi.

« Voilà Jonassen, m'interrompit-il. Ciao. » Il fit un rapide signe de tête en direction de la voiture, jeta son thermos sous son bras et partit rapidement vers le bâtiment en chantier.

La grosse Mercedes noire s'arrêta tout près de moi, et deux hommes en descendirent. Ils plissèrent tous deux des yeux curieux vers le jeune ouvrier, avant de m'interroger du regard. J'allai lentement vers eux.

« Bonjour. Je m'appelle Veum. Je cherche... monsieur Jonassen.

— C'est moi », répondit le plus petit des deux hommes.

Qu'il soit le plus petit ne voulait pas dire qu'il *était* petit. Il était relativement large, de partout : le visage, la nuque, le ventre, les cuisses. Il devait chausser du 46. Mais c'étaient des chaussures coûteuses, tout comme son pantalon clair, et sa veste en daim ne me semblait pas être non plus dans mes moyens. À l'instar du vieil ouvrier, Jonassen avait un visage sillonné de rouge, mais j'avais le sentiment que cette rougeur n'était pas tant due au travail en plein air qu'à la fréquentation de belles bouteilles entreposées dans une armoire en teck. Les angles de son large visage étaient arrondis, et son nez était assez imposant. Ses cheveux étaient blond très clair, abondants sur les côtés, mais il n'en restait que quelques touffes au sommet de son crâne rougeaud. Ses yeux étaient bruns, avec un cercle rouge autour de chaque pupille. C'était un peu bizarre. Il me serra la main, et je sentis qu'il avait les paumes moites.

Je déclinai à nouveau mon identité, complète cette fois-ci, et il me présenta à son collègue, celui qui le faisait paraître petit. « Et voici mon plus proche collaborateur, M. Edvardsen, ingénieur...

— Karsten Edvardsen, enchanté. »

Il avait une pure voix de basse. Il aurait pu chanter *Ol Man River* jusqu'à ce que même Ulriken en tremble sur ses bases. C'était une voix qui cadrait bien avec son physique. Il faisait un petit mètre quatre-vingt-dix, et avait l'air capable de mâcher des cailloux. Il était plus athlétique que Jonassen, peut-être parce qu'il avait une dizaine d'années de moins. Il avait mon âge, la fin de la trentaine. Ses kilos étaient répartis plus en conformité avec les plans originaux que chez Jonassen, avec un excès à certains endroits — les poings, par exemple. Chacun de ses doigts semblait pouvoir peser dans les deux cent cinquante grammes. Et pourtant, son visage avait quelque chose de lyrique. Il avait un sourire doux, une pointe d'humour dans ses yeux bleus bordés de pattes-d'oie.

Il avait une cigarette presque totalement consumée au coin des lèvres. Il était nu-tête, et ses cheveux blond châtain étaient coupés assez court.

« On dirait qu'ils ne sont pas encore là, dit Jonassen à Edvardsen, avant d'enchaîner : Que voulez-vous ?

— Je cherche Peter Werner. »

Jonassen me regarda. Pendant une seconde, ce fut comme si toute couleur avait quitté son visage, mais ce n'était peut-être qu'une illusion, car il redevint très vite aussi rouge qu'avant, sinon plus. Karsten Edvardsen sifflotait dans son coin en me regardant avec intensité. Pour une raison quelconque, je me sentis tout à coup petit. Tous mes cent soixante-dix-neuf centimètres ne suffisaient en quelque sorte pas.

« Peter Werner ? répéta Jonassen.

— Oui. Il a disparu... et ses parents sont inquiets, comme on peut s'y attendre.

— Eh bien, je... commença Jonassen en hochant la tête. Quel est votre rôle dans cette histoire ? Vous êtes policier ?

— Non, je bosse pour moi. Je suis détective privé. »

Je vis cette fois-ci clairement la couleur disparaître. Mais cette fois encore, elle revint.

« Eh bien, si nous pouvons vous aider. Suivez-moi... entrons là-bas. »

Il me désigna une baraque verte vers laquelle il partit.

Edvardsen suivit dans la même direction, mais en restant derrière moi, comme pour assurer la retraite, et je me sentis prisonnier. Comme si je me rendais à un interrogatoire. Et comme s'il m'était impossible de changer d'avis. Un sort quelconque en était jeté, mais je ne savais pas lequel.

12

La baraque n'avait rien d'inhabituel. Une petite table était entourée de trois ou quatre tabourets, et on n'aurait pas pu y rajouter grand-chose. Quatre vestiaires métalliques étaient alignés le long d'un mur. Une porte menait à ce qui, d'après l'odeur caractéristique, devait être des toilettes chimiques. Au mur était suspendu un calendrier, et certains jours étaient cerclés de rouge. Je supposai que ce devaient être des jours de congé. Quelques filles de pages centrales étaient dépliées autour du calendrier, fixées au mur par de grosses agrafes. Toutes étaient des photos d'extérieur : la sempiternelle même plage, l'inévitable océan et l'incontournable soleil. L'une des filles se mettait un doigt, mais pas dans le nez. Une autre portait tout au bout du nez une paire de lunettes d'écaille dont les verres n'avaient rien de correcteur : elle était du genre intello. Hormis cela, il était difficile de différencier une photo d'une autre.

Le soleil déferlait sur la table à travers les vitres sales, en révélant un schéma de rayures, de cercles pâles laissés par les tasses de café et quelques initiales gravées dans le bois. Je vis à mon grand étonnement que Kilroy aussi était passé par là.

Jonassen se laissa tomber d'un côté de la table, m'indiqua un tabouret de l'autre côté et joignit les mains sur la table, comme s'il voulait faire une courte prière avant de commencer, en guise d'introduction. Je m'assis, dos à la porte. Edvardsen n'entra pas, mais resta dans l'ouverture de la porte, dos au chambranle et les bras croisés. Il sifflotait entre ses dents, comme s'il ne s'intéressait pas le moins du monde à ce qui se passait.

Il faisait chaud dans la baraque, autant que dans un sauna, et je sentis un mince filet de sueur couler lentement entre mes omoplates. J'avais les aisselles aussi humides que des plaques de mousse après une averse. Ma chemise légère me collait à la peau, et je ne me sentais pas spécialement bien. Jonassen me toisa longuement avant de dire :

« Je n'ai pas saisi... l'intégralité de votre nom.

— Veum, toussotai-je. Varg Veum. »

Cela ne sembla impressionner personne*.

« Et vous cherchez Peter Werner ? »

J'acquiesçai.

« Eh bien, il n'est pas ici, fit-il en parcourant la petite baraque du regard.

— Non. Ça, j'ai vu. »

Petite pause. J'entendais l'éternelle chanson de la circulation, sur la route, et — comme une discordance — la sonorité fragile d'un chant d'oiseau.

« Quand est-il venu travailler pour la dernière fois ? » demandai-je.

Il plissa le front et essaya d'avoir l'air de réfléchir.

« Mouais ? Quand c'était, déjà ? On est jeudi. Il n'est pas venu depuis... la fin de la semaine dernière.

— C'est-à-dire depuis vendredi ?

---

* Cette remarque ne doit pas surprendre ; le nom de Varg Veum est calqué sur une expression norvégienne (*varg i veum*, littéralement « loup dans le lieu sacré ») remontant au Moyen Âge, qui désigne un fauteur de trouble, voire un hors-la-loi.

— Oui. Vendredi ou... jeudi. Je ne sais pas exactement.

— Il est en arrêt de travail ? »

Il secoua la tête sans rien dire.

« Il vous a prévenu par téléphone ? »

Il secoua la tête.

« C'est courant, chez lui ?

— Il... » Il s'interrompit. « Ça dépend.

— Il m'avait semblé comprendre que... qu'il est pas mal absent ?

— Bof, fit-il en haussant les épaules. 'Sais pas trop.

— Mais vous trouvez quand même que ça vaut le coup de le garder dans votre équipe ?

— Il bosse bien.

— Quand il travaille ?

— On peut voir ça comme ça, mais...

— Vous n'avez donc aucune raison particulière pour garder Peter Werner ? »

Il transpirait lui aussi, sans que ça ait quoi que ce soit de surprenant. La température à l'intérieur de la baraque devait avoisiner les trente degrés.

« Non. Aucune raison particulière... Comme quoi, par exemple ? »

Ce fut à mon tour de hausser les épaules. Je ne pouvais pas me permettre d'en faire trop, avec pour seule information une remarque de l'un de ses employés. Derrière moi, j'entendis Edvardsen changer de pied d'appui.

« Je le plains, Peter, continua-t-il de son propre chef. Je... il a certains problèmes, mais vous devez bien être au courant ?

— Vous voulez dire... ces histoires de drogue ? » demandai-je avec un hochement de tête.

Il acquiesça gravement.

« Nous — vous et moi, et Edvardsen — nous appartenons à une autre génération, nous avons une autre attitude vis-à-vis des... stupéfiants. On ne comprend pas les jeunes d'aujourd'hui, qu'ils puissent... » Il secoua la tête, laissant sa phrase en suspens.

« Non. Ce n'est pas toujours aussi facile que ça... à comprendre. Alors on peut peut-être dire que vous avez gardé Peter Werner... pour cette raison ? poursuivis-je après une courte pause. Par charité chrétienne, en quelque sorte ?

— C'est exactement ça, fit-il en hochant frénétiquement la tête. Je n'essaie pas de... brosser le portrait d'un ange. Je n'en suis pas un. Si on veut survivre dans cette branche, on ne peut pas se le permettre. Mais — de temps à autre — il arrive que... Vous rencontrez une personne avec qui vous tissez des liens plus étroits, envers qui vous vous sentez une certaine... responsabilité, vous comprenez ? En quelque sorte... Je n'ai moi-même pas d'enfant... et Peter est peut-être arrivé comme une sorte de fils de substitution.

— Ça se défend, acquiesçai-je. Mais... si vous vous sentez réellement comme un père pour lui : ça ne vous inquiète pas, qu'il disparaisse, comme en ce moment ?

— Bien sûr que si, ça m'inquiète ! Mais... ce n'est pas moi, son père, et lui... il est adulte. À peu de chose près. Je ne peux pas imposer ma présence, il faut qu'il ait sa propre... vie privée. Je... »

Il haussa à nouveau violemment les épaules.

« J'ai essayé de lui parler... à de nombreuses reprises. Sans qu'on puisse parler de réussite.

— Vous n'avez donc pas la moindre idée de l'endroit où il peut être ?

— Non. Malheureusement. Je n'en ai aucune idée. Vraiment pas. Si ça avait été le cas, je l'aurais dit... Je vous l'aurais dit. »

Je le regardai. Ses yeux bruns à l'iris entouré de rouge vacillaient. Je me rendis soudain compte qu'Edvardsen ne sifflotait plus. Je tournai la tête à moitié et le regardai. Il n'avait pas bougé, mais son regard errait sur ma nuque et mon cou, qu'il contemplait rêveusement. Lorsqu'il découvrit que je le regardais, il tourna brusquement les yeux vers Jonassen et dit :

« Ils sont là, Arve.

— De quoi ? Ah oui ! Mon Dieu. Je suis désolé, Veum, mais il se trouve que nous avions un rendez-vous. »

Il se leva et me tendit mollement la main.

« Je... Si je peux faire quoi que ce soit, n'hésitez pas. J'espère sincèrement que vous allez retrouver Peter. Il n'y a certainement rien de... sérieux.

— Non, dis-je d'un ton badin. Il doit être au pieu, en train de s'éclater avec une fille sympa. »

Il avait sorti un mouchoir blanc avec lequel il s'essuya le visage.

« Quoi ?... Oui. Peut-être. Sûrement ! »

Mais pour une raison quelconque, j'eus l'impression que la pensée ne lui avait absolument pas traversé l'esprit.

Je tentai une avancée vers la porte, et Edvardsen s'écarta on ne peut plus gentiment. En guise de salut, il leva vers son front un index gros comme un petit manche de hache.

Une autre grosse camionnette bleue était arrivée

sur le chantier. Deux hommes se tenaient devant, et semblaient attendre que nous ayons fini.

Le soleil cognait, nous clouant au sable et à la poussière que nous foulions. Je fis un petit signe de tête à Jonassen et Edvardsen avant de retourner à ma voiture. Je sentis leur regard sur ma nuque, jusqu'à ce que je les entende saluer les deux autres.

Je ne fis qu'un bout de chemin en voiture. Je me garai devant un bureau de tabac, dans lequel j'entrai. L'odeur doucereuse du tabac, des bonbons et de l'encre d'imprimerie m'assaillit. Les quotidiens du jour étaient soigneusement disposés en trois rangs sur le comptoir vitré qui contenait les barres chocolatées. Un homme maigre qui avait quelque chose de brunâtre au coin de la bouche feuilletait un magazine de bandes dessinées, assis sur une chaise. Il se leva et me jeta un regard interrogateur. Je lui achetai une glace au yaourt et lui demandai s'il était possible de consulter l'annuaire.

Ça l'était. Je le parcourus rapidement jusqu'à Jonassen, et découvris qu'il habitait à Fjøsanger. Je refermai l'annuaire, remerciai et retournai à ma voiture avec ma glace. Je terminai de manger avant de repartir. Fjøsanger — ce ne serait peut-être pas une mauvaise idée d'aller y faire un tour, par une journée comme celle-là. Ce n'était pas loin, et une légère brise soufflerait peut-être du fjord Nordåsvann... *peut-être*.

13

Je créai une illusion de fraîcheur en baissant ma vitre tandis que je roulais. Je passai toutes les pierres tombales de Solheim qui se trouvaient en hauteur, sur le bord de la route. Les plus anciennes penchaient vers l'arrière, et les lettres étaient pleines de mousse verte. Les plus récentes se tenaient au garde-à-vous, telles de jeunes recrues, sans pouvoir apercevoir la fin de leur service, sans savoir combien de temps il leur faudrait rester là.

À ma gauche, on construisait la nouvelle grande route, lentement mais sûrement, le long de l'ancienne ligne ferroviaire. Vingt ans plus tôt, d'adorables trains de banlieue bruns glissaient encore à travers ce paysage, des trains se dirigeant vers des gares comme Hop, Kloppedal et Nesttun — ou des trains qui allaient encore plus loin, comme Evanger, Voss et Mjølfjell — ou Oslo.

Les trains avaient quelque chose de rassurant, et cela faisait du bien de les voir : l'assurance qu'il y a d'autres lieux, qu'il y a toujours d'autres endroits où aller — une assurance que les voitures qui passent à toute vitesse sur l'autoroute ne vous donneront jamais. Mais vous saviez alors que ce n'était pas vrai. Il n'y a nulle part où fuir, parce que là-bas aussi, il y a des voitures. Il y a des voitures partout.

Gamlehaugen apparut devant moi. Comme un modeste château médiéval, il veillait sur le fjord Nordåsvann, Fjøsanger, les zones défrichées le long de Løvstakksiden. Quand la famille royale nous avait rendu visite vingt ans plus tôt, le train d'Oslo s'était arrêté à la gare de Fjøsanger (c'était le soir, les photographes de presse les attendaient avec leurs flashes), et ils étaient descendus pour parcourir à pied le petit bout de chemin qui les séparait de Gamlehaugen. À présent, ils venaient en avion jusqu'à Flesland et terminaient dans de grosses voitures noires...

Les temps changent, pour la famille royale comme pour les détectives privés. Il ne fallait pas que je passe trop de temps à ruminer sur le passé. Cela ne ferait que me coller un ulcère.

La propriété de Jonassen donnait sur une petite rue au milieu d'une zone vert sombre, fertile et ondoyante, entre Fjøsanger et Stortveit. À travers une clôture de bois peint en noir et une épaisse haie de rosiers, je distinguai une maison basse en pierre, en harmonie avec les irrégularités du paysage. Dans un creux du jardin, contre la maison, de larges portes vitrées donnaient sur un petit salon, et le bout de la maison, peut-être une remise à vélos ou une buanderie, aboutissait sur une petite butte : une petite annexe habillée de planches clouées horizontalement.

La grille en fer forgé aussi était noire, et les arabesques qu'elle dessinait formaient le nom d'Arve Jonassen. Mais la boîte à lettres était très banale, du type courant, vert réglementaire.

J'ouvris précautionneusement le portail, après m'être garé juste devant. Des parterres de fleurs bien entretenus s'étendaient de part et d'autre de l'allée de graviers.

De petits massifs de jeunes rhododendrons avaient déjà commencé à faire des boutons, alors que les roses se tenaient sur la réserve. La pelouse était en pleine mue : la peau jaune pâle de l'an passé était sur le point d'être recouverte par la nouvelle pilosité verte de l'année en cours.

La haute futaie ne laissait passer que partiellement le soleil, mais la brise du fjord Nordåsvann était faible, et il faisait lourd. Je quittai ma veste et la jetai sur mon épaule.

La porte d'entrée était large, marron, et ornée d'un motif de damiers. Je sonnai et entendis un faible tintement à l'intérieur.

Personne ne vint ouvrir. Tournant le dos à la porte, je regardai autour de moi. Le coin était discret. Même si les voisins n'étaient pas loin, les hautes haies et les buissons fournis atténuaient l'impression de proximité. D'habitude, lorsque je fais du porte-à-porte, une dizaine de paires d'yeux m'épient depuis une dizaine de fenêtres tandis que leurs propriétaires se demandent qui je suis et ce que je peux bien avoir à faire près de chez eux. Je ne voyais pour l'heure personne d'autre qu'un facteur achevant son ascension de la butte la plus proche.

Il n'y avait toujours aucune réaction à l'intérieur de la maison.

L'allée contournait le bâtiment. Je fis de même.

L'arrière de la maison était — si possible — encore plus impressionnant que le devant. Quelle que soit l'allure de ses comptes, on ne pouvait pas avoir l'impression que ses affaires périclitaient.

Grâce aux buissons impénétrables, on y était encore plus à l'abri des regards. Il ne fallait pas une imagination débordante pour y voir le parc d'un château français, un parc qu'une reine amoureuse aurait fait aménager pour qu'elle et son amant puissent être tranquilles. Il fallait être monté relativement haut sur Løvstakken et disposer de relativement bonnes jumelles pour voir ce qui s'y passait. Mais ça en valait peut-être bien la peine.

Une piscine pleine d'eau turquoise apparut au

milieu de la masse végétale. Un parasol cambré, planté au bord de la piscine, faisait de l'ombre à une table blanche et trois ou quatre chaises de jardin. Une femme était étendue sur une chaise longue, à côté de la table. Elle était couchée sur le dos, la tête tournée vers le soleil et les yeux fermés, comme si elle dormait. Juste à côté, sur le sol, je vis un verre rempli d'un liquide doré, un chapeau de soleil à large bord et une paire de grosses lunettes de soleil à monture noire.

Je m'arrêtai et toussotai :

« Excusez-moi... »

Elle s'éveilla.

Elle se redressa à moitié, plissa les yeux dans ma direction et leva une main pour se protéger les yeux du soleil. Elle me regarda avec curiosité, puis haussa les épaules et posa les pieds dans l'herbe avant de se lever en un mouvement plein de torpeur indolente.

Elle mit ses lunettes de soleil et son chapeau et vint vers moi en ondulant, comme un mirage dans le désert.

Elle ne portait qu'un bikini turquoise qui ne couvrait pas grand-chose. Il n'était pas non plus spécialement discret, vu que l'on pouvait voir ses mamelons pointer à travers le fin tissu, aussi clairement que si elle avait été nue. On pouvait distinguer les contours de son sexe, et on pouvait — oui, sans problème... Il valait mieux regarder ailleurs.

Sa peau semblait douce comme de la crème, mais l'été ne faisait que commencer, et la crème commençait tout juste à dorer. Mais la chaleur de la journée créait comme une lueur vacillante sous la peau, et on devinait dessus un mince voile de sueur aux reflets argentés.

Elle n'était plus toute jeune, je lui aurais donné à peu près mon âge, mais ce n'était pas un inconvénient, pour elle. Elle avait dépassé le stade de jeune femme frêle et celui de la maladresse ; chaque mouvement de son corps montrait qu'elle le connaissait depuis suffisamment longtemps pour savoir exactement ce qu'elle pouvait en faire. Quand elle venait vers vous, elle prenait possession de vous. Elle vous possédait, même à vingt mètres. Elle avait une belle poitrine, les hanches larges, et un ventre rond et doux au milieu duquel un nombril profond semblait vous surveiller. Elle portait une chaîne en or autour du cou, qui se balançait dans le creux entre ses seins.

Et son visage... Le grand chapeau de soleil et les lunettes sombres le rendaient inaccessible et secret, comme si c'était justement comme ça qu'elle mettait son corps en avant. Son nez était plutôt petit, légèrement retroussé. Sa bouche était ronde, ses lèvres semblaient fermes, et un petit sourire jouait à leur commissure comme pour souligner qu'elle savait exactement dans quel état j'étais, quel effet elle faisait sur les hommes. Et ses cheveux étaient noirs, avec des reflets roux.

Elle s'arrêta à trois ou quatre mètres, si près que je pouvais sentir son parfum, mais pas assez près pour pouvoir la toucher sans devoir faire un pas en avant.

« Oui ? fit-elle d'une voix douce, assez aiguë.

— Madame Jonassen ? m'entendis-je dire.

— Ouii ? C'est moi. » Il y avait quelque chose d'affecté et de mignon dans sa voix : comme celle, artificielle, d'une poupée, comme si elle n'était pas tout à fait réelle, mais quelque chose que l'on pouvait remonter en lui donnant quelques tours de clé dans le dos.

« Je m'appelle Veum. Varg Veum. Je viens à propos de... Peter Werner. »

Elle plissa le front, étonnée, comme si elle essayait de se souvenir d'où elle connaissait ce nom.

« L'un des employés de votre mari, lui dis-je pour l'aider.

— Ah oui. » Elle sourit. Ses dents étaient passablement petites : blanches, mais leur pourtour était gris-bleu, presque transparent.

« Vous ne voulez pas... » Elle me désigna la table et les chaises d'une main. Puis elle fit volte-face et partit devant moi.

Elle devait avoir une idée précise de son apparence, dans son bikini turquoise, vue de si près. Elle devait en avoir une idée si précise qu'elle pouvait sentir mon cœur battre dans ma poitrine.

Elle avait en elle l'assurance et la sensualité d'une femme d'une quarantaine d'années. Elle se fit plus ample, mais la fermeté et le maintien accompagnèrent ce changement ; elle ne grossit pas, elle fut simplement *plus*. Encore un ou deux jours au soleil, et elle ferait penser à une nymphe à la sortie de son bain, dans un tableau de Rubens.

Sa sensualité était puissante et sans détour. En quelques images rapides, on pouvait imaginer la rattraper prestement pour l'enlacer, l'embrasser avidement dans le cou, poser les mains sur ses seins et les laisser glisser sous le tissu pour effleurer les mamelons, avant de la faire pivoter et... Il valait mieux arrêter de penser.

Elle s'arrêta près du bassin et m'attendit, me présentant son profil. Je remarquai une fois encore les pointes de ses seins qui se dessinaient à travers le fin tissu. Elle me tendit la main.

Je saisis sa main, pris de vertige. Sa paume était étonnamment sèche et légère, comme si elle ne transpirait pas du tout, comme si nous étions dans une soirée mondaine, elle en robe de soirée et moi en smoking, longtemps après le déclenchement de la ventilation.

« Irene Jonassen... c'est moi », dit-elle en gardant ma main dans la sienne encore un instant avant de la lâcher.

Cela ne voulait probablement rien dire. Cela ne voulait probablement rien dire du tout. Elle faisait partie de ces femmes qui sont sensuelles en éminçant des oignons, en se mettant des bigoudis, ou sur le siège des toilettes. Qu'elle me serre la main un peu plus longtemps que ne l'auraient fait d'autres femmes n'avait aucune signification. Ce n'était que Veum l'Impromptu qui passait comme ça dans la matinée lui poser quelques questions sur un gars qui s'appelait Peter Werner, c'était bien ça ?

Je restai immobile.

« Vous ne voulez pas vous asseoir ? Je peux vous offrir... quelque chose à boire ? »

Effectivement, j'avais soif. Et j'avais envie de la voir retraverser la pelouse.

« Oui, merci, dis-je par conséquent. Auriez-vous du jus d'orange ? Avec des glaçons ?

— Un instant », dit-elle, et elle s'en alla. Elle avançait lentement, et elle avait l'air d'aimer traverser des pelouses devant un public masculin.

Je m'assis sur une chaise et regardai mon hôtesse. Bien entendu, j'aurais dû m'intéresser à tous les buissons, les arbres fruitiers, faire des commentaires sur la splendide piscine, le cadre exceptionnel, la vue magnifique sur le fjord Nordåsvann et Løvstakken. Il y avait tant de choses à faire, mais... le temps manquait, en quelque sorte...

Elle revint avec une carafe de jus d'orange et un verre vide sur un plateau rond en plastique rouge. Elle posa le verre devant moi et le remplit en faisant tinter les glaçons, avant de s'asseoir à son tour, son verre doré à la main.

« Je bois... » dit-elle en levant son verre dans ma direction, sans me dire ce qu'elle buvait.

Le jus d'orange avait le goût d'un rayon de soleil rafraîchi : comme un matin de septembre sur le palais.

« Peter Venner...* dit-elle d'une voix rauque. C'est bien ça ?

— Werner, rectifiai-je. Avec un *w*.

— Ah oui... D'accord. Le jeune type qui... oui, ça y est, je me souviens. »

Il m'était impossible de voir ses yeux à travers les verres noirs de ses lunettes, et l'ombre de son chapeau lui tombait sur le front. Sa bouche ne souriait plus.

« Ce jeune type qui... »

Elle me regardait, attendait que je continue.

« Qui... qu'est-ce que tu — vous alliez me dire ?

— On se tutoie, d'accord ? »

Elle sourit à nouveau, mais c'étaient des sourires

---

* *Venner* signifie « amis » en norvégien.

éclair : ils allaient et venaient. Si par malheur vous cligniez des yeux à ce moment-là, vous pouviez les rater.

« D'accord, dis-je. Mais... » Il faisait trop chaud pour répéter trop de fois les mêmes questions. J'espérais qu'elle n'était pas fan de ping-pong.

« Ce que je voulais dire, c'est... le jeune homme qui est venu ici à l'automne dernier — pour tondre le gazon.

— Tondre le gazon ? »

Dans sa bouche, cette expression semblait presque indécente : une sorte de jargon pour initiés.

« Oui ? »

Elle jeta un œil amusé autour d'elle, et fit, de la même voix de poupée :

« Cette pelouse est tellement trop grande pour... ma petite personne, dit-elle en penchant coquettement la tête sur le côté. Et Arve est si souvent... absent ? »

Ce fut plus fort que moi :

« Souvent absent ? Avec une femme comme... toi ? »

Sa bouche s'arrondit, aguicheuse, et elle fit claquer sa langue.

« Oh, mais... t-t-t ! Merci beaucoup, mon bon monsieur, merci beaucoup. Mais Arve, il est grand, c'est un homme, tu comprends, qui gagne des sous pour que la petite puce ait une superbe maison et un beau et grand jardin pour qu'elle puisse... folâtrer dedans. »

Elle réussit à nouveau à faire comprendre autre chose que ce qu'elle disait. Elle ne pouvait pas utiliser un seul verbe sans que je pense à...

« Peter Werner...il est venu plusieurs fois tondre la

pelouse, à l'automne dernier ? fis-je dans une lutte difficile pour revenir dans le droit chemin.

— Oui. En août, septembre... quand la pelouse poussait encore. Arve envoie souvent un de ses employés pour faire ce genre de choses, ou bien sur leurs heures de travail, quand il n'y a pas trop de boulot, ou bien il les paie un peu plus pour cela. Tondre la pelouse, s'occuper de l'entretien de la maison, la nouvelle annexe... des trucs comme ça. Il y a toujours des moyens de ne pas rester inactif, pour des grands... garçons, n'est-ce pas... »

J'avalai. C'était bien ce que je pensais... Il y en avait toujours.

« Et...tu as fait sa connaissance ? »

Pause ; une longue pause de gestation. Sa bouche était à moitié ouverte, ses lèvres humides.

« Si j'ai fait sa connaissance ? finit-elle par dire d'une voix encore plus rauque, moins celle d'une poupée à présent que celle d'un félin. Ça dépend de ce que tu entends par...faire sa connaissance. »

Je transpirais, abondamment.

« Je veux dire, pas plus que ce que... Tu, tu as bien discuté avec lui...

— Oui, discuté », dit-elle lentement, en prenant son temps, comme s'il ne s'agissait que du début. J'avais l'impression qu'en fait, elle s'ennuyait, qu'elle se moquait de moi, qu'elle faisait simplement durer le plaisir pour tuer le temps.

« Nous avons bu du thé. Il aimait bien... le thé. Si, on a discuté. C'était un assez beau mec... en fait. Une belle silhouette, le torse large... » Elle accompagnait sa description de gestes de ses mains, mais c'était raté : sa poitrine donnait une mauvaise représentation d'un buste musclé d'homme, et mon regard se perdit dessus tandis qu'elle continuait.

« ... la taille fine. En bon état. Mais bien trop jeune pour moi, bien sûr.

— Bien sûr », répétai-je d'une voix éteinte.

Je vis les perles de sueur se réunir entre ses seins, dans le creux entre les clavicules et sur sa lèvre supérieure. Je sentis ma chemise se coller à ma peau.

« Si tu veux, tu peux enlever ta chemise... Ce n'est pas moi que ça gênera.

— Je ne crois pas... » Cela achèverait de me déboussoler pour de bon. Il ne suffirait alors que d'un geste de la main en haut de son bikini, il n'y aurait plus qu'à faire le tour de la table, et elle serait nue contre ma poitrine : pulpeuse, charnue, en sueur et... nue. Je sentirais... Mon cœur ne le supporterait pas.

« Et... de quoi avez-vous parlé ?

— Peter Werner et moi ? De la boîte, bien sûr. Et de... Arve.

— De ton mari ?

— Oui. » Elle me regarda à travers les verres noirs, et je n'avais pas besoin de voir ses yeux : l'expression de son visage allait suffisamment loin dans l'ironie.

« Quand l'as-tu vu pour la dernière fois ?

— Peter Werner ? »

J'acquiesçai en soupirant.

Sa langue glissa lentement sur ses lèvres, et une ride pensive apparut sur son front.

« Bof... Début novembre, il me semble. Il... il est venu planter des oignons... »

Un autre verbe, un autre double sens.

« Et depuis, tu ne l'as pas... revu ? »

Elle secoua la tête, en un mouvement indolent mais

114

appuyé. Puis elle se pencha en avant par-dessus la table, posa les coudes dessus et laissa ses seins emplir le haut de son bikini, s'appuyer sur ses avant-bras.

« Mais... tu ne m'as pas dit qui tu es... et pourquoi tu poses toutes ces — questions...

— C'est vrai. Désolé. Veum, comme je l'ai dit... et je suis détective privé. Peter Werner a disparu.

— Voyez-vous ça ? dit-elle avec un mépris évident. Détective privé ? Un grand et fort détective privé pour de vrai, qui vient voir la petite puce ? Tu me fais voir... ton pistolet ? »

Je me sentais de moins en moins à mon aise.

« Je ne l'ai pas sur moi... pas aujourd'hui. Pour en revenir à nos moutons, Peter Werner a disparu. Et je me demandais si tu pouvais savoir où il se trouve.

— Moi ? demanda-t-elle avant de poursuivre avec une innocence qui ne trompait personne : Qu'est-ce qui te fait penser ça ? Je n'ai aucune idée de l'endroit où se cache ce Peter Werner qui est venu à l'automne dernier tondre la pelouse.

— Tu n'as pas eu une relation avec lui ? » demandai-je sèchement.

Elle changea brusquement du tout au tout, et sa voix se fit dure :

« Est-ce que j'ai l'air d'une femme qui couche, comme ça, avec les jeunes hommes qui viennent tondre la pelouse ? »

Oui. En fait... si. Mais ça, je ne pouvais pas le dire. Elle reprit l'avantage.

« Non, dis-je. Enfin, je veux dire... Pas de relation ?

— Non, mon petit détective futé. Non, je n'ai pas eu de relation avec lui. Certes, il était plutôt agréable à regarder, mais ce n'était pas tout à fait... mon genre.

115

— Mais il était suffisamment ton genre pour que tu puisses parler avec lui... de ton mari ?

— Oui ? Et de quoi je lui aurais parlé, sinon ? Arve, qui est... toute ma raison d'être. »

L'ironie était suffisamment claire, mais elle insista encore un peu, en regardant autour d'elle :

« Arve, qui m'a payé tout ça ?

—Tu ne sais donc absolument pas pourquoi Peter Werner a disparu.

— Non, mon lapin, dit-elle avec le ton qu'elle aurait employé avec un petit enfant. Non, je n'en sais rien. En fait, je ne me doutais même pas qu'il avait disparu avant que tu ne me le dises. Je n'ai pas pensé à lui une seule seconde depuis qu'il a passé le portail pour la dernière fois, en novembre, ou quelque chose comme ça. Et tu sais pourquoi il n'était pas mon genre ? Il avait tellement de mal à réfléchir. Exactement comme toi. Il... Lui aussi posait toujours les mêmes questions, encore et encore.

— Dois-je comprendre que je ne suis pas ton type.. moi non plus ?

— C'est une proposition ?

— Parle plutôt de conclusion.

— Non, Veum, poursuivit-elle avec un sourire dur. Tu n'es pas tout à fait mon type, toi non plus. Même si tu as... l'âge qu'il faut... »

Je lui montrai que moi aussi, je savais sourire durement, que j'avais des dents fortes et blanches qui pouvaient mordre à la demande, malgré leur aspect penché quand on regardait sous un certain angle.

Nous restâmes un moment silencieux, chacun avec son sourire dur. Il n'y avait pas grand-chose à tirer d'elle. Je n'avais pas le courage de continuer à lui poser des questions, et je n'avais en réalité aucune raison de croire qu'elle me mentait. Mais la chaleur m'assommait, et il restait une gorgée de jus d'orange dans mon verre.

Nous aurions pu rester assis au soleil, c'est vrai, deux personnes autour de la quarantaine, une femme et un homme, à échanger des sarcasmes désabusés, comme le font souvent les gens dans des jardins de ce genre. Je pouvais par exemple lui demander...

« Que penses-tu du mariage ? » demandai-je finalement.

Courte pause étonnée. Puis :

« Le mariage ? En général, tu veux dire... ou un en particulier ?

— En général.

— Boah, dit-elle avec légèreté. Un gars que j'ai connu me disait toujours qu'il en va des mariages comme des beuveries : le vide est toujours au bout. »

Tout juste.

« Et le tien... en particulier ?

— Le mien en particulier ? Avec Arve ? C'est justement l'une des choses dont je ne discute pas avec le premier mâle venu, et surtout pas s'il est détective privé. — Tu es divorcé, ça va de soi, ajouta-t-elle subitement.

— Oui ? fis-je, stupéfait. Mais comment... »

Son sourire se fit un tantinet plus doux, cette fois-ci.

« Je l'ai su, rien qu'en te regardant. Ne me demande pas pourquoi, mais les hommes divorcés ont une aura spéciale, quelque chose dans le regard : un clebs lourdé sous la flotte, et qu'on ne laisse pas rentrer, si tu vois ce que je veux dire.

117

— Je...

— Alors je te retourne la question : que penses-tu de ton divorce ? »

Je voulus lui montrer que moi aussi, je pouvais être cynique :

« Le principal avantage d'un divorce, c'est qu'il permet au moins de faire le vide dans ses tiroirs. » Mais le cœur n'y était pas, et elle dut l'entendre.

« Ça fait combien de temps ? demanda-t-elle.

— Oh... quatre, cinq ans... Je ne me souviens pas bien...

— C'est ça, c'est ça. On a terminé ?

— Oui. »

Et le soleil montait. Il grimpait comme une boule de feu d'un blanc aveuglant, sur le ciel au-dessus de Løvstakken. C'était presque étonnant qu'il ne laisse pas de trace de brûlure derrière lui.

Je vidai mon verre. Les glaçons avaient disparu. Puis je me levai :

« Alors... merci. »

Elle resta assise, et leva simplement les yeux. Elle s'était redressée sur sa chaise. Ses lèvres... son cou... Quelque chose battait dans le haut de son ventre, et un muscle de l'intérieur d'une cuisse frémit imperceptiblement. De petites taches noires dansaient devant mes yeux.

Embarrassé, je détournai le regard.

« C'est... une chouette piscine, que vous avez.

— Ouii ?

— Salut.

— Salut, Veum. Et merci... d'être passé. »

Je lui fis un petit geste de la main : pas de quoi, tout le plaisir était pour moi.

118

Puis je m'en allai. Avant de passer le coin, je tournai légèrement la tête, et lui refis signe.

Elle leva mollement une main. Le dessous de son bras était blanc immaculé dans la forte lumière : autour d'elle, la verdure formait une jungle oppressante. Puis je fus de nouveau devant la maison, et elle avait disparu.

14

Je rentrai en ville, et une adorable dame du secrétariat de l'université me donna l'adresse de Bjørn Hasle. Il n'habitait pas loin de là, dans Magnus Barfots gate.

Selon les boîtes à lettres qui se trouvaient dans la sombre cage d'escalier, l'immeuble en brique de deux étages contenait à peu près autant de locataires qu'une tour de taille moyenne. Encore l'une de ces maisons de Nygårdshøyden et de Møhlenpris qui avaient été transformées en une juxtaposition de studios. Il y avait eu au départ deux appartements par étage. Chacun de ces appartements avait été divisé en trois ou quatre studios, ce qui faisait une bonne vingtaine en tout.

Et le nom de Bjørn Hasle figurait parmi ceux qui ornaient les six boîtes à lettres.

L'étage où il habitait n'était pas indiqué, et je dus lire les noms sur les portes, au fur et à mesure que je montais. Les murs de la cage d'escalier étaient recouverts de panneaux de formica, mais pas de façon très soignée, puisque des fentes énormes étaient visibles entre les planches, et que certains clous avaient été enfoncés à la six-quatre-deux. On les avait repeints après coup, d'une fine couche transparente, comme s'il n'y avait pas eu assez de peinture pour tout faire. Une partie de la fraîcheur du long hiver flottait encore là-dedans, malgré la température extérieure. La chaleur met du temps à réinvestir ce genre de maisons, et quand elle revient, un léger courant d'air suffit à la chasser à nouveau. Bjørn Hasle habitait au deuxième étage, sur la gauche.

C'était l'un des appartements qui avaient été divisés en trois, mais il n'y avait qu'une sonnette. Un morceau de carton punaisé à côté portait les instructions à suivre pour prévenir la personne que vous veniez voir : une fois pour une personne, deux fois pour une autre, trois fois pour Bjørn Hasle.

Je sonnai — trois coups hésitants, légers. Un instant plus tard, une paire de pantoufles se rapprochèrent d'un pas feutré, et la porte s'ouvrit.

Un jeune homme se tenait dans l'embrasure. Son visage était pâle et allongé, avec quelques courts poils de barbe sur le menton, et un furoncle rosé près de la commissure des lèvres. Il avait les cheveux noirs, mi-longs, brossés vers l'arrière autour d'une raie sur le côté. Des pellicules les recouvraient comme une fine couche de neige. Il portait une moustache châtain clairsemée. On eût plutôt dit que le bord de sa lèvre supérieure était effiloché. Il avait les yeux bleu-vert, entourés d'ombres qui faisaient comme de la suie. Sa peau était pâle. Il avait l'air de lire beaucoup, de dormir peu et de passer le minimum de temps à l'extérieur. Il portait un pull bleu à col roulé et un pantalon de velours brun dont les cuisses étaient usées. Ses pantoufles étaient en cuir marron. Il me jeta un regard sceptique, comme si j'étais venu lui vendre une encyclopédie dont il n'avait pas besoin.

« Bjørn Hasle ? demandai-je.

— Oui ? » répondit-il d'une voix profonde et agréable. Pour une raison ou pour une autre, je m'étais attendu à autre chose.

« Je m'appelle Veum. Je viens vous voir à propos de Peter Werner. Il a disparu. Est-ce que je peux entrer ? »

Il eut l'air surpris, mais fit un pas sur le côté et ouvrit la porte en grand :

« Vous êtes de la police ? »

Je secouai la tête.

« À mon compte.

— Vous le cherchez... pour votre propre compte ?

— Oui. Je suis détective privé.

— Ah, je vois... »

Le couloir était long et tout droit. Cinq portes donnaient dessus.

Un cœur était peint sur l'une d'entre elles, un couteau, une fourchette et une cuiller sur la deuxième, et des cartes de visites ou des panonceaux colorés, peints à la main, étaient fixés sur les trois autres. L'un des noms appartenait à une femme.

« La cuisine est commune ? demandai-je.

— Oui. Les anciens appartements ont été partagés... pour en faire trois de ce côté-ci du couloir, et quatre de l'autre.

— Vu. Le propriétaire ne doit pas y perdre, hein ? Vous payez combien, officiellement ? Cinq cents ?

— Deux cent cinquante, mais on paie...

— Cinq ?

— Six.

— Six ? Ça fait... » C'était au-delà de mes compétences en calcul mental.

« Ça finit par faire pas mal, oui.

— Environ treize mille par mois ?

— Dans ces eaux-là. Mais il faut bien habiter quelque part, et il y a beaucoup plus cher. On a une cabine de douche dans l'ancien garde-manger, et pas de frais de transports pour aller à la fac. »

Nous étions arrivés dans sa chambre. Elle était de taille moyenne.

Un divan occupait l'un des coins, un plaid en laine recouvrant négligemment les draps. Dans un autre coin, sous une lampe de bureau, on avait installé une table de travail sur laquelle étaient éparpillés plusieurs livres ouverts et de nombreuses feuilles de brouillon. Une machine à écrire portative, dans sa mallette rouge vif, était posée par terre, à côté de la table. Deux des murs étaient presque entièrement couverts de rayonnages portant des livres, des revues, des polys et des classeurs. Deux vieux fauteuils encadraient une table basse faite de briques empilées et d'une planche d'aggloméré. Une carpette sale couvrait le plancher. Une tasse de thé froid, une théière et un cendrier contenant des vieux mégots et la peau séchée d'une orange étaient posés sur la table. Au mur était suspendu le portrait amateur peint à la main d'un beau visage masculin, qui pouvait être la version édulcorée de Bjørn Hasle lui-même, sans moustache.

Bjørn Hasle était appuyé contre la fenêtre, dans une posture qui trahissait un léger malaise. Il avait un petit sourire.

« La vue. »

Je contemplai la vue. L'une des fenêtres donnait sur celles de l'immeuble voisin, derrière un escalier de secours, de l'autre côté d'une cour encaissée. Puisque Bjørn Hasle habitait au dernier étage, on pouvait également voir un bout de ciel bleu au-dessus du toit opposé, ainsi que la tache oblique laissée par le soleil qui s'était frayé un chemin sur le mur d'en face.

« Asseyez-vous, me dit-il. Si vous voulez un peu de thé... je peux en faire réchauffer.

— Ouais, peut-être, merci. Sous les tropiques, ils boivent du thé bouillant quand il fait chaud dehors. Ça étanche la soif.

— Il fait chaud, dehors ? demanda-t-il l'air perdu, comme s'il n'était pas venu dans ce pays depuis quelques années.

— C'est la première véritable journée d'été de l'année.

— Ah oui ? » fit-il avant de disparaître dans la cuisine. Il laissa la porte entrebâillée derrière lui.

Les mains dans les poches, j'allai près des rayonnages voir ce qu'ils contenaient. Apparemment, il étudiait les langues — allemand et anglais — et la littérature. Il s'intéressait de plus au cinéma : il possédait un vaste choix hagiographique que tous les cinéphiles collectionnent pour une raison ou pour une autre — Humphrey Bogart, James Dean, Marlon Brando et Marilyn Monroe ; plus des livres sur des metteurs en scènes aussi variés que Luis Buñuel et Billy Wilder, des chroniques de western et de films d'épouvante — et un bon paquet de livres sur (et de) Bob Dylan. La platine-disque se trouvait sur l'étagère du bas. Les enceintes occupaient l'étagère du haut. L'assortiment de disques était riche.

Il n'y avait rien de remarquable en quoi que ce fut. C'était un studio étudiant tout à fait banal, conforme au modèle de ces dix dernières années.

Je me remis à regarder le portrait : la seule image qui décorait les murs.

« Est-ce que c'est vous ? » demandai-je avec un petit signe de tête quand il revint de la cuisine.

Il acquiesça brusquement et son visage prit une expression de fierté timide.

« C'est un copain qui l'a peint... il y a longtemps.

— Ça fait... quelques années.

— Oui. Ça se voit ?

— Il manque la moustache.

— Ah oui. » Il leva machinalement la main à sa moustache comme pour s'assurer qu'elle n'était pas tombée.

« Mais... asseyez-vous... le thé va bientôt être prêt. Qu'est-ce que vous avez dit... Peter a... disparu ? »

Je m'assis dans l'un des fauteuils.

« Oui.

— Hmm. » C'était un son court, inattendu, comme un aboiement semi-étouffé, et je n'étais pas sûr de ce qu'il exprimait : étonnement ou... indignation ?

« Vous n'avez aucune idée... de l'endroit où il pourrait être ? »

Il ne répondit pas directement.

« Nous ne nous voyons plus... plus aussi régulièrement », dit-il en baissant les yeux un moment avant de les relever pour promener son regard sur les murs derrière moi.

« Ça fait assez longtemps qu'il n'est pas venu ici.

— Il avait l'habitude de venir souvent... ici ? »

Il se leva avec des gestes quelque peu raides et nerveux.

« Plus maintenant. Une minute, je vais voir si le thé... »

Il n'acheva pas sa phrase et sortit.

Je regardai son portrait. Les couleurs étaient bien choisies : la peau pâle, mais à l'époque avec une nuance de rose sur les joues et la bouche — le menton moins prononcé, les cheveux un peu plus longs, en tout cas sur l'une des oreilles. Le tableau avait un côté impressionniste et tourmenté, comme peint par un amateur incertain d'y arriver du premier coup, ou par un artiste sûr de ce qu'il fait. Je lui laissai le bénéfice du doute. C'était un bon portrait, car il était vivant.

Il revint avec la théière dans une main et une tasse dans l'autre. Il continua avec la tasse de thé froid qu'il avait sur la table. Il se contenta simplement de compléter avec un peu de thé chaud. C'étaient des mugs en terre cuite : l'un gris à fleurs orange, l'autre vert orné de cercles rouges.

« Ils sont supposés sans plomb, dit-il.

— Les mugs ?

— Mmm. »

Je goûtai le thé. Il en était astringent d'avoir trop infusé. C'était un mélange de bonne qualité, de ceux que l'on trouve dans certains magasins d'alimentation bio, qui exigent de leurs clients un certain niveau de revenus.

« Alors comme ça, Peter a disparu, fit Bjørn Hasle pensivement. J'ai fait sa connaissance en prépa, ajouta-t-il précipitamment, comme pour éviter d'autres questions. C'est-à-dire, quand moi, j'y étais...

lui n'a jamais terminé. Je pense qu'il n'a jamais été motivé pour les études, quelles qu'elles soient. Il l'a juste fait... parce que ça se présentait comme ça. Il ne s'entendait pas non plus particulièrement bien avec les autres étudiants : il parlait rarement avec les autres.

— Mais...

— Moi, je suis quelqu'un... d'ouvert de nature. J'apprécie les gens qui ne sont pas... qui ne sont pas conformes à ce à quoi on s'attend, si vous voyez ce que je veux dire. Et donc, quand je travaillais dans le port d'Oslo, pendant les grandes vacances, j'ai rencontré... Il y avait un docker qui avait lu tout Dostoïevski, et qui pouvait faire des exposés de plusieurs heures sur ses livres et sa philosophie, tout en chargeant des caisses d'oranges d'Israël. Jaffa. Des raisins — de Californie. Des machines-outils d'Allemagne, Est et Ouest. — Et puis Peter qui... Il avait un côté James Dean. C'était un rebelle. Il avait des amis dans la grande délinquance, et il... il se... il... » Il s'arrêta.

« Je sais qu'il se piquait, dis-je. Ce n'est pas la peine de... dissimuler quoi que ce soit.

— Bon. Il avait ce côté Beat Generation, si vous avez entendu parlé de... Kerouac, Ginsberg et toute cette clique, quoi... Neal Cassidy. Toxicos, poètes.

— Il écrivait ?

— Non, non. Mais en tout cas, il était... On a fini par discuter. Je... je pense qu'il m'aimait bien. Il a dû comprendre que d'une certaine façon... je l'admirais. Il aimait bien... me choquer. »

Un sourire ravi passa sur son visage maigre.

« Il me parlait de... cambriolages, de vols, de la

façon dont il trouvait de l'argent pour — de... prostitution, de sa façon de... d'orgie de sexe et de drogues... avec des minettes ou avec... d'autres garçons. Il me faisait penser à Rimbaud. Il... Je crois — il en a peut-être inventé la majeure partie, rien que pour me choquer. Et moi... J'avalais tout ça tout cru. »

Il but une gorgée de thé et son regard se perdit devant lui.

« Il... Vous devez bien comprendre, je viens... Exactement comme lui : même milieu bien bourgeois, mais de Hamar. Je... je n'avais encore jamais été confronté à... je n'avais jamais entendu parler de... tant que ça. C'était un monde nouveau. Non que je sois novice, ça ne veut pas dire que je n'avais pas *lu* certaines choses... Mais ce qui ce passait... ce n'était plus à l'étranger. Pas aux États-Unis, ni à Copenhague ou Tanger. Ça se passait ici, en Norvège, à Bergen : proche et... dangereux.

— Est-ce qu'il t'a fait... essayer, toi aussi ? »

Son regard effleura ma bouche avant de se fixer à côté de moi.

« Une fois... dit-il d'une voix rauque. Nous avons fumé chacun une cigarette avec... du haschisch, dedans, et il... Nous... Une autre fois, il est venu avec une seringue, et je... mais je... je n'ai pas osé. J'avais trop peur... peur de ne plus me contrôler, de ne plus savoir ce que je faisais, qui j'étais. Mais lui... il l'a fait. Et je l'ai regardé faire. Il... il est resté collé au plafond, et tout son visage n'était que sourire... et puis... les larmes se sont mises à couler de ses yeux. Et il a pleuré. Est-ce que tu... est-ce que tu as déjà *vu* ?

— Je les ai vus — après, répondis-je en hochant tristement la tête. Et ça a suffi. Tu peux t'estimer heureux de... ne pas avoir osé.

— Après ça... il n'est pas revenu aussi souvent. Et maintenant... ça fait pas mal de temps. Oui... depuis le début de l'hiver dernier. Ou bien depuis la fin de l'automne, si tu préfères. Je ne me souviens pas précisément, mais c'était bien avant Noël. C'était au milieu de la matinée, il est monté me voir, pas rasé, pas douché, et planant au sommet de... Dieu seul sait quoi. Il était gonflé à bloc de chnouf, et ses bras était pleins de... cicatrices. Il avait besoin de se reposer, disait-il, et je l'ai laissé dormir ici pendant quelques heures. Puis il s'est remis, mais il était agité, possédé, il lui en fallait toujours davantage. Et ça a été... la dernière fois que je l'ai vu.

— Il y a six mois, complétai-je.

— Oui. J'ai par conséquent peur de ne pas pouvoir t'être d'un grand secours.

— Tu m'as dit... qu'il avait parlé... Est-ce qu'il a dit que lui-même se... prostituait ?

— Mmm, fit-il en acquiesçant. Il m'a raconté... oui. Aussi bien avec... des hommes que des femmes. Mais ça, c'était avant, d'après ce qu'il disait. Avant qu'il ne trouve d'autres... méthodes. Ensuite, il ne couchait plus qu'avec des femmes, simplement parce qu'il en avait envie, quand il en avait envie. Il m'a aussi parlé d'elles. En détail. L'une d'entre elles, ça a été la femme... de son patron.

— La femme de... son patron ? Jonassen ?

— Oui ? Oui, peut-être bien... C'était quoi, son nom, déjà... Oh, c'était à l'automne dernier, les dernières fois qu'il est venu ici pour... Irene ? C'est ça ? »

J'acquiesçai, sans rien dire.

« Elle était... plus âgée que lui, continua-t-il. Il m'a dit... qu'il préférait les femmes mûres... à l'époque. À une époque, il avait eu une relation avec une fille qui n'avait tout simplement... pas l'âge. » Les derniers mots s'échappèrent comme un souffle. « Plus tard... plus tard, il préférait toujours les femmes... un peu plus adultes. Ne couche jamais avec une petite jeune, me disait-il. Tu n'arrives jamais à t'en dépêtrer. Elles te détruisent avec leur amour, et elles ne se fatiguent jamais. Fais l'amour avec une femme qui t'aime une seule fois, mais correctement, comme il disait. »

Il sourit... d'un sourire lugubre, presque nostalgique, comme si les mots qu'il prononçait lui rappelaient quelque chose à quoi il n'avait pas pensé depuis longtemps.

Irene Jonassen, me dis-je. Tu as menti, Irene. Ou bien il a menti, quand il a parlé de toi. L'un d'entre vous a menti, *l'un d'entre vous*...Et je sus que j'allais revoir Irene Jonassen, pour peut-être avoir autre chose à échanger cette fois-ci que des sarcasmes d'une insondable sagesse.

« Tu as dit... qu'il avait révélé avoir trouvé d'autres méthodes pour se faire de l'argent. Est-ce qu'il a dit lesquelles ? »

Il me regarda, sembla hésiter.

« C'était... tous les cambriolages, bien sûr. Certains médecins... qu'il faisait chanter pour avoir des ordonnances, sous un pseudonyme. Il y avait... d'autres choses... »

Il se passa la main dans les cheveux. Les pellicules tombèrent comme de la poussière sur son pull. Il regarda sa main avec dégoût, mais ne fit aucun commentaire.

« D'autres choses...
— Écoute... jusqu'où c'est officiel, tout ça ? Est-ce

qu'il faut en quelque sorte que... tu parles de moi ?
À la police, je veux dire ? Oui, parce que j'ai pas
vraiment envie d'être impliqué... dans quoi que ce
soit... C'est juste que... On a été amis, pendant quelques années, Peter et moi. Mais plus tard, eh bien... »
Il haussa les épaules.

« Ces copines plus âgées, qu'il avait... Elles lui faisaient des cadeaux. Elles l'emmenaient dans des
hôtels pas donnés. Des touristes américaines d'un
certain âge. C'était le plus facile pour lui. Il les cueillait, de préférence sur le mont Fløien, près du restaurant. À l'arrêt du funiculaire. Il les accostait, les
accompagnait à leur hôtel, faisait l'amour avec elles,
se faisait payer...

— Mais ce n'est pas exactement ça que tu voulais
me raconter, en fait. Je veux dire... Ce n'était pas à
ça que tu pensais, tout à l'heure. »

Il me regarda sans rien dire, avec un sourire perplexe.

« Je ne suis pas obligé de faire un rapport détaillé...
ni à la police ni à qui que ce soit d'autre. Les parents
de Peter m'ont demandé de le retrouver, mais pas de
leur donner des détails. J'ai peur... *ils* ont peur d'en
savoir déjà beaucoup trop. Je ne pense pas qu'ils aient
envie d'en savoir beaucoup plus. Ils veulent juste...
que je le retrouve. Alors tu peux me parler tranquille. »

Il déglutit et acquiesça.

« Il... Tu ne trouves pas étrange qu'il ait pu conserver son boulot malgré toutes ses absences ?

— Si. Mais son collègue... a suggéré que madame
Jonassen avait peut-être quelque chose à voir dans
cette histoire.

130

— Ça aurait plutôt été une raison pour le lourder, le cas échéant. Mais peut-être que... »

Son regard se fit à nouveau pensif.

« C'est peut-être comme ça qu'il en a eu vent. Par elle.

— A eu vent... de quoi ?

— Il... il *savait* quelque chose à propos de Jonassen. Il n'a jamais dit de quoi il s'agissait, mais il a raconté, il frimait en disant qu'il tenait Jonassen, comme il disait... oui, qu'il le tenait, selon ses propres termes. Qu'il pouvait aller et venir comme bon lui semblait, qu'il gardait sa place et que Jonassen lui payait même... un petit supplément.

— Autrement dit... qu'il faisait chanter Jonassen ? »

Il acquiesça sans rien dire. Ce n'est qu'après une assez longue pause que le reste suivit. « Tout juste. Il... il le tenait.

— Et il n'a jamais dit ce que c'était, ce que ça concernait ? »

Il secoua la tête.

« Même pas par allusion ?

— Non. Il l'appelait... Jonassen et ses affaires, selon son expression... mais ça pouvait aussi bien n'être qu'une façon de parler. Mais il a gardé son job, n'est-ce pas, malgré tout... Il a donc dû y avoir quelque chose... »

J'acquiesçai, entièrement d'accord avec lui.

« Reste à savoir... quoi.

— Mais tu ne crois quand même pas... que ça peut avoir un rapport avec...

— Ça, je n'en sais rien, répondis-je en haussant les épaules. Pas encore. » Mais je n'écartais pas la possibilité — et dans ce cas... Dans ce cas, il pouvait s'agir de bien plus qu'une simple disparition.

« Écoute voir, Hasle. Essaie de te rappeler tout ce qu'a pu te dire Peter. Est-ce qu'il t'a déjà parlé... d'une planque ? Il... Par moments, il devait avoir besoin de se poser, pour être pénard, ou en tout cas un endroit où il pouvait se shooter. Parce que chez lui, il ne le faisait pas.

— Chez ses parents ?

— Oui. Non.

— Il... il avait l'habitude... de temps en temps, certaines de ces... femmes, étaient mariées, mine de rien. Il avait l'habitude de les voir de temps en temps, à l'hôtel. Il disait qu'il avait une sorte d'accord avec eux. Il payait un peu plus cher la chambre, comme une sorte de pourcentage de ses revenus.

— Bon. Et cet hôtel...

— Eh bien. Je ne sais pas s'il a toujours... mais...

— Quel hôtel était-ce ? »

Il me donna le nom de l'hôtel. Il y en avait de meilleurs, et il y en avait de pires. C'est-à-dire, en y réfléchissant, il n'y en avait pas beaucoup de pires. C'était un hôtel aux mœurs très libres, qui fermait les yeux sur une foule de choses. Ça vaudrait vraiment le coup que j'y passe... si seulement ils voulaient bien fermer les yeux aussi en ce qui me concernait.

« O.K. Merci beaucoup. Tu as... éclairci pas mal de choses. »

Je vidai mon mug et me levai.

Il se leva à son tour et me raccompagna à la porte.

« Hé, Veum... » fit-il près de la porte.

Je me retournai.

« Oui ?

— Une question un peu bizarre, peut-être, mais...

Est-ce qu'il t'est arrivé d'aimer... sans être aimé en retour ? »

Je restai un instant à le regarder : un visage maigre, les cheveux pleins de pellicules, les yeux gris-bleu et une bouche discrète et sensible. Une ride interrogatrice lui barrait le front, et ses yeux semblaient désemparés et perdus. Il avait lu beaucoup trop de livres, était resté beaucoup trop d'heures enfermé.

« À qui est-ce que ce n'est pas arrivé ? »

Son visage retrouva le calme. Sa question s'en effaça, pour ne laisser que lassitude et insomnies.

« Oui. Effectivement. Tu as raison. Tu as raison. Eh bien... » Il me tendit la main droite :

« Merci pour la visite.

— C'est moi », répondis-je en lui serrant la main. Je levai ensuite la main à mon front en guise de salut, avant de sortir. Je ne croisai personne dans le couloir, pas plus que dans l'escalier.

La chaleur s'abattit à nouveau sur moi lorsque je sortis sur le trottoir, comme si j'arrivais tout droit dans un gigantesque sauna.

Je ne savais pas précisément où aller. J'avais subitement l'impression d'avoir une éternité devant moi, que rien ne pressait plus. Vous pourriez toujours poser vos questions. Mais personne ne pouvait vous garantir une réponse.

15

L'hôtel que j'allais voir n'était pas loin. Mais je fis exprès un détour. Que j'y sois à deux ou à trois heures, cela ne changeait rien a priori.

Cette journée était devenue l'une des plus chaudes de l'année. Le mercure monta lentement vers les trente degrés. Je pensais à la solitude.

Ces premiers jours d'été, exagérément chauds, ont quelque chose de spécial. La ville se remplit subitement de femmes enceintes. On pourrait croire qu'elles ont traversé tout l'hiver en se tenant courbées, dorlotant leur ventre qui grossit. Et tout à coup, quand l'été arrive, elles plaquent leurs paumes sur les reins, tournent le visage vers le soleil, étirent les muscles de leur dos, se vêtent de robes d'été amples et légères — et partent se dandiner en ville, leur énorme ventre en avant. L'été n'existe que par leur fertilité débordante. Sans celle-ci, il n'y aurait pas de mois de juin.

Les femmes enceintes — et les jeunes femmes. L'une d'entre elles arriva sur la place Ole Bul, tranquillement, vêtue d'un T-shirt blanc moulant sa jeune poitrine ondulante, les hanches comme des coupes à hydromel serrées dans un jean usé à blanc retroussé jusqu'au genoux, dévoilant des jambes en cours de bronzage, tout juste recouvertes d'un léger duvet doré sous chaque genou... Le soleil se frayait un chemin dans ses cheveux et s'infiltrait jusqu'à ses yeux ; elle avait un sourire mystérieux et entendu sur les lèvres, et même si elle ne devait pas avoir beaucoup plus que dix-sept ans, ses mouvements étaient déjà indolents et sensuels...

Des femmes enceintes, des jeunes femmes — et des couples d'amoureux. Il en venait un en contrebas, sur le passage clouté entre la place du Marché et Lidohjørnet, tous deux courbés par leur amour entêté, enchâssés l'un dans l'autre, à tel point enchevêtrés qu'elle marchait les reins bizarrement cambrés, tout le haut de son corps étant en quelque sorte courbé sous le maigre avant-bras de son compagnon, dans une position qui devait être des plus inconfortables pour la marche, et d'ailleurs, ils ne marchaient pas : ils trébuchaient. Il avait les cheveux longs et noirs, et une barbe châtain clairsemée : T-shirt rouge, pantalon de velours vert. Elle portait un T-shirt vert et une jupe en jean qui lui tombait jusque sur les pieds, fendue jusqu'au genou. Tous deux portaient des nu-pieds.

Et...

Plus loin, près de la rambarde donnant sur Vågen, je vis une femme de mon âge, peut-être pas aussi bien conservée qu'Irene Jonassen, mais dont la silhouette m'était suffisamment agréable. Elle était vêtue de vert clair, une jupe et un léger chemisier de coton, large sur la taille pour dissimuler les quelques festons adipeux, mais pas assez pour pouvoir cacher ses larges hanches de femme mûre, le vrai poids propre à son âge qu'aucune adolescente de dix-sept ans en T-shirt blanc ne pourra jamais imiter. Ses cheveux châtains étaient parsemés de gris, son visage marqué de ridules de chagrins oubliés, et elle était occupée à décortiquer des crevettes. Elle contemplait la mer, y jetait distraitement les carapaces avant de porter la chair blanche et fraîche entre ses lèvres. C'étaient des lèvres à damner un saint : pleines, pulpeuses, bordées de chaque côté par de petites rides joyeuses s'étendant vers le haut. Comme si elle avait en permanence un petit sourire sur les lèvres. Ce devait faire une drôle d'impression quand elle était réellement triste : comme un éternel sourire de clown.

J'aurais dû aller vers elle pour me présenter. Mais je n'y arrive jamais. Je passe, laisse leur image m'imprégner au plus profond de moi, où elles demeurent et oscillent pendant des heures, parfois des jours. Mais ne les aborde jamais.

Je ne sais ce qui me fit commencer à penser à la solitude. Peut-être était-ce ma rencontre avec Bjørn Hasle. Je levai les yeux vers Fløien, pensai aux sentiers forestiers qui le couvraient, à la bonne solitude qu'on y trouve, quand on marche seul entre les arbres, seul... Puis je pensai aux fois où je m'y étais promené accompagné de quelqu'un d'autre — et que ça avait la plupart du temps été encore plus agréable.

Même les mouettes semblaient étouffer dans la chaleur, poussant des cris sans force. Les poissons, dans leurs bassins, tournaient leurs nageoires transpirantes vers le ciel, tandis que les marchands de poisson s'essuyaient le front de leurs avant-bras musclés. Je retraversai les communaux du marché. C'était le festival de Bergen, et on y avait organisé une exposition de sculptures. Un groupe de gamins, torse nu et les genoux sales sous leurs bermudas, escaladaient le dos d'un énorme lézard de bois et d'acier. Tout autour, les bancs étaient occupés : femmes, jeunes femmes, femmes mûres, femmes enceintes, couples d'amoureux — et personnes âgées. Quelques-unes de ces dernières étaient assises seules, tout comme certains jeunes.

Et un détective privé usé de trente-sept ans flânait du côté ombragé des communaux, en pensant à la solitude.

L'hôtel, couvert par un verni de poussière grise, se trouvait dans une rue du centre-ville où la circulation était dense. C'était tout juste si on ne voyait pas de fissures dans la façade. L'auvent au-dessus de l'entrée pendait pitoyablement dans le milieu. Il avait été rouge, à une époque, mais celle-ci était reculée.

J'entrai dans le hall. Il semblait assez sombre lorsque l'on venait de la forte lumière de l'extérieur, et je dus cligner des yeux.

La plupart des clés étaient suspendues à leur place. Beaucoup de chambres étaient libres.

La dernière fois que j'étais passé voir cet établissement, ils avaient un réceptionniste dont la coupe de cheveux était un plagiat de boule de billard. Le changement était radical. Celui-ci avait beaucoup de cheveux, encore davantage de barbe, et tout juste le strict minimum de matière grise. Il avait en tout cas l'air passablement vide, à ce que l'on voyait dans ses yeux. Ternes, gris-bleu. Ses cheveux étaient marron sale, et sa barbe avait des reflets roux. Il lisait l'une de ces revues de bandes dessinées dans lesquelles les dialogues font plus penser à du suédois qu'à du norvégien, ce qui indiquait qu'il faisait peut-être partie du genre polyglotte. Il leva lentement les yeux quand j'entrai, avant de les baisser tout aussi lentement. Il fallait juste qu'il finisse de lire l'histoire qu'il avait commencée. Je connaissais le niveau de services qu'offrait cet hôtel, et j'en connaissais les raisons. Leurs clients y restaient rarement plus d'une heure ou deux. Ils devaient voir une ou deux valises dans le mois, et leurs revenus ne figuraient dans aucun livre comptable.

J'allai me pencher par-dessus la réception, mais l'odeur de transpiration m'arrêta comme un mur.

« Quoi de neuf dans les pages "culture" ? me

contentai-je de dire. Ou bien est-ce la rubrique inter-nationale que tu es en train de lire aussi attentive-ment ? »

Il leva à nouveau les yeux, toujours aussi lente-ment, mais sa réplique aurait pu être relativement rapide s'il n'avait pas mis autant d'application à par-ler qu'à bouger la tête. Il poussa un profond soupir :

« Encore un culturiste de sortie pour entraîner sa langue ? Tu ne peux pas aller faire ça dehors ? C'est là qu'on trouve tous les autres marathoniens. » Puis il retourna à sa lecture.

« Sinon, je cherchais une vieille connaissance... »

Aucune réaction.

« Je suppose qu'il vient toujours ici. »

Il passa à la page suivante.

« Il se fait appeler Peter Werner, de temps en temps. »

Il leva à nouveau lentement les yeux. Les lèvres bougèrent, comme s'il voulait parler, mais le succès ne fut pas au rendez-vous. Je le regardai, attentif, et un « Oui ? » finit par sortir.

« Oui, parce qu'il doit bien être ici ? »

Il se contenta de me regarder, sans révéler autre chose qu'un intérêt croissant pour ce que je racontais.

« Ce qu'il y a, dis-je, ce qu'il y a, c'est que je lui dois pas mal d'argent — et il m'a téléphoné hier au soir pour me dire qu'il n'avait pas suffisamment de liquide sur lui pour régler ce qu'il vous doit, et puis... Si je pouvais passer ? Tu comprends ? »

Il comprit.

« Il est dans sa chambre. Je ne l'ai pas vu de la journée. »

Je jetai un coup d'œil appuyé à ma montre.

« Il a eu de la visite, hier », continua-t-il. Puis il fit un clin d'œil. Pas spécialement rapide, là non plus, mais c'était bel et bien un clin d'œil.

« Ah... de la visite. Quel est le numéro de sa chambre, déjà ?

— 219. »

Je montai. L'ascenseur fonctionnait, mais on avait l'impression qu'il suffisait que quelqu'un entre dedans pour qu'il tombe en panne. Je laissai le réceptionniste retourner à ses lectures enfantines. Au-dehors, la chaleur montait du goudron ; à l'intérieur, je montai un étage, puis deux.

La chambre 219 se trouvait à gauche, au fond du couloir. Y aller s'apparentait à revenir en arrière dans un calepin datant de Mathusalem. L'usure ouvrait la moquette en deux le long d'une sorte de sentier, pour ne décrire que les points positifs. Tout le couloir baignait dans une odeur d'oubli et de malpropreté, et les portes semblaient ouvrir sur des antichambres de l'Enfer, où Satan jouait au poker avec chacun de ses amis, triés sur le volet.

Je m'arrêtai devant le 219 et plaquai mon oreille contre la porte. Je n'entendis rien. Je laissai tomber ma main sur la poignée de la porte pour voir si c'était verrouillé. Ça ne l'était pas.

Je frappai doucement. Personne ne répondit.

J'entrouvris donc lentement la porte pour écouter ce qui se passait dans la pièce. Toujours aucun bruit. J'ouvris la porte en grand. Personne ne vint à ma rencontre un couperet à la main, et je me risquai à l'intérieur.

Comme la plupart des chambres de cet hôtel, celle-ci était toute petite. Ils avaient eu la mansuétude de lui accorder une chambre dont la fenêtre donnait sur la cour intérieure, mais la différence aurait été peu significative si elle avait donné sur la rue, compte tenu de la crasse qui recouvrait les carreaux comme une couche de peinture.

Le mobilier était aussi spartiate que pour un congrès d'été d'émissaires déchus. Un cendrier plein à ras bord était posé sur la petite table, si plein que la moitié de la table avait elle aussi fait pendant un certain temps office de cendrier. Un jean, un T-shirt et une veste en cuir couvraient le dossier d'une chaise. Sur le sol à proximité, on voyait une paire de chaussettes, une robe de chambre marron et un slip vert.

Ses chaussures — des mocassins — étaient sous le lavabo, dans un coin de la pièce.

Le lit était l'unique objet dans cette chambre qui puisse sembler spacieux. C'était un lit simple, mais suffisamment large pour remplir les fonctions qu'on exigeait de lui dans cet hôtel.

La grande couette avait pas mal servi, et quelqu'un en avait entièrement remonté les bords sur le lit, comme pour arranger une sorte de tanière.

J'allai jusqu'au lit, saisis la couette à la hauteur des oreillers et la rejetai vers le pied du lit.

« Bouh ! »

Ce fut tout juste si je ne m'ôtai pas la vie. La pompe dans ma poitrine s'immobilisa totalement pendant une seconde ou deux avant qu'un employé de maintenance vigilant ne la remette en marche d'un coup de tatane. Je me remis à respirer difficilement par le nez, et ma bouche subit un brusque nettoyage à sec.

Peter Werner était étendu sous la couette.

16

On dit souvent qu'au moment où quelqu'un meurt, sa vie entière défile devant ses yeux en une fraction de seconde. Je ne sais pas si c'est vrai. Je ne suis pas encore passé particulièrement près de la mort. Mais je me suis trouvé face à quelques cadavres, au cours de ma vie, et c'est vrai qu'à ce moment-là, des images défilent : des images vacillantes, floues qui passent rapidement avant de disparaître, et quelques-unes, tout à fait nettes, qui s'impriment en vous pour le restant de vos jours.

Je n'avais jamais rencontré Peter Werner — auparavant. Et c'étaient des images d'autres personnes qui défilaient.

Je vis Lisa, étendue sur son lit à Copenhague, sans la moindre fibre sur elle ; puis pendant qu'elle boudait dans l'avion ; mais je la revis en premier lieu telle que je me l'étais imaginée, quelques années plus jeune, intacte et vivant le début de son amour pour... Peter Werner. Je me les représentai assis sur le banc derrière la maison, et brusquement : les parents.

Les parents : je vis ceux de Lisa, et je vis ceux de Peter... Niels et Vigdis Halle : lui, maigre, les cheveux presque blancs, voûté et les mâchoires en perpétuelle activité ; elle, petite, terne, le visage doux et faible où pouvaient cohabiter la souffrance et le pardon.

Håkon et Vera Werner : je l'entendis prononcer le nom de sa femme d'une voix de fausset, au moment où j'avais compris qu'il n'était pas son toutou, même si elle était suffisamment grande et lourde pour être le professeur de lutte gréco-romaine de son mari.

Et je me revis dans l'une des trois salles des Halle, sentant à nouveau la tension qui régnait entre les quatre personnes, comme à l'occasion d'une rencontre fortuite sur l'une des places de Vérone entre les couples Montaigu et Capulet. Et puis, tout à coup, au beau milieu : Juliette. Et Roméo avait disparu. Mais il n'était pas entré dans les ordres, je m'en rendais compte. Et moi... J'étais l'éternel Horace, celui qui se tient près des cadavres en cherchant ses mots. Mais on ne les trouve jamais, car le reste n'est que silence. L'image de Lisa défilait à nouveau, la boucle était bouclée. À deux reprises, j'avais vu tomber le masque, dévoilant la faiblesse qui se cachait derrière, la faiblesse et le désespoir — et une fois, elle s'était soudainement mise à pleurer contre ma poitrine.

Je revins à la chambre d'hôtel. Le sang circulait, mes narines s'ouvrirent, et je me mis à fouiller maladroitement la pièce des yeux. La mort remontait à un bon moment. Je posai doucement la main sur son front. Il était glacé. Et la pièce qui avait quelques minutes auparavant baigné dans la lueur superficielle du quotidien, cette pièce avait à présent pris un aspect fatidique et mystérieux. Les vêtements sur le sol, la moquette usée jusqu'à la corde, les draps, Peter Werner lui-même : quels secrets cachaient-ils, quels indices pourrait-on trouver ici ?

Peter Werner n'avait jusqu'à présent été qu'une photo encadrée, prise quatre ans auparavant : la photo d'un ado de dix-sept ans qui venait de passer son bac, la photo insipide d'un enfant pas encore adulte, qui avait des boutons sur le menton.

Les boutons y étaient toujours, mais ils ne le tourmenteraient plus. Les poils de barbe naissants étaient blonds, presque incolores, se confondant avec la peau. Ses cheveux étaient un peu plus longs que sur la photo, comme l'avait dit son père, et ils étaient raides et en bataille. Il avait les yeux retournés, et la mort les avait rendus ternes. Sa bouche était figée dans un rictus douloureux. Il n'était pas spécialement beau à voir.

Il était vraisemblablement nu. Ses mains étaient posées autour de son ventre, mais je ne repliai pas davantage la couette pour en vérifier la raison. Tel qu'il était allongé, je ne pouvais pas deviner la cause du décès, et je n'avais pas particulièrement envie de la voir. Mais ses bras nus me révélaient qu'il avait injecté un maximum de poison dans son trop jeune corps. Les marques bleues qu'il portait sur les avant-bras juraient comme des taches de sang sur de la neige bien blanche.

Je n'avais rien d'autre à faire. On m'avait confié la mission de retrouver Peter Werner, et la mission était accomplie. Pour la suite, il faudrait que je passe le relais à d'autres.

Je jetai un dernier coup d'œil dans la pièce avant d'en sortir. Rien d'autre à signaler. Je refermai doucement la porte derrière moi — comme pour ne pas le réveiller — et redescendis à pas lourds jusqu'à la réception.

Le réceptionniste était toujours plongé dans son magazine panscandinave pour enfants. Il me jeta un rapide regard en coin au moment où je descendais. Puis son regard disparut à nouveau dans le périodique. Une expression de léger étonnement se répandit sur son visage, comme des cercles faits par une pierre lancée dans un étang immobile et saumâtre. Il leva à nouveau les yeux et posa sur moi un regard vigilant. Je devais vraiment avoir une sale tronche.

Je titubais jusqu'au comptoir où je restai un moment à déglutir avant d'être en état de lui coasser :

« Il était... un tantinet... indisposé. »

Son regard se fit plus perçant. Ses cheveux lui tombaient sur le front en mèches grasses. Il faisait penser à un poisson rare dans un aquarium tropical.

« Est-ce qu'il a eu de la visite, hier au soir ? demandai-je.

— Pourquoi ? »

Je me penchai par-dessus le comptoir, l'attrapai des deux mains par le col de sa chemise pour essayer de le lever de sa chaise. Mais il était trop lourd. Je réitérai ma question, un poil plus fort :

« Est-ce qu'il a eu de la visite, hier au soir ? »

Il fit un geste rapide du bras gauche, vers le haut, balaya mes mains sur les côtés, se leva tandis que sa main droite me saisissait à la gorge. Le magazine claqua sur le comptoir. Je m'aperçus qu'il mesurait environ deux mètres, et qu'il avait une poigne solide. Je cherchai ma respiration tout en donnant automatiquement des coups de pied, qui se résumèrent à quelques ridicules petits sauts avortés.

« Il ne faut pas être une poule mouillée pour accepter un poste de réceptionniste dans cet hôtel, alors n'essaie plus de jouer les durs avec moi, petit malin. À l'occas', passe chez moi, je te montrerai ma ceinture noire.

— Passe chez moi, je te montrerai ma collection de dentelles, couinai-je. Laisse-moi descendre et cal-

144

mons-nous, il fait beaucoup trop chaud pour ce genre de choses. »

Il relâcha son étreinte, et je m'appuyai au comptoir.

« Mais dis-moi... est-ce qu'il a eu de la visite, hier au soir ?

— Tu ne te rends pas ? » demanda-t-il, sans se rasseoir.

Il était impressionnant.

« Je veux dire... que des gonzesses ? Personne d'autre ? »

Il fit un sourire rêveur, comme s'il se représentait avec sa belle ceinture noire.

« Tu sais quoi, fouille-merde, j'aurais pu t'arracher les clavicules, il y a un instant. Les deux. Juste par légitime défense. L'automne dernier, une nuit, deux types ont essayé de me braquer. Je ne sais pas si on les a laissés sortir depuis. De l'hôpital.

— Il est mort. »

Son peu de matière grise cilla devant moi. Les mots que je venais de prononcer y glissèrent lentement, comme une scène de ballet sur du ciment frais.

« Lequel des deux ?

— Peter Werner. Est mort.

— Peter Werner ? Mort ? répéta-t-il. Bon Dieu ! s'exclama-t-il après une pause. Qu'est-ce que tu... Peter Werner est mort ?

— Et ça fait un bon moment. Hier au soir, je dirais. C'est pour ça que...

— Deux personnes.

— Deux personnes ?

— Deux personnes sont venues le voir. L'une à chaque extrémité de l'échelle. La première ne devait pas avoir beaucoup plus que seize ou dix-sept ans, et l'autre... dans la catégorie vétérans. Mais féminins. Mais c'était un beau gréement. Si tu veux mon avis, c'est elle que j'ai préférée. Les vieilles truies sont les plus cochonnes, pas vrai ? » Il avait à nouveau quelque chose de rêveur. C'était un type facile à faire dérailler.

Je tentai de me concentrer.

« La plus jeune... est-ce qu'elle était... » Mais je m'interrompis. Ce ne pouvait pas être Lisa. Pas hier au soir. Parce que dans ce cas, il aurait fallu qu'elle soit venue directement de la clinique.

« Les gamines ne m'intéressent pas. Elle était assez mignonne, les cheveux foncés, jolie, mais pratiquement pas de nichons et des hanches trop étroites. L'autre, par contre... Fringuée comme elle était — falzar hyper moulant qui ne laissait aucune place à l'imagination, un chemisier qui — waaahh ! — blonde, et puis de ces yeux, mon pote ! Ils t'aspiraient presque. J'étais assis derrière mon comptoir, et — le pire de tout, tu sais quoi ? » Il devenait on ne peut plus bavard. J'avais joué les durs pour rien.

« Il n'a pas eu à payer. C'est même elles qui l'ont payé. Bon Dieu, qu'est-ce qu'il avait que *nous*...

— C'est la vie, camarade. Certains l'ont. La plupart ne l'ont pas.

— Et maintenant, tu es en train de me raconter qu'il est... » Il revint brutalement de son monde imaginaire. « On ne devrait pas... ?

— Si, acquiesçai-je. On devrait appeler la police. Il y a longtemps qu'on aurait dû le faire. » Mais que nous ayons appelé cinq minutes plus tôt ou que nous le fassions maintenant n'avait plus aucune importance pour Peter Werner. Et c'était toujours bon d'avoir quelques renseignements avant l'arrivée de la police.

« Je ne peux pas dire que ça m'enchante, dit-il. Il faut que j'appelle le patron en premier. Comme ça, lui, il pourra appeler...

— Appelle le Pape si ça te chante. Mais ne va pas raconter que c'est moi qui t'ai retardé. »

Il hocha mécaniquement la tête, s'assit et composa un numéro.

Je fis quelques pas dans l'entrée. Pas beaucoup, car l'entrée n'était pas grande. Environ comme une cellule. Et un froid étrange m'avait envahi. Comme si c'était déjà l'hiver.

17

Le directeur de l'hôtel arriva au même moment que les grosses pointures de la brigade criminelle, mais il s'efforça de donner l'impression qu'il n'arrivait pas *avec* eux, et qu'il n'avait aucune idée de qui ils pouvaient être.

Le réceptionniste et moi-même formions le comité d'accueil, et nous composions un piteux duo.

« Tu parles d'une tuile, Pedersen ! » dit le directeur à son employé comme si toute la faute incombait à ce dernier.

Il me gratifia du regard qu'il aurait réservé à une mouche morte dans son verre.

« Est-ce vous qui avez trouvé... le corps ?

— C'est la question que je voulais poser », fit par-dessus son épaule une voix étonnamment chantante, et une silhouette dégingandée apparut.

Le commissaire principal Vegard Vadheim avait toute ma sympathie, et pas seulement parce qu'il avait les même initiales que moi. Il approchait de la cinquantaine, et il n'avait aucune autre ambition que de faire son travail — et de le faire correctement.

À l'exception de Hamre, qui était beaucoup plus jeune, il n'y avait pas de meilleur enquêteur dans la maison. C'était un individu pétri de contradictions : coureur de fond et poète. Ces deux facettes me plaisaient autant l'une que l'autre. Il avait été un de nos meilleurs coureurs de fond au milieu des années cinquante. Sa prestation au dix mille mètres des Jeux Olympiques de Melbourne avait été exceptionnelle, même s'il n'avait pas fait de podium. Son corps portait encore l'empreinte de ces courses longues et nombreuses, dans sa façon énergique et allègre de marcher comme dans sa musculature sèche. Plus tard, il publia coup sur coup deux recueils de poésie : l'amour et le romantisme y tenaient une bonne place, même si certains poèmes reflétaient les prestations sportives auxquelles il avait participé. Le poème *Le dix mille mètres* est toujours fréquemment déclamé, en particulier au cours des repas annuels des associations sportives. Mais il avait disparu de la circulation. Il disparut de la vie publique, pour atterrir dans la brigade criminelle de Bergen où il s'accomplit à l'abri de tout ce qui ne concernait pas directement son métier. Quand il se retrouvait sous la lumière des projecteurs, il avait toujours l'air timide et mal à l'aise. Il continuait à courir, dans l'équipe de la police, mais personne ne savait s'il écrivait toujours.

Vegard Vadheim était natif de Rosendal, dans le Hardanger. Il était brun, et ses yeux marron foncé aussi bien que sa bouche un peu mélancolique trahissaient le poète qu'il était toujours. Il y avait quelque chose de triste en lui, comme chez un cocker, et on avait l'impression qu'il sourirait silencieusement des difficultés de l'existence auxquelles le confrontait son métier. Il y avait fort à parier qu'il serait capable d'écrire un jour un gros bouquin sur ce sujet précis. C'était le genre de personne qui en était capable. Coureur de fond et poète : difficile de réunir meilleures conditions pour un écrivain potentiel.

« Salut, Veum ! » Il regarda les deux autres d'un air curieux. « Inspecteur principal Vadheim, de la brigade criminelle. Et vous êtes...

— Euh... Børge Roostrup. Je suis le directeur de cet hôtel, et je dois dire... »

Roostrup était petit, environ 1,65 m, grassouillet, une cinquantaine d'années ; ses cheveux brillants étaient remarquablement bien coiffés, et la raie qui les ordonnait semblait tracée au cordeau.

« Un instant, je vous prie, l'interrompit tranquillement Vadheim en se tournant vers le réceptionniste.

— Willy Pedersen, réceptionniste, mais ce n'est pas moi, c'est lui, là-bas...

— On se calme », fit Vadheim en appelant d'un geste de la main les deux autres policiers.

Un type fadasse, blond roux, aux yeux délavés, dont la bouche faisait penser à un trait tiré à la craie, nous lança un regard irrité.

« Je vous présente le brigadier Isachsen, dit Vadheim. Il va enregistrer votre première déposition, Pedersen. »

C'était Bøe qui l'accompagnait.

« Que diable as-tu fait d'Ellingsen ? » lui deman-

149

dai-je tout bas. Ellingsen et Bøe allaient rarement l'un sans l'autre, mais Bøe était sans conteste celui des deux que je préférais.

« Tu n'es pas au courant ? me demanda-t-il en tournant son visage maigre vers moi. Il s'est cassé la piaute. En tombant dans son escalier.

— C'est Vibeke qui l'y a flanqué, d'un coup de pied ?

— Va savoir, dit-il avec un sourire en coin. Mais il me manque, le petiot, Veum, ça me faisait de la compagnie...

— Il est réputé pour être pince-sans-rire. Il passe toutes ses vacances avec les crabes, à ce qu'on dit.

— Bøe, appela Vadheim. Tu organiseras les auditions des autres clients... s'il y en a. Nous, on... »

Roostrup renâcla bruyamment.

« S'il y en a ! Écoutez, je ne veux pas... C'est un établissement respectable...

— Nous savons tous combien cet établissement est respectable, Roostrup, dit Vadheim avec douceur. On en a même une idée très précise. Et nous sommes aussi au courant de votre petite activité de grossiste. Si on avait trouvé des articles ne serait-ce qu'un peu plus limites, dans le genre porno, on aurait sans doute tout saisi. Mais vous savez, on finit par ne plus s'étonner de rien. Alors ne perdons pas de temps à jouer à faire semblant, et tout ira tellement plus vite. Vous, moi et Veum ici présent allons monter jeter un coup d'œil au corps. Et l'homme-médecine ne tardera certainement pas. »

Roostrup se calma petit à petit et reprit son souffle, et nous entrâmes tous les trois dans l'ascenseur.

Comme par miracle, il nous mena d'une traite au deuxième.

« C'est juste là-bas.

— Merci, je connais suffisamment bien mon hôtel ! s'exclama Roostrup.

— Oui, c'est vrai, c'était un client fidèle, ici, si j'ai bien saisi.

— Oui. Quoi ? Fidèle... Qu'est-ce que vous sous-entendez, au juste ? Qui êtes-vous, d'abord ?

— Mes amis m'appellent le bon Veum. Prénom Varg. Mes ennemis m'utilisent comme punching-ball. »

Désarçonné, Roostrup jeta un coup d'œil à Vad-heim.

« Qu'est-ce que c'est que ce mec ? »

Vadheim lui exhiba son sourire mélancolique, légè-rement en coin.

« Un type qui cause un chouïa trop. Mais il est inoffensif. »

Je ne savais pas s'il fallait le prendre comme un compliment, mais je n'eus pas le loisir d'y réfléchir davantage. Nous étions arrivés.

Je laissai Roostrup ouvrir la porte, puisque, après tout, c'était son hôtel ; j'entrai derrière lui et Vad-heim. Je savais ce qu'on allait y trouver.

Je les regardai de derrière. Roostrup porta une main à sa nuque. Il tenait un mouchoir et s'essuya mollement avec. Vadheim se figea, et se voûta peut-être un peu plus, et je le vis tourner la tête dans tous les sens ; je savais que ses yeux parcouraient tout ce qu'il y avait à voir, ne négligeant rien.

« Bien sûr, tu n'as rien touché, me demanda-t-il sans se retourner.

« — Non, bien sûr que non. »

Puis il alla jusqu'au lit et fit ce que je n'avais pas fait. Il replia totalement la couette.

Roostrup se retourna en un clin d'œil. Il était d'une pâleur cadavérique et tenait une main devant sa bouche, comme s'il craignait de devoir vomir. Il n'avait pas l'habitude de choses aussi carrément pornographiques que celle-ci.

Je sentis pour ma part mon ventre se retourner, comme pour me signifier qu'il ne voulait plus jouer. Un goût acre me monta aux lèvres, un goût de bile.

La partie inférieure de la couette, Peter Werner lui-même et le drap en dessous étaient noirs de sang coagulé. Et il y en avait beaucoup. Rien de surprenant à ce qu'il ait été aussi livide. Tous les colorants l'avaient abandonné.

Je me félicitai d'être resté près de la porte : j'avais le chambranle pour m'appuyer. Je laissai mon épaule tomber à sa rencontre. Au premier coup d'œil, on eût dit qu'il avait été castré. Mais il ne l'avait pas été. Il était intact — exception faite de tout le sang qu'il avait perdu. Celui-ci avait coulé d'une large fente transversale qui lui barrait le bas-ventre, comme si quelqu'un avait essayé d'en faire deux parties, à peu près dans le milieu. Ses doigts étreignaient encore la blessure. Il avait tenté de tout retenir en lui. En vain. Aucun médecin sur cette Terre / ne peut sauver Peter Werner ; ce refrain insensé me trottait dans la tête. Et le couplet suivant : Peter Werner arriva au ciel / et Peter Werner voulut ouvrir / Mais la porte était close / et Peter Werner dut repartir...

Vadheim gardait les yeux baissés sur le cadavre. Il

avait pâli, et une expression fugace d'amertume flottait sur ses lèvres quand il finit par relever les yeux.

« Comment s'appelle-t-il ?

— Peter Werner, dis-je d'une voix qui sonnait comme à travers du cristal.

— Est-ce qu'il a... de la famille ?

— Ses parents. C'est eux qui m'ont demandé de le retrouver. Je...

— Merci, ça suffit, Veum. On en discutera un peu plus tard. Seuls. »

Derrière moi, j'entendis Roostrup allumer une cigarette et en aspirer la première bouffée en toussant. « Seigneur, murmura-t-il. Seigneur.

— Ce n'est pas ragoûtant, dit Vadheim.

— Non », fis-je. Il n'y avait rien d'autre à dire. Ce n'était vraiment pas ragoûtant.

18

Pendant quelques heures, le chaos fut total. Un médecin arriva et constata qu'il n'y avait rien d'autre à faire que de déterminer la cause du décès. Il ne voulait pas encore se prononcer sur l'instant de la mort, le situant toutefois entre dix et douze heures auparavant. La police scientifique commença à examiner la pièce, le couloir, l'ascenseur, les toilettes et les douches les plus proches, la réception, le trottoir devant l'hôtel et ainsi de suite, et ainsi de suite. Les premiers journalistes et photographes avaient déjà fait leur apparition, et Roostrup tentait désespérément d'étouffer ce qu'il pouvait en leur demandant de rester discrets et de ne pas donner le nom de l'hôtel, et bla-bla-bla...

Ils le regardaient, hilares, le sourire aux lèvres. Les photographes le prenaient en photo. Il avait l'air consterné au dernier degré. Il était remarquablement bien parti pour se choper une crise cardiaque de luxe dans le courant de la journée. Les parents de Peter Werner avaient été prévenus de la découverte et arrivèrent bientôt tous les deux. Håkon Werner était pâle mais résolu, et il serra presque tout le temps la main de sa femme dans la sienne. Le gros corps de Vera Werner volait au sommet d'une vague d'hystérie qui n'avait pas encore touché terre. À ce moment-là, elle se mettrait à barrir comme un éléphant sauvage. Elle donnait pour l'heure l'impression d'être en proie au vertige. Elle était agrippée à Werner, qui me dit rapidement sur un ton découragé :

« C'est affreux, Veum. Que ça se termine comme ça. Je suis vraiment désolé... si vous... Je ne me serais jamais douté...

— C'est mon métier, répondis-je. De temps en temps.

— Mais il faisait tellement peur... Comment un être humain peut... Non, je n'arrive pas à comprendre. »

Vadheim surveillait l'ensemble, traversant la tourmente avec un calme indéfectible. Il avait établi une sorte de poste de commandement dans un petit salon près de la réception. Les meubles y étaient couverts de poussière, ce qui démontrait une fois encore de quel type d'hôtel il s'agissait. Il discutait avec ce que l'hôtel comptait de clients (deux voyageurs de commerce gênés et une femme maquillée comme une voiture volée), du reste du personnel (une femme de chambre d'une cinquantaine d'années et une sorte d'homme à tout faire), mais c'était au réceptionniste, Willy Pedersen, et aux Werner qu'il s'adressait.

Je restais pour ma part en périphérie de cette agitation, près de l'entrée. Je faisais des allers et retours dans l'ouverture en aspirant ce que je trouvais d'air frais. L'air s'était en effet rafraîchi, et de minces nuages gris pâle avaient commencé à couvrir le ciel. Le temps allait bientôt changer. L'après-midi était déjà bien avancé, et le flot quotidien de voitures passait lentement au-dehors. De nombreux visages se tournaient vers l'hôtel, attirés par les gens et les voitures de police bien visibles qui attendaient devant. Ils ne voyaient que Veum.

Pour la première fois depuis des années, j'eus envie d'une cigarette, et j'en tapai une à Bøe. Je l'allumai d'une main tremblante. Elle avait le goût d'herbe grillée, mais le rouleau de papier me permettait toujours de m'accrocher à quelque chose. C'était l'une des marottes les plus ridicules que je connaisse : un peu comme rouler un billet de dix couronnes et y mettre le feu après se l'être coincé dans le bec. Mais comparé à ce que l'on avait fait avec Peter Werner, c'était de la rigolade.

Un taxi vint chercher les Werner. Après avoir installé sa femme sur la banquette arrière, Håkon Werner revint vers moi :

« Nous voudrions... J'aimerais entendre... ce que vous avez trouvé, Veum. Si vous pouviez essayer de me contacter... demain ?

— Pas de problème, acquiesçai-je. Je... je ne sais pas quoi vous dire...

— Non. Moi non plus. »

Puis ils s'en allèrent, dans un taxi noir rempli de chagrin, dans un après-midi qui s'était brusquement assombri.

Vadheim me rejoignit à l'extérieur. « Tu as une minute, Veum ? »

Je retournai avec lui dans l'hôtel. Nous étions seuls dans le petit salon. Il y régnait une odeur douceâtre, une odeur de renfermé.

« Bien, soupira Vadheim en posant sur moi son regard de chien battu. J'ai maintenant hâte d'entendre ce que tu as à me raconter. Jusqu'ici, il n'y a pas de quoi sauter au plafond.

— Ah bon ?

— Non. »

Je lui vidai donc mon sac. Je m'étais déjà trouvé dans des situations semblables, et j'avais parfois évité de dire certaines choses, oublié des détails, laissé de côté ce que j'avais préféré garder pour moi. Ce ne fut pas le cas cette fois-ci. Je lui racontai tout, sans exception, depuis que j'avais retrouvé Lisa à Copenhague. Je lui racontai comment j'avais commencé à rechercher Peter Werner... chez Jonassen, chez la femme de ce dernier, chez Bjørn Hasle, et puis... ici. Je lui expliquai qu'il était vraisemblable que Peter Werner ait eu une liaison avec Irene Jonassen, et qu'il avait probablement eu connaissance de quelque chose concernant Jonassen, ce qui lui avait donné une prise sur son patron. Je lui dis comment il avait trouvé sa place comme putain dans cet hôtel, et qu'il n'était apparemment pas rare qu'il reçoive la visite de femmes dans sa chambre.

Par deux fois, Vadheim se pencha en avant, intéressé, pour m'interrompre.

« À quoi ressemble-t-elle ? me demanda-t-il quand je lui parlai d'Irene Jonassen.

— À un assortiment soigné de choux à la crème. Dans la force de l'âge. Quand je l'ai rencontrée, elle ne portait qu'une espèce de bikini, et elle m'a laissé une impression aussi forte qu'inoubliable.

— Couleur de cheveux ?

— Noirs. Teintés de roux qui s'achète. Mais cela ne veut bien sûr pas dire qu'elle n'a pas une perruque blonde cachée quelque part », ajoutai-je.

Vadheim me lança un regard éloquent.

« Alors comme ça, tu es au courant...

— Pedersen m'en a parlé. Brièvement.

— Brièvement. » Il ne fit pas d'autre commentaire. Provisoirement.

L'autre fois qu'il se pencha en avant, ce fut quand je mentionnai l'emprise que Peter Werner devait avoir eue sur Jonassen.

« Et il n'a pas dit ce que c'était ?

— Non. Je ne crois même pas qu'il savait ce que c'était. D'après moi.

— Hmm. Il semble que nous devrions parler non seulement avec Jonassen, mais aussi avec sa dame, et ce le plus tôt possible.

— C'est bien ce que je pense.

— Écoute, Veum. Pedersen nous a donné une sorte de description des deux femmes que Peter Werner a reçues hier. La plus jeune est arrivée vers dix-huit heures. Elle avait quinze, seize, voire dix-sept ans. Brune, les cheveux longs. Bronzée. Peu... développée. Elle portait un jean et un haut en coton rayé. Elle portait deux sacs en plastique. Elle est repartie vers dix-neuf heures trente. Ça te dit quelque chose ?

— Non, fis-je en secouant la tête. Lisa... avec une perruque sombre, mais je ne crois pas qu'elle aurait pu se retrouver dehors aussi vite. Ça, tu pourras le vérifier sans trop de problèmes.

— C'est déjà fait.

— Ah oui ?

— Les Werner m'ont aussi parlé d'elle. Mais ce n'était pas elle. Elle était à la clinique. Elle dormait. Ils lui avaient fait une piqûre dès dix-sept heures, et elle a pioncé toute la nuit.

— Bon. » C'était en soi un soulagement.

« L'autre, cette blonde, est arrivée vers vingt heures, et n'est pas repartie avant vingt-trois heures. Pedersen la décrit comme une superbe blonde dans la force de l'âge, équipée comme si elle devait partir pour Hollywood, ou quelque chose dans le genre. Un pantalon bien étroit, violet. Chemisier blanc avec décolleté tape-à-1'œil, et une veste courte de la même couleur que le pantalon. D'après lui. Non pas qu'il ait accordé trop d'attention à l'emballage. Tu remarqueras d'ailleurs qu'aucune des deux femmes n'avait de signes particuliers, sur le visage, j'entends. Pedersen fait apparemment partie de ceux qui contemplent ce qui se trouve sous le cou. »

Et après une petite pause :

« Alors ?

— La moitié de la ville correspondrait. Si on l'habille comme ça. Mais il faut que je t'avoue que je me représente assez bien madame Jonassen dans cette tenue. Mais... il y a bien d'autres accès ?

— En fait... pour quelqu'un d'agile. Il y a une entrée par la cour, mais il faut d'abord passer par-dessus une palissade entre ici et les cours voisines, et elle est garnie de barbelés. Alors je crois plus... aux deux filles.

— Et Pedersen — il n'a pas quitté son poste ?

— Pas à ce qu'il dit.

— Mais il y a bien sûr tout un tas d'autres... clients. »

Je n'avais pas besoin d'insister sur le dernier mot. Vadheim savait aussi bien que moi quel genre de clients cet hôtel avait l'habitude d'héberger.

« Bien entendu. De ce point de vue, toutes les hypothèses sont possibles. Mais pour l'instant, nous n'avons que ces deux femmes. Et quoi qu'il advienne, leur témoignage aura une importance capitale pour la suite de l'enquête. Autrement dit : il faut qu'on leur mette la main dessus. On va leur mettre la main dessus.

— Et aucun des autres clients n'a dit les avoir reconnues ? »

Il secoua la tête.

« Écoute, Veum. Tu sais que... Tu as une certaine réputation, chez nous. Certains de mes collègues pensent que tu t'es un peu trop mêlé de leurs enquêtes, à deux ou trois reprises. Et pas toujours avec bonheur. Je te suis reconnaissant pour ce que tu m'as raconté, et je considère comme une évidence que tu m'as dit tout ce que tu sais... »

Une infime pause rhétorique m'aurait donné l'occasion de l'interrompre, mais je n'en profitai pas.

« Il s'agit d'un homicide, et le côté pratique de l'enquête est sous ma responsabilité. Je suppose que tu considères l'affaire comme close, pour toi, et que tu... Si tu te rappelles quelque chose que tu aurais oublié... que tu viendras me trouver le plus vite pos-

sible. Un homicide, c'est une affaire publique, Veum.
C'est la police, que ça concerne.

— Bien sûr. La seule chose...

— Oui ? fit-il avec un regard par en dessous.

— Si tu n'y opposes pas de veto, j'aimerais bien,
pour mon propre compte et sans marcher sur les pla-
tes-bandes de qui que ce soit, essayer de me renseigner un peu, par-ci, par-là — sur Jonassen. Essayer
de découvrir ses petits secrets à lui. S'il en a. »

Il me regarda pensivement. Puis il haussa les épaules.

« Je ne vois pas en quoi ça poserait problème. Tant
que tu ne te mêles pas à l'enquête elle-même. Et
Veum, rends-moi service. Si tu trouves quelque chose,
passe-moi un coup de fil, hein ?

— Pas de problème, Vadheim. Promis. »

Il avait l'air d'avoir encore quelque chose sur le
cœur.

« Pendant qu'on y est... Ton boulot... de détective
privé. Comment ça marche, exactement ? Est-ce que
tu arrives vraiment à ce que les gens... se confient ?

— Étonnamment souvent. En fait, c'est surprenant
de voir à quel point les gens vident facilement leur
sac, juste parce qu'ils ont en face d'eux quelqu'un sur
qui ils pensent pouvoir compter — dans une certaine
mesure. Parfois, ce n'est même pas nécessaire, il leur
faut juste quelqu'un qui écoute, qui peut leur prêter
une oreille, voire les deux. Pendant un moment. Et
en ce sens, tu deviens presque une sorte d'assistant
social, si tu vois ce que je veux dire. Et il y a autre
chose. Je ne représente aucune autorité. Ils savent
qu'ils ne risquent pas de représailles s'ils se confient.

160

Par la suite, ils peuvent tout nier, si le besoin s'en fait sentir.

— Alors, le mot-clé, c'est donc — ce qui nous fait souvent défaut, semble-t-il, dans la police — la confiance. »

Je hochai la tête pour ne pas le blesser inutilement. J'aimais bien Vegard Vadheim. Enfant, j'avais suivi ses exploits sportifs à la radio, et ses deux recueils de poésie figuraient quelque part sur une étagère. J'appréciais la façon dont il exerçait son métier. Je voulais par-dessus tout éviter de le blesser.

En partant, je lui serrai la main et lui souhaitai bon courage. J'eus droit à l'un de ses sourires en coin, et au moment où je quittai l'hôtel, je le vis courbé sur un petit calepin, une expression pensive sur le visage. Il me faisait penser à un échassier pataugeant au bord de l'eau à la recherche d'un poisson, recherche infructueuse, pour l'instant.

19

J'achetai quelques journaux et rentrai chez moi. Ils étaient pleins de rien. D'interviews avec les auteurs de la rentrée, concernant des livres qui n'étaient pas encore sortis ; d'explications justifiant les si mauvais résultats de l'équipe locale en première division ; de prévisions météo révélant que la période de beau était révolue et que c'était le froid qui nous attendait.

Je me préparai un dîner léger : œufs au plat, bacon, haricots blancs à la tomate, lait. Je repris l'histoire de cet agent de la C.I.A. Le livre était corné, mais il n'y avait pas de quoi crier « olé ! » L'auteur était une sorte d'épigone loquace d'Hemingway, qui ne faisait que paraphraser son modèle en utilisant dix fois plus de mots.

J'entendis au journal de la nuit qu'ils recherchaient les deux femmes : la jeune brune et son aînée blonde.

Je dormis d'un sommeil agité. Je rêvai d'une femme que j'avais connue à une époque. Une femme nommée Solveig Manger. Je ne sais pourquoi, elle était vêtue à la mode des années 1920. Une courte robe noire ornée de petits éléments brillants ; un diadème posé sur ses cheveux qui étaient coupés court et savamment coiffés ; plein de longues chaînes autour du cou. C'était un rêve inquiétant car il me fit penser à elle après m'être réveillé.

Le matin arriva à la façon d'un policier derrière la porte : il frappa, bourru et impitoyable, et pas moyen d'y couper. Il fallait se lever.

C'était un matin gris. La couche de nuages était suffisamment basse pour frôler le sommet des montagnes ; l'eau du fjord, en direction d'Askøy, ressemblait à du goudron séché. Je fis prudemment quelques exercices de yoga, me rasai, me fis un petit déjeuner au calme en écoutant les émissions pour enfants à la radio, puis partis au bureau.

Je vérifiai le courrier : deux prospectus et une facture. Je restai ensuite assis sans rien faire, à regarder à l'extérieur.

J'aime bien cette heure de la matinée, entre neuf et dix. La plupart des gens sont déjà au travail, et la ville est encore paisible. Les ménagères les plus consciencieuses ont déjà commencé à faire les courses, mais la majorité d'entre elles ne se manifeste pas avant dix heures ou dix heures et demie. Les gens qui

162

sont dehors sont retraités ou sans emploi. Ils ont encore le temps de s'arrêter près de la rambarde, tout en bas de Vågsbunnen, pour s'y accouder, le regard perdu sur la mer, et cracher dans l'eau avant de dire : « Tu crois qu'il va flotter, aujourd'hui ? » Et quelqu'un aura peut-être même le temps de répondre.

Les sempiternels pochards se sont cotisés en vue des premières canettes. On les trouve à présent sur l'une des jetées du port, à l'abri le long du mur, et les bouteilles tournent, le cul en l'air. Il reste peu de temps avant que le Vinmonopole ouvre.

On a commencé à charger et décharger, le long des docks, et de l'autre côté, à Dreggen... À Dreggen, il y a un bâtiment en brique rouge, dans lequel travaille une femme. Une femme qui ne risque pas au quotidien de se promener en vêtements des années 1920, mais qui en portait dans mon rêve.

Tout est calme dans mon bureau. Personne ne dérange Veum le pensif. Le téléphone est muet, repu de conversation. La peinture a commencé à s'écailler dans les coins du plafond. Il me faudrait peut-être faire quelques travaux, un de ces jours, acheter quelques pots de peinture et rafraîchir les couleurs. Peindre les murs en vert, par-dessus le beige. Afficher d'autres photos, d'autres tableaux. Changer les rideaux : les prendre avec des motifs. Oh, il y a tant de choses que tu peux faire de ta vie, Veum, tu as encore bien le temps.

Vers dix heures, je me dis que le moment était venu d'appeler les Werner. Ce fut Håkon Werner en personne qui prit l'appel. Je me présentai et lui proposai de passer sur-le-champ si cela ne lui posait pas de problème. À la rigueur, ça n'en posait pas. C'était le jour des « à la rigueur ». Je remerciai et raccrochai.

Håkon Werner m'ouvrit. Il portait un pantalon et une chemise, et un peignoir en éponge par-dessus. Il me conduisit dans le même salon obscur que la fois précédente, tout en parlant doucement :

« Ma femme est toujours au lit. Je l'ai laissée dormir. Elle... Nous n'avons pas trop bien dormi, la nuit dernière, que ce soit elle ou moi. »

Il avait les traits tirés et la voix légèrement forcée.

Je pris place dans l'un des fauteuils et parcourus la pièce des yeux. Deux jours plus tôt, il m'avait donné la photo de son fils. Une éternité semblait nous en séparer.

Un petit plateau garni d'une tasse et d'une assiette se trouvait sur la table, entre nous deux. L'assiette portait des traces d'œuf et était parsemée de miettes de pain. La tasse contenait encore du café froid. Håkon Werner repoussa le plateau, posa deux coudes sur la table et un regard lourd sur moi :

« Alors ? » Droit au but.

« Il n'y a pas tant de choses à raconter. Je n'ai pas découvert tant de choses que ça, en aussi peu de temps. L'essentiel, c'était de le retrouver, n'est-ce pas ?

— Oui. Excusez-moi, Veum, reprit-il d'une voix qui se brisait, je n'y ai pas pensé... Voulez-vous une tasse de café ?

— Volontiers. »

Il alla à la cuisine, et en revint peu après avec une tasse et un thermos. Il me versa du café... et s'en

164

reversa par la même occasion. Puis il posa le thermos sur la table.

« Il ne faut pas que vous ayez peur de... Ne nous cachez rien, Veum. On peut presque tout supporter, maintenant. C'est étrange. Les parents et les enfants... Quand on est vivant, on ne supporte presque rien les uns des autres, mais sitôt que l'un meurt, on est capable de presque tout pardonner. Ce n'est pas votre avis ?

— C'est certainement vrai. Mais comme je l'ai déjà dit... Oui, vous jugerez par vous-même. »

Je lui fis alors le même récit qu'à Vadheim, la veille. Il m'écouta sans qu'un seul muscle de son visage ne cille. Ses yeux et sa bouche exprimaient déjà suffisamment le chagrin. Ses cheveux gris étaient soigneusement peignés, plaqués vers l'arrière. Mais il ne s'était pas rasé : la barbe apparaissait plus distinctement que la veille.

Ce ne fut qu'au moment où je racontai que Vadheim, Roostrup et moi étions montés pour la deuxième fois dans la chambre, et que nous avions découvert la cause de la mort de Peter, que je le vis tressaillir. C'était comme s'il se dégonflait un peu, et il se tassa. Il se recroquevilla en quelque sorte autour de la tasse qu'il tenait des deux mains de peur de la laisser tomber. Puis il m'interrompit :

« On... on ne souhaite jamais quelque chose de tel à ses enfants, Veum. Pas de mourir comme cela. On... on fait des enfants et on les met au monde, et ils grandissent. On essaie de les élever, et parfois on y réussit, tandis que dans d'autres cas... ça tourne mal. Quand ils sont petits, on ne joue pas assez avec eux. Quand ils grandissent, on ne leur parle pas assez.

Pourquoi faut-il, Veum, qu'on soit infoutus à ce point... de jouer ensemble, de discuter ? Ça me dépasse. Et puis on se fait à l'idée de mourir, avant eux. Personne ne s'imagine que les enfants s'en iront les premiers, même si on peut souvent redouter... cette possibilité-là. Quand ils sont petits, on s'inquiète, à cause des voitures. Plus tard, c'est... tout le reste. Mais en fin de compte, on ne pense jamais qu'on va vivre ça... les enterrer, eux. C'est le contraire, qu'on attend ! Et si... mais s'il faut que ça se passe comme ça... on ne souhaite en tout cas pas les voir mourir... ainsi... » Il leva les yeux, du bord de la table à mon visage.

Mais je n'avais aucun réconfort à lui offrir, si ce n'est : « Non. Bien sûr que non. Bien sûr.

— Ce que vous venez de me dire, celui dont vous m'avez parlé, ce n'était pas Peter. C'était un individu lambda, quelqu'un que je ne connaissais pas. Je le connaissais peut-être, à une époque. Peut-être. Parce qu'ils deviennent beaucoup trop vite des étrangers, pour nous. Dès le début, quand ils sont nourrissons et qu'ils pleurent dans leur couffin... et que l'on ne sait pas pourquoi ils pleurent. Et par la suite, ils ont deux vies : une à la maison, une autre à l'extérieur, à la maternelle, à l'école... Ils peuvent avoir l'air polis et bien élevés, à la maison, tandis qu'une fois dehors, ils jurent sans arrêt et se comportent comme des sales voyous. Et il n'y a pas que nous qui vivons ça... beaucoup d'autres... Ils ont engendré des étrangers, eux aussi. »

Il fit une pause.

« Parents et enfants », répéta-t-il.

Il en parlait comme de deux peuples irréconciliables, comme s'il disait : Juifs et Palestiniens. En tout cas, le ton n'était pas spécialement optimiste.

« J'ai peut-être été trop souvent absent. Et quand j'étais à la maison, je n'étais pas là, si vous voyez ce que je veux dire. Je ne sais pas à quel moment ça part en quenouille, quand vous vous rendez compte que vous avez tellement dévié qu'il est impossible de revenir dans le droit chemin. Peter... »

Il haussa les épaules.

« Ingelin : là, ça s'est mieux passé, jusqu'à maintenant. Mais elle aussi nous est inconnue, par bien des aspects. Elle aussi, j'ai l'impression que... je ne la connais pas.

— J'aurais bien voulu... la voir.

— Ingelin ? Pourquoi ça ?

— Oh, je ne sais pas. Peut-être qu'elle a des choses... à raconter.

— Raconter ? Ingelin ? Sur quoi ? demanda-t-il sur un ton brusquement hostile.

— Eh bien... Sur Peter. Souvent... Les frère et sœur en savent souvent plus long l'un sur l'autre que leurs parents.

— Ouais, mais... »

La porte grinça, et nous nous retournâmes tous les deux.

Vera Werner emplissait l'ouverture, massive et blanche. Elle portait une longue chemise de nuit blanche. Ses seins pendaient lourdement vers sa taille, sous le tissu léger. Son visage reflétait l'indécision, l'abrutissement. Elle s'appuyait d'une main sur le chambranle. À l'inverse de son mari, elle ne s'était pas ratatinée. Elle avait plutôt gonflé, et ses gestes avaient quelque chose de mécanique.

« Vera, dit Werner. Tu n'as pas...

— Håkon ? Tu es... seul ? À qui parles-tu, Håkon ? Je ne voulais pas... ce n'était pas ma... faute.

— Vera...

— Ce n'est pas parce que je... parce que... que ça...

— Vera ! » Sa voix était plus tranchante, et il se dirigea vers elle.

« Vera, Veum est là, dit-il sur un ton plus doux. Veum, le détective.

— Bonjour, dis-je en me levant. Je suis réellement désolé... de ce qui s'est passé, madame Werner. Je suis... de tout cœur avec vous.

— Merci », répondit-elle machinalement en roulant autour d'elle des yeux fous. Elle finit par me trouver :

« Veum ?

— Vera, intervint Werner. Est-ce que tu ne devrais pas... te mettre...

— Ce n'était pas ma faute, Veum... s'il était comme ça. Regardez Ingelin, il n'y a aucun problème de son côté. Où est-elle, Håkon ?

— Elle est dans sa chambre, Vera. Elle essaie de se reposer.

— Oui. Elle est tellement gentille, tellement intelligente, Ingelin. Il faudrait que vous la rencontriez, Veum.

— Vera, dit son mari. Je venais tout juste de dire à Veum... je ne pense pas que ce soit une bonne idée d'aller déranger Ingelin maintenant qu'elle...

— Il doit la rencontrer, dit-elle, entêtée comme une gamine. Il faut qu'il puisse voir qu'on peut aussi faire des enfants comme elle. »

Elle me tendit la main droite, comme si elle voulait m'emmener au premier.

« Je ne voudrais pas déranger, dis-je en implorant des yeux le pardon de Werner.

— Le problème n'est pas là ! dit-il.

— Vous ne dérangez pas, Veum, dit-elle. Venez lui dire bonjour. Maintenant.

— Elle est complètement abrutie par... les calmants, indiqua Werner à voix basse en faisant un signe de tête en direction de sa femme.

— Je ferais peut-être mieux de lui obéir, dis-je.

— Vera, dit-il en l'attrapant par le haut du bras. Viens, je vais te raccompagner dans ta chambre. Il faut que tu te reposes. »

Elle repoussa sa main.

« Non, Håkon, non ! Veum et moi... on va monter voir Ingelin. Toi... tu peux te reposer. Ici.

— Je crois qu'il est préférable que je vienne avec vous. » Elle devint écarlate et tendit vers lui un index tremblotant.

« Tu restes ici, Håkon ! » Elle expira longuement.

« Mon Dieu, mon Dieu ! Vous voyez, Veum ? dit-il avec un regard résigné.

— Madame Werner, commençai-je. Il vaut peut-être mieux que... »

Elle prit ma main et m'entraîna vers la porte. « Vous venez avec moi, Veum. Maintenant, tout de suite. »

Je n'avais plus qu'à la suivre. Håkon Werner resta dans le salon, comme elle le lui avait ordonné. Elle avait donc une certaine autorité. J'entendis tinter sa tasse dans le salon, derrière nous.

Vera Werner me conduisit à l'étage supérieur.

20

Ingelin était assise sur son divan, les jambes sous elle, un livre sur les genoux. Elle portait un pantalon de velours bordeaux et un chemisier blanc. Elle était brune, et ses cheveux longs étaient retenus au-dessus de chaque oreille au moyen de deux barrettes dorées, lui dégageant le visage. Elle lisait *La Nausée*, de Sartre.

Elle leva les yeux au moment où nous entrâmes. Son visage n'était encore que le brouillon de ce qu'il deviendrait plus tard. Son nez était petit et court, son menton en forme de cœur et sans caractère, et ses yeux se contentaient d'être grands et marron. Sa bouche était repliée sous son nez comme l'aile d'un petit oiseau, douce et au contour flou.

Elle était maigre et dégingandée, et sa poitrine était menue. Je comprenais parfaitement pourquoi Håkon Werner n'avait pas voulu que je la voie. Il était difficile de ne pas voir à quel point elle correspondait à l'un des signalements donnés par la police.

« Dis bonjour à Veum, Ingelin, mon enfant », dit Vera Werner.

L'adolescente se leva bien docilement, me serra poliment la main avec une petite génuflexion :

« Bonjour. Enchantée.

— Moi de même », lui répondis-je avec un petit sourire. Je remarquai la bonne odeur saine et naturelle de jeune fille qui émanait d'elle.

« Veum est... » Vera Werner fouilla dans sa tête pour y trouver le mot juste. Puis elle s'interrompit :

« Pour être tout à fait honnête... je ne me sens pas très bien — je crois que je... »

Je fis un pas vers elle.

« Vous voulez que...

— Non, merci, fit-elle d'un air gêné. Je vais aller... je trouverai... Vous saurez redescendre, n'est-ce pas, Veum ? »

J'acquiesçai et la regardai s'arracher à la chambre, avec des mouvements saccadés, comme un remorqueur au moteur défaillant.

Ingelin me regarda avec une expression de petite adulte :

« Tout ça a été un gros choc pour ma mère. Il ne faut pas perdre de vue que c'était Peter, son enfant chéri. » Il n'y avait aucune jalousie dans sa voix : ce n'était qu'un constat impartial.

« Et toi, ça ne t'a pas touchée ?

— Sii, bien sûr, répondit-elle en haussant les épaules. Mais...

— Je veux dire, tu es quand même l'une des dernières personnes à l'avoir vu vivant... »

Elle se figea et me regarda, intriguée et mal à l'aise.

« Vous êtes de la police ? Oui, je vous attendais. Quand j'ai entendu ce qu'ils disaient à la radio... Je voulais appeler moi-même, mais mon père m'a dit que... mon père a dit que ce n'était pas nécessaire. Que ça ne ferait qu'inquiéter ma mère, si peu de temps après. Qu'il faudrait que nous assumions tout ça petit à petit. »

Puis elle retourna s'asseoir sur son divan.

C'était une chambre d'écolière typique. En plus du divan, elle contenait un bureau et une chaise. Une étagère rassemblait des livres scolaires, un certain nombre de livres de poche (pas tous de Sartre), des hebdo, un vieux tourne-disque et un magnéto-phone flambant neuf. Les murs mauves étaient pla-cardés de posters des stars de variété de l'année écoulée — plus un de Simone de Beauvoir. Ce der-nier poster — et le livre qu'elle était en train de lire — révélaient qu'elle était sur le point de passer d'un monde à un autre, de celui des enfants à celui des adultes. Pour certains, le bond était important, tandis que ça se faisait chez d'autres assez facile-ment. Pour certains, la transition se faisait sans dou-leur, tandis qu'elle en marquait d'autres pour le res-tant de leur vie.

« Non, ce n'est pas la police qui m'envoie. »

Elle me regarda, étonnée, mais son expression était polie ; elle attendait la suite.

« Je suis détective privé, et c'est moi qui ai trouvé — qui ai été chargé de retrouver — Peter, quand il a disparu. Alors tu peux me jeter dehors sans plus attendre si tu veux. Tu n'es pas obligée de me parler. C'est ta mère qui a tenu à ce que je te rencontre.

— Ça ne me pose pas de problèmes de te parler.. dit-elle d'un ton égal. Si on a des choses à se dire.

— Je crois. On peut toujours parler de Sartre. Ou de Peter. »

Elle haussa les épaules. La fenêtre de sa chambre donnait sur la maison voisine, celle des Halle. Les leurs étaient vides et mortes. Certaines étaient éclai-rées, mais il n'y avait aucun signe de vie en dehors de cela. Le ciel gris pâle donnait au tableau un aspect gelé, figé. On était vendredi, et le monde s'était arrêté.

« Pourquoi tu es passée le voir hier, par exemple...

— On en avait convenu, il y a longtemps.

— Convenu ?

— Oui. À chaque fois qu'il ne rentrait pas, je savais où le trouver. Alors je lui passais un coup de fil, et on se mettait d'accord pour que je passe le voir, et j'y allais... avec de quoi manger. Avant, j'y allais toujours avec des livres, en plus, mais dernièrement... il ne lisait plus.

— Et la nourriture, tu la trouvais... »

Elle hocha la tête.

« Je la prenais ici. Dans le frigo, dans le congèl, ou j'en achetais avec l'argent que j'avais.

— Mais tes parents... Ils ne s'en rendaient pas compte ? Qu'il manquait de la nourriture ? »

Elle haussa les épaules.

« Si c'est le cas, ils n'ont jamais rien dit. D'ailleurs, je ne prenais pas tant de choses que ça, et ce n'est pas la bouffe qui manque, ici.

— Mais pourquoi ?

— Pourquoi ? Il fallait bien qu'il mange, et il avait des problèmes, pas vrai ? C'était mon frère, et il fallait que je l'aide.

— Mais malgré tout, ça ne te touche pas plus que ça qu'il soit mort... comme ça ?

— Si... ça me touche... Je... m'étais faite à l'idée.

— Qu'on le bousille ?

— Qu'il meure. Tu sais bien qu'il était toxico », ajouta-t-elle sur le ton blasé inhérent à sa génération. Comme si elle disait : tu sais bien qu'il était de Bergen.

« Comme ça, tu le savais ?

— Bien entendu. Ce n'était pas compliqué à découvrir. Ça se voit sans problème sur leur visage.

— Mais tu... tu lui donnais aussi de l'argent de temps en temps, peut-être ?

— Non, répondit-elle en secouant énergiquement la tête. Je savais qu'il se droguait, et je ne pouvais rien faire pour qu'il s'arrête, mais je ne l'ai pas aidé à s'en procurer. » Seigneur, les adolescents qu'on fait, de nos jours ! me dis-je. Ils n'étaient pas comme ça — à notre époque. Et elle n'est pas si reculée que cela...

« Mais tu ne vois pas que... en lui procurant de la nourriture, tu lui permettais de continuer à se droguer. De faire des économies de sorte qu'il puisse trouver plus de... drogue.

— Sii, mais... En plus, c'était excitant. »

Son visage frémit légèrement. Sa peau avait un reflet sombre qui, en plus de ses cheveux bruns, lui donnait une apparence presque méridionale.

« Il... se passait quelque chose. Ma mère et mon père ne devaient pas l'apprendre, alors je... je descendais en catimini chercher de la nourriture, et je la cachais ici, dans ma chambre, jusqu'au lendemain. Et puis j'allais le voir.

— À l'hôtel ?

— Oui.

— Toujours à l'hôtel ?

— Oui.

— Alors le réceptionniste a dû commencer à te connaître, au fur et à mesure ?

— Ouiii. Je ne sais pas. Il y en a plusieurs, tu sais, et je ne leur parle jamais. Je leur dis juste qui je vais voir, et je suis sûre qu'il est là, parce qu'il m'attend. »

Attendait, me dis-je, intérieurement : *attendait*, Ingelin...

« Et tu n'as jamais rencontré personne d'autre, là-bas ? Chez lui ?

— Quelqu'un d'autre ? Non, comme qui ? Comme cette bonne femme ?

— Quelle bonne femme ?

— Celle qu'ils recherchent, tiens !

— Oui ?

— Non. Il n'y avait jamais personne en dehors de moi. Je lui apportais de la nourriture, et on restait un moment à discuter, et puis je m'en allais.

— Vous parliez de quoi ?

— De... plein de choses. De... ce qui se passait à la maison. Que mon père et ma mère sont systémati-quement inquiets quand il n'est pas là. Ça... ça lui faisait toujours plaisir de l'entendre. Ça le faisait tou-jours sourire, un peu... bizarrement. Tu vois...

— Tu savais que d'autres femmes venaient le voir ?

— Non. » Elle secoua la tête et répéta : « Non.

— Mais tu étais au courant, pour Peter et Lisa ? »

L'ombre sur son visage se fit plus dense, ses lèvres se crispèrent, et elle regarda à travers moi, vers l'une des affiches sur le mur.

« Oui, souffla-t-elle. Et d'ailleurs, c'était pour ça que Lisa ne venait plus à la maison.

— Dis-moi un peu... que s'est-il passé, en réalité ?

— Passé ?

— Entre Peter et Lisa. Après tout, c'était ta copine, et il était nettement plus vieux qu'elle. »

À nouveau cette attitude de petite adulte.

« Certaines femmes préfèrent les hommes plus mûrs. »

175

Je ne pus m'empêcher de sourire.

« Mais Lisa n'était pas une femme. C'était une gosse. Et Peter n'était pas un homme mûr, mais un gamin. »

Sa bouche se crispa encore davantage.

« Les petits ont aussi des sentiments, dit-elle. Comme les adultes.

— Bon... Ouais, mais quand même...

— Et d'ailleurs, je ne sais pas ce qui s'est passé. Je n'étais pas là.

— Quand ?

— Cet été-là. L'été où Peter est resté seul ici, et quand Lisa n'a pas pu venir à la campagne avec nous, parce que... parce que... je ne sais pas, maman n'a jamais rien dit, mais elle m'a expliqué que Lisa ne viendrait pas avec nous... cette année-là. Et quand on est revenus, tout avait changé. Peter avait changé, et Lisa... elle ne m'a plus jamais parlé. Pas vraiment. Elle m'a dit : Toi, tu ne comprends rien à la vie, Inge-lin, qu'elle m'a dit. — Comment ça ? j'ai dit. J'ai le même âge que toi. — Tu comprendras bien assez tôt, elle a répondu. Et puis elle n'est plus jamais venue me voir. Mais elle et Peter... Il arrivait que je les aperçoive en ville. Jamais tous seuls. Toujours en groupe. Une bande, et Lisa était l'une des plus jeunes. On pouvait les voir... en bas, près de la place Ole Bull, et quand je passais, ils ne me voyaient jamais. Et je n'osais pas aller les voir, parce qu'ils faisaient un peu peur.

— Peter et Lisa.

— Les autres. Mais... si, eux aussi.

— Mais tu ne t'es jamais rendu compte — à

176

l'avance — de ce qui se passait ? Lisa ne t'a jamais dit... qu'elle était amoureuse de Peter ?

— Eh bien... Noon, mais on... on en rigolait. Dieu, qu'il est mignon ! comme elle disait souvent en levant les yeux au ciel, et ça nous faisait rire. Ça nous faisait rire. »

La tristesse perçait dans sa voix, et je compris que même si elle n'avait que seize ans, elle avait appris qu'on ne peut être et avoir été, et que le présent devient vite le passé — et rien d'autre.

« Ta mère et ton père... Ils ont réagi plutôt vivement, quand Peter et Lisa ont commencé à sortir ensemble...

— Oui, acquiesça-t-elle, mais... tu sais ce que c'est. C'était un peu particulier.

— La différence d'âge, tu veux dire ?

— Non ! fit-elle avec irritation. Mais, ma mère et Halle. Le père de Lisa... » Elle me fixa de ses grands yeux.

« Oui ?

— Tu sais qu'ils avaient été... Ils ont été fiancés, à une époque, il y a longtemps.

— Ah oui ? » Je me revis dans l'une des salles chez les Halle, au milieu des deux couples, dans cette ambiance tendue... et Vera Werner disant à Niels Halle : « Tu es un nigaud, Niels, et ce n'est pas nouveau. »

« Quand ça ?

— Oh, je ne sais pas trop. Il y a longtemps. Bien avant que Peter ne naisse. Ou les enfants des Halle. C'est Lisa, la plus jeune. Les autres sont adultes.

— Est-ce que... est-ce que c'est ta mère, qui t'a raconté ça ? »

Elle se mordit la lèvre.

« Non. C'est Peter, qui me l'a dit... Lisa était là, et il a dit — plutôt pour la taquiner, je crois — que son père et maman avaient été — amoureux. Mais Lisa est devenue toute bizarre, et elle est rentrée chez elle en courant. Et encore, c'était longtemps avant qu'il y ait quelque chose, entre Peter et elle.

— Et ensuite ?

— Ensuite, on n'en parlait plus. Peter a dit qu'il l'avait su chez quelqu'un d'autre, mais il n'a jamais dit qui. Et moi, j'ai fait semblant d'avoir oublié... vis-à-vis de Lisa. Mais je regardais Halle différemment, par la suite. Et maman. C'est vrai qu'il est décrépit, maintenant, mais toujours assez bel homme — et une fois... J'aurais presque souhaité que maman l'ait choisi lui, de temps en temps. Mais dans ce cas... dans ce cas, je ne serais pas née, pas vrai ? Alors... c'est juste bête.

— Oui. Écoute, Ingelin, une petite chose. Quand tu es allée voir Peter, hier, est-ce que tu as eu l'impression qu'il attendait quelqu'un ? »

Elle réfléchit un instant.

« Il était simplement en peignoir. Mais... il venait juste de se raser. Je sentais l'odeur de son après-rasage. Ça sent... le pin. Et au bout d'environ une heure, il m'a dit qu'il fallait que je parte, alors... Si, maintenant que tu le dis, il se peut qu'il ait attendu quelqu'un. Je me suis dit... qu'il allait peut-être sortir.

— C'était une habitude qu'il avait... de partir long-temps de chez lui ?

— Une habitude ? Eh bien... ça le prenait, par périodes. Parfois, elles se suivaient de près. Et parfois, elles s'espaçaient. Ces derniers temps, c'était souvent.

L'hiver de l'année dernière — pas l'hiver dernier, celui d'avant — il a habité à la maison presque six mois, je crois, sans discontinuer. Mais c'est vrai qu'à ce moment-là, il ne se droguait pas...

— Alors, ça durait depuis un certain temps ?

— Depuis l'été en question. Mais jamais aussi fréquemment que... maintenant.

— Et tu ne trouvais pas que c'était bizarre, qu'il fasse ce genre de choses ?

— Non, pourquoi ? Je... »

Mais elle ne poursuivit pas, car la porte s'ouvrit et Håkon Werner entra.

« Ingelin... Ta mère n'est pas ici ? » Sa voix était faible, et son visage était parsemé de taches rouges. Il ne me regarda pas.

« Non, répondit Ingelin. Elle est allée se coucher. Elle ne se sentait pas spécialement...

— Non, je suis au courant. Est-ce que ce type t'a ennuyée ?

— Je... commençai-je.

— Qu'est-ce que vous lui avez posé, comme questions ? » aboya-t-il à mon intention. Il avait l'air de totalement perdre les pédales.

« On ne faisait que discuter un peu... de Sartre », répondit Ingelin pour moi.

Une certaine déconfiture s'empara de lui.

« De qui ?

— De Sartre », lui répéta-t-elle en brandissant le livre.

Werner regarda l'ouvrage, puis moi. Le bouquin avait la couverture stylisée des premières grandes heures du livre de poche. Et la mienne, c'était l'un de ces visages stylisés datant de l'époque où on les torchait en deux coups de cuiller à pot.

« Je ne me sens pas très bien, moi non plus », dit-il.

Je ne dis rien. Ingelin serra le livre contre elle.

Il m'adressa à nouveau la parole.

« Vous allez partir, Veum. Vous êtes déjà presque parti.

— Sans doute. » Je me levai.

Il me tint la porte ouverte. Dans son dos, Ingelin me fit un clin d'œil. Je ne pus le lui retourner, étant donné que son père me regardait droit dans les yeux.

« Merci pour le brin de causette, Ingelin, me contentai-je de dire. À une prochaine. »

Une fois passé la porte, Werner m'attrapa par le bras pour m'arrêter.

« Vous êtes restés longtemps seuls ? »

Je comprenais bien la cause de son excitation ; il n'y avait pas à aller la chercher bien loin.

« Oh, non, votre épouse venait tout juste de sortir. »

Son visage se détendit. J'aurais bien aimé lui demander — à lui ou à sa femme — combien de temps s'était écoulé depuis ses amours avec Niels Halle. Mais je savais que le moment n'était pas approprié.

« Vous devriez prendre contact avec la police, Werner, avant qu'elle ne le découvre par elle-même. C'est toujours préférable.

— Alors, vous avez constaté une ressemblance ? demanda-t-il d'un ton irrité. Quelle andouille elle fait, cette gosse ! Elle aurait au moins pu prévenir. Ça va être... Mon Dieu, ça va faire vraiment trop, pour Vera, tout ça, Veum. »

À le voir, ça faisait trop, pour lui aussi.

« Mais je le ferai. Je *vais* le faire.

— Ça ne devrait pas poser de problème. Après tout, l'autre femme est venue le voir *après* Ingelin. Et elle est restée plus de trois heures. Il est peu probable qu'elle ait passé autant de temps en compagnie d'un macchabée.

— Soyez pas comme ça, Veum, dit-il d'un ton âpre. Ce n'est pas le genre de choses à dire à un type qui vient de perdre son fils.

— Non, dis-je. Je suis désolé.

— Partez, maintenant, Veum. Merci d'être passé.

— C'est moi... »

Je redescendis, traversai le vestibule spacieux, suivis l'allée de lauzes jusqu'au portail et me retrouvai dans la rue. Je m'installai au volant et repartis — sur soixante mètres. Suffisamment loin pour qu'il ne puisse pas me voir. Puis je me mis à réfléchir.

21

Le vent chahutait la bruine. Elle se déposa comme de la rosée sur le pare-brise. Je baissai ma vitre et sentit l'odeur lourde et doucereuse de tous les jardins humides s'infiltrer dans la voiture et emplir ma tête comme de l'encens. Les maisons de cette rue étaient soigneusement dissimulées derrière d'imposantes haies. C'était comme si les gens qui y habitaient éprouvaient le besoin de s'éloigner au maximum de la rue, avec tous leurs vieux secrets.

Il y avait encore d'autres personnes avec qui j'aurais voulu discuter. J'aurais par exemple bien aimé parler avec Niels Halle. Ma curiosité naturelle avait attiré mon attention sur cette vieille histoire entre lui et Vera Werner. Une telle relation laisse toujours des traces — à un niveau ou à un autre, d'une façon ou d'une autre. Et j'aurais par exemple bien aimé tailler une bavette avec Lisa, pour essayer de me faire une idée précise de ce qui s'était jadis passé — et de ce qu'était devenue sa relation avec Peter Werner. Mais le jour ne se prêtait pas à quelque entretien que ce fût. Personne ne serait enclin à répondre à mes questions, et Vadheim n'aurait pas aimé que je mette en route quelque chose qui s'apparentait de plus en plus à une enquête criminelle.

Je devais me focaliser sur Jonassen.

Sa maison à lui était aussi retirée, à sa façon. Mais elle avait été construite dans un quartier où les terrains étaient plus vastes, et la rue était d'autant plus loin. Il avait aménagé un jardin, installé une piscine, placé sa belle femme en plein milieu dudit jardin, près de ladite piscine — comme une nature morte, sur un dépliant publicitaire — et mis sa maison à l'abri de la rue, et des voisins. Il devait par conséquent avoir ses petits secrets, lui aussi.

Irene Jonassen détenait peut-être une clé de ces petites cachotteries. Mais ce vendredi-là, elle aussi serait sous les projecteurs de Vadheim. Alors il était peut-être plus raisonnable pour le bon Veum de se mettre en week-end.

En redémarrant la voiture, je me dis que j'avais oublié de demander à Werner le règlement de mes honoraires. Mais le nombre d'heures passées sur l'affaire n'était pas si important qu'il mette mon compte en banque à l'abri de la famine, et de plus : le jour ne se prêtait *pas* à quoi que ce soit.

À part peut-être une seule et unique chose.

Je redescendis en ville trouver Paul Finckel, le journaliste, à son bureau. Et il apparut que ce n'était pas le jour, pour cela non plus.

Par ce qui peut passer pour le plus grand des hasards, mais qui ressort peut-être d'un choix délibéré, les rédactions des trois grands quotidiens de Bergen ont leurs locaux au troisième étage. Peut-être pour montrer que les journalistes sont si haut placés qu'ils ont vue sur presque tout ce qui se passe, mais pas suffisamment pour avoir un pouvoir véritable dans la société locale. Assez haut pour ne pas être trop gêné par le bruit de la circulation, mais pas assez pour pouvoir décider du devenir de la circulation en ville.

Paul Finckel était penché sur une machine à écrire silencieuse. Une feuille à moitié remplie était plaquée au rouleau, mais aucune des touches ne parvenait au papier, et son regard fixait un point loin, loin au-delà des murs beigeasses. Il leva les yeux à mon arrivée, et eut l'air soulagé d'avoir été interrompu.

Son bureau était petit et étroit. La seule chose qu'on voyait aux murs, c'était les vieilles coupures de journaux qu'il y avait scotchées. Elles étaient jaunies, ce qui indiquait qu'il y avait un bon moment que Finckel ne trouvait plus rien qui mérite l'attention.

Des piles de vieux journaux jonchaient son bureau, ainsi que quelques livres fatigués, un bottin et une liste d'adresses. Le téléphone semblait à l'affût, mais les choses s'arrêtaient là car il était tout aussi silencieux que l'exemplaire que j'avais dans mon bureau.

Il n'y avait qu'une seule chaise en dehors de celle

sur laquelle Paul Finckel était assis, et elle étouffait sous deux tonnes de vieux journaux.

Paul Finckel subissait pour sa part une mutation. Il était divorcé depuis deux ou trois ans. Avant le divorce, il était assez rondouillard. À son retour sur le marché, il s'était inscrit dans un club de gym et avait commencé à s'entraîner régulièrement, ce qui avait éliminé la brioche et les poignées d'amour ; il s'était laissé pousser une moustache seyante et avait commencé à s'habiller plus à la mode pour devenir — en tout cas à ses propres yeux — un sacré Don Juan.

Le Don Juan en question commençait pourtant à être bouffé aux mites, la brioche et les poignées d'amour étaient de retour, et ou bien il avait décidé de se laisser pousser une barbe légèrement moins seyante, en plus de la moustache, ou bien il snobait son rasoir depuis quelques jours. Ses vêtements avaient toujours une coupe relativement moderne, mais leur côté délavé et défraîchi nuisait à l'ensemble. Le bout de ses doigts était marron de nicotine, un nuage de fumée gris-bleu flottait dans la petite pièce, et je n'aurais pas été surpris d'y remarquer une odeur de vinasse. Mais ce n'était pas le cas, et Finckel semblait à cent pour cent à jeun, même si la forme n'était pas olympique. Il fit un geste vers la pile de journaux qui occupait la chaise que lui n'occupait pas.

« Fous-les par terre, Veum, et prends place. Fermeture des portes. »

La pile de journaux semblait suffisamment lourde pour qu'on pût se flinguer le dos avec, et je décidai donc tout simplement de m'asseoir au sommet.

« J'aime bien avoir une vue d'ensemble sur les choses », dis-je dans une tentative pour être aussi spirituel que lui. Ce n'était pas particulièrement difficile, et nous nous connaissions depuis assez longtemps pour ne plus nous sentir obligés de rire de nos plaisanteries respectives.

« Mais tu es assis dos à la porte, dit-il. Ça, Wild Bill Hickock ne le faisait jamais.

— Non, mais Wild Bill Veum le fait », répondis-je.

Nous pétillions comme deux voyageurs de commerce à la gomme attendant un hypothétique bac, par un soir de novembre.

Il posa sur moi des yeux torves.

« C'est une vie de chien, Veum, le lendemain d'une cuite, comme les années qui suivent... le jour de ton mariage, je veux dire. Une longue gueule de bois, qui cogne encore et encore. Je suis heureux de m'en être sorti... d'avoir fini par en sortir », dit-il avec une mine qui était tout sauf heureuse.

Puis une lueur fugace passa dans ses yeux.

« Cette gonzesse avec qui je suis sorti hier, Veum. Elle n'avait vraiment pas les deux pieds dans le même sabot. La moitié de la nuit sur la bête. Et ça t'étonne que le pauvre type soit sur les rotules, après ? »

Non, ça aurait dû ? Paul Finckel me parlait toujours de toutes les femmes qu'il s'était faites. Le plus ennuyeux, c'est qu'il n'avait jamais la présence d'esprit de m'en présenter une seule. Pour être franc, je ne me souvenais pas l'avoir jamais vu en compagnie d'une femme. À part quand il était marié, bien entendu.

Il poursuivit son monologue.

« Les gosses me manquent, tu t'en doutes. Ce n'est pas pareil, quand on ne les voit qu'un week-end ou deux par mois, pas vrai ? C'est comme si tu perdais le contact. Mais je crois que je ne t'apprends rien, Veum. Comment il va, ton rejeton ? Ça lui fait quel âge ? »

C'était par pure politesse qu'il posait la question, ce fut de même que je répondis.

« Il a huit ans.

— Huit ans ? Tu déconnes ? Pétard, le temps passe. Mon aîné en a onze, et la petite sept. J'ai toujours dit que le principal avantage d'avoir des enfants, c'est que ça te permet d'expédier Madame à la clinique pendant cinq jours... Ça te fait autant de jours de vacances, hein ? Et ensuite, ça part petit à petit en sucette. Mais on peut étendre ça à plein de choses... » Il se tut et fixa le vide avec une mine déprimée.

« Ouais-ouais », dis-je.

Il releva les yeux.

« Bon, que puis-je faire pour toi ? Je suppose que ce n'est pas une simple visite de courtoisie qui me vaut l'honneur...

— Arve Jonassen, entrepreneur.

— Vu. Je l'ai déjà dit à quelqu'un — je ne me rappelle plus exactement qui... Veum ? ai-je dit. Ah oui, Veum. Un vieux pote. J'ai de ses nouvelles chaque fois qu'il veut savoir quelque chose sur quelqu'un, que j'ai dit. Oh, Sainte Mère, poursuivit-il sans temps mort, tu te souviens de cette biture, quand le petit Svein est né ? Tous les vieux potes ? Et combien en reste-t-il... Dans cette petite ville de merde ? Combien d'entre eux vois-tu toujours ? »

Je haussai les épaules. Je n'avais jamais fait partie de *ces* vieux potes. Sa mémoire flanchait.

« Arve Jonassen, c'est ça. Non. Je ne sais pas grand-chose sur lui. Pas comme ça, tout de suite. Qu'est-ce que tu veux savoir ?

— J'aurais voulu connaître le moyen le plus simple pour un entrepreneur de se faire un peu de pognon supplémentaire... et savoir si par hasard Arve Jonassen a la réputation de faire des trucs dans le genre. Ou des choses du même tonneau. »

Son visage s'illumina.

« C'est avec Haugland, qu'il faut que tu causes. Ove Haugland. Il sait tout ce qu'il y a à savoir en ce qui concerne l'argent sale, les magouilles commerciales, tout ça. Attends deux secondes, je vais voir... »

Il composa un numéro interne et demanda si Ove Haugland était disponible. On lui répondit, il raccrocha et fit un large geste des bras.

« Il n'était pas là, et il n'a pas dit quand il serait de retour, mais écoute, Veum, en mémoire du bon vieux temps... J'ai une idée. J'organise une petite sauterie, ce soir. Vient qui veut. Vendredi soir, tu vois le genre... Ove va venir, et il ne viendra pas tout seul. Tu pourras lui parler à cette occasion, qu'est-ce que tu en penses ? Pointe-toi avec un litron, hein ? — À une condition, ajouta-t-il après réflexion.

— Ah oui ? Et laquelle ?

— Que tu ne choures aucune des nanas dispo. Oui, et que tu foutes la paix à celles qui sont déjà prises, en passant. » Il partit d'un grand rire et me flanqua sa patte sur l'épaule pour montrer qu'il plaisantait.

« Alors, tu viens ?

— Je ne sais pas, je...

— Allez, Veum. Tu as l'air un peu tristouille. Ça te fera du bien de te choper une biture comme au bon vieux temps, et tu pourras parler à Ove par la même occasion. Joindre l'utile à l'agréable... Que peux-tu souhaiter de mieux ? Tu as ma nouvelle adresse ?

— Non.

— C'est à Nordnes, dans l'un des nouveaux grands immeubles près de la Maison de Prières. Sur les communaux de Nykirke, puis à droite. » Il me donna l'adresse exacte.

Si, je savais où c'était. J'avais eu un bon copain, à une époque, qui habitait dans l'une des maisons en bois qu'ils avaient démolies pour pouvoir construire leurs immeubles. Mais ça remontait à quelques années, et je ne l'avais pas vu depuis longtemps.

« Bon. O.K. À quelle heure ?

— Putain, tu viens quand tu veux, mais pas avant huit heures. Il faut que je passe l'aspirateur, avant. Et Veum... n'oublie pas le litron ! »

Je hochai mollement la tête. Je n'oublierais pas la bouteille. Et je ferais de mon mieux pour ne pas filer avec l'une des nanas dispo. Tout en foutant la paix à celles qui seraient déjà prises. J'allais discuter avec Ove Haugland et faire la conversation avec ma bouteille. J'allais me comporter comme il fallait, sans gâcher la soirée de qui que ce soit.

22

Le ciel se dégagea au cours de l'après-midi, et le temps se remit au beau. Malgré tout, l'air était différent : froid et vif, comme si on était déjà en automne.

Le ciel se dressait tout droit et lumineux au nord, et un vent frais déboulait du large, comme un reflet de la mer. En bas, sur le goudron fraîchement lavé de la place du marché, un prédicateur solitaire s'était installé avec sa sono et son accordéon. Il parlait de Jésus à des oreilles sourdes. Il décrivait le portail du Paradis à des yeux aveugles. Son visage était maigre et ouvert, et reflétait un optimisme indéfectible ; aussi loin que je me souvienne, je l'avais toujours vu là. Je m'arrêtai pour l'écouter, sur mon chemin vers Nordnes. D'une certaine façon, je me sentais proche de lui. Lorsqu'il eut fini sa chanson, il pencha doucement la tête vers moi, son unique auditeur.

Les vendredis soir appartiennent aux jeunes : la nouvelle génération de jeunes vêtus de leurs vestes courtes, bien coiffés, le bouton de col défait — la bouteille de bière levée à la bouche et les yeux au ciel. Des garçons bruyants qui parlent sans cesse et des filles pouffant d'un rire convulsif et perçant. Deux pintes et ils sont pétés au point de ne presque plus pouvoir marcher. C'est une génération de mauvais acteurs, comme le sont toujours les jeunes, quelle que soit l'époque. Seuls les idéaux changent. John Travolta a pris la relève de James Dean.

La génération qui faisait la bamboche chez Paul Finckel avait depuis longtemps pris du recul. La musique qui envahissait même la cage d'escalier était celle des Beach Boys. Les voix se chevauchaient les unes les autres, et les guitares avaient cette tonalité ronde et romantique du début des années 1960.

Personne ne sembla réagir à mon coup de sonnette, mais je constatai en attrapant la poignée que la porte n'était pas fermée. J'ouvris et me heurtai à un mur de musique, de voix, de fumée et d'effluves d'alcool.

Je tombai sur notre hôte lui-même, dans l'entrée,

la brioche en avant, le regard vitreux, une cigarette allumée dans une main et un verre à moitié plein dans l'autre. Un type dégingandé, maigre, aux cheveux blonds relativement courts et à la barbe rousse soignée était penché vers lui. J'avais l'impression de l'avoir déjà vu, mais je n'arrivais pas à le situer. Il agitait un verre, lui aussi, et je l'entendis dire, au moment où j'entrais :

« Le problème, avec Brett, c'est qu'elle est frigide, bien sûr. »

Paul Finckel acquiesça mollement, compatissant. Puis il prit conscience de ma présence, et son visage s'illumina.

« Salut... Varg ! Je n'espérais plus te voir. Entre, quitte ta pelure ! Tu connais Reidar Manger ? »

Je pus enfin le situer.

« Non. Bonsoir. Je m'appelle Veum, Varg Veum. »

Il me serra la main sans réaction apparente quant à mon nom.

« Varg, c'est un sacré bonhomme, tu sais. Il est détective — détective privé ! dit Finckel.

— Ah oui ? » fit Reidar Manger avec une certaine indulgence sceptique dans le ton. Il n'avait pas l'air totalement à jeun. « Alors et toi, qu'est-ce que tu penses du livre *Le soleil se lève aussi*, Veum ? »

Je me mis à réfléchir, mais pas longtemps.

« Pour un bouquin dont les gens parlent encore cinquante ans après sa parution, je le trouve on ne peut plus chiant.

— Si je puis me permettre, dit-il, on parle d'un des chefs-d'œuvre les plus incontestables du vingtième siècle, d'un livre qui...

— Je n'ai jamais percuté ce qui peut apparenter à

un chef-d'œuvre un livre qui parle d'une poignée de glandeurs décérébrés qui errent à Paris et en Espagne, se bourrent la tronche, vont à la corrida et détestent les Juifs.

— Je ne savais pas que tu avais une telle culture littéraire, Varg, dit Paul Finckel.

— Moi non plus.

— Reidar est prof de littérature américaine à l'université. Vous auriez une tonne de...

— Faut que j'aille aux toilettes », dit Reidar Manger avec un pâle sourire à mon intention. Je lui retournai un sourire tout aussi pâle.

Paul Finckel avait l'air déboussolé.

« Viens dans le salon voir les autres, Varg, finit-il par dire. Ove est dans le coin, lui aussi. »

Il m'entraîna au salon.

C'était l'une de ces assemblées auxquelles il semble impossible de se mêler. Je ne fis aucune tentative de tour de présentation. Trop de personnes étaient assises par terre, autour des rares chaises et de l'unique mais vaste canapé. Dans ce dernier étaient assises cinq personnes, dont Solveig Manger.

La lumière était faible. La pièce n'était éclairée que par la lumière du jour moribond et quelques grosses bougies posées sur une étagère. L'appartement de vieux garçon de Paul Finckel était typique des hommes divorcés : mobilier spartiate, bon marché et déplaisant. Les invités composaient l'assemblée habituelle de gens de la presse, de pseudo-artistes, d'universitaires et de jeunes profs blasés en costumes gris.

Les bribes de conversations qui arrivaient jusqu'à moi m'informaient qu'on était déjà en train d'analyser

191

la *Divine Comédie* de Dante, les œuvres de jeunesse de Bob Dylan et les possibilités de Brann* de conserver sa place en première division. À ce que j'en percevais, on n'en était pas encore arrivé à une conclusion.

Je fis signe à travers le brouillard de fumée de cigarettes à quelques personnes que je connaissais tout en enjambant quatre paires de guibolles en direction d'un coin inoccupé, non loin de la porte ouverte de la véranda. Paul Finckel me tendit un verre vide et partit à la recherche d'Ove Haugland pendant que je débouchais ma bouteille. Il nous présenta l'un à l'autre.

« Paul me dit que tu t'intéresses aux entrepreneurs ? me fit Haugland.

— Oui, répondis-je. C'est-à-dire... à un entrepreneur en particulier, en fait, mais volontiers aux entrepreneurs de façon générale, aussi.

— Il n'y a rien de général, dit-il avec un sourire en coin. Il y a de tout, comme dans tous les métiers ; tout et n'importe quoi. Simplement, quand il s'agit d'entrepreneurs, il y a un peu plus d'argent qui circule, dont il ne vaut mieux pas chercher à connaître la provenance... Mais d'autant plus dure est la chute, quand chute il y a. »

Ove Haugland était un type maigre, brun, qui approchait de la quarantaine. Il avait un assez beau visage. Il avait des sourcils épais et une barbe naissante noirâtre. Il faisait un peu penser à Montgomery Clift, après son accident. Il portait un costume gris foncé, une chemise bleue et une cravate bleu clair quadrillée de gris.

* Équipe de football et l'une des fiertés de Bergen.

Nous étions seuls, tout contre le mur, chacun son verre à la main. Il buvait du whisky. D'où j'étais, je pouvais presque voir Solveig Manger de profil. Elle ne m'avait pas encore remarqué. Elle ne me reconnaîtrait peut-être même pas. Espérons que je faisais partie d'une période de sa vie qu'elle avait pu refouler. Ça faisait quelque chose comme quinze mois que je ne l'avais pas vue, mais elle n'avait presque jamais été totalement absente de mes pensées durant tout ce temps.

« Et qu'est-ce que tu cherches, en fait ? demanda Ove Haugland.

— Arve Jonassen. »

Il émit un long sifflement étouffe.

« Ce bon vieil ours... Alors il te faudra des atouts solides. Il a la réputation de ne pas y aller avec le dos de la cuiller, quand quelqu'un se met en travers de son chemin.

— Ah oui ?

— Oh oui. »

Elle était assise dans un coin du canapé, penchée en avant, et écoutait avec un intérêt poli ce que lui racontait l'un des profs en costard gris. Son regard errait de temps en temps dans la pièce. Elle cherchait peut-être son mari. Ou bien elle s'ennuyait peut-être tout bonnement. Son nez, ses lèvres, son menton... le cou, fin et blanc. Il disparaissait dans le col montant d'une robe noire moulante... et puis les cheveux : châtains mais avec une pointe de roux. Mais ça, c'était juste quelque chose que je savais. C'était invisible sous cet éclairage.

« De quoi il s'occupe, principalement, Jonassen ? De marchés publics, privés ? »

À nouveau ce sourire en coin.

« Une sorte de mélange. »

Il se débarrassa de son verre sur la télé de Finckel, enfonça ses deux mains dans ses poches, leva un tantinet le menton et sembla se préparer pour un exposé plus complet.

« Arve Jonassen dirige une entreprise aux nombreuses ramifications, et je n'ai en réalité jamais douté qu'il puisse magouiller d'une façon ou d'une autre. Mais il n'a jamais été possible de prouver quoi que ce soit. Ou bien ses employés sont des plus loyaux, ou bien il se charge lui-même de la majeure partie du boulot. »

Elle leva son verre à ses lèvres et but à petites gorgées. Le contenu du verre était transparent. Je me doutais que ce n'était pas de l'aquavit, et penchais plutôt pour de la vodka-citron. Ses lèvres semblaient si douces. Elle avait une belle bouche. Pas aussi belle que ses yeux, peut-être, mais quand même...

« Pour commencer, continuait Haugland, il y a son grand projet à Holsnøy. Tu sais, grâce à la navette de ferries express, Frekhaug va devenir un lieu de résidence aussi central que Natland, et il faudra moins de temps pour venir en ville de Holsnøy que d'Åsane. Jonassen a été un des premiers à acheter pas mal de terrain par là-bas, et il présente d'ores et déjà le premier stade de construction sur le marché. Ce qui est remarquable, c'est qu'il propose des maisons indépendantes, dont le prix comprend aussi le coût des infrastructures, très en dessous des prix du marché — qui ne sont déjà pas très élevés compte tenu de la situation reculée des lots. Même si on n'oublie pas les pots-de-vin habituels, c'est tout juste s'il ne vend

194

pas à perte, et il y a beaucoup de gens dans le métier qui s'arrachent les cheveux pour savoir comment il réussit cet exploit.

— De combien de maisons s'agit-il ?

— Quatorze ou quinze, pour commencer. Au final, ça devrait faire trente et quelques. Et ça ne lui pose aucun problème de les vendre... pas à ces prix-là.

— Alors s'il maintient des prix raisonnables — par rapport à son propre budget — il doit se sucrer généreusement au passage ?

— Oh, oui, ça, tu peux en être sûr. Pas une seconde je n'ai douté qu'Arve Jonassen puisse s'en sortir largement gagnant. La seule question qui se pose, c'est de savoir comment il y arrive, compte tenu du niveau de vie que nous avons tous, dans le pays. »

Je pris conscience de ses yeux posés sur mon visage, aussi intensément que si elle avait été assise à côté de moi. Je rencontrai son regard et constatai qu'elle n'était pas sûre que ce soit bien moi. Je levai alors mon verre en un salut silencieux et lui exhibai de l'autre bout de la pièce mon sourire spécial, plus sucré qu'un loukoum mais un peu de traviole. Elle me sourit immédiatement en retour, et me fit un petit signe de la main. Elle écarta ensuite les cheveux qui lui tombaient sur le front. Son poignet était fin, légèrement courbé. Elle lança ensuite régulièrement des coups d'œil dans ma direction, quelquefois en souriant.

Reidar Manger était lui aussi revenu dans le salon. Il se tenait accroupi devant une diva brune aux seins lourds et tombants, mais pas autant que ses yeux. Elle trônait dans l'unique fauteuil de la pièce qui fût digne de ce nom, et il avait posé ses deux mains sur les genoux de la dame, mais sans que la scène ait quoi que ce fût de particulièrement sensuel. Ils étaient tout simplement assis comme cela.

« Eh bien... est-ce que toi, tu as une théorie sur la façon dont il s'en sort ? » demandai-je à Ove Haugland.

Il acquiesça et le bout de sa langue gonfla l'une de ses joues.

« C'est ce que je voulais dire par... une sorte de mélange. Jonassen est pas mal impliqué dans les marchés publics. Mais il faut que tu saches tout de suite que sa boîte ne fait pas partie des plus importantes. Il n'a pas la capacité de prendre les plus gros contrats à sa charge, en tout cas pas de A à Z. Mais il accepte les contrats en collaboration, les chantiers plus modestes, les extensions de bâtiments, ce genre de choses... toujours pour l'État. D'où des possibilités importantes de... coulage.

— De coulage ? Tu veux dire... de matériaux, des trucs comme ça ?

— Oui, exactement, acquiesça-t-il. Parce qu'elle est là, la différence entre les marchés publics et privés. Un donneur d'ordre privé sera beaucoup plus vigilant quant à ce genre de choses. Un gros coulage peut signifier un manque à gagner pour lui. Dans le public, ce n'est synonyme que d'une hausse supplémentaire de la pression fiscale... et ça, ça ne fait plus vraiment réagir personne, depuis longtemps.

— Mais de tels contrats... sont bien consécutifs à un appel d'offres ?

— Oui.

— Mais les dépassements de budget — le coulage — c'est de la responsabilité de l'entrepreneur, si je ne m'abuse ?

196

— Pas si c'est pris en compte dans l'offre, dès le début.

— Mais alors personne ne contrôle... les quantités de matériaux utilisées ? Et des offres de ce genre ne sont-elles pas assez détaillées ?

— Premièrement : bien sûr, qu'il y a un contrôle. Mais il est effectué par des employés de bureaux et des administratifs, et pour quelqu'un du métier, c'est un jeu d'enfant de les tenir à distance respectable. — Et deuxièmement : non, toutes les offres ne sont pas si détaillées que ça, en particulier lorsqu'il s'agit des travaux publics : la commune, la région ou l'État. Il n'y a pas que l'hôpital de Haukland et le Grieghall qui ont coûté cher. J'ose prétendre qu'au moins soixante-dix pour cent des écoles que l'on construit dans ce pays auraient pu être réalisées avec une économie totale de plusieurs millions. Et il faut bien que la différence se retrouve quelque part, n'est-ce pas ?

— Mais ils sont plusieurs sur le coup ?

— Oui, oui, bien sûr. Mais ça fait partie du jeu. » Il fit un grand geste des bras.

« Et il ne faut pas se planter dans ses calculs. Ne pas avoir les yeux plus gros que le ventre. Mais dans la mesure où Arve Jonassen a un effectif limité, et partant, des charges salariales moins importantes que beaucoup de ses concurrents... Tu me vois venir ?

— Ouais. Dans les grandes lignes », acquiesçai-je.

Quelques personnes s'étaient mises à danser. Un type dansait avec Solveig Manger. Il était brun, les cheveux mi-longs, la barbe peu soignée, et portait un foulard rouge noué négligemment autour du cou. Ses cheveux à elle ondulaient tandis qu'elle bougeait de

197

tout son corps, tête comprise. Je remplis à nouveau mon verre.

« Alors tu veux dire qu'Arve Jonassen pourrait financer une bonne partie de ses projets immobiliers grâce aux profits réalisés de façon douteuse — grâce à, oui, des détournements de fonds, parce que c'est bien de ça qu'il est question ?

— Tout à fait.

— Mais je ne comprends toujours pas. Je veux dire... le système dans son ensemble. Les matériaux sont quand même livrés sur le chantier... et des papiers peuvent en attester ?

— Exactement. Et une fois sur le chantier, ils disparaissent. Personne ne passe dans les bâtiments neufs pour compter combien de planches, clous, etc. ont été utilisés. Il y aura toujours un peu de coulage. C'est quasiment impossible à contrôler — sauf si tu gardes un œil vigilant sur l'activité du chantier jour après jour — et de préférence vingt-quatre heures sur vingt-quatre.

— Je vois, dis-je lentement. Parce qu'il faut bien que les matériaux soient évacués, à un moment ou à un autre ?

— Parfaitement. »

Il m'avait donné matière à réflexion. J'avais appris la plupart des choses que je souhaitais apprendre en venant, mais il ne s'en tint pas là. Il me fit un exposé long et vivant sur la manière dont les entrepreneurs de façon générale pouvaient gruger et trouver les moyens de construire des maisons qui vous coûteraient un million et demi de couronnes à l'achat. Des maisons munies de piscines chauffées aux normes internationales et de frigos suffisamment spacieux pour y aménager une piste de ski alpin.

Solveig Manger avait cessé de danser, mais quelqu'un était assis à la place qu'elle avait occupée, et elle était assise en tailleur à même le sol, un verre entre les mains. Le type aux cheveux longs et au foulard rouge était assis à côté, un coude gentiment appuyé sur l'accoudoir qui surplombait son épaule à elle. Son visage était très proche de celui de la femme, et il parlait sans interruption. Elle regardait pensivement à travers lui et répondait distraitement, de loin en loin. À une reprise, il lui passa doucement un doigt sur la joue, en descendant vers le menton. Elle détourna la tête, une expression d'ennui sur le visage.

Ove Haugland était arrivé à la fin de son exposé, et il me demanda, comme si je venais de poser ma première question :

« Mais pourquoi t'intéresses-tu autant à Arve Jonassen ? Tu sais quelque chose ? »

Le silence se fit entre nous, s'il est toujours possible de parler de silence au milieu d'un déluge de notes perçantes qui déchiraient la pénombre, de bruyants éclats de rire mêlés de voix aiguës, de tintements de bouteilles contre des verres et de verres entre eux. Il me regardait, attendant ma réponse. Solveig Manger me regarda par-dessus l'épaule du chevelu, un sourire résigné sur les lèvres.

« Cette affaire de meurtre, qui a fait la une des journaux, aujourd'hui...

— Oui ? Ce meurtre par arme blanche ?

— Celui qui s'est fait tuer... Il bossait pour Arve Jonassen. »

Pas de long sifflement cette fois-ci de la part d'Ove Haugland.

Il se contenta de laisser lentement l'air s'échapper d'entre ses lèvres.

« Mais — ça voudrait dire... Non.

— Pourquoi non ?

— Tu ne prétends pas sérieusement que Jonassen pourrait avoir un rôle dans cette histoire ?

— Je ne prétends rien de précis. Pas encore. Tout ce que je sais, c'est que celui qui a été tué avait eu vent de quelque chose concernant Jonassen, et qu'il l'avait probablement fait chanter, sur une assez longue période. Rien d'autre. Et tu as dit toi-même que Jonassen n'était pas un orfèvre avec ceux qui se mettaient en travers de son chemin.

— Oui, oui... Mais pas à ce point. Il n'irait jamais jusque-là. Et ce n'est pas... ce ne serait pas son style. »

Elle dansait à nouveau, toujours avec le même gonze. La musique était cette fois-ci plus lente. Il avait posé ses mains dans le bas de son dos, et je voyais ses doigts bouger, caresser la peau chaude à travers le doux tissu de sa robe.

Reidar Manger agitait un mouchoir blanc. La brune à la lourde paire suivait ses gestes avec intensité. Je compris d'après les mouvements qu'il faisait qu'il dissertait sur la dynamique de la tauromachie : *Mort dans l'après-midi...* Dans un autre coin de la pièce, un homme et une femme discutaient fort et avec virulence pour savoir qui, de Marilyn French ou de John Irving, était le meilleur écrivain, et tout près de moi, un des jeunes professeurs parlait, d'une voix qui trahissait l'expérience, d'une pièce qu'il avait vu jouer à Londres, à la Pentecôte : l'intrigue se situait dans un camp de concentration allemand, et la pièce avait été bougrrrrrement amusante.

« Et ça serait quoi, le style d'Arve Jonassen ? demandai-je.

— Réfléchis un chouïa. Ce type est entrepreneur. Un bloc de ciment à prise rapide autour des ribouis, et les jambes en avant dans le Puddefjord. Destination : Atlantis. Dans le passé, il a presque toujours suffi que Jonassen montre ses muscles pour que les enquiquineurs se taillent la queue entre les pattes. Je ne sais pas si tu as entendu parler de... l'un de ses ingénieurs, Karsten Edvardsen...

— Oui ?

— Il était mercenaire, auparavant. Il s'est battu au Congo, dit-on. La dernière fois. Et ensuite au Mozambique. Si quelqu'un met des bâtons dans les roues de Jonassen, ce dernier lui rend visite en compagnie d'Edvardsen. Une petite réunion vespérale, en quelque sorte. Et en toute amitié. Il est très très rare qu'ils aient besoin de faire quoi que ce soit. Des menaces suffisent largement, la plupart du temps.

— Mais tu ne crois quand même pas que...

— Non. Pas à l'arme blanche. Pas de cette façon. *Cherchez la femme**, Veum. — ... ou peut-être son mari.

— Et justement : est-ce que tu connais Irene Jonassen ?

— Qui ? fit-il d'un air complètement déboussolé.

— Madame Jonassen.

— La dame d'Arve ? Même pas par ouï-dire. C'est tout juste si je savais qu'il en avait une. C'est la vie

* En français dans le texte.

économique, mon domaine, Veum, pas la vie de famille.

— Eh bien, en tout cas, merci... d'avoir bien voulu discuter un peu avec moi. Ça m'a bien aidé.

— Oh, je t'en prie. Mais Veum... Si tu dégottes quelque chose...

— Oui.

— J'accepte volontiers les tuyaux. »

Je lui fis un sourire en coin.

« Bien sûr. À charge de revanche. »

Solveig Manger avait dit quelque chose au chevelu, s'était excusée d'un sourire et avait quitté la pièce. Il était resté sur place et jouait depuis distraitement avec son foulard rouge. Il y avait belle lurette que j'avais commencé à ne pas l'aimer.

« Mais dis-moi... tu es venu seul, toi aussi ? demandai-je à Haugland.

Il jeta un coup d'œil circulaire et désapprobateur.

« Ma femme est assise là-bas. » Il fit un signe de tête en direction de la brune avec qui Reidar Manger discutait. Elle était assez forte, mais elle avait un beau visage, autour de ses yeux lourds, et ses cheveux étaient brillants. Ses lèvres étaient pulpeuses et leur courbe rappelait des hamacs. Elles appelaient au baiser. Mais c'était la vie économique, son domaine, pas la vie de famille. Il ne fallait pas que je l'oublie.

Nous nous tûmes un moment. Je bus un verre d'aquavit et en proposai un à Haugland. Il déclina avec un sourire en m'expliquant qu'il préférait s'en tenir à ce qui était coloré. Il retourna peu après se réapprovisionner. Je me translatai alors sur le balcon.

La vue n'était pas mirobolante. Soixante mètres plus bas, on voyait l'arrière des tours de Strandgaten.

Leurs salons donnaient du même côté, et la vue ne devait donc pas être fascinante pour eux non plus. Une place goudronnée faisant office de parking, bordée de quelques arbres désespérés, nous séparait de ces bâtiments. Je me demandai si des enfants vivaient dans ces bâtiments, et si, le cas échéant, c'était là-bas qu'ils jouaient. Je me souvenais précisément de l'aspect que la zone avait avant la construction des tours : une lisière entre les ruelles sorties intactes des ravages de la guerre et les zones incendiées. On ne repeupla pas cet endroit avant la fin des années 1950, et ce dut être une période stérile, du point de vue architectural. Impossible de trouver terrains à construire plus déserts de ce côté-ci de la Sibérie.

Les écrans de télévision mouraient progressivement dans ces salons. Les dernières émissions de la soirée étaient terminées. Comme des ombres, des gens s'approchaient des fenêtres pour regarder dehors. Ils allaient ensuite d'une lampe à une autre, et la lumière disparaissait. Seuls quelques rares salons restèrent illuminés, laissant voir des gens réunis autour d'une table basse. On dansait derrière une fenêtre.

Je voyais les étoiles derrière la flèche de cuivre terni de Nykirken. L'air était froid et vif. Seules quelques bandes de brume parcouraient la voûte céleste, et les étoiles envoyaient par saccades leurs signaux muets comme un morse indéchiffrable.

Le bourdonnement du salon fut étouffé un instant, et quelqu'un me rejoignit. Sa voix était exactement comme dans mon souvenir : cultivée, typique de Bergen, claire.

« Tu restes dans le noir, Varg ? »

Elle s'immobilisa près de la rambarde, à côté de moi. Ses mains fines et blanches se posèrent sur la barre, et elle leva les yeux vers moi en souriant :

« Salut. »

Je fus frappé par sa petite taille. Je ne m'en souvenais pas.

« Salut. »

Il y eut un instant de silence. Elle regardait droit devant elle, comme si la misérable vue offrait un quelconque intérêt.

« Comment vas-tu ? »

Elle se mordit la lèvre et haussa les épaules.

« Pas... trop mal.

— C'est dur à encaisser ? »

Elle acquiesça.

« C'est dur à encaisser. S'il t'est déjà arrivé de... » Elle n'acheva pas sa phrase, mais inspira à fond.

« Oui, dis-je.

— Tu as fait la connaissance de Reidar ?

— C'est la première personne que j'ai vue en arrivant. Il était en train de parler d'une bonne femme frigide. Et du bouquin *Le soleil se lève aussi.*

— Oui, fit-elle sèchement, avec un sourire amer. Il se considère comme un expert dans les deux domaines. »

Elle fit une petite pause, avant de continuer :

« Un conjoint trompé peut devenir un adversaire rancunier, Varg.

— Je sais. C'est pour ça que je n'accepte pas ce genre de missions. »

Elle n'entendit pas. « Je... Après ce qui s'est passé... Après que Reidar a été au courant pour... Jonas et moi, j'ai perdu tous mes droits à ses yeux, Varg. Il...

il s'est mis dans le crâne qu'il avait le droit de me rendre la pareille, qu'il *va* me rendre la pareille... qu'il peut faire ce que bon lui chante.

« Parfois, j'ai presque l'impression qu'il m'est reconnaissant, que ça lui fait plaisir... d'avoir retrouvé sa liberté. Tandis que moi... je ne peux pas passer une porte sans avoir droit à des regards par en dessous quand je reviens. Mérités, peut-être — mais quand même... Mais ce qui est pire que tout, Varg : il ne *dit* jamais rien. Il n'a jamais rien dit, n'a jamais mentionné ne serait-ce que d'un mot... tout ça... C'est... c'est insupportable, chuchota-t-elle.

— Alors il est peut-être temps de... couper les ponts ? » demandai-je laconiquement.

Elle me regarda bien en face, et des étincelles crépitèrent tout au fond de ses yeux.

« Oui ! Combien de fois ne me le suis-je pas dit, Varg ? Mais il y a les enfants. C'est à eux que je pense. Ah, ce n'est pas facile... quand on a des enfants, Varg. Ce n'est pas facile d'être parent. On ne sait jamais... ou presque... ce qui est le mieux pour eux, n'est-ce pas ?

— Effectivement. On ne sait jamais. Mais c'est peut-être justement pour ça... Peut-être que, dans ce genre de situations, il vaudrait mieux penser à soi-même, en fin de compte. Parce qu'en somme, il s'agit de *ta* vie, et tu n'en as qu'une.

— Oui. C'est vrai. Et toi, comment ça va... Tu n'avais pas...

— Un fils. Il va avoir huit ans. »

Elle hocha la tête.

« Et... il te manque ?

— Il me manque quand il n'est pas là. Et il me

205

manque aussi quand il est là. Parce qu'il n'est plus le même. Pas tout à fait. Ce n'est plus *mon* fils, si tu vois ce que je veux dire, mais le mien, celui de sa mère, et... On est plusieurs autour de lui, et je ne sais même pas s'il m'apprécie un tant soit peu.

— Oh, ça doit bien être le cas. C'est même sûr, Varg. »

Ses yeux scrutèrent mes mains.

« Et il n'y a toujours... personne d'autre ? »

Je secouai la tête et affichai ce qui pouvait passer pour les vestiges d'un pauvre sourire.

« Non, dis-je d'une voix rauque qui ne m'appartenait pas.

— Oh, Varg », dit-elle en posant tout à coup sa main sur la mienne. Elle la serra un instant, puis retira sa main. Je la vis chercher son souffle. Je voyais son sang battre sous son oreille. Elle avait tourné la tête. Puis elle me refit face, avec un sourire presque désespéré.

« Je trouve qu'on arrive si bien à se parler, tous les deux. Il me semble qu'on devrait prendre le temps de discuter, un de ces quatre, autour d'une tasse de café. Qu'est-ce que tu en dis ?

— Ça pourrait être sympa. Alors... je t'appelle ? » demandai-je d'une voix hésitante.

Elle hocha précipitamment la tête. Elle faillit dire quelque chose, mais une autre personne se présenta à la porte. C'était son mari. Il nous regarda avec méfiance, l'un et l'autre.

« Tu veux danser, Solveig ? » demanda-t-il d'un ton sec.

Un ange passa. Des freins de voiture hurlèrent sur Strandgaten, comme si cette question causait une souffrance. J'éprouvais une sensation lourde et fort désagréable dans la poitrine.

Elle marqua son enthousiasme d'un haussement d'épaules avant de répondre :

« Oui, volontiers. »

Sans un sourire, elle le suivit à l'intérieur. En passant la porte, elle se retourna et me fit un sourire rapide. L'instant d'après, elle n'était plus là.

Je restai le dos à la rambarde. Le verre était froid dans ma main. Je les distinguai à travers la fenêtre du salon, tandis qu'ils dansaient comme deux ombres incompatibles, chacun sur un rythme propre, comme si l'un suivait le soleil et l'autre la lune...

Ils s'en retournèrent relativement tôt : prenant pour excuse la baby-sitter. Je n'eus donc pas le loisir de discuter davantage avec elle. Paul Finckel était allongé, la tête posée sur les genoux d'une blonde fadasse en chemisier rose et pantalon blanc souillé de vin. Ses yeux se croisaient les bras et il vagissait sans répit, évoquant une enfance incomprise et malheureuse. Et il n'avait pas encore abordé son mariage...

Les profs blasés étaient légèrement moins blasés, et encore plus indigestes. Les cravates avaient pris du gîte, et ils avaient déboutonné les gilets de leurs trois-pièces. Leurs cheveux fins étaient en bataille.

Dans un coin, derrière le canapé, un homme et une femme gisaient dans une étreinte passionnée. L'une des mains de l'homme travaillait consciencieusement mais mécaniquement entre les jambes de sa compagne qui, à en juger par l'expression de son regard, ne prenait pas exactement son pied. Des gens, des verres et des bouteilles jonchaient la pièce, certains debout, d'autres couchés.

Je quittai pour ma part le lieu du crime avant que le premier coup d'horloge ne sonne en ce samedi matin. Seule une poignée de noctambules m'accompagnèrent sur le chemin du centre-ville. Même les étoiles étaient rentrées se coucher. Le ciel était de nouveau complètement gris. Il y avait de la pluie dans l'air. Un homme maigre, appuyé à une porte cochère, me regarda fixement de ses grands yeux noirs, et une fois sur Strandkaien, je me vis proposer une super promotion par l'une des âmes les plus dépravées de la ville. Il était difficile de trouver plus dépravé, et l'offre était imbattable. Suffisamment pour me faire soupçonner une date limite de consommation depuis longtemps dépassée.

Je ne pris donc même pas le temps de réfléchir sur l'offre. Il y avait une nouvelle petite bouteille qui m'attendait à la maison, et un rêve germait quelque part en moi.

23

La gueule de bois est un animal visqueux qui croît comme un champignon en vous. Le matin, au réveil, il est couché là, la gueule ouverte, et vous souffle son haleine fétide dans la bouche, en même temps qu'il agite lentement sa queue écailleuse au plus profond de votre estomac. Votre gorge est encombrée, et vous savez pertinemment que l'animal va grossir et enfler de plus en plus en vous, jusqu'à ce qu'il éclate dans le courant de l'après-midi avant de rétrécir pour ne plus vous laisser qu'un goût faisandé sur le palais, et un voile de sable devant les yeux.

Thomas me réveilla en sonnant à la porte, le samedi matin. Il était devenu suffisamment grand pour ne plus avoir besoin de se faire accompagner. Il démarrait chacun de nos week-ends avec ponctualité, le sens du devoir et une expression d'ennui poli sur le visage. J'avais de plus en plus de mal à retrouver mes propres traits sur son visage.

Je m'extirpai du lit, jetai un peignoir sur mes épaules et titubai jusqu'à la porte.

« Bonjour », dit-il — puis, d'un ton presque offensé : « Tu n'étais pas encore levé ?

— Non. Salut », dis-je en faisant un pas sur le côté pour le laisser entrer. Il portait un ensemble en velours bleu marine, et une chemise à carreaux rouges et blancs ouverte au col. Ses cheveux étaient toujours aussi blonds et longs, et il avait pris l'habitude de faire un petit mouvement de la tête pour écarter les cheveux qui lui tombaient sur les yeux.

« Tu veux déjeuner ? demandai-je tout en sentant l'animal se tourner et se retourner d'aise dans mon ventre.

— Non, merci. J'ai déjà mangé. »

Je fis un grand geste du bras.

« Est-ce que ça te dérange si moi, je mange ? »

Il secoua la tête, mais l'animal me fit comprendre que ça le dérangeait ; il grogna, et je dus me rendre aux toilettes où je restai un moment, la tête appuyée contre le mur.

Mais c'était tout ce qui pouvait aider : du lait froid,

du thé léger et quelques bonnes tranches de pain garnies de concombre et de tomates.

« Tu as le journal ? » demanda-t-il pendant que je me préparais mon petit déjeuner.

Je m'arrêtai pour le regarder, pris d'un gros doute. Mon fils avait commencé à lire le journal.

« Seulement celui d'hier, répondis-je. Regarde dans le salon. »

Il revint avec l'un des quotidiens d'Oslo et le feuilleta jusqu'à la page des sports. Il resta plongé dedans un bon moment, ce qui me permit de l'observer depuis ma place à côté du plan de travail. Il avait une petite ride horizontale entre les sourcils, mais il l'avait héritée de sa mère. Sa bouche était belle, délicate : celle de sa mère. Et ses yeux : plus sombres qu'avant, presque bleu roi —comme ceux de sa mère. Ses cheveux n'appartenaient qu'à lui, mais sa nature un poil terre à terre... c'était celle du professeur Wiik, c'était celle du nouveau mari de Beate.

Ce n'est pas une expérience agréable que de constater que le visage de votre enfant devient lentement celui de quelqu'un d'autre. Je tournai la tête.

« Comment ça va, Thomas ? lui demandai-je, le dos tourné.

— Bien.

— Et à l'école ?

— Mmmm ?

— À l'école ?

— Ça va. »

Je m'assis à la table. Je bus mon thé lentement sur de petites bouchées de pain, que je devais pouvoir tolérer. Il était assis en face de moi. L'animal grattait l'intérieur de mon estomac de ses griffes émoussées. La nourriture ne lui plaisait pas.

« Que fait-on, aujourd'hui ? demandai-je.

— À toi de décider. »

J'avais besoin d'air frais, de beaucoup d'air frais.

« Et si on allait faire un tour sur le mont Fløien ? On trouvera peut-être des têtards.

— Oui, pourquoi pas », répondit-il avec un sourire poli. Puis il referma le journal et se mit à faire la conversation :

« J'ai l'impression que Brann va replonger en D2, cette année. »

Je fis un grand sourire orné de miettes de pain dans les coins.

« C'est aussi mon opinion, Thomas. Ça ne fait pas un pli ! »

Nous allâmes donc nous promener sur Fløien, en parlant de Brann.

L'été avait eu du mal à se mettre en route, cette année-là. Les montagnes qui entourent la ville avaient été couvertes de neige jusque tard dans le mois de mai, et il suffisait de regarder la végétation pour se rendre compte que quelque chose clochait. L'herbe de l'an passé faisait toujours des touffes jaune pâle, comme les cheveux de pantins cassés. Seules les fleurs les plus résistantes avaient sorti la tête de la terre, et les arbres avaient toujours cette nuance humide et sombre de printemps naissant. L'air était froid et moite, et les nuages formaient une voile grise au-dessus de nos têtes. Elle n'avait pas encore commencé à fuir, mais ce n'était qu'une question de minutes.

Nous trouvâmes des têtards dans un étang, près de Brushytten. Ils apparurent subitement, comme de petites bulles noires, tandis que nous marchions sur les pierres plates, au bord de l'eau. Thomas, accroupi, suivait les petits têtards du regard, avec une expression de vif intérêt sur le visage, pendant que j'épluchais une orange, assis sur une grosse pierre. Je partageai le fruit en deux et en proposai à Thomas. Il vint vers moi chercher sa moitié. Nos doigts se frôlèrent un instant.

« Merci », dit-il.

Je tendis la main pour la lui poser sur l'épaule, mais il était déjà retourné à ses têtards. Ses mouvements étaient vifs, comme le sont ceux des petits garçons.

Il se mit à pleuvoir peu de temps après.

Après avoir dîné dans une cafétéria, nous nous rendîmes à Nordnes pour voir la compagnie d'archers. En passant près de Nykirken, je jetai un regard de biais à l'immeuble dans lequel habitait Paul Finckel. La porte donnant sur le balcon était toujours ouverte. Hormis cela, aucun signe de vie. La veille au soir semblait si loin, et la conversation avec Solveig Manger avait un côté onirique.

Nous doublâmes les tambours de la compagnie d'archers dans les ruelles entre les maisons de Bretterne, où l'acoustique était la meilleure, et une fois arrivés au parc, nous tombâmes sur un peloton en plein exercice. Il pleuvait toujours, et l'eau formait un voile humide sur les petits soldats. Les gouttes se rejoignaient sous leur nez, et il était évident que leurs chaussures prenaient l'eau.

Nous restâmes le dos tourné au Sjøbadet, totalement déserté par ce temps. Quelques personnes âgées s'étaient installées sur des bancs pour regarder les archers, comme elles le faisaient depuis un demi-siècle. C'était l'image d'une sorte de continuité. Depuis son banc, l'ancien membre de la compagnie faisait quelques mouvements avec sa canne pour montrer ce que la promotion de l'année ne faisait pas correctement, et les petits en uniforme tentaient de refaire le geste comme il fallait. Mais leur taille semblait poser problème, et leurs jambes ne se pliaient pas à leur volonté.

Il finit par faire trop froid, et nous rentrâmes. Il était prévu que Thomas dorme à la maison, et il avait peur de rater je ne sais quelle émission à la télévision.

Il dormait. Il s'était recroquevillé sur le côté et avait enfoncé ses mains entre ses cuisses. Ses cheveux étaient en bataille sur mon oreiller, et la couette était déjà en désordre.

Il respirait doucement, et il me semblait mieux le reconnaître à ce moment-là. Je retrouvai le Thomas des premières années, quand je rentrais tard le soir, qu'il faisait noir dehors, et que je me penchais sur son lit d'enfant, tout comme je le faisais maintenant. Je me souvenais encore du calme qui s'était emparé de moi tandis que j'étais penché sur l'enfant assoupi, de mon envie de rester là, avec lui dans la pénombre où seule luisait une lampe voilée, au lieu d'aller dans le salon rejoindre Beate, qui m'attendait, assise toute raide et tendue sur le bord d'une chaise.

Je posai ma joue sur l'oreiller, à côté de son visage, sentis son souffle léger et vis le frémissement imperceptible de ses paupières.

J'avais participé à sa conception. Par une nuit chaude de début d'été, alors que la lune s'immobilisait et retenait son souffle, dans le ciel au-dessus de la ville, l'amour l'avait semé en elle, et elle l'avait reçu. Et une soirée sombre du mois de mars, l'année suivante, tandis que le vent jouait avec les flocons de neige et que les routes luisaient comme des miroirs, elle m'attendait à la porte, son manteau sur le dos, et je l'avais immédiatement conduite à la clinique. Dans une pièce tiède et douillette, j'avais vu des mains expertes l'extraire de ses chairs. Elle était secouée de soubresauts comme si elle se débattait dans une mer agitée. Elle montrait les dents, et son visage était rouge et tendu. D'un cri, il avait marqué nos passeports de son timbre, s'était proclamé membre à part entière de notre famille, et avait déterminé un nouveau cours pour notre vie.

Il s'était ensuite éloigné de moi, comme Beate et moi nous étions éloignés l'un de l'autre. Il était à présent mon invité, le temps d'un week-end, quelqu'un qui descendait dans mon pensionnat machinalement, avec une régularité métronomique. Ce serait bientôt un jeune homme, et je ne le reconnaissais que quand il dormait.

J'embrassai précautionneusement son visage endormi, en sentant au passage la douce odeur de ses cheveux. J'embrassai très légèrement ses lèvres tendres qu'il ne me laissait plus embrasser lorsqu'il était éveillé. Et il devint flou pour moi.

Il fit un mouvement, sortit une main de sous la couverture, se frotta le front. Je me levai et restai immobile à côté du lit. Lorsqu'il eut retrouvé son calme, je quittai la pièce sur la pointe des pieds et refermai la porte derrière moi.

Je dormis pour ma part au salon, sur le canapé.

*

Le dimanche fut pluvieux. Il goutta bien régulièrement, pendant toute la journée, de l'un des ces ciels gris et impénétrables qui vous font douter d'en revoir un bleu un jour. Le temps détermina nos tenues, et nous prîmes la voiture pour aller visiter l'arboretum de Store Milde. Il avait l'âge auquel il faut lire tous les panonceaux, et il énumérait tous les noms de plantes les uns après les autres, en norvégien et en latin, avec la répartition géographique et la période de floraison, de la première lettre à la dernière. Cela prenait du temps, mais c'était exactement ce qu'il me fallait. La forêt était belle, et la pluie faisait scintiller les feuilles. Le Korsfjord s'étendait en contrebas, gris pâle et paisible, et la pluie murmurait doucement dans la feuillure. Odeur humide de juin.

De retour à la maison, au dîner, il planta soudain son regard dans le mien :

« Il n'y a jamais des filles qui viennent te voir... papa ? »

J'étais en train de couper ma côtelette de porc, en me servant d'un couteau qui ne coupait pas, aussi eus-je du mal à soutenir pleinement son regard.

« Si... Ça arrive. Pourquoi ça ?

— Eh bien, ça te ferait peut-être du bien de te trouver une fille. Je veux dire... de te remarier, conclut-il en rougissant brutalement.

— Qui est-ce qui dit ça ? demandai-je d'une voix douce. Ta mère ?

— Non, répondit-il tout bas. Lasse. »

Je hochai la tête sans rien dire, et souris en coin. Alors comme ça, Lasse pensait que ça me ferait du bien. Merci, Lasse ; merci pour ta sollicitude...

Vers sept heures, je le reconduisis chez lui. Je le libérai dans le virage où Formannsvei coupe Uren, là où l'on a laissé la vie sauve à un vieil arbre qui pousse en plein milieu de la rue.

« Salut ! » lui criai-je lorsqu'il partit.

Il agita la main en retour, et courut à la maison.

À la maison. Où je n'étais pas ; où se trouvaient Lasse et Beate. À la maison, chez Lasse et Beate. Je savourai les mots, les fis rouler sous la langue, les ruminai un instant.

Je n'avais pas le courage de rentrer aussi sec chez moi. Là-bas, c'était toujours vide, quand il n'était plus là. Je me mis donc à vadrouiller, d'abord dans le centre, puis en périphérie, en passant par le tunnel de Løvstakk vers la Fyllingsdal, Dag Hammarskjölds-vei, puis continuai vers Straume et Flesland. Je coupai la route qui menait à l'aéroport, pénétrai dans la Blomsterdal et pris à gauche en direction de la Rådal, en passant devant le stade de Fana. Le crépuscule était gris délavé, et les grands projecteurs qui surplombaient le stade étaient allumés. Il pleuvait toujours.

Je retournai vers le centre.

Une impulsion soudaine me fit quitter la route principale pour me rendre sur le chantier où j'avais rencontré Arve Jonassen trois jours plus tôt. Je n'allai pas jusqu'au chantier même, mais me garai un peu plus haut dans la rue.

Je restai un moment au volant, dans le noir. Je ne sais pas ce qui m'y poussait. Je ne sais pas ce que je m'attendais à trouver. Je ne voulais probablement que tuer le temps. La grille d'accès au chantier était fermée. Un gros camion bâché était garé devant le bâtiment, le long de l'un des murs latéraux, partiellement dissimulé par une protubérance du bâtiment qui pointait vers le nord-est. Tout était obscur et silencieux, et semblait totalement abandonné. J'avais pourtant une intuition étrange. Quelque chose clochait : le camion — sa place sur le chantier. J'essayai de me remémorer l'ensemble tel que je l'avais vu. Il y avait une porte pile à l'endroit où le camion était garé. C'était par là que le jeune ouvrier avec qui j'avais discuté était entré.

Je baissai complètement la vitre d'un côté. Je desserrai ensuite le frein à main pour laisser la voiture avancer de quelques mètres en direction du chantier.

J'entendais des bruits. Ils n'étaient pas distincts, mais je les entendais. Ils venaient du camion, à intervalles réguliers — comme si quelqu'un s'employait à le charger.

Il se passait quelque chose, dans l'ombre.

24

Les gouttes de pluie s'écrasaient sur le pare-brise. L'eau s'étalait sur la vitre comme des blancs d'œufs. Le revêtement noir et humide luisait devant moi. Du côté droit de la rue, j'avais des grosses villas de bois marron, et des immeubles bas des années trente. Un peu plus bas, je voyais une bouteille de gaz vide et l'arrière de gradins démontables. On entendait non loin le bourdonnement de l'artère principale qui partait vers le sud-est. Deux personnes, qui se serraient sous un parapluie, montaient lentement vers moi, sur le trottoir, à la hauteur de la bouteille de gaz. Toutes deux portaient des bottes de marin. Et elle un ciré orange.

J'écoutais la pluie tomber. Elle tambourinait sans interruption sur le toit du véhicule. Il n'y avait ni rythme ni mélodie : ce n'était qu'un murmure continu, comme d'un profond sous-bois, ou comme lorsque, près de la côte, vous entendez en permanence le bruissement de la mer, les vagues qui déferlent, encore et encore. Ou comme un chœur de jeunes filles qui vous chuchoteraient de très loin dans l'oreille, depuis un rêve que vous traînez depuis votre jeunesse, sans que vous soyez capable de distinguer un traître mot de ce qu'elles tentent de vous dire.

Le jeune couple passa à ma hauteur sans me regarder. Elle marchait de mon côté, le visage tourné vers lui. Ses cheveux étaient blonds et bouclés, et elle portait un pantalon de velours vert foncé, sous son ciré.

Il se passait quelque chose, en bas sur le chantier. J'entendis qu'on claquait les portes à l'arrière du camion, et une lourde barre retomba avec un raclement métallique. Un homme vint en courant ouvrir la grille du chantier. Il était costaud, et portait un bonnet foncé sur le crâne. Il faisait trop sombre pour que je puisse voir ses traits. Il retourna en courant vers le véhicule, s'installa dans la cabine. Le camion démarra, fit un bond en avant, émit une vilaine quinte de toux lorsqu'une vitesse fut passée, puis passa la grille et tourna dans la direction opposée. Il s'arrêta le temps que le même homme descende refermer la grille. Il vérifia que celle-ci était bien fermée et jeta un coup d'œil rapide vers l'intérieur du chantier. Je m'enfonçai dans mon siège, au cas où il aurait regardé dans ma direction. Il aurait pu être seul, mais ce n'était pas le cas. Ils étaient deux dans la cabine.

Le véhicule redémarra et descendit du trottoir.

Je laissai doucement repartir ma voiture. Je suivis de loin, vers le premier feu tricolore. Le camion signala qu'il tournait à droite, mais attendit le feu vert. Je me rapprochai du trottoir, m'arrêtai tout en laissant le moteur tourner. Lorsque le feu passa au vert et que le camion aborda le carrefour, je quittai brusquement mon trottoir, pour autant que mon épave fût en état de faire une chose pareille. Je passai à l'orange et trouvai ma place dans la même file, trente ou quarante mètres derrière lui.

Le reste fut un jeu d'enfant. Le camion était si énorme que je pus me permettre de laisser trois ou quatre voitures entre lui et moi pendant toute la traversée du centre-ville. Lorsque je fus coincé au feu de Vågsalmenning, je pus toutefois le suivre du regard tandis qu'il parcourait Brygge, et je l'avais complètement rattrapé au niveau de Sandvikstorg.

Nous passâmes le tunnel d'Eidsvåg en direction d'Åsane. Les voitures roulaient loin les unes des autres, dans le même sens que nous. On était dimanche soir, et c'était vers le centre-ville que la circulation était difficile. C'étaient tous ceux qui rentraient de leur cabane au nord de Bergen. Ou bien les habitants d'Åsane qui commençaient à travailler tôt le lundi matin. Il vaut mieux être en avance, quand c'est de là-bas que l'on vient.

Le camion quitta la voie rapide en direction de Salhus, et ce qu'Ove Haugland m'avait raconté sur les projets immobiliers d'Arve Jonassen à Holsnøy me revint en mémoire. Je les laissai prendre un peu d'avance en faisant un arrêt à la pompe pour faire le plein, avant de continuer la poursuite. Lorsque j'arrivai au point de passage du bac de Salhus, deux voitures me séparaient du camion. J'avançai en hésitant vers le point d'embarcadère. Il n'y avait personne à proximité du camion. Je me décidai sans plus tarder et me glissai en bout de file.

Je me retournai vers la banquette arrière, y dénichai mon chapeau de pluie et me l'enfonçai consciencieusement sur le front. Je me laissai dégouliner le long de mon siège, puis posai une main sur le bas de mon visage, comme si je me torturais les méninges en me frottant pensivement le menton. Mais ils ne quittèrent pas leur siège, et je m'agitai donc en pure perte.

J'avais encore le choix. Je pouvais prendre le risque d'embarquer sur le même bac qu'eux — et espérer qu'ils resteraient également dans le camion une fois à bord. Il pleuvait toujours à flots, et la traversée en direction de Frekhaug durait suffisamment peu de temps pour que la plupart préfère de toute façon rester au volant, alors...

Je pouvais aussi attendre le bac suivant. Mais je n'aurais en l'occurrence aucune idée de l'endroit où aller. Alors, tout compte fait, je n'avais simplement pas le choix.

Le bac arriva en glissant à l'embarcadère. Il effectua sa manœuvre vers la grille d'accès sans même avoir l'air d'y penser, et quelques rares voitures débarquèrent prestement. Un homme vêtu d'un pull bleu et d'un jean usé nous fit signe d'embarquer. Une fois à bord, je me retrouvai juste derrière le poids lourd.

Je baissai ma vitre et tentai de jeter un coup d'œil le long du véhicule, mais sans y parvenir. J'entendais des voix et des pas lourds sur le pont. Mais personne ne semblait descendre du camion garé devant moi.

Un type mélancolique mal rasé, portant une sacoche à tickets en bandoulière, vint jusqu'à ma vitre baissée. Je le réglai, et il leva la main à la visière brillante de sa casquette noire sans arborer une expression ne fût-ce qu'un peu plus heureuse. Il me fit penser à Charon, qui faisait traverser le Styx aux trépassés pour les mener aux Enfers.

Je n'eus guère le loisir de poursuivre ma réflexion, car Karsten Edvardsen apparut au coin du camion, et me regarda droit dans les yeux.

25

J'étais installé au volant, la main devant le bas du visage et le chapeau me couvrant tout le front. Tout ce qu'il pouvait voir de moi, c'était mon nez et mes yeux. J'éprouvai pourtant un choc violent, et je sentis mon estomac faire un bond contre mon diaphragme.

Mais le regard qu'il me jeta était plein d'indifférence.

Il me tourna le dos et vérifia que la clenche était toujours bien verrouillée. Je me penchai encore un peu plus, jusqu'à ne plus pouvoir le voir. Je fis mine de chercher quelque chose dans la boîte à gants.

Puis j'entendis à nouveau son pas. Il s'arrêta près de leur véhicule. J'attendis un instant avant de relever tout doucement les yeux.

Il était en train de s'allumer une cigarette. Je le voyais de trois quarts. Il regarda vers la mer. Ses mains couvraient sa bouche et la cigarette, et au moment où il craqua l'allumette, son visage se trouva éclairé par en dessous. Il n'avait l'air ni bien luné ni hilare, à cet instant précis. Son visage était carré et dur, et la faible lueur de la cigarette lui donnait un côté presque diabolique. Tout son corps semblait prêt à bondir, attentif et tendu ; une silhouette sombre et terrifiante se détachant sur le blanc du poste de commandement du bac. Les lumières des habitations de Frekhaug apparurent derrière lui. Karsten Edvardsen lâcha l'allumette usagée sur le pont, à ses pieds, l'écrasa et se traîna jusqu'à la cabine.

Je leur laissai une bonne marge d'avance, une fois à terre. J'avais prévu de simuler des problèmes d'allumage. Ce ne fut pas très difficile. L'air humide et la pluie battante n'avaient pas mis ma voiture d'excellente humeur, et au moment où elle finit par démarrer, je l'entendis chercher son souffle, ou l'essence, ou l'huile, ou Dieu sait ce que peuvent chercher les voitures. Je débarquai alors cahin-caha, et me lançai sur leur piste.

Je ne tardai pas à les retrouver. Après avoir passé l'agglomération de Frekhaug, nous nous retrouvâmes rapidement dans l'obscurité, sur des routes désertes, éclairées seulement par quelques corps de fermes, assez loin de la route pour la plupart.

À travers le noir d'encre de la nuit environnante, les silhouettes de moutons, de bovins ou de communs à moitié effondrés apparaissaient brusquement. De temps en temps, je doublais un cycliste qui zigzaguait le long de la route. Quelques rares voitures me doublèrent, et je croisai encore quelques retardataires de retour de week-end.

Je laissai le camion à distance respectable. Dans les raidillons les plus secs, je dus ralentir pour ne pas me retrouver trop près.

J'essayais de faire en sorte qu'il y eût toujours un virage entre eux et moi, et je prenais mes virages prudemment, pour ne pas leur tomber dessus. Ils suivirent la route principale vers le nord sur une assez longue distance. Sur un segment de route bien dégagé, je les vis prendre subitement à gauche, passer à travers un bosquet de feuillus vivaces, devant un point de ramassage du lait ; le camion décrivit ensuite quelques virages serrés avant de s'enfoncer dans le sous-bois.

Je quittai moi aussi la route, et ralentis. Le goudron céda la place à une route de terre. Je vis de profondes traces de pneus dans l'un des virages. Ils étaient chargés à bloc.

J'avais du mal à trouver le bon tempo. Je ne pouvais pas non plus me permettre de les laisser filer trop en avant. Il y avait de nombreux chemins qui rejoignaient le nôtre, de part et d'autre, et je n'avais aucune idée de l'endroit où ils pensaient s'arrêter. J'accélérais dans les lignes droites, mais freinais toujours dans les virages. Je m'attendais sans arrêt à trouver le camion garé quelque part au bord de la route.

J'arrivai sur une hauteur. Je voyais des cabanes désertées et sombres sur ma droite. Un bâtiment d'habitation blanc et une étable rouge se trouvaient à ma gauche. Devant moi apparurent tout à coup le fjord et le nord de l'île d'Askøy. Un Westamaran* filait vers le sud, en direction de la ville, dans un bruit sourd et puissant. La route piqua à nouveau, vers la mer cette fois-ci. Je passai régulièrement devant des arrêts de bus, et il y avait toujours des maisons habitées à l'année le long de la route.

Je n'avais plus la moindre idée de l'endroit où se trouvait le gros camion. Je ne savais pas s'il était devant ou derrière. Je n'avais plus qu'à suivre la route, en croisant les doigts.

Je finis par arriver à un cul-de-sac en sens giratoire ; la route n'allait pas plus loin. Un chemin de terre partait sur la droite vers une ferme, bien à l'abri entre des buttes noirâtres et abruptes. Une lumière jaune pâle filtrait à travers les fenêtres, et un tracteur qui semblait violet dans le noir était garé dans la cour. À gauche, j'avais une clôture et un portail de bois.

Le chemin se poursuivait au-delà jusqu'à la mer. Un panneau fixé sur le portail annonçait : *VOIE PRIVÉE*.

Je descendis de voiture en évitant de claquer la porte derrière moi.

Il régnait un silence étrange. J'entendais la mer battre les rochers en contrebas, et un bruissement

---

* Ferry rapide multicoque.

dans l'herbe un peu plus loin, où un rongeur nocturne vadrouillait. Hormis cela, tout était calme.

Le sol devant moi était creusé de traces de pneus bien visibles. Elles menaient au portail, et continuaient en descendant le chemin privé.

J'allai jusqu'au portail et observai ce qui se trouvait plus bas. Le chemin disparaissait dans le noir, en direction de la mer, où de grands sapins se recroquevillaient autour de ce qui pouvait passer pour les contours d'un vieil entrepôt. C'était trop grand pour être un hangar à bateaux. C'était peut-être l'une de ces nombreuses fabriques de filets ou de bateaux désaffectées, qui demeuraient dans ces contrées comme autant de souvenirs d'une activité révolue.

Je retournai dans la voiture, fermai doucement la portière sans la faire claquer, fis demi-tour et repartis en sens inverse. Non loin dans la côte, un chemin récent menait vers une poignée de petites maisons. Quelques plaques minéralogiques fixées près de places de parking indiquaient que celles-ci étaient réservées, mais puisque aucune d'entre elles n'était occupée, je me permis d'en emprunter une, la conscience tranquille. Je fermai la portière à clef et revins rapidement sur mes pas.

J'enjambai le portail et descendis le long du chemin. Je marchai un peu à côté, dans l'herbe et la bruyère. Je sentais à présent l'odeur caractéristique des embruns. L'océan n'était pas loin. Quand le vent soufflait plein nord-ouest, les sombres sapins devaient craquer vilainement. Ça se voyait. Ils étaient légèrement penchés vers le sud-est, comme s'ils tentaient d'entendre ce que disaient des voix lointaines.

Je m'approchai du gros bâtiment. Un ancien nom

de société était peint sur l'un des murs, mais la peinture était partiellement écaillée, et il était difficile de discerner les lettres.

Le gros camion était garé devant le bâtiment. Les portes arrière étaient ouvertes. D'énormes portes coulissantes étaient poussées sur le côté, et une lumière jaune et vive sortait du bâtiment. Elle tombait en un rectangle allongé sur le sol, derrière le véhicule. Par l'ouverture, je vis des piles de matériaux.

Un moteur vrombissait faiblement, et une ombre carrée sortit en glissant de l'intérieur de la maison. C'était un chariot élévateur puissant, peint en rouge. Le nom d'un entrepreneur qui ne m'était pas inconnu était inscrit sur son flanc. Aux commandes se trouvait Karsten Edvardsen.

Il vint se placer derrière le camion d'une manière qui trahissait une grande habitude, introduisit la fourche à l'intérieur et l'en retira garnie d'un large boisseau de planches dont le bout ondulait. Edvardsen recula vivement et disparut à nouveau à l'intérieur du bâtiment. J'entendis des voix, et le son du chariot élévateur libéré de son fardeau. Puis il réapparut, aussi rapide et imperturbable qu'un rat amassant des provisions.

Je restai entre les grands sapins, et tentai de me faire une idée des lieux. Le gros bâtiment se trouvait tout près de la mer à laquelle il avait accès par un gros ponton. Il donnait sur le fjord, et la grande ouverture se trouvait dans l'un des murs latéraux. Une extension plus basse avait poussé sur l'arrière. Le bâtiment principal et son annexe étaient percés de fenêtres, mais celles de l'extension étaient plongées dans le noir. Si je pouvais arriver jusque-là, je pourrais regarder à travers les fenêtres du bâtiment principal. En arrivant par l'autre côté de l'annexe, on ne pourrait même pas me voir depuis le côté où eux se trouvaient.

Je me retirai entre les arbres et commençai à descendre vers le bâtiment, toujours à l'abri. Je pris l'arrière de l'annexe pour cible.

Le sol était trempé et gras sous mes pieds, et ce fut à grand-peine que j'évitai de tomber sur les racines glissantes. L'eau gargouillait dans mes chaussures, et les branches humides me fouettaient le visage. Entre les arbres, je voyais la maison grossir devant moi, et le bruit de la mer se fit plus net. J'entendais l'eau déferler sur les galets, et ruisseler en repartant.

J'atteignis mon but. Je me déplaçai silencieusement le long des murs. Deux fenêtres étaient éclairées de ce côté aussi, et je m'approchai avec prudence. La maison donnait de ce côté sur une petite crique, et les pierres étaient glissantes et visqueuses. L'odeur salée de la mer était plus forte, et à travers perçait celle des algues de l'estran. J'étais arrivé à la première fenêtre. La lumière était moins vive de ce côté, et j'en découvris rapidement la raison. En regardant à travers la fenêtre, je ne vis que des piles hautes et soignées de ce qui me parut être des dalles de plâtre.

J'allai rapidement à l'autre fenêtre, où je vis la même chose. Des dalles minces de plâtre blanc, en nombre suffisant pour qu'on ne puisse pas voir à travers, de l'intérieur.

C'était suffisamment révélateur, mais ça ne m'apprenait rien de plus que ce que j'avais vu depuis le bosquet. Je regardai sur le côté, puis vers le haut. À quatre ou cinq mètres à la verticale, à peu près au niveau du chéneau de l'annexe, de la lumière passait par une petite fenêtre carrée. Elle était toute seule, et placée de façon totalement asymétrique sur la paroi, mais elle avait bien dû avoir une utilité à une certaine époque. Elle allait en tout cas en avoir une. À la condition que j'arrive là-haut.

Je retournai sur l'arrière de la maison. Les troncs d'arbres penchaient lourdement vers le bâtiment, comme si leur décision était prise depuis longtemps de survivre à cette réalisation humaine. En m'adossant au mur, je pourrais monter en cheminée en m'aidant au besoin des branches fines des sapins. Si seulement j'atteignais le toit, et si le chéneau était suffisamment robuste pour supporter mon poids, j'étais sûr d'accéder à la fenêtre. Cela faisait deux « si », mais il n'y avait aucune raison de ne pas tenter le coup.

Je restai un instant immobile, à écouter. Puis j'entamai mon escalade.

Le mur était bosselé et irrégulier le long de mon dos, et certaines des branches sur lesquelles je m'appuyais se dérobèrent dangereusement. L'escalade dans les sapins était difficile, parce que les branches me poussaient sans arrêt dans l'autre sens : vers le bas. Ça revenait à grimper à travers un genévrier récalcitrant.

Mais j'arrivai en haut.

Le toit était couvert d'ardoises grises et lisses, mais le vieux chéneau était plus résistant qu'il en avait l'air. Il émit un grincement rouillé de protestation, mais tint le coup.

Je parvins au bâtiment principal, et pus jeter un coup d'œil à travers la petite fenêtre.

Elle donnait au-dessus des piles de planches, et ce bref aperçu me confirma que l'impression que j'avais eue n'était pas fantaisiste. La fabrique désaffectée était pleine à ras bord des matériaux les plus délicieux qu'on pût imaginer. Toutes sortes de panneaux, des lambris grêlés de nœuds jusqu'aux panneaux de pin de la plus belle qualité, sans aucun défaut. Plaques de plâtre, portes, fenêtres, dalles de plafond, panneaux d'aggloméré pour les sols, énormes rouleaux de revêtements de sol, un assortiment de rouleaux de moquette : tout ce qui était nécessaire pour pouvoir présenter un projet immobilier clés en main.

Arve Jonassen était assis dans une cage de verre située dans l'un des coins de la pièce. Il était penché sur ce qui me parut être d'énormes livres de comptes, et non loin de là, Karsten Edvarden ajoutait à la pile de planches un chargement supplémentaire.

Voilà ce que je vis, en un bref coup d'œil. Parce que je dus me pencher un peu trop vers la fenêtre, et parce que le chéneau n'était pas aussi solide que je l'avais présumé. Il ne me donna pas le moindre avertissement avant de céder brutalement dans un craquement sinistre.

Un court instant, j'eus l'impression de flotter en l'air, battant des bras dans le vide, mon pied gauche pilonnant les ardoises glissantes tandis que le droit cherchait en vain un appui. Je collai désespérément mes deux paumes au mur de planches, devant moi, mais il n'y avait rien à quoi s'agripper.

Je retombai sur le sol avec fracas, en un arc splendide agrémenté d'un cri à demi étouffé.

26

J'atterris sur le ventre. Je me protégeai plus ou moins consciemment la poitrine et la tête en mettant les coudes et les bras en avant. Le choc en fut légèrement amorti, mais malgré tout suffisamment violent pour me couper le souffle.

Pendant quelques instants d'un vide absolu, je restai étendu sur les rochers plats et visqueux. Le choc m'avait aveuglé, mais la vue et le souffle revinrent, et je courbai le dos en direction de l'obscurité nocturne au-dessus de moi. J'entendais déjà des voix provenant de l'autre côté de l'annexe.

Je jetai un coup d'œil rapide autour de moi. J'avais un mur à ma gauche. La mer se trouvait à ma droite, noire et hostile. Je n'aurais pas le temps de chercher refuge au milieu des arbres, et j'étais face au bâtiment principal.

Comme pour la plupart des fabriques de ce genre, celle-ci était construite au-dessus de l'eau, sur pilotis. Ils étaient eux-mêmes soutenus par des piliers de briques cimentées qui présentaient tout un jeu d'ouvertures. À travers, j'entendais l'eau déferler sous le plancher de la fabrique.

Je n'avais pas le choix. À quatre pattes, je rampai jusque là-dessous.

Des ténèbres humides et salées vinrent à ma rencontre. Je rampai sur le côté pour me cacher derrière l'un des piliers. Quelque chose de sombre et poilu dérapa devant moi avant de plonger, et le raclement d'une queue de rat me parvint. Quelque chose gémit dans l'obscurité, et je m'aperçus que j'avais la chair de poule, de la tête aux pieds. Il s'en fallut de peu que je ne ressorte.

Mais à cet instant, j'entendis leurs voix, venant de l'extérieur. Le reflet vacillant d'une torche balaya ma cachette. Un court instant, je vis au-dessus de ma tête le plancher noir et couvert de champignons, les rochers lisses et arrondis ornés de coquillages, ainsi que l'eau noire et agitée. De petites ombres trapues bougeaient un peu plus loin, sous le plancher, j'aperçus des yeux noirs et jaunes d'animaux qui me fixaient sans complaisance.

« C'était quoi, ça, bordel de merde ? demanda Edvardsen.

— Tu es sûr d'avoir entendu quelque chose ? fit Jonassen en écho.

— Un peu, que je suis sûr. Je l'ai entendu clairement. Il y a quelque chose qui s'est effondré, et quelqu'un a crié.

— Regarde ! s'exclama Jonassen. Le chéneau. Il y en a un bout qui s'est détaché.

— Hmm. » Je les entendis ramasser le fragment de gouttière qui gisait par terre, et je les imaginai sans problème regardant autour d'eux, d'abord le toit, ensuite derrière eux vers les arbres, et puis...

Quelque chose arriva à pas feutrés et vint cette fois-ci tout près de moi. Plus que je la vis, je devinai la présence du petit animal qui s'était approché. Mais était-ce simplement la curiosité — ou bien craignait-il que je pénètre de force sur son territoire, pour m'y installer ? Les rats peuvent être des animaux imprévisibles, et les représentants de cette espèce, qui vivait en bord de mer, étaient de sacrées bestioles. Une morsure à la gorge, et la route pouvait se terminer là.

« Mais bon Dieu, qui ça pouvait être ? » C'était à nouveau la voix de Jonassen. « Ce qui se passe ici, ça n'intéresse personne...

— Personne ?

— Eh bien...

— Si le môme a joué les balances pour de bon, avant de passer l'arme à gauche. Peut-être que quelqu'un voulait vérifier si c'était vrai. Avant de tenter quelque chose.

— Oh merde... pas encore un ?

— Tu connais les junkies. Ils ont toujours besoin d'argent, et ils sont prêts à tout pour...

— Ça, je sais.

— Mais bien sûr, c'était peut-être... des gamins de l'île, curieux de savoir ce qui peut bien se passer ici.

— Oui ! » fit Jonassen d'une voix où perçait l'optimisme. J'entendis en même temps Edvardsen s'approcher à pas lourds.

« Alors, s'ils n'ont pas réussi à regagner les arbres avant qu'on... » commença Edvardsen.

Le rayon d'une torche éclaira soudain sous la maison. L'un des rats siffla, et d'autres corps vifs d'animaux firent clapoter l'eau. À un mètre et demi environ, l'un d'eux était dressé sur ses pattes arrière, exhibant ses incisives. Il était comme hypnotisé, et ses yeux jaune vif regardaient à travers moi, et fixaient le faisceau de la torche.

« Un nid de rats, grogna Edvardsen. Si c'est là qu'ils se sont planqués... à la leur ! »

La lumière disparut de nouveau, et je donnai un coup de pied dans le noir, pendant que je me rappelais où était le rat. Je fis mouche, sur le côté, mais suffisamment fort pour l'envoyer à la flotte. Il pataugea de ses petites pattes antérieures et se mit à grogner dans ma direction, aveuglé par la colère.

« Écoute tout ce qui se passe là-dessous, fit Edvardsen. Ce serait de la folie de...

— Tu ne devrais pas vérifier... tout de même ? » demanda Jonassen.

Ils se turent tous deux. Le faisceau de la torche vacilla à nouveau sous le bâtiment.

« Est-ce que toi, tu veux y aller ? demanda Edvardsen d'une voix glaciale.

— Non. » La réponse était sèche, nette.

« Eh bien... Tu ne me paies pas assez bien pour ça. J'ai vu des gens à qui on a dû amputer la jambe suite à une morsure de rat. Une fois, dans le nord de l'Italie...

— Ça suffit. Ils sont sûrement arrivés jusqu'au bois. Espérons que ce n'était que... des gamins.

— Tout ce qu'on pourrait éventuellement faire... » La voix d'Edvardsen avait une nuance rauque que je n'aimais pas.

« Oui ?

— On pourrait fixer quelques bonnes grosses planches sur ce mur, avec des clous costauds. Interdire la sortie, si tu veux. S'il y a quelqu'un là-dedans, ça lui laissera toujours le plaisir de ressortir à la nage — avec tous ses potes... »

Je sentis mes oreilles bourdonner. Une colère sourde montait en moi, et si je n'avais pas su que j'avais tous les atouts contre moi, et qu'il y avait deux grands types costauds au-dehors, j'aurais rampé hors de l'obscurité pour me jeter sur eux.

Jonassen hésita.

« Non. Ça prendrait trop de temps. Il faut qu'on chope le dernier bac. Viens. On s'en tape. »

J'entendis alors leurs pas s'éloigner. Puis sur le sol au-dessus de ma tête, et enfin le bruit du camion qui démarrait.

Je m'extirpai de ma cachette et courus plié en deux le long du mur, puis entre les arbres et dans le sous-bois. J'avais encore en mémoire les raclements des queues de rats, leurs sifflements gutturaux furibonds. Je m'effondrai sur le sol tendre du sous-bois. Je restai un moment allongé, à respirer dans l'obscurité humide et ruisselante. J'étais trempé, mais aucun animal ne me reniflait, aucune gueule ouverte ne grondait dans ma direction. J'étais entouré de la bonne et douce odeur apaisante des pins et sapins, et j'étais allongé sur les longues épines brunes de l'année dernière qui recouvraient le sol. Elles se collaient à mon visage et m'informaient que j'étais vivant. Je commençais à sentir les douleurs consécutives à ma chute. Mon dos me faisait mal. Mes coudes, mes genoux et mes paumes étaient égratignés et brûlaient. Du sang coulait d'une petite coupure au front, et mon pantalon était troué.

Mais j'étais vivant.

Je restai étendu, dans un demi-sommeil, tandis que la forêt me couvrait d'un drap pluvieux. Je sursautai au moment où le gros camion démarra. J'avais rêvé. Je m'étais vu dans un lit douillet, en compagnie d'une femme dont la peau était si blanche, si douce et si chaude que c'en était incroyable, et ses cheveux...

J'avançai à tâtons entre les arbres jusqu'à ce que je voie la fabrique. Elle était plongée dans le noir, comme le vestige oublié d'un âge d'or lointain. Le camion toussa sur place tandis qu'ils ouvraient et refermaient le portail, et disparut dans la nuit en laissant derrière lui un voile de bruit qui alla decrescendo.

Le silence se fit alors dans l'obscurité. Je regardai l'heure. Il était tard.

Je remontai péniblement dans les bois. Je passai à grand-peine par-dessus le portail, et remarquai alors que je boitais légèrement. Je rejoignis ma voiture et m'installai au volant. Elle démarra avec une bonne volonté surprenante. Elle avait vraisemblablement envie de rentrer à la maison. Je conduisais lentement, pour ne pas rattraper le camion.

À mon arrivée à l'embarcadère, le bac attendait le long du quai, et il n'y avait aucune voiture en vue. Personne n'avait encore embarqué. Méfiant, je sortis de la voiture et allai jusqu'à un petit abri sur lequel étaient punaisés les horaires du bac. J'avais raté le tout dernier. Le prochain partirait à six heures.

Je regardai de l'autre côté du fjord étroit. Ce n'était pas loin. Par une journée estivale ensoleillée, avec une eau à vingt et quelques degrés, un corps reposé pouvait le traverser à la nage. Mais pas à cette heure-ci, par une nuit pluvieuse, et en trimbalant rien moins qu'une voiture.

Je retournai à mon véhicule. Je regardai autour de moi. Difficile de trouver plus désolé qu'un embarcadère vestlandais autour de minuit et demi. La mer noire et houleuse bat les quais humides et noirâtres, et un bac vide attend là comme s'il ne devait plus jamais repartir. À cet endroit, seul sur le quai, vous êtes un naufragé dans l'univers. Personne ne pense à vous, personne ne se soucie de vous — d'où vous venez, d'où vous allez, de comment vous vous appelez...

Je me recroquevillai sur la banquette arrière, une couverture par-dessus mes vêtements mouillés. J'étais gelé, couché, les mains enfoncées entre les cuisses, sans pouvoir trouver le sommeil plus de quelques minutes d'affilée. J'avais espéré retrouver la femme à la peau blanche, douce et chaude, mais elle n'était plus là. À la place, je rêvai de rats : d'énormes rats grognant avec agressivité. Je nageais encore et encore dans une eau lourde et goudronneuse, au milieu d'un océan de rats ; des rats poilus, pouilleux et galeux...

Une sensation d'étouffement et des crampes dans la jambe me réveillèrent. Je retendis violemment et gémis de douleur. Un peu plus tard, à l'aube, je sortis sur le quai pour essayer de détendre mes muscles raides et gelés. Le bac ne partirait pas avant plus d'une heure. Il avait cessé de pleuvoir, mais le matin était gris et luisait faiblement, et un brouillard lourd planait au-dessus de l'eau tandis que le froid tendait dans l'air ses griffes avides.

J'avais envie d'une cigarette.

27

Il faudrait que je me trouve une voiture plus spacieuse. Si je devais continuer à dormir sur la banquette arrière, dans des fringues trempées, près d'un embarcadère abandonné dans le Vestland — alors il faudrait que je me trouve une voiture plus spacieuse. Même quatre heures après mon retour à la maison, même après avoir tiré toute l'eau chaude en une longue douche brûlante, après m'être vidé une théière et demie et deux petits verres d'aquavit — qui n'étaient pas si petits que ça — après avoir passé la matinée recroquevillé sous un plaid et une couette, en compagnie de trois quotidiens et d'un hebdomadaire américain... En dépit de tout cela, mes articulations craquèrent lorsque j'étendis les jambes, et je sentais des bouffées d'un froid agressif à chaque mouvement. Autant me lever : rester couché ne servait à rien.

À midi j'étais en route pour Fjøsanger. Il ne pleuvait plus, mais les rues étaient toujours sombres et humides. Un vent froid faisait davantage penser à un mois de septembre qu'à un mois de juin. Il aboyait vers la ville et faisait s'étirer les arbres comme des coureurs à l'échauffement. Il était tout juste l'heure de se faire inviter pour un thé matinal.

Lavé, rasé et dans des vêtements propres — comme n'importe quel amant fougueux qu'on reçoit le matin — je me garai devant la grande villa d'Arve Jonassen, parcourus lentement l'allée de graviers jusqu'à l'imposante porte d'entrée, et sonnai. Les rhododendrons étaient toujours sur la réserve quant à leur floraison, et quelqu'un avait parsemé la jeune pelouse de perles d'argent prêtes à éclater. Une brume basse flottait en contrebas sur le fjord Nordåsvann. La maison était silencieuse et sans vie, attentive au bruissement de l'été dans l'herbe. Mais il n'y avait rien à entendre.

Ou bien la porte était bien insonorisée, ou bien elle marchait sur des semelles de feutre. Au moment où je levai la main pour sonner une deuxième fois, la porte s'ouvrit et elle apparut.

Elle n'eut pas l'air spécialement surprise. Elle m'avait vraisemblablement vu arriver d'une fenêtre. Il faut toujours laisser attendre un peu les hommes avant de leur ouvrir. Ça ne peut pas leur faire de mal.

Sa tête était un peu penchée sur son cou allongé, sa bouche était à moitié ouverte, comme si elle était essoufflée.

« Ve-um ? »

J'essayai de prendre un air sérieux.

« Je me suis dit que je pouvais t'inviter à prendre un thé, avant le déjeuner...

— Où ça ? »

La fois précédente, je n'avais pas bien pu voir ses yeux. Leur couleur allait du vert au bleu, et on y voyait de petits points mordorés. Ils jetaient un éclat à la fois taquin et froid. Ils faisaient penser à ces boissons acidulées qui font tant de bien quand il fait chaud.

Mon regard la dépassa, et je fixai l'intérieur de la maison, par-dessus son épaule. J'hésitai.

« Eh bien... »

Elle partit d'un petit rire saccadé. Puis elle fit un pas sur le côté pour me laisser entrer.

« Le salon de thé est au premier », me dit-elle tandis que je passais.

Nous gravîmes un escalier en pin clair qui partait d'une entrée sombre dont le sol était couvert de moquette, et entrâmes dans ce qu'elle appelait son salon de thé. Ou peut-être était-ce la chambre de la bonne. On ne sait jamais, dans ce milieu.

La pièce avait les dimensions de mon appartement

tout entier. Quatre grandes fenêtres, carrées, laissaient pénétrer la lumière du jour. Elles étaient placées dans un coin, deux vers le sud et deux vers l'ouest. Le sol devant elles était surbaissé et une sorte de salon y avait été aménagé. Une table basse brune en occupait le centre, entourée de banquettes. Le sol comme les banquettes étaient couverts de peaux de mouton. L'endroit semblait agréable pour y savourer son apéritif. Sans parler d'un thé avant le déjeuner. De l'autre côté des fenêtres, des futaies vert vif encadraient une vue qui descendait en biais par-dessus des toits rouge et noir, vers la surface argentée du fjord Nordåsvann, dans lequel Gamlehaugen se reflétait.

Partout sur les murs, on avait accroché des objets d'art, imposants et coûteux, sur lesquels avaient été passées de nombreuses couches de peinture : ce genre de tableaux qui semblent avoir été créés par des termites dingues de couleurs et qui ont plus de valeur sur les marchés financiers que chez les véritables amateurs d'art. La pièce était assez dépouillée. Hormis le salon surbaissé et les imposants tableaux, il n'y avait pas grand-chose de valeur, exception faite d'un vase chinois datant d'une quelconque dynastie Ming, un masque funéraire égyptien placé sur un socle ébène (création d'un artiste new-yorkais), un alligator en or de quarante ou cinquante centimètres, relégué dans le coin le plus sombre (pour qu'on ne puisse pas apercevoir le plastique au travers) et un dispositif d'éclairage longeant les plinthes de plafond qui semblait consommer davantage d'électricité en une heure que toutes mes ampoules en un an.

Irene Jonassen attendait à côté de moi que j'aie fini.

« Belle… vue.

— Il y a pire, répondit-elle. Comment bois-tu ton thé, Veum ?

— Chaud.

— Sucre ?

— Non merci.

— Citron ?

— Volontiers.

— On va s'installer là-bas, dit-elle en faisant un signe de tête vers le salon.

— Merci, j'ai déjà pris un bain. »

Elle afficha un sourire acide.

« Tente. Ça peut valoir le coup. »

Elle me tourna le dos et disparut par une porte de la même couleur que la table basse du salon. Je regardai son dos tandis qu'elle s'éloignait. C'était un beau dos.

Sa robe était marron et moulante, taillée dans un doux tissu de laine pelucheux. Le décolleté n'était pas aussi débridé que l'échancrure qu'elle avait dans le dos, mais en contrepartie, elle ne portait rien en dessous. Je m'assis tant bien que mal dans le petit salon noir et blanc. Il était évident qu'elle s'ennuyait. J'avais le net sentiment qu'elle avait besoin de distraction. Ce qui m'inquiétait plus qu'il n'était souhaitable. Je n'ai jamais appris à profiter de l'instant présent. La porte est toujours close quand je finis par l'atteindre. Quand finalement j'arrive à exprimer mes desiderata, tous les invités ont fichu le camp, et je reste tout seul à me regarder dans le miroir.

Elle revint étonnamment vite. Elle apportait le thé dans l'une de ces élégantes théières en argent qui font penser aux objets qui ont été confisqués à l'Église, et

240

elle en versa dans deux tasses de porcelaine blanche, en forme de clochette renversée, ornées dans le milieu d'une petite frise zigzagante vert olive qui semblait d'inspiration indienne. Mais je ne fais jamais la boulette de commenter ce genre de choses. Ou bien vous avez droit à un exposé d'une demi-plombe sur quelque chose qui ne vous a jamais passionné, ou bien les gens peuvent croire que vous n'êtes pas accoutumé à boire dans ce type de vaisselle.

Elle me rejoignit dans la tranchée et s'assit du même côté de la table que moi. Elle ramena les jambes sous elle, lissa sa robe sur ses genoux et se pencha doucement vers moi. L'un de ses bras reposait à même le sol, et quand elle se pencha ainsi en avant, ses seins pointèrent magnifiquement. Et elle le savait.

Ses yeux pétillaient. Je cherchai quelque chose à dire.

« Alors... Comment tu trouves le thé ? demanda-t-elle.

— Mmmm. »

Elle se pencha encore un peu. Je distinguai le dessin presque imperceptible des ridules qu'elle avait autour des yeux. Je pouvais sentir la chaleur de son corps.

« Tu te sens comment... maintenant ? » demanda-t-elle tout bas.

Je reculai un tout petit peu.

« Ton mari... »

Elle se passa lentement la langue sur les lèvres, allant d'un coin à l'autre.

« Arve ? Il ne rentrera pas... avant un bon moment... »

J'attrapai ma tasse de thé et la brandis devant moi, et regardai Irene par-dessus.

« Je voulais dire...

— Il n'y a rien qui te tente ? » demanda-t-elle. Ses lèvres étaient humides, légèrement écartées, et entre elles apparaissait tout juste le bout de sa langue.

Je reposais ma tasse, me passai une main sur le visage et dis, de la voix la plus sèche que je pus :

« Si. Si la dernière fois commençait à dater, s'il pleuvait et si je n'avais rien d'autre à faire... »

Elle continuait à me regarder, la même expression sur le visage, peut-être un soupçon plus crispée.

« Je veux dire, ton mari, me hâtai-je d'ajouter, je parle de... ses affaires. Son activité d'entrepreneur. Toutes ces... affaires. C'est quoi, son boulot, en réalité ? »

Elle eut un petit mouvement de recul et se redressa.

Cela n'enleva rien à la beauté de sa poitrine, mais la glace envahit à nouveau son regard.

« De quoi tu parles, Veum ?

— Je te parle de ton mari. De ce qu'il brocante. De toutes ces... choses douteuses. De... »

Elle posa les pieds par terre et se leva dans un mouvement qui fit osciller le haut de son corps. Son visage s'enflamma soudainement et vira au rouge pivoine.

« Qu'est-ce qui se passe dans ton pois chiche, Veum ? Qu'est-ce que tu crois ? Je pensais que tu étais venu pour... pour *discuter*... mais tu te mets à — tu n'es venu que pour — tu crois que tu peux me faire... me faire..

« — Où était ton mari hier au soir, Irene ? demandai-je d'une voix sans timbre.

— Qu'est-ce que ça peut te f... Occupe-toi de ton cul ! Occupe-toi de... Oh, bon Dieu ! Où il était hier soir ? »

Elle leva les mains à son visage, se cacha les yeux et se laissa retomber sur la banquette, mais du côté gauche de la table cette fois-ci.

Ses fines épaules tremblaient. Sa poitrine tremblait. Ses spasmes secouaient son abdomen et son ventre doux et rond. Ses cheveux bien coiffes tressautaient.

« Je regrette de devoir te dire ça, dis-je de la même voix posée, mais ça finira par se savoir, tout ça. Et tu risques de te retrouver dans le même bain que lui. Ça pourrait aussi te retomber dessus. »

Quand elle finit par relever la tête, ses yeux étaient brillants, et un peu de rimmel s'était étalé sur sa peau.

« Juste... Juste à cause de ce qu'il y a eu... avec Peter ?

— Oui, acquiesçai-je. Principalement à cause de ce qu'il y a eu avec Peter... Werner. »

Elle ne sembla pas remarquer la pause que j'avais faite entre les deux noms.

« Tu le connaissais un peu mieux que ce que tu m'as dit la dernière fois... n'est-ce pas ? » continuai-je.

Elle ne répondit pas.

Je pris un moment pour la regarder. Ce qu'il y a d'étrange, avec les masques, c'est quand ils tombent. Dix minutes, un quart d'heure avant, elle m'avait accueilli avec les mondanités d'usage, lascive, sensuelle, prête pour un petit flirt matinal ennuyeux et — peut-être — un peu plus. Elle avait été belle, pétillante, ensorcelante... Et maintenant ? Le masque était tombé sur le sol entre nous, son visage se décomposait, strié de larmes comme celui d'une gamine de quarante ans, tandis que le thé refroidissait dans sa tasse. Ainsi sommes-nous. Il ne faut pas grand-chose. Un instant, nous sommes une personne, et une tout autre l'instant suivant.

« Tu as entendu parler des deux personnes qu'ils recherchent suite à... la mort de Peter Werner ? »

Elle ne répondait toujours pas.

« L'une des deux femmes, la plus âgée... Ça aurait bien pu être toi, non ? »

Elle me fixa entre ses doigts écartés.

« Si, répondit-elle d'une voix rauque, étouffée par ses paumes qui lui dissimulaient la bouche.

— C'était vraiment toi ? »

Elle baissa les mains, ses doigts se joignirent et s'entremêlèrent : des doigts longs et blancs.

« Non ! dit-elle d'une voix où perçait une angoisse soudaine. Ce n'était pas moi... Mais tu m'as demandé... »

J'acquiesçai.

« Ça *aurait* pu... »

J'attendais en la regardant. Je la vis chercher ses mots en elle, des mots qu'elle s'était dits, qu'elle avait utilisés pour parler d'elle — pour se justifier si ce n'est auprès des autres, en tout cas auprès d'elle-même. Je m'étais déjà trouvé face à des personnes dans la même situation. Je savais que n'importe qui a un jour besoin d'une oreille attentive, quel qu'en soit le propriétaire, même si ce doit être ce bon vieux baroudeur de Veum.

Les visages sans masques sont fascinants. Un masque peut être beau et attirant, mais il y aura toujours quelque chose de froid en lui. Quand vous examinez de près le visage des gens, vous trouvez leur véritable beauté : vous trouvez alors la vérité dans toute sa crudité, la hideur, le pathos, la confusion, tous les chagrins, les inquiétudes et les joies, toute cette tourmente qui marque un visage de rides et de cicatrices, les blessures internes et externes — toute sa beauté intrinsèque et indescriptible. J'attendais tout en contemplant le visage d'Irene Jonassen. Je la voyais, à ce moment-là, la véritable Irene, sans Jonassen, avant Jonassen, la gamine Irene pleurant sur un trottoir après que quelqu'un lui avait volé sa poupée, la gamine Irene qu'on envoyait chez le directeur parce qu'elle avait tiré les cheveux d'une autre fille pendant la leçon d'arithmétique, la gamine Irene qui découvrait brusquement qu'elle avait gaspillé son premier coït en quelque chose qui rappelait davantage un viol qu'un acte d'amour... Toutes les Irene de ce monde — plus une.

« Il n'y a pas eu que Peter, dit-elle comme si elle avait fini par prendre une grave décision. Il n'a été qu'un parmi tant d'autres. Et il ne signifiait rien de particulier pour moi. C'est pour ça que j'ai dit que je ne... C'est-à-dire, Veum : je n'ai pas eu de relation à proprement parler avec lui. Je ne l'aimais pas. Je n'étais même pas amoureuse. J'ai couché avec lui, à quelques reprises. Et il n'était même pas très doué. Je... je ne me souviens pratiquement pas de lui... dans ce contexte. Et ça remonte, maintenant, alors... Six mois en arrière, ça aurait pu être moi, oui. Mais pas où on l'a retrouvé. »

Elle s'emporta.

« Je ne suis pas une catin, Veum ! Je ne fais pas l'amour... dans des hôtels. »

J'ouvris la bouche, mais elle m'interrompit.

« Je... il faut toujours se renseigner sur le contexte, sur la situation des gens — sur ma situation — en couple, avant de juger.

— Je sais, Irene.

— Ah oui ? fit-elle, déconfite, avant de se reprendre. Oui, peut-être. Tu as dû voir... un peu de tout. Mais il faut que tu comprennes. Mon mariage, avec Arve, c'est... purement formel. Nous n'avons pas d'enfant. »

Elle attendait ma question rhétorique : mais ça impliquerait que... ?

« La plupart des mariages malheureux survivent justement à cause des enfants, n'est-ce pas ? dit-elle.

— En effet. Ça, c'est vrai.

— Mais chez nous, c'est exactement l'inverse. Nous continuons à vivre ensemble parce que nous n'avons pas d'enfant. Dans le cas contraire, je n'aurais jamais continué à vivre dans ce désert affectif, dans cette maison vide, dans cette atmosphère de... Dieu sait quoi... d'existence gâchée, peut-être. »

Je regardai encore une fois autour de moi. Quoi qu'il en soit, une chose était sûre, il n'y avait aucune chaleur dans cette pièce, entre ces murs, dans ce salon surbaissé à la mode.

« Mais puisqu'il se trouve que nous n'avons pas d'enfant... Autant continuer à vivre ensemble plutôt qu'avec quelqu'un d'autre. Nous avons... en quelque sorte... l'habitude l'un de l'autre. Nous avons adopté un mode de vie, un niveau social, des fréquentations qui... Eh bien, ça nous coûterait de changer tout ça, et quand on a dépassé... » Elle hésita. « Oui, donc, quarante ans, alors... ça devient en quelque sorte plus difficile... de faire des changements. Tu es peut-être trop jeune pour le comprendre, mais... »

Tiens, tu es peut-être trop jeune, Veum : tout gamin que tu es à trente-sept ans, tu es peut-être trop jeune, Varg ! Je restai sans voix.

« C'est Arve, qui... Il ne pouvait pas avoir d'enfant. Et moi... tout compte fait, ça m'était égal. »

Mais elle prononça ces derniers mots d'un ton froid qui ne faisait pas qu'insinuer qu'elle était à nouveau en train de passer la frontière entre la vérité et l'illusion.

« Oui, ce n'est pas toujours facile, de vivre ensemble... quand en plus il y a des enfants, dis-je.

— Je n'aurais jamais osé, je crois. C'est ce que je me dis maintenant. Je me rassure comme je peux, Veum — il faut que je l'avoue. Être responsable d'une autre personne, éventuellement plusieurs. Des petits sans défense, innocents, sur qui l'on déverse tous nos préjugés, lois et règles, nos « il faut — il ne faut pas ». Des petits qui vont pâtir de notre vide affectif, nos problèmes de couple, notre incapacité à assumer notre propre situation désespérée... Non, Veum, je crois en fait que je suis honnête en disant : je n'aurais jamais osé.

— Mais Peter... suggérai-je.

— Oui... Peter. Oui, exactement, Veum. J'avais oublié que tu étais détective. Ça a été mon — un, deux, trois... » Elle compta sur ses doigts. « ... quatre, cinq, six... » Elle continua mentalement. « Mon quinzième ou seizième amant, dans ces eaux-là. Je ne sais plus exactement. » Un sourire subit, un peu coupable, apparut sur ses lèvres.

« Tu vois à quel point je suis devenue dépravée, avec le temps.

— Dépravée, répétai-je. Il y a une certaine élégance dans ce mot. Un peu comme dans "décadence". Avant qu'on ne réfléchisse à sa signification profonde, je veux dire... »

Elle sourit de nouveau, avec plus d'ironie cette fois.

« Je ne sais pas ce que tu es en droit d'exiger comme informations. »

Je levai mes deux paumes vers elle, comme pour dire : Rien. Mais je ne *dis* rien.

« Il est venu ici, comme je te l'ai dit la dernière fois, pour tondre la pelouse. J'ai commencé à l'allumer. Ce n'était pas un gros défi. On s'est retrouvé au pieu au bout d'une paire d'heures, mais, je te rappelle — il n'y avait pas de quoi pavoiser. Il tenait le coup parce qu'il était jeune.

— Il avait ce qui fait défaut à Brann, pour l'instant.

— Quoi ? Ah, oui. » Elle me fixa, impassible. « En fait... en fait, Veum, j'ai l'impression que ce que je te raconte ne te passionne pas réellement.

— Mais si, Irene. Mon problème est en réalité... de nature technique, disons. Le problème, c'est que, d'une certaine façon, je n'ai pas le *droit* de m'y intéresser. Je veux dire, la police n'aimerait pas que je m'immisce dans leur enquête, et rappelle-toi : en fait, ce n'est pas de cela que j'avais commencé à parler. J'étais venu te demander...

— Oui, je me souviens bien de ce que tu voulais, Veum, pas besoin de me le rappeler. »

Nous nous tûmes un instant, cherchant à retrouver cette confiance inattendue.

« Mais ça, c'est donc vieux de six mois ?

— Oui, acquiesça-t-elle. Il n'était pas passionnant au point de pouvoir tenir le coup plus qu'une ou deux matinées. Je n'ai pas si peu que ça l'embarras du choix.

— Non, quatorze ou quinze, c'est ça ?

— Je crois... En fait, je crois qu'il serait bien que tu partes, à présent, Veum.

— D'accord. Je voudrais juste en revenir au point de départ... un instant. Qu'est-ce que tu sais réellement des affaires de ton mari ?

— Tu attends vraiment une réponse ? demanda-t-elle avec un regard glacial. Nous sommes mariés, et il faut bien s'attendre à une certaine... loyauté. »

Je la regardai sans rien dire. Elle me fixa en retour. Ses yeux s'agrandirent lentement, et je vis son pouls battre dans le creux de sa gorge.

« En plus, ajouta-t-elle, je ne me suis jamais particulièrement intéressée à ses affaires. »

Silence. Je vidai ma tasse. Elle tinta contre la soucoupe lorsque je la reposai. Il restait quelques petits fragments noirs de feuilles de thé au fond de la tasse ; un autre s'était collé à ma lèvre supérieure. Je l'en ôtai lentement, entre deux doigts.

Je me levai.

« Alors nous n'avons plus rien à nous dire. Merci beaucoup... pour le thé. »

Elle avait regagné un peu de ses automatismes du début. Même une nuance de flirt était présente dans son regard lorsqu'elle dit :

« Oh, de rien. Et Veum...

— Oui ?

— Si jamais l'envie te prenait de... Mon mari est au courant, pour ces écarts. Ils n'ont aucune importance pour lui.

— Bon. »

Je haussai les épaules et continuai vers la sortie. Arrivé en haut de l'escalier de pin clair, je me retournai à nouveau vers elle. Elle me regardait m'éloigner, immobile, près du coin de son salon surbaissé. Le contre-jour faisait un fond pastel derrière elle, et je remarquai les contours doux et féminins de son corps, la lumière qui s'infiltrait dans ses cheveux fins, la main qu'elle avait posée sur sa hanche.

« Tu as couché avec Karsten Edvardsen, aussi ? » demandai-je.

Bien que son visage fût dans l'ombre, je pus la voir rougir. En dépit du fort contre-jour, je vis son visage se tordre, sa bouche s'ouvrir tandis qu'elle suffoquait, son corps se raidir, pour devenir anguleux et disgracieux. Puis elle retrouva son calme. Son visage redevint doux — froid — comme de la soie, et elle montra pratiquement les dents en retroussant la lèvre supérieure, lorsqu'elle répondit, d'une voix pleine de fureur contenue :

« Bien entendu. Il y a en fait très peu de collaborateurs de mon mari avec qui je n'ai *pas* couché. »

Puis elle vint rapidement vers moi et me gifla sèchement du revers de la main. Une bague m'égratigna la peau, et ses phalanges me firent penser à une poignée de cailloux enveloppés dans du papier de soie. Puis elle fondit violemment en larmes. Elle se cacha le visage dans ses mains et sanglota, avec de longs gémissements douloureux.

Je tendis prudemment la main en avant, mais retins mon geste avant de la toucher. Le bas de ma joue chauffait, à l'endroit où elle m'avait giflé, et je sentais que mon visage était légèrement paralysé.

« Merci », dis-je d'une voix rauque. Je me retournai, descendis l'escalier, retraversai l'entrée sombre au sol couvert de moquette, et me retrouvai dehors. La lumière m'aveugla ; la pelouse était d'un vert à la limite de l'artificiel, comme de l'oxyde de cuivre, et le ciel était fade, vide de vie. La matinée gisait sur le dos, la panse en l'air, haletante. Et le soir était loin, très loin.

28

Je rentrai en ville. Je mis vingt minutes pour trouver une place près d'un parcmètre qui n'autorisait pas un stationnement supérieur à une demi-heure. J'introduisis une couronne et tournai le bouton. Le petit volet jaune indiquant qu'il fallait continuer à tourner était toujours visible. J'introduisis une couronne supplémentaire et abandonnai le parcmètre, sans tourner le bouton. Quelle que soit la noirceur d'une situation, il ne faut jamais cesser de croire au Père Noël.

Je pris l'ascenseur et montai au troisième, où j'avais mon bureau. Un peu plus loin dans le couloir poussiéreux, une fraise de dentiste poussait un hurlement infernal, et une femme vêtue d'un manteau violine sortit de la salle d'attente du cabinet ; elle avait la bouche cernée de rouge et gonflée de larmes que nous avons tous après un rendez-vous galant chez le dentiste. Elle détourna le regard lorsque je la croisai.

J'entrai dans ma propre salle d'attente, qui — comme je m'y attendais — était aussi vide qu'une promesse de scout vieille de dix ans. J'ouvris la porte du bureau, pendit ma veste au perroquet vert foncé qui était la seule tache de couleur à côté du calendrier pâle. Je m'installai à ma table et me demandai ce que j'allais bien pouvoir faire.

Je pensai à Peter Werner.

Je ne le connaissais pas, et il était toujours aussi vague et flou dans mon esprit. Je n'arrivais pas à le saisir, et rien de ce que j'avais jusqu'alors appris sur lui n'indiquait qu'il devait mourir de façon si violente. Infidélité — d'accord. Toxicomanie — certes. Chantage — passe... Mais puisque je ne pouvais pas entendre le son de sa voix, puisque je ne pouvais pas décider si je l'appréciais ou non, il était difficile de s'imaginer les raisons de sa mort... d'une telle mort. Comme ça. Vidé comme un poisson, éventré comme une poupée de chiffons.

Je passai un coup de fil au journal et m'enquis de la présence d'Ove Haugland. Il travaillait à l'extérieur. Je laissai mon numéro de téléphone en disant qu'il pouvait toujours essayer de me joindre, s'il ne revenait pas trop tard. Avant de tomber en morceaux et de retourner à l'état de poussière sur ma chaise.

Le mois de juin était fadasse de l'autre côté de mes fenêtres. Les gens auraient dû aller en bras de chemise, T-shirts et chemisiers ouverts sur le cou, en jupes légères et voletantes, et en sandales. Au lieu de cela, ils avaient remonté le col de leur veste, rentraient la tête dans les épaules pour affronter le vent vif, les poings enfoncés dans leurs poches de pantalon, le visage dur et fermé, comme en hiver. Ça avait été un long, long hiver. Il y avait eu deux jours de printemps, et tout dans le ciel semblait indiquer que l'été était déjà derrière nous, et se résumerait à un week-end et quelques jours autour de la Pentecôte. On était en juin, mais septembre était déjà dans l'air.

Le téléphone sonna.

Je décrochai en attendant la voix d'Ove Haugland. Mais c'était celle d'une femme. Je ne parvins pas à la situer immédiatement.

« Veum ? Allô ?

— Oui ? C'est moi.

— Ah, je me demandais, j'aurais bien aimé vous parler un petit peu. Je... C'est Vera Werner... la mère de Peter. »

Je ne répondis pas tout de suite. Je me souvenais encore du week-end dernier, dans la chambre d'Inge-lin, alors qu'elle était prête à couler sous le poids que représentait la mort violente et prématurée de son fils. De son visage bouleversé, surexcité...

« Veum ? Vous êtes là ? »

Je me raclai la gorge.

« Oui. Quand aviez-vous prévu... Vous êtes chez vous ?

— Non. Je... Il ne faut pas que Håkon l'apprenne... Je suis en ville, j'appelle de l'une des cabines du bureau de poste. Je... peux monter vous voir... à votre bureau ? J'ai l'adresse sous les yeux, dans l'annuaire...

— Bon. D'accord. Vous pouvez monter. Il se trouve que je n'ai pas grand-chose à faire. » Comme s'il pouvait en être autrement.

« Oui. Parce que c'est... important.

— Bon, bon. On en parlera quand vous serez là, O.K. ? Au revoir.

253

— Adieu. »

Adieu ? me dis-je. Adieu ? Je devrais peut-être aller à sa rencontre. Elle avait peut-être besoin d'aide, *vraiment* besoin d'aide. De toute façon, je ne pourrais sûrement pas faire autre chose que ce dont j'avais l'habitude : écouter ce qu'elle avait à me dire, acquiescer et compatir, la regarder avec un air concerné, lui sourire quand elle en aurait besoin, pincer les lèvres au besoin, pour montrer que j'étais désolé... L'attentionné Veum vous reçoit cinq sur cinq.

L'intérieur de la pièce sentait bon le renfermé, après des semaines d'inactivité. J'allai entrouvrir la fenêtre. Le vacarme de la ville passa à travers l'entre-bâillement comme un troupeau d'écoliers passant les grilles de l'école le dernier jour avant les vacances. Mais la petite ouverture permettait malgré tout de renouveler un peu l'air, d'aérer un tantinet des draps qui en avaient bien besoin.

Je retournai derrière mon bureau, et attendis.

Elle fut là en cinq minutes. J'entendis la porte de la salle d'attente s'ouvrir doucement, et j'allai à celle de mon bureau pour accueillir ma cliente.

Prévenant comme un employé des pompes funèbres, je l'invitai à entrer et lui désignai la chaise dans laquelle elle avait le droit de s'asseoir.

Elle pila tout juste après avoir passé la porte, et regarda autour d'elle, comme un général passant ses troupes en revue. Elle jeta un regard sévère sur l'aspect légèrement poussiéreux de la pièce, et je vis qu'elle s'imaginait passant le bout d'un doigt critique le long de ma table avant de le lever devant son nez et de lui jeter un regard désapprobateur.

« Vous ne voulez pas vous asseoir ? » demandai-je.

Elle regarda la chaise avec un dégoût manifeste.

« Si. Merci », dit-elle sans enthousiasme.

Elle portait un tailleur noir, très élégant en dépit du fait qu'il la serrait à la poitrine et aux hanches. Elle avait sur la tête un chapeau noir et plat garni d'une voilette qui lui couvrait les yeux. Sans le savoir, ou peut-être, au contraire, tout à fait consciemment, elle était habillée conformément aux exigences de la mode parisienne de l'époque.

Son visage avait toujours cet aspect bouffi et endeuillé, mais elle s'était poudrée et avait rééquilibré l'ensemble de quelques traits discrets de maquillage, retrouvant ainsi un schéma quotidien. Mais ses yeux brillaient, et ses pupilles étaient étroites.

« Auriez-vous... un verre d'eau ? » demanda-t-elle.

Je me levai et allai jusqu'au lavabo qui occupait le coin de la pièce. Je pris un verre sur l'étagère qui le surplombait, regardai de côté pour éviter de me voir dans le miroir et rinçai le verre à l'eau chaude avant de laisser couler un instant l'eau froide et d'en remplir le verre. Puis je le lui portai, et elle le saisit des deux mains, comme s'il s'agissait du plus délicieux des champagnes.

Elle le reposa devant elle, au bord du bureau, sortit une boîte à pilules d'un petit sac plat qui ne semblait guère pouvoir contenir davantage qu'une carte de transport. Elle avala deux cachets oblongs avec une gorgée d'eau, leva légèrement les yeux, s'essuya la bouche à l'aide d'un mouchoir finement brodé, remit la petite boîte dans son sac sans me révéler à quoi pouvaient servir ces pilules — peut-être pro-tégeaient-elles des détectives privés — et tourna enfin toute son attention vers moi, depuis longtemps réinstallé derrière mon bureau, les mains jointes gen-timent posées sur la table, et un regard bleu et attentif braqué sur elle.

« Vous aviez quelque chose d'important à me dire... »

Elle pinça les lèvres, comme si cette chose-là avait beaucoup de mal à sortir.

« Oui », dit-elle d'une voix faible.

Elle regarda par la fenêtre, vers le coteau de l'autre côté de Vågen, la caserne de pompiers de Skansen, les constructions sur le versant de la montagne... l'ensemble de cette vue apaisante et banale que tous mes clients préféraient à ma personne. Et cela ne me surprend pas le moins du monde. Certaines choses se racontent plus facilement à une vue qu'à un autre individu.

« J'aimerais vous parler de... »

Voyant que Fløien ne répondait rien à cela, elle se tourna à nouveau vers moi.

« Ce n'est pas pour me défendre... je voulais juste que vous compreniez... ce que l'on a pu vous dire l'autre jour. »

J'acquiesçai. Il y avait tant de choses que l'on m'avait racontées l'autre jour, mais je me dis qu'elle allait me préciser tout ça.

« Vous avez peut-être été surpris... Vous avez peut-être trouvé ma réaction trop vive, ou bien qu'elle avait été trop vive, vis-à-vis de... ce qu'il y aurait eu entre Peter et Lisa, à l'époque. Plus tard. Parce que...

à cause de la différence d'âge entre eux, n'est-ce pas ? »

J'acquiesçai de nouveau. Elle était déjà un peu plus concrète.

« Ouais, peut-être, répondis-je. Mais ce n'est pas toujours aussi facile que ça... à comprendre. Quand il s'agit des enfants des autres, et pas des siens. C'est toujours plus facile de critiquer les autres en tant que parents... que soi-même. »

Ses mains étaient enveloppées dans des gants gris clair, qu'elle retira alors. Elle ne portait qu'une alliance.

« Vous êtes marié, Veum ? »

Pourquoi les gens me posaient-ils toujours cette question avant de se mettre à me parler de leur couple ? Il faudrait que je me fasse imprimer des cartes de visites à distribuer aux gens dès leur arrivée, et on y lirait : *Varg Veum. Non, je ne suis pas marié, mais je l'ai été. Je suis divorcé, mais je n'ai pas perdu espoir.* Ou quelque chose comme ça.

« Non, pas pour le moment. Mais je l'ai été, à une époque.

— Je... je vois. » Elle... elle voyait. Ça me réchauffait le cœur. Il fallait peut-être la remercier.

« Il y a tellement de mariages comme ça, n'est-ce pas ? continua-t-elle. Il n'y en a pas deux semblables. Certains d'entre nous tiennent bon... et d'autres... pas. »

Son regard tomba comme une chape de plomb sur mon visage tandis qu'elle prononçait ce dernier mot. Ça ressemblait à un reproche.

« Quand on a des enfants, on essaie de tenir le coup. Car il y a toujours... des compensations possibles. »

Des compensations possibles. La belle expression. Ce n'était pas une expression au hasard. Elle y avait pensé et repensé. J'en vins à me demander où était caché son manuscrit.

« Je veux dire... Eh bien, poursuivit-elle, vous comprenez certainement ce que je veux dire, Veum.

— Des compensations possibles. Ouais... Sans aller chercher dans un dictionnaire, je pense pouvoir me faire une idée — plus ou moins précise — de ce à quoi vous faites référence.

— Parfait. » Elle tripotait la fermeture de son sac. Peut-être était-il là-dedans, son manuscrit. Elle eut l'air d'hésiter, comme si elle se demandait si elle devait continuer, ou comme si elle ne se souvenait pas exactement de son texte.

« C'est pour ça que je voulais vous expliquer... Mais — ça restera entre nous, Veum ? Il faut que ça reste entre nous. Je... j'ai besoin de raconter ça à quelqu'un. Je voudrais que vous jugiez si ça peut avoir un intérêt quelconque... pour l'enquête. Mais je ne veux pas aller en parler à la police. Pas comme ça. Pas sans que ce soit absolument nécessaire. Mais ça, vous en jugerez, n'est-ce pas, Veum ?

— Si ce n'est pas trop pointu — juridiquement parlant, j'entends — j'imagine que oui. Mais... bon. Je n'en dirai pas un mot à qui que ce soit, sans que vous me l'ayez demandé. Mais il faut que je vous dise : vous devez aller voir la police, directement, sans me dire quoi que ce soit avant.

— Ça serait trop officiel. Je ne peux pas, Veum. C'est... il ne faut pas que Håkon l'apprenne. Pas sans que... Comme je disais : si c'est absolument nécessaire... pour découvrir... Peter... »

Ses yeux se firent soudain plus brillants, et elle ressortit son petit mouchoir, et s'en essuya précautionneusement le coin des yeux.

« Excusez-moi... »

À cet instant, le téléphone sonna. Je décrochai. C'était Haugland.

« En ce moment, je suis occupé, je peux te rappeler ?

— D'accord... hésita-t-il. Tu as trouvé quelque chose ?

— Je te rappelle. »

Nous raccrochâmes de concert. Vera Werner était en train de faire une petite boule avec son mouchoir, entre ses doigts. Elle me jeta un regard sombre à travers la voilette grisâtre qui lui couvrait le front, les yeux et le haut du nez.

« À l'époque, j'entretenais une relation avec Niels Halle, dit-elle du ton sec et définitif qu'on emploie souvent pour asséner ce genre de choses. Il se peut que... Peter et Lisa soient — aient été - frère et sœur. Demi, en fait. »

Un Westamaran passait en bourdonnant sur le fjord. Un conducteur soupe au lait piétinait son klaxon, juste sous mes fenêtres. Mon bureau était silencieux. Nous ne respirions même plus, nous étions juste là, assis comme deux poupées de cire exposées dans une vitrine.

Un désordre de sentiments se reflétait sur son visage : angoisse, confusion, gêne — et quelque chose d'autre, imprécis, quelque chose qui était apparu alors qu'elle prononçait son nom, une forme de tendresse, refoulée et vieillie, certes, mais toutefois présente.

Je rompis délicatement le silence.

« Mais il me semblait que vous aviez été fiancés, à une époque, et que ça s'était terminé... bien avant...

— C'est vrai, acquiesça-t-elle. Nous étions fiancés, mais nous... eh bien, ça n'a pas marché, à ce moment-là. Pas plus que par la suite, d'ailleurs, mais tout était alors différent, n'est-ce pas ?

— Oui.

— Nous étions trop jeunes, à l'époque, j'imagine. Mais plus tard, quand nous nous sommes retrouvés, nous étions tous les deux bien installés, chacun dans son couple qui battait plus ou moins de l'aile — et... Ce n'était pas spécialement difficile de... Il y avait... nous en avions gardé de bons souvenirs, c'était facile de se mettre à rêver... retenter. Alors, nous... oui, donc, comme je vous l'ai dit. »

Je repris ce qu'elle avait dit :

« Vous avez démarré une nouvelle relation, et Peter... pourrait donc être... le fils de Halle ?

— Ouaip ! acquiesça-t-elle. Je — à ce moment précis, Håkon avait quelques... problèmes avec... Je... Vous n'avez pas besoin de connaître tous les détails, Veum. Ce n'est pas... nécessaire. Je ne peux pas *tout* vous raconter, ce serait impossible. Ça ferait trop mal. Mais... je voudrais vraiment que vous compreniez... pourquoi j'ai réagi si vivement à... Peter et Lisa, ce n'est pas seulement qu'ils *pouvaient* être du même père, mais je suis presque sûre à cent pour cent qu'ils l'*étaient*. Et dans ce cas, ce n'était pas possible...

— Tant que personne n'était au courant...

— Non, Veum, Non ! Je ne pouvais pas fermer les yeux. Moi qui étais sa mère ! Cette petite traînée... Elle... elle n'en valait pas le coup. Si elle avait été différente, peut-être... Mais non, je ne pense pas. Il y a quelque chose... au fond de moi... qui se révolte...

— Mais plus tard, alors... Ingelin...

— Que voulez-vous dire ? Ingelin est la fille de Håkon, il n'y a aucun doute là-dessus. À ce moment-là, il n'y avait personne d'autre.

— Alors, quand Lisa est née, c'était déjà fini — encore une fois — entre Halle et vous ?

— Déjà ? Savez-vous à quel point les mois peuvent être longs, quand on vit une relation de ce genre, Veum ? En avez-vous seulement une idée ? Oui, c'est vrai, c'était terminé. Comme je disais... ça n'a pas marché, cette fois-là non plus. Pas assez bien. Nous avions tous les deux des enfants, vous savez. Lui avait... les aînés de Lisa, et moi... Peter. Entendre les gens dire, quand il était petit, à quel point il ressemblait à Håkon ! C'était à hurler, Veum... à hurler.

— Et plus tard, il n'y a donc jamais rien eu...

— Non. Jamais. Nous sommes amis... ou plutôt, nous l'étions. Voisins. Mais ce qui est passé... ne revient jamais. Je... j'ai trouvé d'autres... compensations possibles... et lui, il s'est mis à chasser des proies plus jeunes.

— Halle ? »

Elle acquiesça.

« Mais encore une fois, c'est ce que j'ai entendu dire par ailleurs. Je n'aurais pas dû dire ça. Ça n'a rien à voir... avec ce qui nous occupe. »

Elle arborait une expression amère, lasse.

« Alors, Veum... vous pouvez comprendre ? demanda-t-elle d'une voix faible, après une courte pause.

— Je peux comprendre, acquiesçai-je. Je comprends.

— Est-ce que vous croyez... est-ce que vous croyez que je devrais aller voir la police ? »

Je pris le temps d'y réfléchir.

« Je ne vois pas, en l'état actuel des choses, en quoi ça peut avoir un rapport avec la mort de Peter, et la façon dont il est mort. »

Je m'écoutais parler. En m'entraînant un tout petit peu plus, je pourrais bientôt prétendre à une place dans un parti politique. Je pourrais me faire interviewer à la télé, et répondre aux questions sans rien apporter, sans prendre aucun risque.

« C'est en fait plus... une question d'ordre moral, ajoutai-je. Pour vous-même. Une question de conscience que vous porterez en vous pour le restant de vos jours, sauf erreur. Mais ne vous inquiétez pas : toutes les questions de ce genre finissent par s'effacer, avec le temps. »

La plupart, en tout cas. Mais pas toutes. Mais ça, on ne peut pas le dire. Il y a assez de problèmes dans le monde comme ça.

Elle se leva.

Je me levai aussi.

« Alors je pense que je vais y aller. Je... avant que Håkon ne rentre. Merci d'avoir bien voulu m'écouter, Veum. Combien est-ce que je vous dois ? demanda-t-elle en tripotant de nouveau la fermeture de son sac.

— Oh, n'y pensez plus, madame Werner. Ça n'a pas d''... »

Elle sortit un billet de cent couronnes de son sac.

« Prenez au moins ceci. Comme un remerciement... symbolique. »

Elle me tendit le billet, et je savais qu'il ne servirait à rien de protester. De plus... si ça lui faisait du bien, alors... Je fourrai le billet dans ma poche et reconduisis ma cliente jusque dans le couloir, m'arrêtai dans l'ouverture de la porte et la regardai s'éloigner et entrer dans l'ascenseur. Je restai là pensif, et fixai le couloir vide pendant presque trente secondes avant de retourner lentement à mon bureau.

Elle m'avait révélé quelque chose. Elle m'avait révélé davantage que ce qu'elle m'avait dit explicitement. Simplement, à cet instant précis, je ne savais pas quoi. C'était peut-être juste une idée que je me faisais.

Elle avait laissé une odeur dans mon bureau, une faible odeur de muguet écrasé, l'odeur d'une mère en deuil — ou d'une veuve.

Une veuve ? Pourquoi cette idée ?

Une *veuve* ?

Je levai lentement le combiné du téléphone et composai pesamment le numéro du journal. Lorsque je demandai à parler à Haugland, il apparut que j'avais fait un faux numéro.

29

Je recomposai le numéro, et cette fois-ci, je pus lui parler. Je lui racontai mon escapade à Holsnøy, et je l'entendis siffler, grogner et se racler la gorge d'une manière qui me laissa comprendre qu'il appréciait ce qu'il entendait.

« Alors ? terminai-je. Qu'est-ce que tu en penses ? Ça suffit ?

— À quoi ?

— Eh bien... Un bon petit papier — ou pour attirer l'attention de la police.

— Pour ce dernier point, c'est à la police qu'il faut demander. Concernant le premier, alors... Ouais... »

Il hésita un moment.

« J'aurais bien aimé voir le livre de compta dans lequel tu as vu Jonassen écrire — là-bas. Pour le peu qu'on en sait, il peut s'agir d'une opération tout à fait légale, même si je dois avouer que ce n'est absolument pas l'impression que ça donne. Donne-moi un jour ou deux, que je puisse tâter un peu le terrain, ici. D'accord ?

— Ça me va. Pour ma part, tu peux bien en faire ce que tu veux. Tu peux l'afficher sur le mur de ta cuisine pour le lire en dînant, si ça te chante. Je te l'ai raconté parce que j'avais promis de le faire... si je découvrais quelque chose. Comme une sorte de remerciement. Ça vaut ce que ça vaut. Pour un journaliste, j'entends.

— Ouais. D'accord. Merci, Veum. Si je peux te rendre un service, à l'occasion...

— Sûrement, Haugland, sûrement.

— Bon, salut !

— Salut. »

Je restai à regarder le combiné. Eh bien, ce type n'était pas le proprio du journal. Il était peut-être temps qu'il s'en rende compte.

J'étais de retour à la case départ, aussi agité et aussi excité. Je ne pensais plus à Arve Jonassen. Je pensais à Peter Werner et à sa mère, Vera Werner, et à son

père, Håkon... C'est-à-dire : à Niels Halle, et à Lisa.
« Peter Halle ? » dis-je tout haut, comme si je mettais
à l'épreuve un slogan ou un pseudonyme.

Ma curiosité avait été éveillée pour de bon. Mais
je n'avais pas le droit. Je ne *pouvais* pas enquêter sur
le meurtre de Peter Werner. C'était à la police de le
faire. Mais je pouvais toujours... rendre une petite
visite à Lisa ? Une visite en toute amitié ? Aller aux
nouvelles ? Pour savoir si elle appréciait la nourriture
qu'on lui donnait... là-bas ? Si elle trouvait que la vue
depuis sa fenêtre était belle, et si elle avait quelque
chose à me raconter ?

Deux femmes avaient rendu visite à Peter Werner
le soir où il avait été tué. La première, c'était sa sœur,
Ingelin. Mais l'autre ? Irene Jonassen — malgré
tout ? Ou quelqu'un d'autre ? Pas Lisa : elle était trop
jeune. Pas la mère de Lisa : elle ne correspondait pas,
et il fallait que je fasse un effort pour réussir à me
souvenir d'elle. Pas sa propre mère : pas dans cette
tenue...

Lisa serait peut-être la plus susceptible de savoir
qui avait pu aller le voir. Il se pouvait bien qu'elle ait
un ou deux trucs à me raconter — si on me laissait
la voir, si elle voulait bien avoir la bonté de me parler,
si, si, si...

Je regardai l'heure. Il était déjà trois heures et
quart, pile au milieu des horaires de visites, quelles
qu'elles soient. Mais justement, je pouvais peut-être...

J'abandonnai mon bureau, retrouvai la voiture où
je l'avais garée, sans trace de P.-V. sur le pare-brise,
et traversai cahin-caha la circulation de plus en plus
dense de l'heure de pointe, au moment où des bus et
des voitures forment de longues files bloquées au feu

rouge, tandis que des piétons effrayés traversent en toute hâte à la vue du petit bonhomme vert beaucoup, beaucoup trop éphémère. C'est aussi le cas de la vie, pour certains d'entre nous.

Je tournai le capot vers le sud, en suivant le vieux sentier à bestiaux qui traversait Kalfaret, vers Ulriken et le gros centre hospitalier régional tout neuf, qui était en train de dévorer la majeure partie de ce quartier, au pied de la montagne. Ceux qui à l'époque avaient placé l'hôpital à cet endroit précis avaient le goût des détails cocasses : pour y accéder, il fallait passer devant un cimetière.

La clinique psychiatrique se trouvait un peu plus haut à flanc de montagne, à l'écart du centre hospitalier proprement dit, où les grandes grues se cabraient comme d'énormes cigognes pétrifiées. En me garant et en sortant de voiture, je baissai les yeux sur le nouveau bloc qui avait fini de réduire l'ancien hôpital en lotissement de maisons de poupées. J'avais hâte de me retrouver un jour admis là-bas, en tant que cas 21013/98, dixième étage, quatrième tiroir à droite, avec un moniteur au-dessus de la tête et une carte à puce enfoncée dans la gueule.

J'entrai dans la clinique où l'on me dit dans quel service elle se trouvait. Je montai par l'ascenseur. Au bureau des gardes, une gentille infirmière à la chevelure gris-plomb dont le visage arborait une expression douce et rassurante. Le prénom *Kari* figurait sur un badge de plastique agrafé au-dessus de l'une de ses poches de poitrine. Je demandai où je pouvais trouver Lisa.

« Vous êtes de la famille ? me demanda-t-elle avec un sourire aimable.

— Non, je... je m'appelle Veum. C'est moi qui suis allé la chercher à Copenhague. Je ne sais pas si elle veut me parler, mais je me demandais comment elle s'en sortait.

— Je crois que ça va bien. Il y a deux personnes en elle. Je vais lui demander, moi. Sa mère est repartie dîner il y a environ une heure, et donc, elle est seule.

— Merci beaucoup », dis-je du ton le plus humble possible.

J'attendis. Au loin, dans le couloir, un homme en robe de chambre faisait lentement les cent pas. De temps en temps, il me regardait à la dérobée, plus par curiosité que par défiance. Son visage était long, ses joues pendantes, et ses yeux semblaient démesurément grands et expressifs. Il n'avait presque pas de cheveux.

Kari refit son apparition. Un sourire ne quitta pas son visage entre l'instant où elle sortit de la chambre de Lisa et celui où elle arriva à ma hauteur.

« C'est entendu. Elle veut bien vous voir, m'a-t-elle dit. »

Elle m'accompagna jusqu'à la porte, et je pensai : elle veut bien ?

On ne pouvait pas dire que nous nous étions quittés dans les meilleurs termes. Mais il est vrai qu'elle n'avait pas été tout à fait elle-même, à ce moment-là. Comme si ça pouvait changer quoi que ce fût. Après tout j'avais peut-être des talents cachés. Ou bien avait-elle tout simplement envie de discuter.

Rien, en tout cas, ne pouvait davantage faire mon affaire.

30

Lisa se leva quand j'entrai. Elle se tint debout, à côté de sa chaise, une main posée sur le dossier, essayant de paraître indifférente.

Elle avait changé. Ses cheveux étaient propres, plus légers, mais cependant pas tout à fait exempts de cet aspect gras et terne inhérent à une période de sevrage. Son visage avait été savonné et son nez brillait. Elle portait un T-shirt fatigué, rayé blanc et rouge, un jean bleu, et des mocassins beige. Elle faisait plus gamine, plus écolière standard.

Et pourtant, elle était la même. L'angoisse, la fureur et l'espoir dansaient dans ses yeux fous : comme si elle avait peur, ne croyait pas mais espérait quand même — tout à la fois — que je lui apportais quelque chose. La seule chose à laquelle elle pourrait penser ces jours-ci : de la drogue.

Son visage était tendu. Sa bouche esquissait de timides sourires, ses sourcils reflétaient de l'agressivité, et des larmes étaient tapies derrière ses yeux. Je voyais battre son pouls dans sa fossette susternale, et elle se tenait debout, rien de plus, sans rien dire. Elle ne savait pas trop quelle attitude adopter, et se souvenait peut-être à peine de moi.

« Salut, Lisa. »

La pièce était petite et impersonnelle. Un lit, un bureau surmonté d'une étagère, deux chaises en bois. De l'autre côté de la fenêtre, Ulriken se dressait tout droit sur le ciel. Ils étaient toujours au travail pour remettre en état le téléphérique tombé cinq ans plus tôt. C'était un travail de longue haleine — comme le serait celui de la remettre elle aussi en état.

« Sa... lut. »

Sa voix se brisa à mi-course, et elle ne savait pas sur quoi fixer son regard.

« Je voulais juste savoir comment tu allais, discuter un peu... peut-être, dis-je en faisant un geste maladroit de la main.

— De quoi ? De Peter ? » Sa voix était tranchante et agressive.

Je pris tout mon temps pour répondre. « De toi, Lisa. Et de Peter, si parler de lui, c'est parler de toi. De toi *et* Peter, si tu vois ce que je veux dire.

— À quoi ça servirait ? » demanda-t-elle — pas à moi, mais au plafond blanc et à l'éternité. Elle n'était pas la première au monde à poser cette question — à elle-même comme à d'autres.

« Est-ce que je peux m'asseoir ? On s'assied ? »

Elle me regarda. Puis elle haussa les épaules et s'assit. Elle tira un paquet de cigarettes écrasé de son étroite poche de jean et en sortit une cigarette plate.

« Tu as du feu ? » demanda-t-elle.

Je sortis d'une de mes poches la boîte d'allumettes réservée aux clients, et allumai sa cigarette. Ses joues se creusèrent et son regard se voila lorsqu'elle aspira la fumée.

Deux affiches étaient fixées au mur derrière elle. L'une était un agrandissement maintenu par des punaises. Sur un fond de pleine lune démesurée et surexposée, un groupe de jeunes étaient assis autour d'un feu de camp rouge orangé, quelque part où les soirées étaient claires et chaudes, car le ciel au-dessus de leurs têtes était bleu pâle, et ils portaient de légères et amples chemises blanches et des robes démodées, la plupart avaient les cheveux longs, l'un d'entre eux avait une guitare. C'était un rêve. C'était un rêve que quelques jeunes avaient fait dix ou douze ans auparavant, qu'il y avait de tels endroits, où l'on pouvait s'installer, jouer des rythmes de guitare, fumer du hasch et faire l'amour dans les buissons sans savoir avec qui... Un rêve d'où la jaunisse, l'hépatite, les hémorragies internes, les arrêts cardiaques et la syphilis étaient absents. Un rêve d'où l'énergie nucléaire, les supersoniques et les policiers armés étaient absents. Un rêve sans hiver, sans vieillesse et où on avait rarement des enfants. Le Pays Imaginaire, avec un Peter Pan en chair et en os, et une Wendy allongée sur le dos et accueillante.

L'atterrissage avait été rude pour beaucoup de ces jeunes. Ils avaient connu un réveil soudain et brutal, et beaucoup d'entre eux n'avaient pas survécu au premier choc véritable. Beaucoup peuplaient des services hospitaliers semblables à celui-ci, beaucoup d'entre eux avaient cherché refuge dans un oubli encore plus dangereux, pour devenir comme Lisa.

L'autre image était un portrait de jeune fille, une peinture d'amateur. La fille représentée pouvait très bien être Lisa elle-même.

Ce fut Lisa qui brisa le silence entre nous.

« Tu l'as vu, Veum, quand il était... commença-t-elle en ouvrant de grands yeux avides.

— Oui, répondis-je tout bas. Je l'ai vu. Il ne faut pas parler de ça, Lisa. Les morts sont... morts. Quelle que soit la façon dont ils sont morts.

— Mais... » Elle se mordit la lèvre. « Que quelqu'un... » Elle se tut. Je regardai le portrait, puis elle. Oui, quelques années en arrière, peut-être. Les joues

270

un peu plus rondes, de part et d'autre du menton. Encore un peu plus banale.

Plus on vieillit, plus les visages jeunes paraissent banals. Quand on a aimé des femmes dont le visage s'est marqué des premières véritables rides, il en faut beaucoup pour à nouveau tomber amoureux d'une adolescente de dix-sept ans. En regardant Lisa, ce n'était en quelque sorte pas elle que je voyais, mais une génération entière de jeunes tourmentés et banals — fuyant le rien à la poursuite du rien.

« Si ça ne te dérange pas... J'aimerais bien entendre ta version... sur toi et Peter.

— Pourquoi ?

— Pourquoi pas ? »

Pendant un court instant, son regard croisa le mien. C'était une réponse qu'elle comprenait. C'était la devise de toute sa génération : pourquoi pas ? Puis vint la réponse :

« Eh bien. De toute façon, maintenant, ça n'a plus d'importance. »

Elle finit sa cigarette et s'en alluma une nouvelle.

« Je ne sais pas ce que tu cherches, en fait. »

Elle me jeta un regard provocateur, avant de détourner le regard. Elle n'arrivait pas à soutenir un regard plus de quelques secondes.

« Alors... Comment ça a commencé ?

— Je peux te dire quand ça a commencé à faire réellement mal, en tout cas. Il y a plus de deux ans. C'était en hiver, et on était à sec. Et il nous fallait un shoot. Absolument ! On était toute une bande, sur un banc du parc Nygård, on se pelait les miches, et il était question de détrousser quelqu'un, de se trouver un retraité en train de nourrir les canards, ou un truc comme ça... mais à ce moment-là, un des garçons a dit : on n'a pas besoin d'en arriver là... Les filles n'ont pas leur contribution à apporter ? — Et quand Peter m'a regardée et que je l'ai entendu dire : Tiens, ouais, en voilà, une idée... — C'est à ce moment-là que ça a commencé à faire mal. Quand celui avec qui tu es restée pendant presque un an, et qui est le premier et le seul que tu aies... et que tu aimes... »

Elle retint son souffle, comme si elle écoutait l'écho du dernier mot qu'elle avait prononcé : ce mot délicat qui peut être si facile à dire, mais qui est si difficile à comprendre.

« Quand il fait de toi une pute en l'espace d'une seconde... c'est à ce moment-là, que ça commence à faire mal.

— Mais... tu pouvais dire non ? »

Elle me regarda avec mépris.

« Oui, oui... Bien sûr, que je pouvais dire non. Rentrer chez papa et maman, leur tenir la mimine et recommencer à regarder Casimir à la télé. Mais alors, tu ne piges vraiment rien ? Cette période, c'était du passé. Cette vie-là était terminée. Il n'y avait aucun retour possible. C'était la bande, *nous* étions la bande, et on avait besoin d'un shoot... tout le monde !

— Eh bien...

— L'un des mecs avait un petit studio, là-haut, un peu plus bas dans Strømgaten. On tournait. On était trois filles, et une fois qu'on a eu commencé, ce n'était pas spécialement compliqué de trouver des clients. Pas avec les tarifs qu'on proposait, et dans la mesure où on ne triait pas vraiment. »

Elle pompait désespérément sur sa cigarette, la

bouche déformée comme si la cigarette avait un goût immonde, amer et écœurant.

« Des papys de soixante-dix ans qu'il fallait pratiquement aider à enlever leur falzar, des ados si jeunes qu'ils savaient tout juste quoi faire. »

Un sourire enchanté, figé passa rapidement sur ses lèvres, et sa voix prit un ton cynique et terne, une dureté travaillée qui révêlait qu'elle ne mentait pas. Ça s'était vraiment passé comme ça ; ça se passait comme ça, pour beaucoup.

« Tout le temps, je pensais à Peter. Je fermais les yeux, et les laissais me toucher, et faire toutes les saloperies qui pouvaient leur traverser le caberlot... Peter, Peter, je pensais, Peter, Peter. »

Je me l'imaginai, et je me la remémorai telle qu'elle était quand je l'avais retrouvée à Copenhague. Je pensai au gouffre qu'il y avait entre cette sexualité crue et mercantile, et la sensualité extatique et magique qui unit deux personnes qui s'aiment. Et je pensai à Beate, il y avait très longtemps. Et je pensai à d'autres femmes que j'avais rencontrées, dont j'étais tombé amoureux, avec qui j'avais couché. Je pensai à l'amour lui-même, celui que vous ressentez avant de faire l'amour avec elle, avant même de l'avoir touchée, cet amour doux et lumineux qui ne cesse de grandir en vous comme une mer de fleurs, et que rien au monde ne peut arrêter. Et je pensai à Solveig Manger. Inévitablement.

Lisa s'alluma une cigarette supplémentaire. La fumée faisait un voile gris-bleu sous le plafond, tournoyait autour de nous, entre nous et au-dessus de nous.

« Tu veux d'autres détails ? »

Courte pause, pour inspirer profondément.

« Je pourrais te raconter...

— Tu as dit que tu l'aimais... » dis-je à mi-voix.

L'expression de cynisme disparut de son visage, comme si elle s'était envolée. Ne resta que le visage nu d'une jeune fille.

« Ouiii », dit-elle faiblement, presque avec douleur.

J'attendis.

Elle commença doucement.

« C'était ce printemps-là. J'avais... treize ans. C'était Ingelin et moi qui étions copines. Ingelin... c'est sa sœur. »

J'acquiesçai.

« Elle et moi... on était comme cul et chemise. Et lui... c'était juste son frère. Il... il était tellement grand, tu sais... par rapport à nous. Mais ensuite... De temps en temps, il nous charriait. Ingelin et moi, tu sais comment on est, les filles, à cet âge-là... on rigolait, et on se faisait des messes basses — sur les garçons et sur... ouais, tu sais. Et lui, il était quasiment toujours là, quand j'allais chez elle. Il lisait... ses cours, et... des bouquins. Il se préparait pour des examens, cet été-là. Et je me souviens que de temps en temps, il me regardait un peu bizarrement, et à chaque fois, c'était comme s'il venait de découvrir que j'étais là. Comme s'il n'avait jamais remarqué ma présence... avant. Et puis je suis tombée amoureuse de lui : atrocement amoureuse, comme on ne l'est qu'à cet âge-là. »

Elle s'interrompit et se plongea dans ses souvenirs. C'était presque douloureux : c'était une femme mûre de seize ans qui me parlait de l'époque où elle en avait treize, quand elle était atrocement amoureuse, comme on ne l'est qu'à cet âge-là.

« Il l'a certainement vu à ma tête, poursuivit-elle. Tout le monde a dû le remarquer. Quand j'étais chez eux, je ne voyais que lui. Je guettais le son de ses pas, s'il n'était pas dans la même pièce, s'il était à l'étage, ou quelque chose comme ça. Et quand il lisait dans la même pièce, je n'arrivais pas à arracher mon regard de lui. Et il arrivait qu'il lève les yeux, sans prévenir... et il souriait. Oh, j'étais tellement amoureuse. J'en parlais dans mon journal — tu sais, un de ces journaux à la mords-moi-le-doigt, avec une couverture en plastique rouge, et une serrure que tu pouvais crocheter avec une épingle, si l'envie t'en prenait. Et je dessinais des cœurs, à l'intérieur de la couverture de mes cahiers, pendant les cours... et puis son nom, dans les cœurs. Qu'est-ce que j'étais nunuche ! »

Une lueur rouge était apparue sur son visage, une chaleur dans ses yeux, un réel ravissement sur sa bouche. J'attendis sans rien dire qu'elle continue.

« Et puis un soir... C'était en avril, et il faisait très doux. C'était comme si on était déjà en été, et Ingelin n'était pas chez elle — mais ça, je ne le savais pas. J'ai rampé sous la haie entre les deux jardins, comme j'en avais l'habitude. Derrière leur maison, il y a un petit... un petit coin, une table et un banc, où ils prennent le café, en été. Quand je suis arrivée, il n'y avait que quelques livres sur la table en pierre, et la porte de la maison était ouverte. Je suis allée jusqu'à la porte, et j'ai appelé. Personne n'a répondu. Alors je suis allée au salon. Il n'y avait personne. Ohé ? j'ai crié, encore une fois. Et puis, tout à coup, la porte s'est ouverte... celle qui donne sur l'entrée et la cuisine, et il était là, une tartine à la main. Il venait de mordre dedans, il avait la bouche pleine, et il a enlevé de la confiture du coin de sa bouche, avec le dos de la main, et il avait les cheveux en pétard, et moi... j'ai complètement perdu les pédales. C'était... c'était la première fois que je me retrouvais seule avec lui, et je suis devenue toute rouge, je ne savais pas quoi dire : In... Ingelin n'est pas là ? j'ai demandé. Alors il a rigolé, et il a dit : Non... je suis tout seul. — Ah bon, j'ai dit. Et j'ai voulu partir. Mais... est-ce que tu veux une tartine ? m'a-t-il demandé, et... j'ai répondu oui, sans réfléchir. Et il a continué à rigoler : Viens dans la cuisine, alors... Tu sais quoi, Veum, cet instant précis, juste quand il a dit : Viens dans la cuisine, alors, rien que ça — je crois que ça a été le moment le plus heureux de ma vie... »

Elle me fixait, et j'aurais voulu que ce soit cette image-là qu'elle garde de Peter Werner, et qu'elle puisse se souvenir ainsi de lui, pour toujours... et qu'elle oublie tout le reste, qu'il en avait fait un jour une putain, qu'il avait connu une mort violente, tout.

« Je m'en souviens si bien... comme si c'était hier. On a plaisanté, on a discuté, et j'ai tout à coup découvert qu'on pouvait se parler. On faisait des tartines, on mettait de la confiture dessus, on a bu du lait — et ensuite, on est sortis dans le jardin, où il avait ses livres, et on s'est installé tous les deux, sur le banc, ensemble. Et d'un seul coup, il est devenu sérieux. Il a pris mon visage entre ses mains, ses pouces ont caressé mon menton, et il m'a dit : Tu es tellement jeune, Lisa... si terriblement jeune... »

Oh oui, on est tellement vieux, à dix-huit ans, quand on aime véritablement pour la première fois, quand on sait tout ce qu'il est bon de savoir, et qu'un siècle vous sépare d'une personne de treize ans... Je me l'imaginai : le séducteur mondain de dix-huit ans, las de vivre, ce tout jeune visage de gamine entre les mains... ce visage qu'il se refusait presque d'embrasser.

« Et puis... il m'a embrassée », dit-elle à bout de souffle, comme si elle lisait dans mes pensées.

Je regardai son visage, trois ans plus tard. Mon regard glissa jusqu'au portrait de jeune fille suspendu au mur. Et je me rappelai soudain où j'en avais vu un similaire, peint de la même main. Au mur, chez Bjørn Hasle.

31

Je fis un signe de tête en direction du mur.

« C'est à toi, ce portrait et cette affiche ?

— Oui. J'ai enlevé ce qui était à la place. On a le droit. Ils pensent sans doute que ça aide à ce qu'on se sente plus "chez nous".

— Et c'est peut-être le cas ? »

Elle haussa les épaules en guise de réponse.

« Ce portrait, là... c'est toi, dessus, n'est-ce pas ?

— Oui.

— Qui l'a peint ? »

Elle hésita un instant avant de répondre.

« Peter. Il l'a peint... l'été où ça a commencé.

— Quand il était seul, pendant que le reste de la famille était parti pour les vacances ?

— Si tu sais tout, pourquoi tu poses toutes ces questions, alors ?

— Je ne sais pas tout. Personne ne sait tout. Il ne

faut pas que tu croies que les adultes pensent tout savoir.

— En tout cas, vous vous comportez comme si c'était le cas. Envers nous. Vous savez tout, tellement mieux que nous, juste parce que vous avez vécu un peu plus que nous, quelques années. Mais ce n'est pas le nombre d'années qu'on a traversées qui détermine ce qu'on peut ressentir... si ?

— Non, répondis-je en secouant la tête. Mais... certains d'entre nous pensent peut-être que c'est triste de vous voir, vous, les jeunes, je veux dire, de voir les jeunes faire les mêmes conneries que celles qu'on a faites — quand on avait votre âge. Ça, c'est le seul avantage de vieillir, Lisa : tu prends un peu plus de recul, tu prends conscience des erreurs que tu as faites, et tu veux aider les autres à ne pas les faire à leur tour. En particulier tes propres enfants.

— Peuh ! » dit-elle, comme pour mettre un terme à la discussion.

Elle tourna la tête pour regarder son portrait. Lorsqu'elle me fit à nouveau face, son visage s'était adouci :

« Je me rappelle bien le jour où il l'a fait. C'était dans le jardin — derrière, près de la table en pierre dont je t'ai parlé. J'étais assise sur la chaise. Il fallait que je me tienne droite, et je me souviens que ça m'a fait mal, au bout d'un moment. Il était de l'autre côté de la table, et il peignait, encore et encore. Et il parlait, en même temps. De lui, de livres qu'il avait lus, de films qu'il avait vus, d'endroits où il voulait aller, de choses qu'il voulait faire. Et il faisait tellement chaud, au soleil, qu'il est allé me chercher un verre de sirop. D'orange. Et il m'a dit qu'il m'aimait, qu'il voulait m'immortaliser, qu'il... Oh, merde ! On aurait pu le flanquer en cabane pour ce qu'il... pour ce que *nous* avons fait cet été-là... »

Son regard avait une nuance noire et chaude, une sensualité subite que je ne me rappelais pas avoir vue chez elle.

« En d'autres termes... vous...

— Oui, nous... »

Elle protégea les mots, les retint le plus possible en elle avant de les laisser partir.

« Il était si gentil avec moi, cet été-là. Et ça ne faisait rien si je n'avais que treize ans, ça n'avait aucune importance. Parce qu'on s'aimait ! C'est les seules fois où je l'ai ressenti comme quelque chose de bien, cet été-là, ces fois-là, avec Peter. Ensuite... ensuite, ça a juste été... »

Sa voix s'apaisa à nouveau, et son visage s'assombrit.

« Est-ce que vous vous droguiez déjà, à ce moment-là ? »

Elle secoua énergiquement la tête.

« Seulement un peu de shit, deux ou trois fois. C'était son idée. Il connaissait quelqu'un qui avait essayé, il disait que ça nous donnerait des visions, comme il appelait ça, mais moi, ça n'a fait que me rendre malade. Je me souviens que j'étais allongée à poil à même le sol des toilettes, chez eux, à vomir sans pouvoir m'arrêter. Je n'avais jamais fumé, avant. »

Son visage s'était étrangement animé. Je voyais la lutte qui s'y déroulait : la lutte pour se raccrocher encore un peu aux bons souvenirs de ce premier été, tenir encore un instant à l'écart tous les souvenirs douloureux de ce qui avait suivi, ces trois années qui s'étaient écoulées depuis. Les souvenirs la travaillaient et la tiraillaient, jusque sur la peau de son visage, à tel point qu'on le voyait.

« Mais ensuite, Lisa... qu'est-ce qui s'est passé entre vous, en réalité ? »

Elle me toisa d'un regard vide.

« Je te l'ai déjà dit. Ce qui s'est passé, ce jour où on était dans le parc Nygård.

— Oui, mais *avant* ça... il a bien fallu que quelque chose vous y conduise, en l'espace d'un automne et d'un hiver...

— Franchement, je ne sais vraiment pas. Ça a merdé, point final. Ses parents — sa mère — ne voulait plus me voir chez eux, et on allait glander en ville. Il est entré à la fac, et moi... je séchais les cours.

« On traînait dans les parcs, on rencontrait des gens qui étaient dans la même situation que nous. On se cotisait pour s'acheter de la binouze, du shit si on pouvait se le permettre. Et plus tard, on a essayé... plus tard, ça a été... tout le reste.

— La seringue ?

— Ça aussi, acquiesça-t-elle. Et des cachets.

— Mais pourquoi, Lisa, *pourquoi* ? Vous étiez jeunes, vous vous aimiez...

— Pourquoi, pourquoi, pourquoi ? Vous demandez toujours pourquoi ? Qu'est-ce que tu veux que j'en sache ? Ça a été la même rengaine dans ce putain de centre de désintoxication, où on m'a envoyée le printemps qui a suivi. Pourquoi, pourquoi, pourquoi ? Vous devez bien le savoir, vous qui savez...

— Je t'ai déjà dit que je ne savais pas tout !

— Ouais, en tout cas, moi, je ne le sais pas ! »

Elle s'interrompit, tira consciencieusement sur sa cigarette tandis que son regard errait à travers la pièce comme à travers une cellule.

« C'est arrivé, c'est tout, finit-elle par dire si faiblement que je l'entendis à peine.

— Mais quand tu es rentrée, après ta cure, ça a bien été, pendant un temps, non ?

— Bien ? Bien ? Les *autres* pensaient peut-être que ça allait bien. Je retournais à l'école, et Peter s'était trouvé un boulot. Mais c'était du pipeau. Dès qu'on le pouvait, on se tirait. On allait dans les parcs, ou sur Fløien, en emportant de la bibine ou d'autres trucs, mais... juste ce qu'il fallait pour ne pas replonger. Pas tout de suite. Il a réussi à garder son job. Je ne séchais que quelques jours par mois. Mais je voyais bien, dans leurs yeux, et je savais, qu'ils ne me feraient plus jamais confiance, qu'ils ne seraient plus jamais sûrs de rien. Et je les haïssais pour ce qu'ils nous avaient fait.

— Qui ?

— Mes parents. Et les siens. »

J'hésitai à poser la question suivante, la plus délicate. Je la jaugeai : à quel point était-elle forte ? Jusqu'à quel point pouvait-elle encaisser, vu son état ? Qu'est-ce qu'elle avait vraiment pu encaisser jusque-là ? Son visage ne révélait rien. Elle pouvait être dure comme un bout de silex, et elle pouvait s'effondrer sous mes yeux. Il n'y avait qu'une seule façon d'en avoir le cœur net.

« Qu'est-ce que tu savais réellement à propos... de ton père et la mère de Peter, Lisa ? »

Elle me fixa, sans comprendre.

« Qu'est-ce que je... quoi ? Que... Qu'ils avaient été fiancés, à une époque ?

— Oui ?

— Je me souviens d'une fois, j'étais allée voir Ingelin, c'était avant que Peter et moi ne commencions à... que Peter déconnait en disant que sa mère et papa étaient... sortis ensemble. Je me souviens avoir trouvé ça répugnant. Ça m'a fait de la peine, et je suis rentrée chez moi en courant. Je pleurais sur mon lit, et les autres sont venus me demander ce qui n'allait pas, mais je ne pouvais pas leur dire, c'était tout bonnement impossible de leur dire !

— Oui ?

— Oui ? Oui ? Oui ? » Son tempérament perçait à nouveau. « Tu me fais penser à l'un de ces connards de psys ! Oui ? Oui ? Oui ? Il n'y a rien eu d'autre. C'est tout.

— Il n'y a rien eu d'autre ?

— Non — qu'est-ce qu'il aurait dû y avoir ? »

Je la regardai attentivement, essayai de déchiffrer quelque chose dans son regard. Mais non. Alors, elle n'en savait peut-être pas davantage, elle était peut-être totalement innocente, elle ne savait peut-être pas à quel point elle et Peter avaient — vraisemblablement — été apparentés.

« Quand est-ce qu'il a commencé à avoir plus d'argent entre les mains ?

— Peter ? L'année dernière, à l'automne, ou pendant l'été... ou peut-être même dès le printemps. C'est ce qui a fait qu'on a déconné si complètement, tous les deux, l'automne dernier. On a eu de nouveau assez d'argent pour se payer de la bonne merde. Je n'avais même plus besoin... je n'avais plus besoin de faire ça pour de l'argent, en tout cas pas tant que nous étions ensemble.

— Et ça a été fini entre vous ? »

Son visage se vida à nouveau de toute expression.

« Fini, fini... Je ne l'intéressais plus.

— Tu ne l'intéressais plus ? Qu'est-ce que tu veux dire ?

— Je ne l'intéressais plus ? Tu ne comprends pas le norvégien ? Il ne voulait plus... Il ne voulait plus... avec moi. Il n'était plus amoureux de moi. De temps en temps... de temps en temps, je crois que ça le rendait malade, de me voir.

— D'où lui venait l'argent ?

— L'argent ? Je n'en sais rien. Il travaillait toujours, malgré tout...

— On m'a dit qu'il n'était pas souvent présent.

— Eh bien, il a dû se le procurer ailleurs, alors ! Il ne me disait plus grand-chose, il ne disait rien...

— Ce n'est absolument pas exceptionnel qu'une surconsommation de drogues annihile les instincts sexuels, alors, ça, ce n'était pas si étonnant...

— Écoutez parler l'expert ! m'interrompit-elle avec dédain.

— Mais... Tu ne sais pas s'il y en avait... d'autres ?

— Bien sûr que si. Je le sais. Des gonzesses et des mecs. Ça doit être comme ça qu'il se faisait tout ce blé. Tu ne piges toujours pas ? Il s'est prostitué, exactement comme il avait fait de moi une pute, avant. Mais le pire... je crois même qu'il aimait ça !

— Aussi bien des femmes que des hommes ?

— Oui, qu'est-ce que tu en penses ? Tu es choqué, maintenant ? Ouais, moi aussi, sur le coup, je crois, si je pensais à autre chose qu'à... la drogue. Mais ça

passait rapidement. Un shoot dans le sang, et puis...
l'oubli. Il disait... Ce n'était que des affaires, disait-il.
Exactement comme... »

Je regardai de nouveau le portrait qu'il avait peint
d'elle.

« Il n'a jamais donné de noms... concernant ces...
relations ?

— Des noms ? Ils n'avaient pas de noms. C'étaient
de vieilles grognasses et des tapettes obèses, et les
seuls noms qu'ils donnaient venaient de leur portefeuille. »

Les mots claquaient durement... venant d'une ado
de seize ans. Mais c'était un monde de brutes, et elle
avait fréquenté certains endroits parmi les plus violents du coin.

« Mais... vous avez rompu ?

— Bon Dieu, qu'est-ce que tu poses comme questions ! »

J'avais cessé de compter les cigarettes. Elle en avait
une nouvelle au bec.

« Ça ne s'est pas terminé avant... pas avant... »

À cet instant, il se passa quelque chose sur son
visage. Il prit brusquement des couleurs. En même
temps, il se contracta. C'était comme s'il devenait un
nœud de cuir compact, une masse de muscles et de
nerfs tendus au milieu de laquelle les yeux luisaient
comme des plaies ouvertes, où la bouche était un petit
orifice crispé, d'où la cigarette pointait de manière
incongrue comme un thermomètre oublié.

« Qu'est-ce qui s'est passé, Lisa ?

— Ne me demande pas », lâcha-t-elle d'une nouvelle voix, étrangère, tendue et forcée.

Elle se leva brusquement. La chaise bascula derrière elle. Son visage était écarlate. Les larmes jaillirent de ses yeux.

« Ne pose plus de questions ! hurla-t-elle. Plus de questions, plus de questions, plus de questions ! C'était moi, qu'il aimait, moi, moi, toujours moi, ce n'était pas, il ne pouvait pas, il n'aurait pas dû me quitter, pour qui que ce soit d'autre, pas pour... c'était trop infect, parce que c'était moi, qu'il aimait, et pas... pas... c'était trop minable et dégueulasse... et...et... » Ses yeux cherchaient désespérément un point de repère.

Un livre était posé sur le bureau, derrière elle. Elle l'attrapa et le lança vers moi. Je plongeai, et le livre alla s'écraser sur le mur derrière moi en un claquement sec. Je me levai, et elle se jeta sur moi. Ses petits poings durs martelèrent mon visage. Je tentai de la retenir en cherchant ses poignets, et en trouvai un. Mais son poing libre atterrit violemment tout en haut de mon nez, pile entre les deux yeux. Je fus aveuglé par les larmes. J'essayai de la tenir à distance, d'une main ; de l'autre, je me protégeais le visage. La porte s'ouvrit, et j'entendis la voix de Niels Halle, derrière moi :

« Au nom du ciel ? Lisa ! Veum ? »

32

Niels Halle attrapa Lisa par les épaules et l'éloigna de moi. Puis il s'arrêta, sans la lâcher.

« Que faites-vous ici, Veum ? » aboya-t-il.

Je vis derrière lui Vigdis Halle et la gentille infirmière chenue.

« Je voulais juste... savoir comment ça allait », répondis-je.

Lisa pleurait à chaudes larmes dans les bras de son père. Sa mère se tenait à côté, et l'expression de son visage rappelait des vagues coléreuses jouant sur une mer agitée.

« Je vais chercher le médecin de garde, dit l'infirmière. On va lui donner des calmants. Je ne savais vraiment pas... »

Niels Halle regarda sa femme, puis moi. Les muscles de son visage noueux se crispèrent. Ses yeux étaient tellement bleus et clairs que c'en était agaçant.

« Vous pouvez sortir. Je m'en occupe. »

Vigdis Halle inspira profondément et avança une main. Puis elle serra les lèvres, se tourna et sortit devant moi. Je refermai la porte derrière nous. Nous nous retrouvâmes, désemparés, dans le long couloir. Elle tourna vers moi son visage rond et fatigué, me regarda de ses yeux sombres qui se voilaient de nouvelles larmes.

« Ce n'est pas la première fois que ça arrive, dit-elle à voix basse. Elle est comme ça avec nous aussi. De temps à autre, elle a des accès de colère comme celui-là. Je n'arrive pas à comprendre... »

Elle s'interrompit.

« N'aurait-il pas mieux valu que vous restiez à l'intérieur, vous aussi ? » demandai-je doucement après un petit moment.

Une expression amère apparut sur ses lèvres.

« Il a toujours mieux su s'en débrouiller que moi. »

Puis ce fut comme si une main passait sur son

visage, et elle s'enflamma tout à coup, avec une énergie que je n'avais pas encore vue chez elle.

« Il a toujours eu l'art et la manière, avec... les femmes. Il n'a même pas pu me laisser ma propre fille ! Parfois... parfois, c'en a presque été insupportable. »

Je la contemplai. Ce que j'avais appris depuis la dernière fois que je l'avais vue me permettait de comprendre plus facilement ce qui pouvait se cacher derrière ce visage tiré. Un mariage sans amour, un mari qui n'avait pas attendu longtemps avant de se trouver d'autres femmes, une fille victime de crises de fureur immotivées, d'autres enfants qui avaient depuis longtemps quitté le domicile familial. Certaines femmes se tirent de cette passe dans laquelle se trouve le couple, subitement et sans qu'on s'y attende ; mais la plupart restent à leur poste, usées, les traits tirés, le visage lourd d'un chagrin manifeste... C'était le cas de Vigdis Halle.

« Je comprends, dis-je.

— C'est vrai, Veum ? C'est vrai ? » s'exclama-t-elle, presque sur un ton accusateur.

Une femme passa, vêtue d'une robe de chambre doublée à grosses fleurs, la tête couverte de bigoudis, un tricot à la main, et nous dévora littéralement du regard. Son visage était bouffi, enflé et altéré par les médicaments. Elle se faisait des commentaires à voix basse en passant. Elle se retourna brusquement avant de passer le coin, un peu plus loin dans le couloir.

La lumière diurne faisait une tache pâle sur le sol ciré et brillant du couloir qui sentait le détergent.

Vigdis Halle portait le même manteau gris-bleu que je lui avais déjà vu, par-dessus un pull à col roulé de coton brun. Dans la lumière qui entrait par les hautes fenêtres, les rides se dessinaient sur son visage comme les traces laissées par des insectes dans du sable sec. Elle n'était pas très maquillée, et s'était simplement passé une fine couche de rouge à lèvres mauve, ce qui lui donnait un aspect cyanosé.

La porte de la chambre de Lisa s'ouvrit. Niels Halle sortit et referma derrière lui.

« Tu peux y aller, maintenant, dit-il à sa femme. Mais fais attention à ce que tu dis. »

Vigdis Halle lui jeta un regard de défi, me fit un rapide signe de la tête et lui passa devant pour aller voir sa fille.

Niels Halle resta immobile, le menton levé, comme s'il n'avait pas encore décidé s'il allait me tailler en pièces avec les incisives, ou tout simplement m'ignorer. Sa voix était acide :

« J'aimerais vous parler, Veum. Auriez-vous la possibilité de venir me voir à mon bureau, demain à dix heures trente ?

— Et de quoi voulez-vous me parler ?

— C'est possible pour vous ? » C'était davantage un ordre qu'une question.

Je réagis en sentant sa force impitoyable, l'assurance de sa voix. Je réagis de la même façon que la plupart des gens à qui il s'adressait. Je dis : « Oui.

— Bon. Alors au revoir. » Il me congédia d'un bref mouvement de tête. Il jeta un coup d'œil au loin dans le couloir, à la gentille infirmière qui revenait accompagnée d'un jeune médecin qui se trimbalait plein de stylos bille dans sa poche de poitrine et une expression sérieuse sur le visage. Halle attendit qu'ils soient arrivés, et entra avec eux. Il ne se retourna pas.

33

Je trouvai Bjørn Hasle dans l'une des salles de lecture du bâtiment de sciences humaines. À cette époque tardive du mois de juin, seules quelques places étaient occupées. J'entrai sans bruit par l'arrière, et retrouvai rapidement sa nuque. Il était courbé sur son pupitre, entre deux tours penchées de livres, un cahier ouvert devant lui.

L'atmosphère d'une salle de lecture est quelque chose d'inimitable — presque comme une serre. L'air y est aussi lourd et renfermé, l'ambiance y est aussi feutrée. Le bruit de l'extérieur franchit tout juste les doubles vitrages épais, et il y règne une odeur de papier, de cuir, de poussière et de caoutchouc humide. Près d'une étagère, un jeune homme pâle aux cheveux crépus, qui a troqué ses chaussures contre une épaisse paire de chaussettes de laine, vous regarde en plissant les yeux lorsque vous entrez. Une jeune femme est penchée sur un pupitre sur lequel repose sa forte poitrine, son pull trop court dévoilant un bout de peau juste au niveau des reins, entre le pull et la ceinture de son pantalon. Lorsque vous entrez, elle lève les yeux un court instant. Ses cheveux tombent en cascade autour de son visage rond. Sa bouche indolente et sensuelle affiche une expression boudeuse, et elle a les mêmes yeux myopes et lettrés. Si vous n'avez pas l'air de posséder une maîtrise de philosophie, elle baisse instantanément les yeux. Je n'en avais pas l'air.

J'allai jusqu'à Bjørn Hasle et lui tapotai doucement

l'épaule. Il leva les yeux et me reconnut sur-le-champ, sans manifester une joie particulière.

La totalité des cinq ou six paires d'yeux présents dans la pièce nous suivirent jusqu'à la porte, et je savais que tous ces regards resteraient braqués quelques secondes sur la porte avant de lâcher prise et de retourner à leurs livres. Je connaissais la logique inflexible des salles de lecture. Je les avais moi aussi fréquentées, à une époque, pendant quelques années. Pas celle-là en particulier, mais leur aspect ne change pas d'un côté à l'autre de la rue. Les salles de lecture sont partout les mêmes.

« J'aimerais te poser... deux ou trois autres questions, lui dis-je une fois dans le couloir.

— Il est mort, à présent. Qu'est-ce que tu peux faire ?

— Je peux trouver qui l'a buté.

— Mais tu ne peux pas le ressusciter.

— Non, effectivement.

— Effectivement. »

Aucun de nous ne bougeait. Un homme d'une cinquantaine d'années, cheveux gris dont les boucles serrées se raréfiaient au sommet du crâne, les pans de chemise par-dessus son jean fatigué, passa à notre hauteur, un journal roulé sous le bras. Il fit un clin d'œil jovial à Bjørn Hasle.

« Je prendrais bien un peu l'air. »

Il me précéda dans l'escalier. Il portait un jean, une chemise bleue sous un cardigan gris et noir.

Nous passâmes les portes vitrées qui donnaient sur l'église Saint-Jean, mais il prit à gauche vers l'ancienne école de Syndneshaugen et le parking qui se trouvait derrière. Il avança jusqu'à la clôture à claire-voie qui bordait le niveau supérieur du parking. Sous nos yeux s'étendait le Puddefjord, vers Laksevåg.

« Qu'est-ce que tu voulais me demander ?

— Le tableau que tu as au mur, chez toi. Qui l'a peint ? »

Il ne répondit pas directement.

« Je viens souvent ici regarder les bateaux qui glissent sur le fjord. Quand ça devient trop rasoir, dans la salle de lecture, ou pour faire une pause entre les cours, ça m'apporte quelque chose, de voir les bateaux partir. Une autre vie. Être à bord, partir... où vont ces bateaux-là.

— À Haugesund. C'est terminé, le temps où ils partaient à Rio. Et tu ne trouveras pas grand-chose à Haugesund que tu ne puisses trouver ici.

— Je ne sais pas pourquoi tu poses la question, si tu connais déjà la réponse.

— Non », soupirai-je.

Il ne me regardait pas. Son regard bleu-vert flottait sur les bâtiments, de l'autre côté du Puddefjord, sur le flanc de Damsgårdsfjellet.

« Autrement dit... c'est Peter Werner qui l'a peint. »

Il serra si fort les mâchoires qu'elles en craquèrent, mais il ne dit rien.

« Rares sont les gens dont il a fait un tel portrait.

— Peut-être, dit-il en me regardant bien en face. Mais je le lui ai demandé. Il peignait bien... Et je voulais vraiment garder... un souvenir.

— Je comprends, acquiesçai-je.

— Je ne crois pas.

— En tout cas, j'essaie.

— Il n'y a personne au monde qui puisse comprendre. Seul celui qui aime sait comment c'est, et celui qui aime est toujours seul, à ce que j'ai compris.

— Pas toujours.

— Eh bien, en tout cas, c'est l'impression que ça donne. »

Je ne fis aucun commentaire. À bien des égards, il avait raison. Au loin sur le Puddefjord, la circulation semblait normale, dans les deux sens. Les voitures partaient chacune dans sa direction sur la rive opposée ; la plupart disparaissaient dans le trou noir de Løvstakken, pour réapparaître ensuite dans la Fyllingsdal comme des diables jaillissant d'une boîte ; les autres prenaient à droite, vers le nord-ouest et les quartiers entourant le Lyderhorn.

« Vous avez eu une relation ? » demandai-je doucement.

Il avala difficilement.

« Non. »

J'attendais une suite.

« Pas nous, poursuivit-il. Pas lui. Moi. Moi, j'ai eu une relation, avec lui, si tu vois ce que je veux dire. Moi ! En moi ! » Il posa sa main d'abord sur sa tête, puis sur sa poitrine, en un geste mélodramatique.

« J'ai toujours l'impression de comprendre.

— Bon. » Il haussa brusquement les épaules et écarta les bras.

« C'est *ça*, que tu voulais savoir ?

— Alors, tu étais jaloux ? De toutes les filles avec qui il sortait ?

— Jaloux ? Bien sûr, que j'étais jaloux. Est-ce que tu as déjà entendu parler de quelqu'un qui a aimé sans être jaloux ? »

Son visage était maigre, nerveux, jeune, et il avait

quelque chose de craintif dans le regard, quelque chose qui y avait toujours été, parce qu'il s'était habitué à courber l'échine, dans une peur continuelle des questions, jamais sûr de la façon dont les autres réagiraient, toujours sur la défensive vis-à-vis de son entourage.

« Mais donc, il a fait ce portrait ?

— Oui. Peter était... gentil. Je crois qu'il... qu'il comprenait. Une fois, il m'a raconté qu'il... était allé avec... des hommes, aussi. Pour gagner de l'argent. » Il frissonna légèrement. « Ça, je n'aurais pas pu. Je... Après, j'ai rêvé que nous... que nous pourrions... »

D'un mouvement vif, il s'arracha aux rêves qu'il avait eus jadis.

« Oui ! Il a fait ce tableau, et puis il est parti. Et j'étais resté sans nouvelles, jusqu'à ce que...

— Est-ce qu'il t'avait déjà parlé de sa sœur ?

— Celle qui jouait déjà les adultes ? Il m'a raconté deux ou trois choses sur elle, oui. Apparemment, elle ne se prenait pas pour n'importe qui, mais je pense qu'il l'aimait quand même.

— Et il ne t'a jamais parlé d'une autre sœur... D'une demi-sœur ? »

Il me regarda sans comprendre, soulagé que la conversation ne porte plus sur lui.

« Non, pas que je me souvienne. J'en suis sûr.

— Eh bien... Alors, merci beaucoup. Ce sera tout.

— Oh, de rien », répondit-il. Il ne souriait pas. Il n'avait aucune raison de sourire. Son visage était encore plus allongé qu'avant : encore plus mince, un tantinet plus livide. Il aurait intérêt à sortir prendre le soleil, et essayer d'oublier ce qui s'était passé, trouver une autre personne à aimer, un nouvel ami, oublier Peter Werner.

Les jambes raides, il retourna vers sa serre. Je le regardai pensivement s'éloigner, depuis la clôture noire.

Il m'avait donné matière à réflexion. Des choses à ne pas oublier. Même si c'étaient deux femmes qui avaient rendu visite à Peter Werner dans sa chambre d'hôtel, le soir où il avait été tué, il n'était pas du tout impossible pour un homme de rentrer dans l'hôtel... en passant par la cour. Et la perspective s'était tout à coup élargie. Ce n'était pas nécessairement un mari jaloux, ce pouvait également être un amant éconduit. Peter Werner avait manifestement été une personne multiple, et je m'étais plus intéressé aux circonstances de sa mort que j'en avais réellement le droit.

Lorsque je revins à mon bureau, je trouvai Ingelin Werner dans la salle d'attente.

34

Je ne la reconnus pas sur l'instant. Elle était habillée comme une adulte. Elle portait une jupe étroite de velours noir, fendue d'un côté, un chemisier blanc neige fermé au cou par un ruban noir et une courte veste cintrée taillée dans le même tissu que sa jupe. Elle était coiffée d'un béret noir, joliment de travers. Elle était discrètement maquillée, avec juste un peu de noir autour des yeux, et un rose pâle sur les lèvres. Elle aurait pu sortir tout droit d'un polar américain des années 1940. Mais c'était la mode, cette année-là.

« Désolé, pas la bonne décennie. Pas le bon bureau. Et pas le bon Apollon ! »

J'essayai de zézayer comme l'aurait fait Bogart, mais l'imitation était mauvaise, et elle lui passa en tout cas loin au-dessus de la tête.

« Mais que faites-vous de vos journées, Veum ? demanda-t-elle d'une voix affectée. Ça fait des heures que je vous attends ! »

Elle soupira et baissa des yeux résignés sur la pile de vieilles revues poussiéreuses. Cette dernière expression de son visage n'était pas affectée.

J'enfonçai ma main dans ma poche, à la recherche de la clé du bureau.

« J'étais... dehors, pour des raisons professionnelles. »

Je sortis la clé de ma poche, ouvris la porte et m'arrêtai dans l'ouverture.

« Tu es venue me parler... ou tu pars pour le carnaval et tu es passée me montrer ton déguisement ? »

Elle rougit légèrement sous son maquillage et se passa rapidement en revue.

« Tu n'aimes pas ? » Elle attendait une réponse en retenant son souffle. Comme aucune ne venait, elle poursuivit :

« C'est pour que personne ne me reconnaisse.

— Pas de danger, dis-je sur un ton aigre-doux. Allez. »

Je la précédai à l'intérieur du bureau, allumai, fis mine de ne pas voir la couche de poussière qui couvrait ma table et allai me placer près de la fenêtre, à contre-jour.

« C'est là que je vis », dis-je.

Son regard n'était pas tout à fait aussi critique que

celui que sa mère m'avait servi plus tôt dans la journée. Il était plus étonné — peut-être moins blasé — en tout cas plein de curiosité. Ce qui fait la différence entre une femme de plus de cinquante ans et une qui n'en a pas encore vingt. Vous ne ferez rien découvrir à la première, tandis que la seconde a presque tout à vivre.

Elle me regarda. Il y avait tout à coup quelque chose de tendu en elle.

« Est-ce que... est-ce que tu as une cigarette ? demanda-t-elle d'une voix faible.

— Non, mais j'ai une bouteille d'aquavit, si tu veux goûter », m'entendis-je répondre d'une voix où perçait la brutalité. La journée était bien avancée, et les gens m'avaient gueulé dessus, une autre adolescente m'avait caressé le visage de ses poings, et je n'aurais rien eu contre un petit quelque chose.

« N-non merci, dit-elle, légèrement déconfite.

— Tu vois un inconvénient à ce que j'en prenne un ? »

Elle secoua la tête.

J'allai au bureau et tirai le tiroir à bouteille. J'allai me chercher un verre près du lavabo et y versai deux bons pouces d'aquavit transparent et incolore. J'en bus une bonne gorgée. Il avait le goût d'herbes séchées, et j'eus tout de suite des regrets. J'abandonnai le verre devant le miroir et retournai m'asseoir à ma place, en faisant un geste en direction de la chaise qui se trouvait de son côté.

« Assieds-toi et détends-toi, dis-je d'une voix qui s'était adoucie. De quoi s'agit-il ? »

Ce n'est qu'à ce moment-là que je me rendis compte que son déguisement était intégral. Il comprenait en outre un étroit sac à main plat et noir, et c'était avec sa fermeture qu'elle se battait. Elle y plongea une main longue, fine et blanche, et en ressortit un paquet de vieilles enveloppes fatiguées, tenues ensemble par un élastique marron sale ; elles ne portaient pas de noms, en tout cas pas la première.

Elle s'immobilisa, sans lâcher les enveloppes, comme si elle hésitait encore.

« Je...

— Oui ? » Ma voix était très polie, très aimable.

« J'aurais aimé que tu voies... ceci. »

Elle me tendit le paquet de lettres d'un geste décidé et brusque, sans autre commentaire.

Je le pris, le soupesai rapidement, constatai que j'avais entre vingt et trente enveloppes en main, et qu'elles avaient toutes été soigneusement ouvertes au moyen d'un coupe-papier, en suivant le bord supérieur. Elles contenaient des feuilles de papier à lettre.

J'ôtai l'élastique, pris une enveloppe au hasard et en sortis les deux feuilles qui étaient dedans. J'en parcourus le texte, en même temps que je sentais un regard intense se poser sur mon visage.

C'était une lettre d'amour, d'un homme à une femme. C'était une lettre plutôt enflammée, même si certaines phrases n'étaient pas exemptes de clichés. L'écriture était dynamique, rapide, masculine. Hormis les clichés, le style était irréprochable. Aucun nom ne figurait dans la lettre, que ce soit au début ou à la fin. Elle commençait par : *Mon Amour !* — et se terminait par *À toi, pour toujours...*

Je levai des yeux interrogateurs vers elle. Elle baissa les siens. Elle rougit derechef. De son déguisement ne demeuraient que ses vêtements.

« Plus tard... dit-elle les yeux rivés au sol, plus tard, il parle de l-l'enfant qu'elle attend. Il... il dit qu'il l'aime plus que tout... au monde, mais qu'elle doit comprendre que... qu'il doit rester à sa place, et que... et que, bien sûr, il va suivre le devenir de cet enfant comme si c'était le sien... oui, et qu'il l'aidera si elle en a besoin... mais qu'elle doit être discrète et que toute sa carrière à lui peut être fichue si elle vend la mèche... »

J'acquiesçai.

« Et qui... qui est-ce qui a écrit cette lettre ? » demandai-je doucement.

Un silence total, assourdissant, s'abattit sur la pièce. J'entendais mon pouls battre comme des coups de marteau dans mes oreilles. Elle chercha autre chose dans son sac à main. Elle trouva et me tendit quelque chose par-dessus le bureau.

Je le pris. C'était une carte de félicitations — pour une confirmation. Elle avait visiblement accompagné un cadeau. Une fenêtre d'église était dessinée dessus, et un couple de confirmands posaient devant la fenêtre, dans tout leur éclat. À côté d'eux, on avait écrit à la main :

Pour la confirmation d'Ingelin, de la part de Tante Vigdis et Oncle Niels.

Aucun doute n'était possible. C'était la même écriture. Un peu plus fluide, peut-être, un peu plus compacte — comme une écriture le devient au fil des ans. Mais malgré tout la même, indubitablement.

« Et... à qui sont-elles destinées ? demandai-je.

— Je ne sais pas.

— Où est-ce que tu les as trouvées ? »

Elle leva les yeux vers moi, des yeux pleins de larmes.

« C'est... c'est... c'est Peter qui me les a données, le jour où il... est mort.

— Peter te les a données, *à toi* ?

— Oui, répondit-elle en hochant frénétiquement la tête.

— Mais... mais... est-ce qu'il t'a dit ce que ça pouvait bien être ?

— Non, il m'a juste demandé d'en prendre soin, de les garder... pour lui. Il m'a dit que je ne devais pas les lire, et je ne les ai pas lues... tout de suite. Seulement quand il... »

J'acquiesçai.

« Et après... continua-t-elle. Après les avoir lues, j'ai pensé... il m'a semblé que... qu'il fallait que *quelqu'un* puisse les voir. Mais je ne voulais pas que... la police... Mais toi... tu pouvais les lire, et me dire... ce que je suis censée en faire ? »

Je la regardai gravement.

« Ce sont des preuves. »

Elle se contenta de me fixer, sans rien dire.

« Est-ce que... ton père a téléphoné à la police ? Ils sont venus te voir ? »

Elle acquiesça.

« Et qu'est-ce que tu leur as dit ?

— La même chose qu'à toi. La vérité. Mais pas... » Ses yeux glissèrent sur le paquet que j'avais à la main. « Mais tu as déjà commencé à les... »

Je fis un grand geste des mains. Je pivotai sur mon siège et regardai à l'extérieur, vers Fløien et Sandviksfjellet. Ils ne m'apportèrent aucun réconfort. Je refis demi-tour.

« Mais alors... Tu vois ce que ça peut vouloir dire ? »

Elle hocha la tête.

« Que... que Peter s'en est servi... pour... pour...

— Tout juste. Que ces lettres pourraient en réalité être la cause de son meurtre.

— Je sais ! J'ai pensé la même chose. Je me suis dit qu'elle — celle qu'ils recherchent, celle que la police n'a pas encore trouvé — que ça peut être, la fille dont on parle dans les lettres... »

Elle se remit à fixer le paquet que je tenais à la main, comme si elle regrettait qu'il ait dû arriver jusque-là.

« Mais je n'étais pas censée le savoir. S'il ne me les avait pas données, ce jour-là, alors... je n'en aurais rien su ! Et j'aurais pu les brûler. Je ne veux pas poser davantage de problèmes à... »

Son regard abandonna les lettres pour se porter sur la carte de félicitations que j'avais sur mon bureau.

J'acquiesçai. Je comprenais. Mais ça n'empêchait que...

« Écoute, Ingelin. Rentre chez toi avec ces lettres. Planque-les. Laisse-moi procéder à quelques... appelle ça des recherches. Mais il faut que ça reste entre nous, tu comprends ? Tu ne dois le dire à personne ! »

J'attendis une réponse, et elle finit par hocher gravement la tête.

« Promis, Veum.

— Pas un seul mot ! répétai-je. Il se pourrait en fait que ce soit... dangereux. »

300

Je la laissai digérer ce dernier mot avant de poursuivre :

« Si j'en arrive à la conclusion qu'il faut malgré tout laisser la police en avoir connaissance, alors... bon, d'accord. Mais ce ne sera peut-être pas nécessaire, et dans ce cas, motus, n'est-ce pas ? »

Je lui laissai entendre que c'était tout simple, mais tel n'était pas le cas. Les choses se compliquaient encore un peu à chaque minute qui s'écoulait.

Je lançai un regard concupiscent à mon verre d'aquavit.

« Rentre chez toi, maintenant. »

Je lui rendis son paquet de lettres et la carte de félicitations, et elle remit le tout dans son sac. Elle le referma soigneusement et alla à pas lents vers la porte. Je me levai.

« Merci, dit-elle faiblement depuis la porte.

— Ne fais pas de chichis. J'ai toujours eu un faible pour les femmes à la mode des années 1940. Rentre chez toi et lis un peu Sartre. Ça te rapprochera peut-être d'une dizaine d'années. Passe-moi un coup de fil dans un jour ou deux, et je te dirai ce qu'il faut faire exactement. D'accord ? »

Elle acquiesça. Je restai debout, derrière ma table. Je n'avais aucune raison de m'approcher d'elle. Elle croyait peut-être que les jeunes femmes se font toujours embrasser dans les bureaux des détectives privés. La vérité était tout autre, mais il ne serait pas prudent de tenter le diable. Je lui fis signe de s'en aller, et j'écoutai ses pas s'éloigner. Je l'entendis traverser la salle d'attente et refermer la porte derrière elle, puis s'éloigner dans le couloir. Alors seulement je me risquai à aller fermer la porte entre le bureau et la salle d'attente.

35

J'allai à la fenêtre et regardai à l'extérieur. L'après-midi avançait. La lumière ne changeait pas tellement, en cette période de l'année : elle tombait juste sous un angle un peu différent. Mais en bas, sur la place du marché, les vendeurs avaient regroupé leurs stands, un éboueur nettoyait le goudron à l'aide d'un puissant jet d'eau, un petit véhicule de nettoyage glissait sur les détritus comme un rat avide. De l'autre côté de Vågen, la sempiternelle file de voiture cheminait lentement vers Åsane. La dernière caravane de pionniers.

J'étais debout, à côté de la fenêtre, sans réellement voir quoi que ce fût. J'essayai de rassembler mes idées. Il commençait à y avoir beaucoup de pièces à ce puzzle. Un peu trop.

Peter Werner avait selon toute vraisemblance fait chanter Arve Jonassen... sur la base de ses transactions immobilières louches. Il avait également vécu une courte passade avec Irene Jonassen, pendant ce temps-là. Ce qui donnait à Jonassen deux excellentes raisons de vouloir tailler à Peter Werner un costume sur mesure en bois de sapin. Et il avait un fidèle homme de main à sa disposition, en la personne de Karsten Edvardsen, l'ex-mercenaire.

Mais il apparaissait aussi qu'il avait parfaitement eu la possibilité de faire chanter Niels Halle, déjà peu enthousiasmé — ainsi que sa femme — par la relation que leur fille entretenait avec lui, c'est le moins que l'on puisse dire. Niels Halle avait donc lui aussi deux excellentes raisons de désirer voir Peter Werner disparaître de la circulation.

Lisa, comme Bjørn Hasle, étaient les perdants de ce jeu. La déception qu'ils avaient tous deux éprouvée pouvait-elle suffire à...

Et Ingelin, la sœur... était-elle aussi innocente qu'elle voulait en avoir l'air... et qu'elle en avait l'air ?

Et qui était cette mystérieuse deuxième femme qui avait rendu visite à Peter Werner le jour de sa mort ? Avait-elle le moindre rapport avec tout ceci, outre le fait qu'elle faisait partie de la liste apparemment interminable de ses amants et maîtresses ?

Était-ce une femme qui l'avait tué — ou était-ce un homme ?

Et que pouvais-je faire d'autre qui me permît de le découvrir ?

Niels Halle avait déclaré vouloir me voir à son bureau le jour suivant : devais-je lui demander de but en blanc — si Peter Werner l'avait fait chanter, et à qui il avait écrit ces lettres ? J'étais pratiquement sûr de connaître la réponse à la deuxième question, mais toutefois...

J'avais inexorablement été attiré beaucoup plus loin dans cette affaire que je ne l'avais souhaité. Devais-je m'arrêter là et me retirer ?

Je regardai le téléphone. Je pouvais passer un coup de fil à Vadheim, lui raconter tout ce que je savais, laisser cette affaire à ceux qui avaient fait un métier d'éclaircir ce genre de mystères : la police.

Je quittai la fenêtre et retournai m'installer derrière mon bureau ; je sortis la bouteille et me servis un autre canon.

J'en étais intimement convaincu : c'était l'une de ces journées qui trépasse vers quatre heures. Il restait de nombreuses heures de lumière avant que la nuit ne tombe, de nombreuses longues heures avant le soir. Que faire ? Acheter les journaux et les lire de la première à la dernière ligne ? Aller à la séance de cinq heures voir un film de Tarzan ? Chercher la cuite ?

Il était trop tard pour appeler... Solveig Manger. Il m'arrivait de jouer avec cette idée : l'appeler, lui demander des nouvelles, lui demander si elle voulait réellement prendre un café en ma compagnie, comme elle l'avait dit. L'écouter parler, sans rien dire. Mais elle avait sa dose de problèmes. Pourquoi devrais-je lui en poser davantage ?

Je vidai lentement mon verre. Je me levai, mis ma veste et éteignis la lumière. Je remis la bouteille dans son tiroir, mais laissai le verre sur le bureau. Il pourrait ainsi me contempler d'un regard accusateur le lendemain matin, et me rappeler qu'il était dans mon intérêt de déterminer un nouveau cap, trouver une nouvelle direction à ma vie, faire quelque chose. Je fermai la porte à clé et m'en allai.

J'optai pour les journaux. J'en achetai une pile au kiosque qui se trouvait au milieu des communaux du marché, et partis me payer un repas bon marché dans un endroit où ils vendaient de la bière. J'en bus un litre en une heure et demie, et lus la moitié des journaux.

Je traversai la place du marché pour regagner mes pénates, dans le calme précédent le retour de la circulation vespérale. Le véhicule de nettoyage avait disparu, l'éboueur aussi. De leur passage ne restaient que de grandes flaques d'eau et des bandes de mousse.

Je gravis les virages qui menaient à la caserne de Skansen, me trouvai une place sur l'un des bancs et y lus encore quelques journaux. Il faisait doux mais le ciel était couvert de nuages gris qui laissaient passer la lumière à travers de minces fentes. Le soleil atteignait l'eau du fjord en rais étroits. Le bac d'Askøy se frayait lentement un passage à travers l'un d'eux, en direction de l'île. Un gros avion à réaction passait silencieusement au-dessus de la crête du Lyderhorn, vers l'aéroport de Flesland.

Je descendis ensuite la ruelle dans laquelle j'habitais. Plus bas, sur une place entre quelques maisons de bois blanc, un groupe de petites filles faisaient une ronde. Elles chantaient d'une voix perçante de fillettes, de la façon magnifiquement fausse et authentique que seuls les enfants de cet âge-là maîtrisent, et je passai lentement à leur hauteur, tout en écoutant les coulisses sonores de ma propre enfance, si lointaine :

> *La Belle dormit cent ans,*
> *Cent ans,*
> *Cent ans,*
> *La Belle dormit cent ans,*
> *Cent ans* !*

---

* Cette chanson est en fait une comptine très connue en Norvège, qui retrace l'histoire de la Belle au Bois Dormant dans sa version « disneyenne ».

Vêtues de pantalons ou de jupes, de courts cardigans ou de petits chemisiers qui pendaient à la taille, tandis que leurs cheveux dansaient autour d'elles, roux, blonds ou presque blancs, elles chantaient :

> *Et la haie se fit gigantesque,*
> *Gigantesque,*
> *Gigantesque,*
> *Et la haie se fit gigantesque,*
> *Gigantesque !*

Je m'arrêtai complètement, le corps un peu gourd, saisi d'une brusque fatigue : la sensation qu'ont tous les adultes lorsqu'ils entendent les jeux insouciants de jeunes enfants, les chants innocents et insensés qu'ils lancent vers le ciel — étrangers à toutes les peines de cœur, toutes les inquiétudes, toutes les langueurs et les manques qui les attendent, des enfants qui chantent, insouciants :

> *Alors arriva le Prince charmant,*
> *Prince charmant,*
> *Prince charmant,*
> *Alors arriva le Prince charmant,*
> *Prince charmant !*
> *Il embrassa sa bouche de rose,*
> *Bouche de rose,*
> *Bouche de rose...*

À mesure que j'avançais, la chanson se perdait derrière moi — mais son timbre clair résonnait en moi, et les paroles revenaient, encore et encore, même un bon moment après m'être installé confortablement dans un coin du canapé, un autre remontant et la toute dernière édition du soir en pogne, encore et encore : *La Belle dormit cent ans, Cent ans, Cent ans, La Belle dormit cent ans, Cent ans !*

Je fus tiré de mon sommeil. Le téléphone sonnait J'ouvris de grands yeux autour de moi, vis le verre à demi plein, la bouteille vide, les journaux éparpillés sur la table et par terre, les fenêtres à présent sombres... Le goût d'aquavit dans ma bouche s'était changé en goût d'herbe, et mes yeux me brûlaient lorsque je les ouvrais et les fermais. Je jetai un coup d'œil rapide à ma montre tandis que je balançai les jambes et posai les pieds par terre. Le téléphone sonnait. Minuit et demi ! J'avais dormi... J'avais dû dormir pendant...

Mais au nom du ciel, qui pouvait bien m'appeler à minuit et demi ?

Je traversai la pièce à pas lourds pour me rendre dans la chambre à coucher, où se trouvait le téléphone. Je décrochai et n'eus même pas le temps de dire « allô » que la voix de Lisa résonnait dans mon oreille.

« Veum ?! »

Sa voix était haut perchée, faible et effrayée.

« Il faut que je te parle ! Je vais tout te raconter, je n'ai pas le choix, mais tu comprends, c'est tellement difficile et... et...

— Écoute, dis-je rapidement, ne... où es-tu, Lisa ? »

Le cliquetis de la temporisation du téléphone public battait comme un métronome à travers ses mots.

Sa voix se fit encore plus perçante :

« Oh, mon Dieu ! Je... je suis à la cabine près de la

gare, mais... mais je viens de voir... Est-ce que je peux venir chez toi, où...

— Lisa ! » criai-je comme si je voulais l'appeler directement, sans plus utiliser le téléphone, mais il était trop tard. La communication avait été interrompue. Elle avait raccroché... ou alors...

En proie à la panique, je regardai tout autour de moi. Je renversai une chaise en arrivant en trombe dans le salon. Heureusement, je n'avais pas quitté mes chaussures, mais mes clés... il ne fallait pas que j'oublie mes clés — ma veste — rien d'autre — et puis : dehors.

Je descendis les escaliers à toute berzingue et arrivai dans la ruelle. Le plus court chemin... descendre, passer Pitterhaugen, traverser les ruelles jusqu'à Bispenggaten, et puis...

Je cavalais comme un dératé, un goût de sang et d'herbe dans la bouche. Mon cœur tambourinait dans ma gorge — pas seulement parce que j'étais essoufflé, mais également de peur.

J'entendis les sirènes d'une voiture de police et d'une ambulance avant d'être arrivé sur Asylplass. Le désespoir me saisit, et je hurlai :

« Non, bordel de merde... non ! »

Ce cri fut suivi d'une prière muette : Faites qu'il ne soit pas trop tard, faites qu'il ne soit pas trop tard...

En arrivant dans Kong Oscarsgate, je vis les gyrophares des deux véhicules prioritaires, et les silhouettes de badauds qui commençaient à se rassembler, au beau milieu de la rue.

36

Je me frayai un passage à travers la foule juste à temps pour voir qu'on emportait Lisa sur une civière jusque dans l'ambulance en stationnement. « Hé, arrêtez ! » criai-je.

Un peu plus loin, une grosse Volvo bleu nuit était garée légèrement en biais par rapport au trottoir. Deux policiers en uniforme et un grand type brun, élégamment vêtu d'un trench-coat beige ouvert sur un costume gris se tenaient à côté. Ce dernier passa nerveusement une main dans ses cheveux sombres, qui retombèrent immédiatement sur le front, lui donnant un côté adolescent, tout en faisant un grand geste excité de l'autre bras, penché sur l'un des policiers. Le second policier tourna la tête et regarda dans ma direction. Son visage était rond et blafard, et faisait penser à une orange desséchée.

Les deux brancardiers avaient installé la civière dans l'ambulance. J'allai jusqu'aux portes arrière qu'ils n'avaient pas encore refermées, et la regardai. Son visage était extrêmement pâle, et elle avait les yeux fermés. Du sang s'écoulait de quelques vilaines écorchures qu'elle avait au front, au nez et au menton, et un motif de contusions rouges et bleues avait déjà commencé à se dessiner en différents endroits de sa peau.

« Vous la connaissez ? » demanda le plus âgé des brancardiers. C'est-à-dire qu'il devait avoir autour de vingt-cinq ans, car ils avaient tous deux des airs de boy-scouts.

J'acquiesçai.

« Elle est...

— Elle a perdu connaissance. Et ça urge. Alors, si vous voulez bien nous excuser, il faut qu'on se dépêche. Essayez plutôt d'aller parler à l'un des policiers, là-bas... »

Il referma la porte, et l'ambulance démarra quasi instantanément. Elle avança d'abord prudemment sur les premiers mètres, à travers la foule curieuse, puis accéléra dès qu'elle en eut la possibilité. Le gyrophare clignotait et la sirène fut ensuite mise en route.

Le policier au visage d'orange m'avait rejoint.

« Qui êtes-vous ? demanda-t-il. Vous savez quelque chose sur ce qui vient de se passer ?

— Je m'appelle Veum. Je... oui, je la connais — elle s'appelle Lisa Halle, et elle venait tout juste de m'appeler. Elle... il s'agit d'un meurtre, et il faut faire venir la brigade criminelle dans les plus brefs délais. Plutôt Vadheim, c'est lui qui...

— Un meurtre ! » Le grand brun m'avait entendu, et il arriva en gesticulant, l'autre policier sur les talons.

« Que voulez-vous dire ? Vous ne prétendez tout de même pas que... » Il se tourna à nouveau vers les deux policiers. « Je répète ce que j'ai dit. Je ne l'ai vraiment pas vue avant qu'elle soit au milieu de la rue. C'était impossible de m'arrêter. Elle courait comme si elle... comme si elle avait le diable à ses trousses. Je rentre d'une soirée, il est tard, mais je n'ai pas b... Pas une seule goutte !

— Ah non ? » fit froidement l'aîné des policiers.

L'homme se repassa les doigts à travers ses épais cheveux noirs. Ils étaient légèrement grisonnants au-dessus des oreilles. Son visage était maigre, plutôt beau. Il portait une chemise blanche, une cravate discrète. Ses lèvres étaient humides et rouges. Il ne sentait pas que la limonade.

« Écoutez, poursuivit-il avec intensité, presque en feulant. Ma femme et mes enfants m'attendent à la maison. Je... je travaille dans... je suis dans une position délicate. Ce ne serait pas très heureux de... »

Il fit un geste en direction de sa poche intérieure, comme s'il voulait y prendre son portefeuille, mais s'arrêta à mi-parcours au moment où le policier au visage d'orange lui tourna le dos pour s'adresser à son collègue : « Appelle le poste. Demande à la crim' d'envoyer quelqu'un. De préférence Vadheim, s'ils peuvent mettre la main dessus.

— Elle courait... dis-je au grand type, comme si elle avait le diable à ses trousses ?

— Oui ! Comme si elle était morte de peur, comme si quelqu'un la poursuivait. Elle n'a absolument pas vérifié si une voiture venait ! C'est pour ça que... »

Comme si quelqu'un la poursuivait... Je regardai autour de moi, vers la foule qui nous entourait, tous ces visages pâles et curieux qui s'étaient agglutinés autour d'une mini-tragédie avec laquelle se réchauffer une fois chez eux, si la nuit était trop longue.

Un de ces visages, peut-être ?

Les hommes de la brigade criminelle arrivèrent. Nous étions à peine à plus de cent mètres du commissariat, et ils n'étaient donc pas venus en voiture. Je poussai un soupir de soulagement en voyant que Vadheim était parmi eux. Son corps sportif et élancé d'échassier vint en oscillant vers nous. Jon Andersen, à ses côtés, avait déjà l'air épuisé.

Vadheim s'aperçut de ma présence et me fit signe d'approcher.

« Qu'est-ce que c'est que cette histoire, Veum ? Ces mecs me disent qu'il s'agit d'un meurtre. Mais personne n'est mort... pour l'instant.

— Non. Mais une gamine vient de se faire renverser. Par ce type, là-bas. Il dit qu'elle avait l'air terrifiée, comme si elle était traquée. Et la fille qui s'est fait renverser, c'est... » Je prononçai son nom tout bas. « Lisa Halle.

— Et merde, dit Vadheim, faiblement mais avec conviction. Et merde ! »

J'acquiesçai. J'étais d'accord.

« Mais tu... quoi, pourquoi tu es ici ?

— Parce que... » Je baissai à nouveau le ton. « Elle m'a appelé de là-bas, de la cabine qui est près de la gare, et la communication a été coupée. Elle avait quelque chose d'important à me raconter, m'a-t-elle dit. »

J'essayai désespérément de me souvenir de cette courte conversation essoufflée, de ce qu'elle avait dit.

« Elle a fini par dire quelque chose indiquant que... qu'elle venait de s'apercevoir que quelqu'un...

— Et maintenant, où est-elle ? » demanda Vadheim sèchement.

Le plus âgé des policiers, celui au visage d'orange, intervint :

« À Haukeland. Elle avait perdu connaissance, et on l'a évacuée immédiatement.

— Bien. » Vadheim jeta un regard désapprobateur au grand type en trench-coat. « Emmenez celui-là au poste et faites-lui une prise de sang. Enregistrez sa déposition. Toi, Veum, tu viens avec moi. »

Le grand bonhomme tenta de protester, mais en vain. Découragé, il écarta les bras et leva les yeux au ciel. Sa femme et ses enfants l'attendaient à la maison. Il rentrait d'une soirée, il était tard...

J'accompagnai Vadheim et Andersen au poste.

37

Le bureau de Vadheim avait en gros l'apparence qu'ils ont dans ces quartiers. Les murs étaient beige pâle, les rideaux vert jaunasse, le linoléum usé et le relief en était effacé. Derrière sa chaise de bureau était suspendu un panneau de liège sur lequel il avait punaisé quelques articles découpés dans de vieux journaux, et j'identifiai des coureurs de fond légendaires tels que Nurmi, Zatopek et Virén. J'essayai en vain de trouver Vegard Vadheim lui-même sur un cliché représentant le départ d'une grosse course, peut-être un marathon. En bas de ce panneau était épinglée la photocopie d'une liste des résultats d'une course inter-entreprises, et en haut étaient suspendues quelques médailles sportives de différentes couleurs : bronze, argent et or. Je distinguai sur l'étagère deux minces livres, au milieu des habituels classeurs à levier, classeurs plastiques et recueils de lois. C'étaient les deux recueils de poèmes qu'il avait publiés. Le premier s'intitulait *Temps de course* et le deuxième *Photo finish*. Il s'était ensuite tu. Je me demandais pourquoi.

Un thermos noir et acier était posé au milieu de la table. Vadheim sortit deux gobelets en plastique et nous versa à tous deux du café.

« On est en train de l'examiner. Elle n'a pas repris connaissance.

— Ils ont dit quelque chose concernant...

— Elle survivra. Sauf si quelque chose d'inattendu devait se produire...

— Est-ce que tu t'es arrangé... est-ce que tu as envoyé quelqu'un pour veiller sur elle ?

— Tout est sous contrôle, Veum, acquiesça-t-il. Détends-toi. Pour *ça*, en tout cas. »

Nous occupions chacun un côté de la table. Il croisa les bras et me scruta de ses yeux bruns et mélancoliques. Il avait reposé son gobelet sur le bureau. J'avais toujours le mien dans les mains. Il me tenait chaud. Je pensai à Lisa : qu'est-ce qu'elle était pâle, blanche... comme la Belle au Bois Dormant. Un frisson me parcourut : La Belle dormit cent ans... J'espérai que ce n'était pas pour cent ans que Lisa avait sombré dans le sommeil, parce que le cas échéant, il nous faudrait pas mal de temps avant d'arriver... à la vérité.

« Et maintenant, dit Vadheim d'une voix douce, j'aimerais bien que tu me dises ce qui t'a amené là-bas, Veum. Ce que toi et Lisa aviez prévu. Ce que tu as à me dire sur quelque chose dont tu ne devrais en principe rien avoir à me raconter... si tu vois où je veux en venir. Si mes souvenirs sont bons, on avait une sorte de marché, n'est-ce pas ?

— Oui. C'est vrai. Et ça tient toujours. » Je me penchai en avant et plantai mon regard sur son visage maigre et aimable. « Il se trouve juste que... les fils s'embrouillent, et font un gros nœud. »

Il acquiesça et haussa les épaules en même temps.

« Ça arrive. Ce n'est pas la première fois. Vide ton sac, Veum. Maintenant. »

Je parcourus mes souvenirs comme un tricheur

parcourt un paquet de cartes avant de distribuer la dernière donne d'une partie de poker décisive. J'essayai de trier entre ce que je pouvais révéler et ce qu'il valait mieux que je garde pour moi. Ce n'était pas simple. Il fallait louvoyer entre ce qui était vrai et ce qui ne l'était pas, entre le gentil mensonge et — le mensonge tout court. Je n'aimais pas cacher des choses à Vadheim, et encore moins cette fois-ci, étant donné que Lisa venait de se faire renverser et avait de peu échappé à la mort. Mais quand même. D'autres personnes étaient impliquées, des personnes qui devraient continuer à vivre, même après la un de cette affaire. Niels et Vigdis Halle. Håkon et Vera Werner. Ingelin. Bjørn Hasle...

Je ne lui parlai donc pas d'Ingelin et de sa pile de lettres d'amour. Je ne lui parlai pas des deux portraits de Lisa et de Bjørn Hasle. Je ne lui parlai pas de Niels Halle et Vera Werner — ni de la possible parenté entre Peter et Lisa. Il faudrait qu'il le découvre lui-même. C'était son boulot, de découvrir ce genre de choses.

Au lieu de cela, je lui parlai d'Arve Jonassen et de Karsten Edvardsen. Je lui parlai de la fabrique désaffectée, là-bas, sur Holsnøy et de ce que j'y avais découvert. Je lui parlai du projet immobilier bon marché d'Arve Jonassen et des raisons qui l'autorisaient à être si peu cher. Et je retins mon souffle.

« Pas mal, Veum. Pas mal du tout. Et quelles preuves as-tu ? »

Je le regardai, interloqué.

« Quelles preuves ? L'entrepôt d'Holsnøy — le livre de comptes qui s'y trouve, les matériaux qui disparaissent du nouveau chantier. »

Il sourit avec tristesse.

« Le seul problème, Veum, c'est que des vieux renards de ce genre ont toujours deux issues à leur tanière. L'entrepôt est certainement enregistré en bonne et due forme. Le livre de comptes est dans un coffre-fort, privé ou à la banque, et il nous faut l'aval du parquet pour pouvoir le faire ouvrir — aval que nous ne pouvons obtenir que si nous bénéficions déjà d'indices plus que convaincants. Des types comme ça peuvent toujours s'offrir les meilleurs avocats. Le moindre faux pas... et vous êtes pris au piège. — Et les matériaux ? Le coulage n'est absent d'aucun chantier. C'est normal, Veum...

— Et c'est exactement pour ça que c'est si facile d'en profiter !

— Parfaitement, parfaitement ! Mais ça, Veum, c'est une observation bien pertinente... mais pas une preuve. »

Il fit un grand geste de ses deux mains vides.

Puis il les referma autour de son gobelet de café et se pencha en avant par-dessus son bureau et me fixa d'un regard perçant qui trahissait une certaine avidité d'en savoir davantage.

« Mais encore, Veum ?

— Ceci. » Et je lui parlai d'Irene Jonassen et de sa courte passade avec Peter Werner, et lui dis qu'elle était peut-être l'*autre* femme qui était allée le voir ce soir-là.

Il prenait des notes dans son petit calepin.

« Bien, bien, bien, Veum. Ça non plus, ce n'est pas trop mal. Je vérifierai demain matin, dès que l'occasion se présentera. Selon toi, elle correspond donc au signalement ?

316

— Dans la mesure où il y a un signalement... oui. »

Il but une gorgée de café, se rejeta en arrière en croisant ses mains derrière la nuque, et me lança un regard rêveur.

« Mais encore, Veum ? »

J'hésitai une seconde.

« C'est tout. »

Il se redressa sur sa chaise. Ses mains descendirent se poser sur le bord de la table.

« C'est tout ? Tu ne m'as pas parlé de Lisa, Veum.

— Ah, ça... dis-je légèrement. Je suis passé la voir cet après-midi. Je... je voulais juste savoir comment elle allait. Je... m'attache aux gens que je rencontre, Vadheim. Ils ne sont pas que synonymes d'argent, pour moi. Quand j'ai ramené une petite épave camée de Copenhague, j'espère que par la suite, sa condition va s'améliorer — qu'il va y avoir une sorte d'utilité à ce que je fais.

— Nous en rêvons tous. D'un sens à la vie. Et ensuite ?

— On en est évidemment venus à parler aussi de Peter, et elle... elle allait me raconter leur rupture, ce qui s'était réellement passé... mais à ce moment-là ..

— Oui ? me poussa-t-il.

— Elle m'a pratiquement fait une crise d'hystérie, et nous... on nous a interrompus. Ses parents sont arrivés, et il a fallu que je m'en aille. Et puis, ce soir, il y a... » Je regardai l'heure. « Il y a une bonne heure, elle m'a téléphoné à l'improviste, de la cabine téléphonique près de la gare, celle qui est près de l'École des Beaux-Arts, j'imagine, et elle a dit qu'elle devait me parler, qu'elle avait quelque chose d'important à me dire... Mais ensuite... C'est devenu moins clair, comme si elle... comme si elle venait de découvrir que quelqu'un... comme si elle venait de remarquer quelqu'un, et puis... On a été coupés, et nous... Je suis parti à toute bombe. J'ai entendu les sirènes, et quand je suis arrivé là-bas... eh bien, tu connais la suite. »

Il hocha tristement la tête.

« Alors elle n'a rien pu te dire d'important ?

— Non. C'est allé trop vite.

— Aucune information sur la personne qu'elle aurait vue ?

— Non, elle n'a même pas dit clairement qu'il y avait effectivement quelqu'un — j'ai juste compris, par la suite...

— Mais cet après-midi, alors ? Quand tu es allé la voir. Qu'est-ce qu'elle t'a raconté, à ce moment-là ? »

Je triai rapidement mes idées.

« Pas... pas grand-chose. Elle m'a parlé de ses parents, mais surtout de Peter, tu t'en doutes. Comment ils avaient commencé à sortir ensemble, comment ils avaient commencé à se droguer, comment il l'avait forcée à se prostituer — pour faire du blé... »

Il montra les dents.

« Quel individu charmant. »

Je hochai la tête.

« Et de sa sœur à lui. Ingelin. Tu as bien dû rencontrer...

— C'est la première des deux femmes que nous avons recherchées, me coupa-t-il en hochant la tête à son tour. Qui lui a rendu visite le soir de sa mort. Et n'essaie pas de me faire croire que ça te surprend, Veum... C'était à la portée du premier crétin venu de s'en apercevoir.

— Mais je...

318

— Ouiouioui ! La suite.

— Je ne sais pas s'il y a une suite. Elle m'a dit qu'il avait été moins gêné aux entournures... au printemps... mais elle ignorait la provenance de cet argent, m'a-t-elle dit.

— A-t-elle dit, répéta-t-il. Mais elle le savait peut-être bien quand même. Et quelqu'un d'autre savait peut-être qu'elle le savait. Quelqu'un d'autre a peut-être découvert qu'elle en savait trop.

— Oui.

— Et voilà, dit-il. Mais qui, Veum, qui ? »

Je haussai les épaules.

« Là-dessus, je suis aussi peu renseigné que toi, Vadheim.

— Est-ce possible ? » dit-il, plus désabusé que sarcastique.

Je réfléchis un moment.

« Vous vous êtes renseignés à la clinique... pour savoir comment elle avait fait pour s'échapper ?

— Elle n'y était pas.

— Elle n'y était pas ? C'est-à-dire ?

— Après qu'un certain individu — apparemment toi — a pu venir la voir cet après-midi, Halle a fait un schproum pas possible et a exigé qu'on la laisse repartir avec lui. Ils lui ont filé une valise de cachets et les ont laissés repartir. Ils n'avaient pas le choix.

— Autrement dit, elle était chez elle, cette nuit ? Ou en tout cas, c'est là qu'elle aurait dû être ?

— Oui. Le peu de temps que ça a duré. »

Je me plongeai dans mes pensées, et je l'entendis répéter au bout d'un moment :

« Oui. Le peu de temps que ça a duré. »

Je levai les yeux. Il tenait le gobelet entre ses longs

doigts fins. Il était quasiment vide, et il le faisait rouler d'avant en arrière.

Sur son bureau, le téléphone sonna. Il se pencha en avant et décrocha.

« D'accord », fit-il dans le combiné. Une autre voix parla. « D'accord, répéta-t-il. D'accord, d'accord, d'accord. » Puis il conclut : « Merci à vous. Merci beaucoup. »

Puis il raccrocha, il me fit à nouveau face.

« Elle survivra, dit-il. Pas de lésions physiques majeures. Une fêlure au bras, deux côtes cassées et une incisive en moins. Mais...

— Oui ? Mais... ?

— Elle souffre d'un joli traumatisme crânien, ce qui, en plus du choc qu'elle a ressenti...

— Oui ?

— Elle n'a pas repris connaissance, Veum. Et ils ne savent absolument pas quand elle se réveillera. Impossible de le savoir. Elle peut se réveiller demain... ou elle peut se réveiller... Tout dépend.

— Bien, bien, bien ! Alors il n'y a plus que nous, Vadheim. Sans autres moyens que ceux qu'on se procurera par nous-mêmes.

— *Nous*, répéta Vadheim en plaquant sa main sur sa poitrine. Nous, et pas *toi*, Veum. Toi, tu vas rentrer chez toi te coucher, et oublier tout ça... jusqu'à ce qu'on vienne te demander quelque chose. Est-ce clair ?

— Son père, Niels Halle, m'a donné rendez-vous — demain. Je ne sais pas si ça tient toujours compte tenu de ce qui s'est passé, mais... je suppose qu'il envisage de me remonter les bretelles, en quelque sorte. »

Vadheim eut un petit sourire.

« Eh bien, je ne peux pas t'interdire de te faire remonter les bretelles, Veum. Mais je peux t'interdire de faire notre boulot à notre place, n'est-ce pas ? Tu me suis, là-dessus ? On ne se fait pas la tronche, hein ?

— Non. Bien sûr que non. »

Il faisait toujours sombre au-dehors, mais une lueur grise était venue s'ajouter, une lueur qui indiquait que cette courte nuit de juin allait s'achever, elle aussi. Il était entre une heure et demie et deux heures, et la ville était morte et silencieuse sous sa fenêtre, à tel point que nous aurions sans problème pu nous croire au fond de l'océan.

« Pourquoi as-tu cessé d'écrire des poèmes, Vadheim ? »

Sur l'instant, il eut l'air surpris, comme s'il y avait longtemps que quelqu'un lui avait posé cette question. Il resta à regarder droit devant lui pendant un instant, par-dessus mes épaules et à travers la fenêtre, droit sur le mur du bâtiment, de l'autre côté de la rue.

« Pourquoi les gens cessent-ils de faire des choses qu'ils aiment faire, Veum ? » finit-il par dire. Puis il se leva et alla vers la porte, comme pour m'indiquer que la discussion était terminée.

Il tint la porte ouverte pour moi, et je sortis.

« Bonne nuit, Veum, dit-il d'une voix douce.

— Bonne nuit », répondis-je avant qu'il referme la porte derrière moi.

38

Je n'avais pas beaucoup dormi quand le réveil me tira de mon sommeil. La pluie fouettait la fenêtre. La pièce était plongée dans une demi-obscurité grise. Ma peau dégageait une odeur acide. J'avais l'impression qu'un navet râpé me tenait lieu de langue. Ce n'était vraiment pas le meilleur jour pour se réveiller.

Je posai mes pieds nus sur le sol froid et restai penché en avant, le visage dans les mains. Ma tête bourdonnait. Une chanson dissonante et perçante me parvenait par fragments, comme d'un manège lointain : *La Belle dormit cent ans, cent ans, cent ans...* Une sensation de froid m'envahit la poitrine. Je me précipitai sur le téléphone, décrochai et composai le numéro du commissariat. Il n'y avait là-bas personne de sensé à qui parler. Vadheim était rentré chez lui et avait demandé qu'on ne le dérange pas. Non, ils ne pouvaient pas me dire quoi que ce fût.

Je les remerciai de leur aide — aussi fielleusement que possible — et raccrochai violemment.

J'appelai l'hôpital de Haukeland pour demander des nouvelles de Lisa. Ils tentèrent bien de me mettre en relation avec le service concerné, mais je ne parvins jamais plus loin qu'au standard. Je passai ensuite un moment à flotter le long d'une ligne morte, sans autre chose pour me divertir que le piaillement du téléphone. *Et la haie se fit gigantesque, gigantesque, gigantesque, et la haie fit...*

Je pris mon courage à deux mains et appelai chez elle.

Niels Halle décrocha presque immédiatement. Il avait l'air frais et dispos.

« Allô, j'écoute ?

— Ici Veum. Je voulais juste savoir... »

Il m'interrompit.

« Nous avions dit dix heures et demie, n'est-ce pas ?

— Oui, mais je me demandais si le rendez-vous devait toujours avoir lieu... compte tenu des circonstances.

— Je n'annule jamais un rendez-vous, Veum, et j'en ai d'autres de prévus, après vous.

— Mais votre... Mais Lisa, comment va-t-elle ? A-t-elle repris connaissance ?

— Non. Toujours pas. Et ça n'arrangera pas grand-chose que je reste à côté d'elle, à la regarder, n'est-ce pas ? »

Après une courte pause, il reprit d'une voix plus douce :

« Ma femme y est, bien sûr, et donc... Dix heures et demie, Veum. À tout à l'heure. »

Il raccrocha, et je restai un moment assis, le combiné à la main. *Et le prince danse avec le mariée, la mariée, la mariée...*

La pluie chuchotait tendrement à la fenêtre, comme si quelqu'un voulait entrer. Mais il n'y avait personne.

Pour accéder au bureau de Niels Halle, il fallait traverser un énorme paysage de bureaux, dans lequel des jeunes gens bien mis, des deux sexes, filaient d'une table à une autre avec des tas de papiers importants sous le bras, en arborant une expression de pingouin au garde-à-vous. Je me sentais vieux et usé, vaguement effiloché, la peinture percée de taches de rouille. Des soleils carrés, pendus au plafond, diffusaient une lumière agressive sur le mobilier olivâtre et les individus soigneusement fourbis. L'ensemble rappelait une sorte de paysage futuriste, comme si les êtres humains n'y étaient pas tout à fait réels, comme si ce n'était qu'une apparence. Il y avait quelque part un tableau de commandes dissimulé, et il suffisait d'appuyer sur les boutons pour leur faire faire telle ou telle chose. Certains d'entre eux savaient même sourire.

Le bureau de Niels Halle n'était pas grand, et il était fort peu meublé. Ce qui faisait de lui un directeur de banque de l'ère démocratique moderne. J'avais déjà vu des bureaux plus grands et plus impressionnants par leur mobilier chez des fonctionnaires communaux subalternes.

Niels Halle était assis près d'une table claire vernie, et parlait frénétiquement dans un dictaphone. Au moment où j'entrai, il fit un signe de tête peu enthousiaste en direction d'une vulgaire chaise en bois, qui, il est vrai, était légèrement rembourrée et couverte de cuir. Il continua à dicter. Je ne prêtai pas attention à ce qu'il disait. Ça n'avait pas l'air très intéressant, et ce même bourdonnement désagréable me résonnait toujours dans la tête. J'avais l'impression que l'on me comprimait les tempes.

En désespoir de cause, je regardai par la fenêtre. Nous nous trouvions au deuxième étage. La pluie dessinait de longs rais sur le carreau, mais j'apercevais une rue animée à travers la couverture ruisselante : des gens qui passaient en toute hâte, et des voitures qui cherchaient en vain une place de stationnement.

Niels Halle acheva sa lettre et éteignit le dictaphone d'un geste déterminé. Il regarda l'heure. Il
avait une petite ride entre les deux sourcils gris pâle
lorsqu'il se tourna vers moi :

« Eh bien, Veum, qu'avez-vous à dire pour votre
défense ?

— Je... »

Il leva impérieusement la main et prit le relais :

« Je veux juste que vous sachiez que je suis tenté,
vraiment, d'aller porter plainte à la police, contre
vous.

— Et selon quels...

— Si vous n'étiez pas venu voir Lisa hier, ce qui
l'a rendue à ce point agitée que... que cet accident
absurde s'est produit... Je vous en tiens pour responsable, Veum — vous, personnellement. »

Il pointa un long doigt maigre vers moi. Sa main
tremblait légèrement. Ses yeux étaient noirs. Et ses
lèvres étaient crispées autour de sa large bouche.

« Je voulais juste savoir... comment elle allait »,
dis-je d'une voix éteinte.

Il se pinça rapidement le bout du nez, deux fois
coup sur coup. Puis sa main retomba sur le dessus de
son bureau.

« Et ça ne vous concernait en aucune manière,
Veum. Je vous ai engagé pour retrouver Lisa. Vous
l'avez fait, et nous vous en sommes reconnaissants.
Mais ainsi se terminait notre contrat. Ainsi que toute
relation, Veum.

— Pas tous, dis-je calmement.

— Ah non ? fit-il en regardant à nouveau l'heure.

— Il est onze heures moins vingt, dis-je. Pas tous,
repris-je. Parce qu'il y a eu un meurtre.

— Oui, oui, oui ! Mais en quoi cela nous concerne-t-il ? Et à plus forte raison — en quoi cela vous concerne-t-il, vous ? C'est la police, qui est chargée d'enquêter sur des morts suspectes dans ce pays, que je sache.

— Suspectes ?

— Oui ! aboya-t-il.

— Oh, j'ai juste tiqué sur le choix des mots. Mais bien sûr... On ne peut pas nier que quelqu'un que l'on retrouve mort avec un couteau planté dans le ventre éveille les soupçons... »

Halle se leva.

« Si vous êtes venu pour jouer sur les mots...

— Je ne suis pas venu pour jouer sur quoi que ce soit, fis-je en me levant à mon tour. Je suis venu parce que vous me l'avez demandé, Halle, et je suis venu pour discuter un peu... de votre correspondance. »

Nous nous rassîmes tous les deux simultanément.

« Ma...

— Votre correspondance, d'il y a un bon bout de temps... Les lettres que vous avez écrites à une femme, qui attendait un enfant... »

Il jeta un coup d'œil rapide à la porte. C'était l'une de ces minces portes modernes qui laissent passer le moindre mot.

« Écoutez, Veum, fit-il à voix basse, ne pourrions-nous pas parler de ça ailleurs... »

Mais il se ressaisit brusquement et s'exclama :

« Au nom du ciel, qu'est-ce que vous essayez de me dire ? Il est hors de question que... » Il tendit la main vers le téléphone, comme pour me signifier qu'il allait appeler la police. Mais il n'appela pas la police. Je savais qu'il n'appellerait pas la police. Et il savait que je le savais. Ce qui rendait le tout encore plus ignominieux pour lui.

« Écoutez, Halle. Je ne cherche pas à avoir votre scalp. Bien au contraire. Je suis là pour vous aider. Si ces lettres n'ont aucune espèce d'importance, nous n'avons pas besoin de révéler leur existence à la police, n'est-ce pas ?

— Nous ? fit-il sans force. Importance ? ajouta-t-il encore plus faiblement.

— Nous savons tous les deux que ces lettres ne sont pas une fiction. Nous savons aussi bien l'un que l'autre qui les a écrites. » Il acquiesça à regret. « Et nous savons qui en était la destinataire. » Il leva des yeux étonnés vers moi. Puis il fit un large geste des bras et leva les yeux au ciel, résigné. Je suivis son regard. Il s'était fixé sur l'un des soleils carrés, en l'air. Ce dernier jetait une lueur criarde sur ses cheveux presque blancs et sur son visage sévère.

« Et qui plus est — Peter Werner n'ignorait pas leur existence. Peter Werner les avait. Il ne faut pas beaucoup d'imagination pour se faire une idée de la façon dont il avait mis la main dessus, par hasard ou non. Et Peter Werner est venu vous voir... et vous a demandé de l'argent. »

Son regard abandonna le plafond et se planta dans le mien.

« Bon, fit-il laconiquement. Et alors ? »

Je me penchai en avant sur ma chaise.

« Combien a-t-il exigé, Halle ? »

Il me toisa, puis exhiba un sourire un peu forcé.

« Pas plus que ce qu'il m'était possible de payer.

— Peut-être pas. Mais c'est peut-être un peu désagréable, à la longue... pas vrai ? Payer, encore et encore, sans aucune contrepartie. On finit par souhaiter que ça s'arrête, n'est-ce pas ? »

Ses yeux se plissèrent.

« Je vois très bien où vous voulez en venir, Veum. Mais si vous devez avoir une chose bien en tête, c'est celle-ci : je n'ai pas tué Peter Wemer. Je n'aurais pas touché ce petit merdaillon ne fût-ce que du bout des doigts. »

Non, mais du bout d'un couteau ? pensai-je.

« D'accord, poursuivis-je. Mais à ce moment-là, il n'y a aucun inconvénient à ce que vous me disiez où vous étiez ce soir-là ? Sinon... racontez-le à la police.

— Je... Quand était-ce ? Ce jour-là... j'étais en réunion. J'ai souvent des réunions, le soir aussi, je veux dire. » Il prononça ces derniers mots comme si c'était quelque chose dont on pouvait être fier.

« Une réunion importante ? demandai-je — innocemment.

— Non. Pas si importante », répondit-il en détournant les yeux.

Nous nous observâmes pendant un moment. Il regarda encore une fois l'heure.

« Onze heures moins dix, lui dis-je.

— J'ai un autre rendez-vous à onze heures.

— Dans ce cas, je vous conseille vivement de vous dépêcher de m'en dire un peu plus sur cette réunion. »

Il jeta un nouveau coup d'œil vers la porte. Il se pencha par-dessus son bureau. Puis il revint à sa position initiale, attrapa une règle et s'en donna quelques coups secs dans la paume de la main. Il ne dit rien.

« Il y a eu beaucoup de femmes dans votre vie, hein, Halle ?

— Ça, c'est bien la dernière chose dont j'ai envie de discuter... avec quelqu'un comme vous.

— Comme vous voulez, répondis-je en écartant les bras. Je connais d'autres personnes à qui vous ne pourrez pas refuser de répondre. »

Il devint écarlate.

« Bordel de Dieu, écoutez-moi, maintenant, Veum ! Sa voix était faible, et ne dissimulait pas la colère. « Un mariage raté peut être un véritable fardeau. Mais il arrive qu'on choisisse de le supporter. Mon... Je... je suis monté en grade à une époque où la carrière de quelqu'un pouvait dépendre de... où la carrière de quelqu'un pouvait être brisée par un divorce tel que celui qui me pendait au nez, avec un sacré paquet de linge sale et sans le moindre... savoir-vivre ! Je... J'ai une réputation irréprochable. Je suis un bon père de famille, un époux respecté, un collègue et un supérieur apprécié de ses collaborateurs. Mais je me suis fait tout seul. Je ne suis pas arrivé ici par hasard. Ça a eu un coût, et... j'ai choisi de porter mon fardeau. »

Après un instant de réflexion, il ajouta :

« Et puis, il y avait les enfants, bien sûr.

— Oui, et puis il y avait les enfants, bien sûr, répétai-je, plus sèchement que je n'en avais l'intention. Mais pour quelle raison a-t-il été raté ?

— Ça, je ne veux pas en parler, je vous ai dit !

— En général, on est deux à se partager les torts. »

Il me regarda d'un air découragé. Mais il se tint coi.

« Vous ne m'avez pas encore dit grand-chose de cette réunion, Halle. Si vous n'arrivez pas à me fournir un alibi en béton pour ce soir-là, je serai contraint d'aller voir la police, et de leur raconter... ce que je sais. »

Il me regarda de travers. Puis il écrivit quelque chose sur un bout de papier. Il me le tendit par-dessus le bureau. Le nom d'une femme et une adresse étaient inscrits dessus.

« Allez voir cette femme, Veum. Demandez-lui. » Il avait beaucoup pâli. « Mais surtout : soyez discret. Pour l'amour du ciel, Veum, c'est... c'est une fille respectable. Elle... elle n'a rien à voir là-dedans. »

Je relus son nom.

« Et tu es donc prêt à mettre sa bonne réputation en jeu... pour sauver la tienne ? Tu la jettes aux... vautours... si ça te permet de t'en sortir ? »

Il se leva.

« Oui, fit-il d'une voix rauque. Oui. Vous pouvez partir, maintenant, Veum. »

Je me levai. Je regardai une fois encore le bout de papier que j'avais en main.

« Je ne suis pas sûr que ça lui fasse plaisir », dis-je à voix basse.

Il se tenait voûté, les deux poings posés sur la table.

« Il y en a d'autres, dit-il.

— Peut-être bien. » J'allai vers la porte. Je posai la main sur la poignée, et me retournai :

« Ça doit faire tout drôle... de se faire racketter par son propre fils. »

Il ne réagit pas. Il regardait dans le vide, droit devant lui, comme s'il n'avait pas entendu le moindre mot.

« Qu'est-ce qui s'est passé, en réalité, hier, Halle ? demandai-je un peu plus fort. Une fois que Lisa a été rentrée ? »

Il tourna la tête vers moi et me regarda distraitement.

« Une fois que Lisa... » Il fit un grand geste du bras. « Elle était terriblement agitée, et elle est allée se coucher ; on lui avait donné quelques cachets pour qu'elle puisse dormir.

— Et puis ?

— Et puis ?

— Qu'est-ce qui s'est passé, ensuite ? Parce qu'il s'est bien passé quelque chose... nous le savons aussi bien l'un que l'autre. »

Il posa sur moi un regard vitreux.

« Je ne sais pas, Veum. Elle était terriblement agitée après que vous... mais... ce qui s'est passé ensuite... je... je n'étais pas là ! »

Je me contentai de le fixer.

« J'étais... en réunion », dit-il.

Je continuai à le fixer. Sans relâche. Derrière moi, à travers la mince porte, j'entendais le cliquetis et le bourdonnement des machines à calculer, des machines à écrire, des photocopieuses et des écrans d'ordinateurs. *Il embrassa sa bouche de rose, bouche de rose, il embrassa sa...*

Je tournai le dos à Niels Halle, ouvris la porte et sortis. Un jeune homme bien habillé, portant un dossier en plastique sous le bras, trépignait impatiemment devant la porte. Il semblait avoir quelque chose d'important à dire, mais pas à moi. Au moment où je m'en allai, je l'entendis frapper rapidement sur le chambranle avant d'entrer dans le bureau de Halle. Je sortis — et redescendis.

Il pleuvait toujours. Le soleil semblait avoir été

effacé pour de bon. C'était le jour du jugement dernier... ou peut-être n'était-ce qu'une impression.

39

Je m'arrêtai devant la porte du grand immeuble
gris dans Skottegaten. Je ne me sentais pas très bien.
J'étais content d'être ressorti.

Tout d'abord, elle n'avait pas voulu me parler. Elle
avait fait semblant de ne pas comprendre de quoi je
parlais. Puis elle m'avait laissé entrer — dans l'entrée.
Pas au-delà. Comme si j'étais un vendeur de porte-
à-porte indésirable qui s'introduisait de force chez
elle ; pour que les autres habitants ne puissent pas
entendre ce que nous disions. Puis elle m'avait
raconté ce que je voulais savoir. Elle était étudiante.
Elle avait rencontré Niels Halle par une copine. Il
l'avait aidée alors qu'elle se trouvait dans une mauvaise passe financière. Il avait été sympa avec elle.
Elle avait regardé autour d'elle. L'entrée était sombre. Elle était rousse, portait des lunettes à monture
dorée. Ses cheveux étaient rassemblés en une tresse
enroulée sur elle-même dans la nuque, comme un
pain aux raisins. Oui, elle pouvait confirmer que Niels
Halle était venu la voir ce jour-là, ce soir-là. Non, elle
ne l'avait pas revu depuis. Il ne lui avait pas demandé
de dire ça — si c'était ce que j'insinuais. Elle rougit
dans la pénombre. C'était ce que j'avais insinué. Et
il n'était pas venu chez elle la veille au soir. Pas chez
elle. Puis elle se mit à pleurer. Elle se tenait devant
moi, se couvrant le visage des deux mains, et elle
pleurait dans son entrée obscure : une jeune femme

mince vêtue d'un chemisier et d'un pantalon verts et de pantoufles de feutre gris. Je ne pouvais pas la consoler. Je m'excusai, sincèrement. Puis je m'en allai. Je descendis l'escalier, et me retrouvai dans la rue. Il avait cessé de pleuvoir.

Skottegaten n'avait pas beaucoup changé. Comme partout ailleurs, il y avait davantage de voitures. Mais si vous en faisiez abstraction, vous pouviez facilement vous imaginer vingt ou trente ans en arrière. Comme si c'était une consolation, dans la mesure où les voitures étaient là pour de bon.

Je passai Klosteret, en direction de Holbergsalmenningen. Au sommet de Klosteret, le vent m'ébouriffa les cheveux. Les nuages gris passaient bas au-dessus de la ville. Il ne tarderait pas à se remettre à pleuvoir.

J'empruntai la rue piétonne, descendis jusqu'à C. Sundtsgate, et m'offris une tasse de café dans l'un des bistrots qui s'y trouvaient. Je ne voulais rien manger. Je n'avais pas faim.

Je me rendis ensuite dans un magasin de disques, où je dénichai une sonate pour piano, que je demandai à écouter. J'ai des goûts musicaux simples : les Beatles, le jazz des premières heures, Brel et Schubert. Je passai un moment au comptoir avec un casque hi-fi sur le crâne, les deux gros écouteurs me donnant l'impression d'être un hamburger. Une adolescente de quinze ou seize ans était debout à côté de moi, une jambe croisée derrière l'autre, exhibant un popotin tout rond qui pointait sans vergogne vers l'arrière et une expression du visage qui était un curieux mélange de jouissance et d'indifférence. La

333

pochette qu'elle avait devant elle me révéla qu'elle écoutait quelque chose qui se faisait appeler Blondie.

Ayant suffisamment repoussé l'échéance, je me rendis au bureau. Un homme discret lisait le journal dans une coccinelle noire, garée devant la porte d'entrée. Je fis un petit sourire, comme s'il était une bonne blague que quelqu'un venait de me raconter.

Le bureau était silencieux et sans vie. J'ouvris les tiroirs et les refermai avec fracas, rien que pour entendre du bruit. J'allai ouvrir les tiroirs de l'armoire à archives, entendis le raclement métallique qu'ils émettaient, regardai le vide qu'ils contenaient, et les refermai. J'allai à la fenêtre, en écoutant mes propres pas sur le sol. Je me mis à regarder fixement à l'extérieur. *La Belle dormit cent ans, cent ans, cent ans...*

Je revins à ma table de travail, m'y assis et appelai le commissariat. Cette fois-ci, Vadheim était disponible. Non, Lisa n'avait toujours pas repris connaissance. Oui, ils travaillaient d'arrache-pied. Non, ils n'avaient rien de neuf à me raconter.

« Vous avez de chouettes voitures, à ce que j'ai vu », dis-je. Il fit mine de ne pas comprendre ce que je voulais dire. Nous raccrochâmes.

Je réfléchis un instant devant mon téléphone, pesai le pour et le contre, me décidai avant de changer d'avis. Je composai finalement le numéro de l'agence de publicité pour laquelle travaillait Solveig Manger, et demandai si elle était là. La standardiste me pria de patienter, mais je perdis courage et raccrochai. Je sentais mon cœur battre dans ma poitrine.

Je sortis ma bouteille de bureau, en dévissai le bouchon, sentis le contenu avant de remettre le bouchon en place. Je frissonnai. Certains jours sont moins parfaits, certains jours sont moins réussis.

Au moment pile où je m'étais décidé à m'en aller, et où je me dirigeais vers la porte, le téléphone sonna. Je regardai l'heure. Il était trois heures passées.

« Allô ? Ici Veum.

— Ah, salut... Varg. Je voulais te dire, pour l'autre jour... » C'était une voix de femme. Quelques secondes s'écoulèrent avant que je puisse la situer.

« Irene Jonassen ?

— Oui... c'est moi. Je... je suis désolée d'avoir été un peu vive, l'autre jour, Varg, mais... ça a été une sale période, pour moi aussi. Il faut que tu comprennes que... ce n'était pas personnel.

— D'accord. Merci, en tout cas. »

J'attendis. Je me doutais que ce n'était pas uniquement pour s'excuser qu'elle m'appelait.

« Je... j'ai beaucoup réfléchi, Varg. La police est venue. J'aimerais bien te parler pour de bon. Vider mon sac. Je suis... fatiguée.

— D'accord, répondis-je sur un ton badin, mais je sentis pourtant mes muscles se contracter dans ma nuque et mes épaules.

— Je... Est-ce que tu penses pouvoir... Est-ce qu'il serait possible que l'on se voie... ce soir ? Je... J'ai quelque chose à te montrer.

— Ah oui ? Ta collection de timbres ?

— Quoi ? » Elle n'avait pas saisi. « Non. Pas avant neuf heures. Arve a une réunion, assez tard, il partira d'ici vers huit heures, et je... ne pourrai pas me libérer avant.

— Bon. Où veux-tu que l'on se voie ?

— Tu sais... tu sais où Arve bosse en ce moment,

ce bâtiment scolaire à... oh, je ne me souviens plus du nom de la rue, mais c'est là-haut, près de...

— Oui. Je sais où c'est.

— Tu peux m'y retrouver... à neuf heures ?

— Devant ?

— Oui. Devant le portail, mais... je vais me procurer la clé.

— Ça veut dire que tu veux qu'on y entre ?

— Oui.

— Ça ne m'a pas l'air d'un endroit très sympa pour... parler.

— Je t'ai bien dit que j'avais quelque chose à te montrer, non ?

— Oui.

— Alors ? »

Les muscles de ma nuque continuaient à se contracter. J'avais la bouche sèche.

« D'accord. C'est convenu. J'y serai.

— Merci, dit-elle sèchement et professionnellement.

— Autre chose, avant que nous raccrochions ?

— Non. À ce soir. Je te raconterai... tout. »

Un ange passa. J'attendais qu'elle raccrochât. C'est toujours les autres qui le font.

Puis elle ajouta :

« D'ailleurs...

— Oui ?

— Pour que tu voies un peu de quoi il s'agit... C'est bien moi qui ai rendu visite à Peter ce soir-là. C'était bien moi... l'autre femme. »

Puis elle raccrocha, et je me retrouvai à regarder le combiné silencieux, comme d'habitude.

« Très bien, Irene Jonassen, fis-je à voix haute. Très bien. »

40

La lourde couche de nuages bas et les rafales de pluie étaient responsables de la pénombre inhabituelle qui régnait dès neuf heures, bien qu'on fût en juin. Je parcourus le tronçon d'autoroute ridiculement court qui montait vers Danmarksplass. J'essayai de garder un œil sur le rétroviseur et les voitures qui me suivaient. Lorsque je quittai la route principale, aucune des voitures qui venaient immédiatement derrière moi ne me suivit. Loin derrière, quelqu'un emprunta la même sortie. Lorsque je m'arrêtai sur le côté, la voiture me doubla et poursuivit sa route. C'était une Mazda vert bouteille, conduite par une femme.

Je quittai le bord du trottoir. Je passai lentement devant le chantier. Une voiture rouge pompiers était arrêtée un peu plus haut. Elle semblait flambant neuve. Elle aussi n'était occupée que par une femme. Celle-ci portait un béret noir qui lui descendait sur une oreille, en couvrant en partie ses cheveux sombres. La lueur d'une cigarette apparut. C'était Irene Jonassen.

Hormis cela, tout était calme et silencieux. La rue était pour ainsi dire déserte, et le bâtiment inachevé se dressait, imposant, sombre et sans vie.

Je tournai dans la première rue qui jouxtait le chantier et me garai juste après l'angle. Je pris une lampe de poche dans la boîte à gants et la fourrai dans la poche de ma veste. Je verrouillai la voiture et retournai nonchalamment dans la rue où le chantier avait son entrée, les mains dans les poches et en sifflotant doucement, comme un type quelconque au cours d'une promenade nocturne quelconque.

Irene Jonassen se pencha rapidement en avant et écrasa sa cigarette au moment où elle m'aperçut. Elle ouvrit sa portière et descendit de voiture. Sa jupe ample froufrouta autour de ses jambes ravissantes. Elle portait un petit sac à la main, et attendait que j'arrive à sa hauteur. Sa jupe était brun ocre, ornée de petits motifs rouges et blancs. Elle flottait autour d'elle, et se terminait au genou par un large volant. Elle portait en outre une de ces vestes masculines noires et moulantes qui étaient alors à la mode, taillée dans un tissu similaire à celui de son béret. Elle se tenait sur une jambe, légèrement fléchie, l'autre partant de côté. Son visage était pâle, et la couleur de ses joues n'était pas naturelle. Ses yeux étaient cernés de noir, et les arcs qui les surplombaient lui donnaient un air continuellement étonné, même quand elle souriait.

Elle me sourit quand je la rejoignis. Ses lèvres étaient rouge sombre, presque bleu nuit dans la pénombre. Elle avait l'air d'avoir froid.

« Bonsoir, madame.

— Bonsoir », répondit-elle d'une voix légèrement brisée. Elle fit un petit mouvement brusque de la tête, et ses cheveux battirent l'air autour d'elle.

« Nerveuse ? demandai-je.

— Ce n'est pas si souvent que je viens dans le coin à cette heure-ci. On y va ?

— Si c'est ce que tu veux... »

338

Elle produisit un bruit indescriptible avec sa bouche, et haussa les épaules. Elle sortit de son sac une grosse clé attachée par un morceau de ficelle à un bout de bois allongé.

« Tiens, la clé. Tu ne pourrais pas, toi... »

J'allai jusqu'au grand et large portail, que fermait une grosse chaîne verrouillée par un cadenas costaud. Je jetai un rapide coup d'œil vers le haut de la rue, puis vers le bas. Il n'y avait personne en vue. Je m'attaquai au cadenas. La clé s'y introduisit facilement, et le cadenas céda avec un bruit sec. Je desserrai la chaîne et ouvris le portail, juste assez pour que nous puissions nous glisser à l'intérieur. J'entrai le premier, et elle me suivit. Le sol juste derrière le portail était irrégulier, et elle me prit la main. Sa main était petite et chaude.

Je rabattis le portail, remis la chaîne en place et y raccrochai le cadenas, sans le fermer. Je le laissai pendre vers l'intérieur de la cour de sorte que personne ne puisse voir de l'extérieur qu'il était ouvert.

Elle était déjà en chemin vers le bâtiment, qui béait vers nous de toutes ses noires ouvertures de béton. Les portes et les fenêtres n'étaient toujours pas posées.

Nous enjambâmes précautionneusement des restes de coffrage, de gros clous, des mottes de béton durci et des morceaux de métal rouillé.

Il bruinait légèrement, et une fois à l'abri dans le bâtiment, elle ôta son béret, et secoua l'humidité de ses cheveux. Puis elle remit son béret. Nous nous tenions tout près l'un de l'autre. Le parfum qu'elle utilisait rappelait l'odeur de jeunes feuilles que vous écrasez entre vos doigts, au printemps. La lumière à l'intérieur était si faible que ses yeux ressemblaient à deux billes de verre brillantes dans son visage blanc. Sa bouche était entrouverte, douce et humide.

« Et maintenant, que fait-on ? » demandai-je, sans pouvoir m'empêcher de remarquer la nuance un peu rauque et tremblante de ma voix.

Elle ne me quittait pas. Elle se contenta de tourner la tête pour regarder vers l'intérieur du bâtiment.

« Il faut monter là-bas... quelques étages.

— Combien ?

— Quatre... il me semble.

— On ne peut pas prendre l'ascenseur ?

— Ils ne l'ont pas encore installé.

— Bon. »

Nous nous regardâmes l'un l'autre pendant un instant. Elle déboutonna sa veste : de longs doigts blancs sur les boutons noirs. Le chemisier qu'elle portait en dessous était coquille-d'œuf, fait d'un tissu léger.

« Et qu'est-ce que tu voulais... me montrer ? demandai-je.

— Viens, dit-elle en se retournant avant d'aller à pas rapides vers l'escalier. Reste le long du mur. Ils n'ont pas encore posé la rampe. »

Le béton rendait un son creux. Nos pieds faisaient crisser la poussière. Sa jupe froufroutait autour de ses genoux. Je ne pus m'empêcher de regarder ses hanches larges et son derrière arrondi tandis qu'elle avançait devant moi.

Elle pila lorsqu'elle arriva au pied de l'escalier. Je manquai de lui rentrer dedans. Elle se retourna, posa une main sur mon épaule et leva la tête, comme si elle avait entendu quelque chose.

J'écoutai. Je n'entendis rien d'autre que le faible

bourdonnement de la circulation, sur la nationale. Celle-ci me semblait loin, très loin.

L'air était froid et humide autour de nous. Les pièces du rez-de-chaussée étaient vides comme les alvéoles d'une ruche dans l'attente d'être remplis de miel. Son parfum me parvenait encore plus intensément. Pour une raison quelconque, une brutale excitation sexuelle s'empara de moi. Je passai mes bras autour de ses hanches, appréhendai les formes douces et chaudes sous le tissu fin de sa jupe. Elle poussa un soupir, à peine audible, et se pencha vers moi : son ventre rond, sa poitrine ferme. Je montai sur la même marche qu'elle, attrapai son visage entre mes deux mains et l'embrassai vigoureusement sur la bouche.

« Non — pas ça », couina-t-elle avant d'enfoncer sa langue dans ma bouche pour me rendre mon baiser. Je sentis ses doigts glisser sur mon dos. Elle s'abandonna dans mes bras.

Je tombai à genoux sur le sol de ciment et enfonçai mon visage entre ses cuisses. Je tâtonnai le long de l'ourlet de sa jupe, la remontai et enfouis ma tête sous le doux tissu, puis remontai jusqu'à sa culotte légère que je tirai vers le bas. Elle se pencha en avant avec un faible : « Non ! » tout en faisant une légère génuflexion et en s'ouvrant complètement à moi. Son sexe était comme un poussin fraîchement éclos, encore humide, le ventre ouvert d'une grande fente : il n'en avait plus pour très longtemps. Sa voix me parvint :

« On ne peut pas... Pas par terre. Ma jupe... elle va être sale. » Je me libérai à grand-peine, me relevai, retrouvai sa bouche, l'embrassai. Je débouclai ma ceinture, baissai mon pantalon et je lui fis l'amour le long de la dure paroi de béton, avec des gestes brutaux, presque incontrôlables, en passant un avant-bras derrière sa nuque, contre la surface irrégulière du mur, et l'autre main sous ses fesses, pour la maintenir en place. J'introduisis toute ma solitude et ma langueur en elle, et sa peau était douce et chaude, son parfum comme celui des chatons de bouleaux. Elle murmura quelques mots sans suite tout en tournant vigoureusement la tête de part et d'autre. Elle frappait le sol de ses pieds, telle une grenouille nageant vers la surface, en mouvements puissants. Finalement, tout son corps se contracta violemment, puis elle se calma. Je gardai mon visage dans son cou. Je chuchotai tendrement son nom, pour moi : Solveig...

Elle éloigna mon visage du sien, le prit doucement entre ses mains et y plongea son regard.

« Qu'est-ce que tu fabriques ? dit-elle affectueusement. Qu'as-tu dit, la dernière fois qu'on s'est vus ? ajouta-t-elle comme je ne répondais pas. Si la dernière fois commençait à dater, s'il pleuvait et si tu n'avais rien d'autre à faire ? »

Je posai un regard à moitié aveugle sur elle. Je ne la reconnaissais pas.

Nous nous libérâmes alors doucement l'un de l'autre, avant de nous rajuster. Ça avait duré environ cinq minutes. Ça fait partie de ces choses inexplicables qui arrivent sans que vous y puissiez quoi que ce soit. Cinq minutes après, la vie continue, et quelques jours plus tard, tout est pratiquement oublié.

« Ce n'était pas au quatrième étage, que tu voulais me montrer ça ? » demandai-je.

Elle ne répondit pas. Elle avait sorti un petit miroir

de son sac à main et se passait une nouvelle couche de rouge à lèvres, se peignit rapidement les cheveux, puis ramassa son béret et l'épousseta.

Avant de reprendre notre ascension, elle me caressa doucement la joue. Son visage avait une expression nostalgique et lointaine. J'étais déjà devenu un rêve.

Nous restions toujours près du mur. L'escalier montait autour d'un puits qui devenait de plus en plus dangereux à mesure que nous progressions dans les étages. À chaque étage apparaissait en outre la future cage d'ascenseur. Il y avait beaucoup de chausse-trapes, vivement déconseillées aux personnes souffrant de vertige. Nous passâmes le premier. Deuxième, troisième. Elle s'arrêta à nouveau lorsqu'elle arriva sur le palier du quatrième, mais cette fois-là, je m'y attendais. J'étais loin de lui rentrer dedans, elle ne posa pas sa main sur mes épaules, et je ne lui refis pas l'amour sur ce palier-ci.

Elle pointa un doigt vers le couloir.

« Là-dedans. »

Nous partîmes tous deux dans cette direction, en passant le trou béant de la cage d'ascenseur.

« C'est étonnant qu'ils ne protègent pas mieux les trouées », dis-je.

Elle haussa les épaules.

Elle s'arrêta devant l'emplacement d'une porte. « Là-dedans », répéta-t-elle.

Je jetai un coup d'œil à l'intérieur, dans une grande pièce. Une autre ouverture, dans le mur opposé, donnait dans le vide. Je vis qu'on avait coulé du béton pour faire un balcon, mais là non plus, il n'y avait pas de balustrade. Si vous étiez suffisamment mal-

343

chanceux pour trébucher là-bas, une chute de quatre étages était possible. Avec un joli mal de crâne à l'arrivée.

Le long du mur, à droite du passage vers le futur balcon, on avait empilé cinq ou six cartons carrés et épais. De grandes étiquettes blanches portaient la mention : *FRAGILE ! VERRE !*

Elle montra les caisses du doigt. « Là-bas. »

Je la regardai sans comprendre.

« Va voir, dit-elle.

— Mais qu'est-ce que ça a à voir avec... avec Peter Werner ?

— Tu vas bien voir. »

J'allai jusqu'aux cartons et les examinai. Ils avaient l'air on ne peut plus dignes de confiance. Ils n'avaient pas été ouverts. Je cherchai l'endroit par où ils s'ouvriraient le plus facilement.

« Tu ne peux pas me dire ce que je vais trouver dedans... avant que je les ouvre ? »

Je me retournai vers la porte.

Elle n'était plus seule. Deux hommes lui tenaient compagnie. L'un était un peu plus grand que l'autre, mais tous deux étaient nettement plus costauds que moi.

Je sentis le courant d'air froid qui émanait de l'ouverture béante que j'avais juste à côté de moi.

« Vous en avez mis, du temps, pour monter les quatre étages ! » fit Arve Jonassen depuis la porte.

Irene Jonassen se tourna brusquement, pour me présenter son profil.

41

Aux côtés d'Arve Jonassen, Karsten Edvardsen fit un sourire éloquent, et ses yeux pétillèrent lorsqu'il me regarda.

« Tu as bien fait ton boulot, Irene, dit Jonassen. Rentre à la maison, et oublie que tu es jamais venue ici.

— Attendez ! » m'écriai-je en faisant quelques pas vers la porte. Jonassen et Edvardsen se postèrent instantanément devant la femme, prêts à la protéger.

« Vous faites une sacrée boulette si vous...

— C'est toi, qui as fait une sacrée boulette, Veum, en fourrant un peu trop ton nez dans nos affaires, dit Jonassen.

— Je ne sais pas ce que vous avez planifié, mais quoi que ce soit, c'est foutrement con. Et vous ne vous en sortirez jamais. Je ne suis pas venu ici sans prendre mes précautions.

— Ah non ? » répondit Jonassen, piqué. Edvardsen fit un mouvement de tête en direction d'Irene Jonassen.

« Ouais, Irene... fit Jonassen. Dérape. Ça ne pourra que t'ennuyer. Rentre à la maison et sers-toi un bon coup à boire... Je ne tarderai pas, moi non plus. »

La perspective ne sembla pas l'emballer outre mesure. Elle me jeta un regard lourd. Ses cheveux tombaient gracieusement sur son front, ses lèvres étaient encore gonflées, et la lueur toute particulière n'avait pas encore quitté ses yeux. Encore une fois — mais de son regard — elle me caressa la joue, puis tourna les talons et s'en alla avec un haussement d'épaules appuyé.

« Irene ! criai-je derrière elle. Ne fais pas l'andouille ! Va tout de suite à la première cabine téléphonique que tu trouves et préviens la police ! Dis-
leur où je suis ! » J'entendis ses pas s'éloigner le long
du couloir vide. « Sinon, prépare-toi à échanger ta
villa de luxe contre une cellule de prison », dis-je plus
bas.

Arve Jonassen lui emboîta le pas sans attendre. Le
son de ses pas lourds noya ceux de sa femme.

Karsten Edvardsen occupait l'ouverture de toute
sa masse. Ses grands battoirs pendaient négligemment le long de son corps. Il se pencha imperceptiblement vers l'avant.

« Chouette fille, hein ? fit-il d'une voix grave et
basse. J'parie que t'as pu tirer ton coup, toi aussi ?
Tout le monde a le droit. T'en trouveras pas de plus
sauvages, même au Congo », poursuivit-il voyant que
je ne répondais pas.

Je rentrai la tête dans les épaules et avançai vers
lui. Je tentai une feinte, mais il était plus rapide qu'on
pouvait s'y attendre. Je fis un mouvement vers la
gauche pour ensuite le dépasser en plongeant sur la
droite. Il m'intercepta à mi-chemin avec un coup de
poing en béton qui atterrit sur mon menton, et je
trébuchai vers l'arrière. Des étoiles jaillirent devant
mes yeux, et j'avais les genoux en marmelade. Pendant une fraction de seconde, je crus que j'allais passer par l'ouverture que j'avais derrière moi, mais ce
fut au mur qui était à côté que je me retrouvai adossé.

Karsten Edvarsen n'avait pas bougé d'un millimè-
tre. Il se caressait la main droite, un sourire vacillant
sur les lèvres. J'avais un goût de sang dans la bouche.

Arve Jonassen revint.

« C'est réglé. Irene va bien. » Il s'interrompit. « Il a déjà tenté le coup ? »

Edvardsen hocha la tête et ricana.

« Karsten est un vieux soldat, Veum, dit Jonassen. Je ne gaspillerais pas mes forces, si j'étais à ta place. » Il fit une courte pause. « Mais après tout... Tu n'en auras plus besoin très longtemps.

— Ne fais pas le con, Jonassen, dis-je. C'est Bergen, ici, pas Chicago.

— C'est dangereux, de venir fouiner dans ce genre de chantiers, le soir. On peut faire un faux pas dans le noir. On peut ne pas passer par la bonne ouverture, et puis on dégringole. Quatre étages. Ce sont des choses qui arrivent, Veum. Regrettables, certes, mais... un accident. »

Un frisson me parcourut le dos.

« Ça ne te mènera nulle part. La police sait déjà tout. Quand je leur ai dit ce que j'ai vu à Holsnøy l'autre soir...

— Merde ! fit Edvardsen. Alors, donc, il y avait bien...

— Veum, dit Jonassen en me dévisageant. J'aurais dû m'en...

— Laissez-moi partir, et on tire un trait là-dessus. On ne peut vous reprocher qu'escroqueries, détournement de fonds, vol et autres petites irrégularités comptables. Avec un bon avocat, vous êtes dehors dans un an ou deux. Peut-être même avant. Un meurtre, en revanche...

— Tu es vraiment dur de la feuille, Veum, dit Edvardsen. Tu n'as pas entendu ce que mon pote t'a dit ? Il a dit : un accident. On ne coffre pas les gens pour ce genre de choses.

— En plus, ils savent — les flics — que je me suis occupé du cas Peter Werner, et s'ils me trouvent ici, mort, ils ne mettront sûrement pas longtemps à tirer certaines conclusions...

— On n'a rien à voir avec le cas Peter Werner ! aboya Jonassen.

— Ta femme m'a dit que...

— C'est quelque chose qu'on a inventé. L'hameçon avec lequel on prendrait le poisson. Et c'est un putain de succès.

— Alors elle n'était pas...

— Irene était bien sagement à la maison ce soir-là, et elle n'a fait que regarder la télé.

— Et toi ?

— J'étais dehors... pour affaires.

— Personne ne peut donc témoigner en sa faveur... sauf si elle a reçu de la visite.

— De la visite ? Personne n'est venu voir Irene ! » Edvardsen bougea légèrement, mal à l'aise.

« Ah oui ? fis-je. Et Edvardsen était avec toi, pour ces... affaires ?

— Karsten ? » Il jeta un regard hésitant à Edvardsen. « Non, pas ce soir-là. »

Edvardsen serra les poings.

« Ne le laisse pas te faire tourner en bourrique, Arve. Il joue la montre. On n'a pas tant de...

— Tu devrais t'occuper un peu mieux de ta femme, Jonassen », dis-je en serrant les poings à mon tour et en collant mes talons au mur derrière moi.

Jonassen me jeta un regard furieux.

« Je n'ai pas besoin de m'occuper d'elle. Je... je sais satisfaire une femme.

— Ah ! fis-je.

— Eh, ho ! » fit Karsten Edvardsen en écho tout en avançant vers moi au pas de charge. Il passa un avant-bras au-dessus de l'autre et avança l'épaule, comme s'il voulait enfoncer une porte. Il m'aurait aplati s'il avait fait mouche, mais je fus cette fois-ci trop rapide pour lui. Je fis un pas sur le côté, et il percuta le béton suffisamment fort pour qu'on l'entende. Je me jetai vers Jonassen. Il était plus lourd qu'Edvardsen, et moins bien entraîné. Mais il ne bougea pas d'un pouce. J'essayai de lui mettre des coups de pied dans les genoux, mais loupai ma cible, et Edvardsen fut bientôt sur moi. Il m'enlaça de ses gros bras, me souleva de terre et serra. Je sentis mes poumons se vider, et des taches rouges dansèrent devant mes yeux. Je sentis sur ma nuque son souffle lourd qui empestait le tabac.

« Tiens-le bien ! » ordonna Jonassen.

Edvardsen me maintint, et Jonassen approcha, les poings levés. J'envoyai des coups de pied, mais il esquiva. Il me mit un solide coup de poing dans le ventre.

« Ça, c'est pour ce que tu as dit sur Irene, dit-il. Et ça, c'est pour tous les soucis que tu m'as causés, poursuivit-il après m'avoir ensuite frappé à l'estomac.

— Ne gaspille pas tes paroles », fis-je d'une voix rauque avant de lui mettre un coup de pied dans le ventre. Il ne s'y attendait pas, et partit en chancelant vers l'arrière. Edvardsen contracta les biceps et m'étreignit avec davantage de force. J'essayai désespérément de me libérer, mais il m'enserrait comme de l'acier, et mes pieds ne rencontraient que le vide. Je frappai vers l'arrière, vers ses tibias, mais mes coups de pied n'avaient aucun effet.

« Tu n'as toujours pas pigé ? » couinai-je. Les larmes me montèrent aux yeux, de douleur et de désespoir.

« C'est Edvardsen qui a tué Peter Werner. Edvardsen et Irene. »

Jonassen se tenait le ventre des deux mains. Il leva la tête vers moi. Edvardsen lâcha brusquement sa prise, me laissa tomber, me fit faire demi-tour et me colla son poing sur le nez de telle sorte que j'allai à la rencontre du sol avec un gémissement sourd.

« De quoi il parle, ce type, Karsten ?

— Ne l'écoute pas ; tu ne comprends pas qu'il essaie de semer le doute entre nous, pour pouvoir s'en sortir ?

— Tout le monde couche avec Irene Jonassen, dit quelqu'un. Peter Werner et Karsten Edvardsen, et aussi... » Même Varg Veum. Je pris brusquement conscience que c'était ma propre voix que j'entendais.

Je tentai de me relever. Edvardsen me mit un coup de pied et je partis en vol plané au-dessus du sol.

« Fais gaffe, murmura Jonassen. Si on l'esquinte, ça sera difficile de faire croire à un accident.

— Un gadin de quatre étages, ça laisse quelques traces, tu sais... dit Edvardsen.

— Oui, mais pas sur tout le corps, quand même ? »

Une nouvelle idée se fit jour en moi. J'avais mal au ventre, aux flancs, et dans un bras. J'avais l'impression d'avoir un morceau de bavette à la place du visage, et je sentais du sang dans ma bouche.

« Peter Werner a fait chanter tout le monde, dis-je quand même. Toi, Jonassen... parce qu'il avait eu vent de tes filouteries.

— Broutilles.

— En tout cas, il a pu conserver son job. Officiellement. Et il a fait chanter Irene, parce qu'il avait couché avec elle et qu'il pouvait cracher le morceau...

— Peter Werner !

— À quel point peut-on ne rien voir, Jonassen ? » demandai-je d'une voix éteinte.

Il chercha de l'aide sur le visage d'Edvardsen, puis sur le mien. Edvardsen ne décrocha pas un mot. Il me regardait lourdement, comme s'il avait envie de me tailler en pièces.

« Il a même fait chanter ce mec-là...

— Ça, c'est un mensonge, Veum — et tu le sais pertinemment ! fit Edvardsen.

— Peut-être, dis-je. Peut-être pas. Ou bien c'était juste pour aider ta copine que tu l'as éliminé ?

— Mais bordel, je n'ai pas...

— Demande-lui, Jonassen, dis-je d'une voix faible. Demande-lui, toi... s'il n'a pas couché avec elle. »

Arve Jonassen avait le regard dans le vague.

« On n'a pas eu d'enfant, dit-il. C'est ça, le problème. »

Edvardsen regarda Jonassen en plissant les yeux. Le mépris luisait à travers les étroites fentes entre ses paupières. « Tu veux que je le foute par-dessus bord, Arve ? »

Jonassen me regarda, avec la même expression que s'il avait oublié la raison de notre présence. « Oui, dit-il d'une voix neutre. Vas-y. »

Je me remis sur mes quilles. Je levai les poings devant moi. J'avais les jambes largement écartées, mais mon équilibre était précaire. J'avais l'estomac au bord des lèvres. Il n'aurait pas fort à faire avec moi. Un adieu pitoyable.

Il aplatit une paume sur ma poitrine, et je partis en arrière en faisant de petits pas, comme un ivrogne sur une piste de danse fraîchement cirée. Je fis de grands moulinets avec les bras, à la recherche de quelque chose à quoi me raccrocher. J'avais conscience de l'ouverture, derrière moi, qui m'aspirait de plus en plus. Je sentis l'air se refroidir. Puis l'intérieur de mon avant-bras rencontra quelque chose de dur. Je refermai une main autour, mes doigts tâtonnèrent le long du bord, je fis demi-tour, vis l'ouverture approcher, la pluie, la pénombre, les lumière, en bas...

Je me tenais sur l'extrême bord du balcon, à l'extérieur du bâtiment à proprement parler, sur le côté de l'ouverture, un bras à l'intérieur, et l'autre à l'extérieur. Il était de ce côté-là trempé de pluie. Quatre étages plus bas, une mort vertigineuse m'attendait. J'entendis des bruits de moteurs, vis la rue, loin en dessous, et le portail qui était grand ouvert.

La voix de Vadheim me parvint de l'intérieur :

« Plus un pas ! Restez où vous êtes ! »

La pièce était bourrée de policiers, et des mains puissantes m'attrapèrent le bras et me tirèrent à l'intérieur.

42

Je restai un moment appuyé contre le mur. J'avais la vue brouillée, et j'avais la nausée.

De forts agents de police tenaient Jonassen et Edvardsen par les bras. Ils ne semblaient pas près de les lâcher.

Vadheim occupait le centre de la pièce. Son manteau pendait sur lui. Il me regarda avec inquiétude, de ses yeux marron :

« Ça va, Veum ? demanda-t-il.

— Juste un peu... vaseux », acquiesçai-je.

Vadheim me fit un sourire en coin.

« Ça aurait fait une jolie gamelle.

— C'est exactement ce qui m'a frappé. »

Jonassen grogna quelque chose à l'un des policiers qui le retenait. Vadheim se tourna vers lui.

« Emmenez Jonassen et Edvardsen au poste, dit-il d'une voix douce. On a beaucoup de choses à se dire. Beaucoup. »

Les policiers hochèrent la tête.

Edvardsen fit un brusque mouvement des épaules lorsqu'ils l'emmenèrent. Jonassen nous jeta un regard de défi. Quelques autres policiers quittèrent la pièce, non sans avoir interrogé Vadheim du regard. Puis il ne resta que ce dernier et moi.

Je lâchai mon mur, me passai une main moite sur le front et inspirai à fond.

« Alors c'est elle... qui a appelé... malgré tout ? »

Il me regarda, sans comprendre.

« Madame Jonassen », précisai-je.

Il secoua la tête.

« Non. Pas vraiment. Quand elle est ressortie seule, et qu'elle est partie, on a commencé à se poser des questions. » Il fit une courte pause, avant de poursuivre : « En fait, on t'a filé.

— Oui, je m'en suis rendu compte — un moment.

— Je ne sais pas si tu avais remarqué une Mazda verte, au moment où tu...

— Il y avait une femme au volant.

— L'une de nos agents. Une femme qui connaît

son boulot. À l'occasion, il faudra que tu la rencontres. Eva Jensen. Elle n'est pas mariée.

— Ah oui ? »

Je titubai lentement vers la sortie. J'avais toujours les genoux qui tremblaient.

Vadheim me rejoignit. Nous parcourûmes le couloir pour retourner à l'escalier. Après avoir descendu quelques marches, il se tourna vers moi :

« Lisa s'est réveillée cet après-midi. »

Je pilai dans l'escalier.

« Oui ? Qu'est-ce qu'elle a dit ?

— Rien. Ça a été la croix et la bannière pour la voir juste cinq minutes, et elle n'a aucun souvenir des heures qui ont précédé l'accident. En fait, ça n'a pas grand-chose de surprenant... compte tenu de l'importance de son traumatisme crânien.

— Et donc, elle n'a pas pu te dire quoi que ce soit ?

— Non. Elle ne se souvient même pas qu'elle t'a appelé. Et... » Il s'interrompit.

« Oui ? »

Une expression étrange passa sur son visage.

« Est-ce que tu as des enfants, Veum ? demanda-t-il tout à trac.

— Oui, répondis-je, pris au dépourvu. Un garçon. Qui vit avec sa mère. »

Il hocha la tête, compatissant.

« D'accord. Mais quand même... tu vas comprendre. Elle... elle a refusé de voir ses parents. Elle est devenue presque hystérique quand ça s'est... présenté. Ils ont dû lui donner des tranquillisants, quelque chose pour dormir. Ses parents étaient... choqués, bien entendu. Ça n'est vraiment pas de la tarte non plus, d'être parent, Veum !

354

— Non. Ce n'est pas facile d'être parent. Et ce n'est pas facile d'être enfant. De façon générale, c'est difficile d'entretenir une vraie relation durable avec d'autres personnes. On est... oui. »

Je le regardai. Je ressentais une brusque envie d'en savoir un peu plus sur lui. Est-ce que lui était marié ? Est-ce qu'il avait des enfants ? Pourquoi avait-il cessé d'écrire des poèmes ?

Il prit tout à coup un air timide, et continua à descendre.

Je lui emboîtai le pas.

« Qu'est-ce qu'ils ont fait... Halle et sa femme ? »

Il haussa les épaules.

« Ils sont rentrés chez eux. Que pouvaient-ils faire d'autre ? Le médecin à qui nous avons parlé a dit que c'était le mieux. Qu'on pouvait s'attendre à ce genre de... réactions extrêmes. Que ça irait certainement mieux, une fois qu'elle serait calmée.

— J'aimerais le croire, dis-je à voix basse. J'aimerais bien le croire. »

Nous ne dîmes rien d'autre avant d'être de nouveau dans la rue, quand il eut refermé le portail derrière nous.

« Tu veux que je te raccompagne, ou tu t'en sortiras tout seul ? demanda-t-il.

— Je devrais m'en sortir. Tu as encore besoin de moi, ce soir ?

— En fait, non. Si tu peux passer demain matin, ça suffira. On a largement de quoi s'occuper avec Jonassen et Edvardsen. Peut-être même avec Madame Jonassen. Ce matin, elle ne nous a pas fait beaucoup plus de confidences que celles qu'elle t'avait déjà faites... sur Peter Werner.

— Elle... En arrivant, elle a en quelque sorte reconnu... qu'elle était cette femme, cette autre femme qui avait rendu visite à Peter Werner ce soir-là. Mais ils ont par la suite prétendu que ce n'était pas vrai.

— Je ne considère rien comme acquis, Veum, répondit-il en hochant la tête. Pas avant de l'avoir noir sur blanc, là, devant moi, en fait. Peter Werner les a peut-être fait chanter. Il a peut-être eu une liaison avec madame Jonassen. L'un d'entre eux, deux d'entre eux, ou même les trois avaient peut-être envisagé de le supprimer, et une, deux ou trois de ces personnes sont peut-être passées à l'acte. Ou bien la solution est tout autre. Quoi qu'il en soit, nous avons obtenu l'aval de la justice pour procéder à une perquisition en bonne et due forme et à un examen complet de ses livres. Quelques-uns de nos hommes sont déjà partis à l'entrepôt de Holsnøy. Et quelques types bien entraînés de la brigade financière n'attendent que le feu vert pour foncer. En tout cas, on a plein de choses à se dire, avec Arve Jonassen, Veum. »

Il s'interrompit un instant, avant d'ajouter, pragmatique :

« Mais si je peux te donner un bon conseil : ne t'occupe plus de tout ça. Tu t'es suffisamment exposé comme ça. Rentre à la maison, sers-toi un bon remontant, prends une douche, détends-toi, et au pieu. Oublie Peter Werner, Arve Jonassen, Lisa et tout le bastringue. »

J'acquiesçai sans force. C'était un bon conseil. Mais je n'arriverais pas à le suivre.

« Bonne nuit, Veum... et n'oublie pas : demain matin. »

Il leva la main à son front en guise de salut, fit un petit sourire et s'installa dans sa Volvo vert olive.

« Bonne nuit. »

Il quitta le trottoir, et je regardai ses feux de position s'éloigner sous la bruine. Il avait été un bon coureur de fond, en son temps. Il avait par la suite été un bon poète. Et il était à présent, pour autant que je puisse en juger, un bon policier. Certains se retrouvent toujours avec les atouts, quelle que soit la donne. Pendant que nous autres...

Je retournai à ma voiture, m'installai au volant et rentrai chez moi.

43

Je me levai tôt le lendemain matin. Je passai un jogging et montai en petites foulées le long du coteau, vers Skansemyren. Je m'échauffai soigneusement, m'étirai, fis quelques flexions pour assouplir mes muscles, que la nuit avait engourdis. Je m'arrêtai près de la scierie, au-dessus de Fjellveien, et allai vers la clôture pour regarder la ville en contrebas. Il ne pleuvait pas, mais le temps était gris : un ciel blanc qui luisait faiblement, sur le point de se déchirer, comme une mare de boue recouverte de la première infime couche de glace de l'hiver. Il suffisait de poser le pied dessus pour que la glace se fendille.

Les arbres dans Fjellveien exhibaient leur abondante crinière fraîchement peignée, secouaient leur tête verte dans la brise légère, tendaient des branches mouillées vers l'invisible été.

Et puis la ville, en contrebas, ses artères battant au

rythme de la circulation dense, les trottoirs encore clairsemés. Sur la place du marché, les commerçants s'employaient à monter leurs étals. Un paquebot blanc glissait sur le Byfjord en direction de Skolte-grunnskaien. Il s'arrêta pratiquement devant Nord-nespynten, où les grands et vieux arbres du parc avaient une fois de plus reverdi. L'endroit avait l'air paisible. Mais c'était un mensonge. Là-bas, des gens mouraient dans de petits hôtels, des gens se faisaient renverser, le soir, dans des rues trempées de pluie, des gens se faisaient inviter au quatrième étage de bâtiments encore inachevés...

Je poursuivis mon ascension. Arrivé près de la station du funiculaire de Fløien, à Skansemyren, je fis de nouveaux étirements, avant de recommencer à courir en accélérant le tempo. La tête entre les épaules, j'escaladai les anciens virages de Fløien, fis un palier pour me reposer, une fois arrivé près de la flèche, accélérai à nouveau en passant devant les restes calcinés de l'auberge de jeunesse, coupai par le raccourci caillouteux qui montait vers Halvdan Griegs vei — et fis un nouveau palier. Là, devant moi, au-dessus des arbres, Blåmanen se dressait sur la droite. Rundemanen sur la gauche. Je respirais bien à fond, régulièrement, en me concentrant sur mon diaphragme. Je passai un virage et ralentis brusquement. Un petit lièvre dodu, gris dans le dos, blanc sur le poitrail et sous le ventre, traversait la route en chancelant, à dix ou quinze mètres devant moi. Il rejoignit la bruyère en quelques bonds rapides, traversa la bande de lande en sautant de motte en motte, et s'enfonça dans le sous-bois. Je le cherchai du regard, m'arrêtai complètement, mais il avait disparu. Je repris ma course après un bref instant.

Dans le vallon près de Nedrediket, les truites dessinaient de petits cercles parfaits dans le miroir d'eau : des cercles qui enflaient jusqu'à ce que les roseaux jaunes et rigides les brisent, près du bord. Je baissai à nouveau la tête et me lançai à l'assaut du raidillon qui menait au grand barrage. C'était comme si la pente se dressait de plus en plus vers moi, à mesure que je progressais. J'arrivai au barrage, le traversai et entamai l'ascension de la petite zone de feuillus qui se trouvait de l'autre côté ; un sentier qui faisait penser à des montagnes russes me conduisit à Brushytten, qui était pour l'heure fermée, reboutonnée, enveloppée de minces voiles mouvants de brume. Je continuai à courir, jusqu'au virage sur Blåmanen, à l'endroit où l'on voit l'Isdalen en contrebas et Ulriken au-dessus. Je m'arrêtai là, m'appuyai sur la clôture et respirai à fond, encore et encore. Ça faisait du bien. Les parfums de pin, de sapin, de bruyère et d'herbe emplissaient ma gorge, ma poitrine, mes poumons. J'avais la tête légère et l'esprit clair, la nuque souple et détendue, et les pensées...

Je redescendis à un rythme plus mesuré : je trottinais, marchais, m'arrêtais.

Vous ne pouvez jamais laisser vos pensées derrière vous. Vous pouvez vous enfuir de la ville, des gens, et de tout le reste, temporairement... mais vos pensées vous poursuivront toujours.

Une fois de retour chez moi, j'arrachai mes vêtements trempés et les flanquai dans la machine à laver. Je me douchai avant de passer des vêtements propres. Puis je me rendis en ville.

Je passai le long de la cour d'école de Christi Krybbe. Un petit groupe de fillettes y faisaient une ronde en chantant :

> *La Belle dormit cent ans,*
> *Cent ans,*
> *Cent ans,*
> *La Belle dormit cent ans,*
> *Cent ans...*

Je me mordis la lèvre, m'arrêtai et écoutai. La cloche de l'école sonna, la chanson s'interrompit et la cour se vida. Un type vêtu d'une blouse bleue me jeta un regard soupçonneux à travers la grille de l'école. Il avait une coiffure de coq ratée et un nez de tamanoir tout à fait convenable.

Je poursuivis ma route.

Vadheim m'attendait dans son bureau. Il avait l'air fatigué. Il avait des demi-cercles bleu-gris bien visibles sous les yeux, et le tour de sa bouche était tiré. L'iris marron de ses yeux était cerné de rouge, et sa voix était rocailleuse.

« Jonassen et Edvardsen vont comparaître ce matin devant le juge d'instruction. Nous avons d'ores et déjà plus qu'il n'en faut sur leur compte, et il y en aura encore plus si on en croit le premier bulletin météo que nous a transmis la brigade financière. » Il s'interrompit un instant, avant de poursuivre :

« Mais en ce qui concerne madame Jonassen, j'ai peur que nous n'ayons pas tant de choses que ça à lui reprocher... »

Il me regarda, plein d'espoir, comme dans l'attente

que je bondisse avant de me mettre à protester. Je ne dis rien ; je me contentai d'attendre qu'il poursuive.

« Elle dit qu'elle ne se doutait vraiment de rien. Elle ne pensait pas que les deux autres aient pu prévoir autre chose que... te parler, hier. Elle pensait que vous parleriez affaires. Si tu veux mon avis, elle se fait nettement plus bête qu'elle n'est. »

Mais je ne voulais pas son avis, car je savais qu'il était dans le vrai. Elle savait bien ce qu'elle faisait, Irene Jonassen. En l'espace d'une fugace seconde, je la revis, dans cette sombre cage d'escalier, sa jupe autour de la taille et secouant la tête d'un côté et de l'autre, et une intense sensation de chaleur me parcourut.

« D'accord, fis-je d'une voix faible. Donc, c'est ce qu'elle croyait. »

Nous restâmes un moment chacun de son côté du bureau, sans rien dire. Des voix nous parvenaient du couloir, et quelqu'un passa en piétinant devant la porte. La sonnerie d'un téléphone était audible à travers une cloison. Personne ne décrocha, et l'appareil se tut après cinq ou six sonneries.

Il poussa quelques feuilles dactylographiées vers moi. Je remplis les rubriques personnelles, en haut, et signai en bas. Vaus faites les mêmes choses cent fois, encore et toujours, toujours la même chose, que ce soit à la Sécurité Sociale ou à la perception. Ils n'ont jamais entendu parler des archives, dans des endroits pareils... ou peut-être ne font-ils qu'attendre le moment où ils vous prendront en faute.

Vadheim se leva. Il se pencha en avant et posa ses dix doigts sur son plan de travail, en deux éventails.

« Ça veut donc dire que vous l'avez laissée repartir ? Irene Jonassen ? demandai-je.

— Oui, acquiesça-t-il d'un air las. Elle est... ressortie libre.

— Et Lisa ? Du neuf, la concernant ?

— Non. » C'était une réponse sèche, sans appel. Il s'arracha à son bureau, en fit le tour et me tendit la main.

« Merci de ton aide, Veum. N'hésite pas à appeler, s'il y a quelque chose. »

Je saisis sa main, la serrai avant de la relâcher.

« Quelque chose ? »

Il haussa les épaules.

« Quoi que ce soit », dit-il pensivement, d'une manière qui en disait long.

Mon regard le dépassa, ainsi que la fenêtre derrière lui. *Et la haie se fit gigantesque, gigantesque...*

Il referma sans un bruit la porte derrière moi.

Je retournai à mon bureau et dépouillai le courrier du jour : cinq prospectus, dont deux des PTT, et une lettre d'un type d'Odda qui se référait à un dit d'Ézéchiel et me demandait si je pouvais retrouver l'homme qui avait aveuglé sa femme pour la mener sur les chemins du Malin. Il ne révélait rien de l'endroit où ces chemins menaient. Ils aboutissaient peut-être à Bergen.

Assis à ma table de travail, je pensais à la Belle au Bois Dormant. J'avais eu un livre pour enfants, jadis, qui ne comprenait que ce conte. J'en avais toujours les images en tête : le lad endormi devant le tas de foin, le cuisinier qui tournait de l'œil à côté de sa marmite de soupe, la Belle elle-même qu'un sommeil rosé et fragile gagnait... Le Prince, de l'autre côté de la haie de ronces, sur son destrier blanc cabré ; le

Prince qui se frayait un chemin à grands coups d'épée ; et, pour finir, le Prince penché sur la Belle endormie, leurs bouches qui ne sont pas encore entrées en contact, pour une ultime seconde encore à quelques millimètres l'une de l'autre, avant le baiser qui lui fait ouvrir les yeux.

Que pensa-t-elle, à ce moment-là — au sortir d'un sommeil long de cent ans ?

Tout était-il inchangé autour d'elle ?

Tous ses amis, ils devaient bien être morts et enterrés ? Et Rip van Winckle, au sortir de *son* sommeil : est-ce que lui avait jamais retrouvé le bonheur ?

Ma mère me lisait ce livre. Mais ma mère était morte. Et mon père aussi.

Je pensai à mes parents, à quel point on est ignorant, jusqu'à ce qu'il soit trop tard, et au peu que l'on arrive à dire, avant que les mots ne manquent. Je me rappelai l'enterrement de mon père : un jour gris pâle de novembre, sur un sol dur couvert de givre, au milieu d'arbres nus et squelettiques, entouré de visages décomposés. J'avais quatorze ans et j'avais l'impression de rêver. Je ne pleurais pas — seulement de nombreux mois après, dans une chambre d'enfant sombre et chaude, sur fond sonore des bruits assourdis de la circulation au-dehors, des bateaux, en bas, sur Vågen — et en l'espace d'une terrifiante seconde, je réalisai que mon père n'entrerait plus jamais dans cette chambre, pour me demander, debout dans le noir, penché sur le lit : « Tu dors, Varg ? » Que plus jamais je ne resterais dans le noir, ne répondant pas car ne sachant que répondre. Que plus jamais ne me parviendraient ses pas lourds dans le noir tandis qu'il allait à la fenêtre, de l'autre côté du lit, pour regarder dehors, par-dessus les toits d'en face, vers les montagnes, les étoiles et les bateaux sur Vågen... Ce ne fut qu'alors que je pleurai.

Ma mère, plus tard : ce visage qui avait doucement vieilli, ce corps qui était mort sous elle sans qu'elle en ait pleinement conscience, ses yeux qui avaient perdu leur éclat, sa peau qui s'était distendue et qui avait perdu ses couleurs, ses lèvres qui s'étaient ratatinées... Rien à se dire. Nous étions assis dans la pénombre, chacun à un bout de la pièce avec sa tasse de café dans les mains. Un sourire passé errait toujours sur ses lèvres, et elle avait une expression rêveuse dans le regard. Je n'avais rien à lui dire, aucune marque d'affection à lui donner.

Parents, enfants et nouveaux parents. Je tournai la page, et ce fut soudain moi qui étais père, une femme qui était mère, et un petit garçon qui était... le mien. Thomas. Nous n'avions pas non plus grand-chose à nous dire. Nous n'habitions même pas sous le même toit.

Génération après génération, et nous hériterons du vent. Les mots s'envolent avec le vent, et il ne nous reste que notre mutité réciproque. Et seul le vent souffle, encore, encore...

Je me levai brusquement et allai à la fenêtre : pourquoi devait-ce être si difficile de se parler ? Et qu'est-ce qui pouvait bien trotter dans la caboche de la Belle quand elle s'était réveillée ?

La ville disparut à mes yeux. Ces derniers étaient remplis de larmes. Je serrai désespérément les poings contre la ville, la vie et tous ces mots si difficiles à dire.

Puis je retournai m'asseoir.

Une fois assis, je laissai le calme m'envahir à nouveau. Je n'avais pas terminé, pas encore. Il me restait une chose à faire, une personne à blesser.

Je composai son numéro de téléphone. Elle décrocha après la cinquième sonnerie.

« A-allô ?

— Allô, ici Veum.

— Ah...

— Je me disais que nous pourrions peut-être discuter un peu.

— Je...

— Je me disais que nous pourrions peut-être nous voir en ville, peut-être aller au restaurant, manger un petit quelque chose, avec un verre de vin, peut-être, et discuter... de ce qui s'est passé.

— Ça...

— Je me disais que tu pourrais peut-être te faire belle... »

Silence.

« Que tu pourrais mettre une belle robe, et... ta perruque blonde. J'ai entendu dire qu'elle t'allait à ravir. »

Sa voix me parvint de loin, très loin, une voix légère qui avait traversé les espaces infinis, qu'on entendait à peine :

« Où nous retrouvons-nous ? Et quand ? »

Je la renseignai sur l'endroit et l'heure.

« J'y serai, répondit-elle. Mais attends-moi au bar, s'il... te plaît... »

Puis elle raccrocha, et je restai un instant le combiné en main. La paume de ma main était trempée de sueur, le combiné était froid et moite. Mon cœur me faisait penser à un cendrier sale dans lequel quelqu'un venait juste d'écraser sa toute dernière cigarette.

44

Même s'il était encore tôt dans l'après-midi, il faisait déjà sombre dans le bar. Les murs couverts de lambris bruns, les gravures en taille douce, gris pâle, et la lumière tamisée composaient une atmosphère intemporelle dans la petite pièce close. Une fois dedans, vous ne saviez plus si c'était l'été ou l'hiver, l'automne ou le printemps. Vous pouviez même ne plus savoir du tout — selon la quantité consommée.

Je commandai une vodka-glace auprès du barman, et m'assis à une petite table ronde, le dos au mur. J'avais les tripes nouées, et j'avais besoin de quelque chose qui puisse me calmer.

Les clients n'étaient pas nombreux. À l'autre extrémité de la pièce, face à moi, un homme d'âge mûr, vêtu d'un manteau clair, se roulait une cigarette avec une concentration des plus intenses. Son visage était de ceux qui démarrent très larges pour s'affiner à mesure que vous descendez, jusqu'à donner l'impression de disparaître tout bonnement quand on arrive au col. Je ne sais pas si c'était toujours la même cigarette qui l'occupait, ou bien s'il faisait des provisions en vue de temps meilleurs. En tout cas, à chaque fois que je le regardais, c'était pour le voir rouler.

Deux femmes au début de la trentaine étaient installées à une table proche de la mienne. Elles étaient penchées l'une vers l'autre et discutaient, le visage grave, comme deux interlocuteurs professionnels participant à une importante conférence. Elles portaient toutes deux des hauts moulants et très décolletés, et l'une d'entre elles était vêtue d'une robe ouverte sur le côté par une fente qui lui remontait presque jusqu'à la taille. L'une des deux, une fille brune assez jolie — si vous aimez le Coca-Cola — me fixait imperturbablement à chaque fois que je regardais dans sa direction, et ses lèvres pulpeuses esquissaient un demi-sourire tentant. Il s'en fallait de peu qu'on pût lire le numéro de sa chambre dans ses yeux.

Le barman revint avec ce que j'avais demandé, essuya la table avec un torchon avant de poser le verre et de prendre l'argent que je lui tendais, avec une expression qui indiquait qu'il n'en attendait pas moins. Il se rassit ensuite derrière son bar et se plongea dans l'un des quotidiens du jour, avec une mine de sphinx au rebut.

Je restai un instant sans rien faire, mon verre à la main. Les morceaux de glace pilée faisaient comme de petits icebergs dans le liquide transparent, et une couche de buée envahit rapidement l'extérieur du verre. J'étais angoissé. L'homme qui me faisait face roulait toujours. Chacune des deux femmes avait une poitrine imposante, bien développée. C'était en tout cas ce qui ressortait de la publicité. Le barman tourna la page de son journal.

La femme qui arriva dans le bar et s'arrêta dans l'ouverture de la porte, était l'une de celles vers qui tous les regards convergent, et qui font taire toutes les conversations. L'homme en manteau clair s'arrêta un instant de rouler, et son visage s'allongea encore un petit peu. Les deux femmes lui jetèrent un regard hostile, qui ne dissimulait que très imparfaitement la jalousie. En fait, je ne la reconnus pas.

Elle portait une robe rouge moulante qui mettait en valeur sa silhouette apparemment parfaite. Ses cheveux blonds comptaient des mèches argentées, et son maintien était sûr, détendu et sensuel. Elle tenait un petit sac à la main, et un manteau de fourrure gris pâle pendait sur ses épaules. Ses yeux et sa bouche étaient soulignés de noir et de rouge, de façon suffisamment discrète pour paraître naturelle, mais toutefois avec un raffinement qui faisait d'elle une beauté hors du commun. Je ne l'avais réellement pas reconnue.

La seule chose qu'elle n'avait pas réussi à modifier, c'étaient les parties distendues de son visage : les lourdes poches qu'elle avait sous les yeux et le petit pli graisseux sous le menton. Mais ça ne faisait que lui donner une patine et une maturité supplémentaire, une sensualité qui trahissait une certaine expérience. Elle donnait l'impression d'avoir bien profité de la vie. Et elle donnait également l'impression de savoir comment elle emploierait les années à venir.

Elle sourit faiblement lorsqu'elle me vit, et elle vint vers moi d'une démarche légèrement ondulante, ses hanches se balançant doucement, avec un frémissement étudié autour de la bouche. Je me levai, un peu perdu :

« Salut. »

Elle s'arrêta devant ma table, me tendit la main :

« Bonjour, Veum. Tu ne me reconnais pas ?

— Je... Si, bien sûr, mais... »

Je pouvais voir qu'elle avait rendu sa bouche plus pulpeuse qu'elle n'était, au moyen de rouge à lèvres, que ses yeux étaient inchangés, et que ses dents étaient toujours un peu trop petites et un peu trop jaunes. Mais son corps était impressionnant. Elle semblait nettement plus grande, la taille fine, sans un kilo superflu où que ce fût. Elle avait dû passer pas mal de temps à se resserrer. Ou peut-être ne l'avais-je pas suffisamment bien observée — auparavant. Je me demandai ce qu'elle pouvait porter en dessous.

Quoi qu'il en soit, ça faisait son effet. Mon corps était engourdi lorsque je me rassis. Je l'entendis de loin se commander un whisky-glace, sans eau. Elle rejeta d'un mouvement de tête ses cheveux en arrière, la perruque. Ses boucles étaient et restaient parfaites, et les quelques mèches qui lui tombaient sur les côtés du cou et dans la nuque battaient naturellement quand elle bougeait. Si on ne le savait pas...

Le barman revint rapidement avec ce qu'elle avait commandé et un petit verre de cacahuètes salées. Elle paya avec un air légèrement hautain, et fut généreuse sur le pourboire. Le barman jeta un coup d'œil rapide dans ma direction : Ça, c'était du pourboire. L'homme en manteau clair s'était remis à rouler. Les deux femmes avaient perdu tout intérêt pour moi.

Elle plaça une longue cigarette blanche entre ses lèvres. Avant que j'aie eu le temps d'extraire maladroitement la boîte d'allumettes de ma poche, elle avait elle-même allumé sa cigarette au moyen d'un mince briquet doré. Sa main tremblait imperceptiblement, et elle dut s'aider de l'autre.

« Alors ? fit-elle.

— Vous... tu... es différente.

— Tu trouves ? » répondit-elle, sur la réserve,

comme si elle s'attendait à ce que je l'abreuve de compliments.

Je me tus.

« À la tienne, alors, dit-elle en me regardant droit dans les yeux.

— À la tienne. » Nous levâmes nos verres et bûmes. La glace tinta dans les verres. Un homme vêtu d'un costume sombre était entré et s'était installé avec les deux autres femmes. Celle qui portait son numéro de chambre dans le regard riait fort, d'un rire disgracieux. L'autre s'apprêtait à partir.

« Est-ce que je suis... telle que tu me voulais ? demanda-t-elle.

— Oui, je... C'est à peu près ce que je m'imaginais. Ce n'est pas vraiment surprenant, en fin de compte, que personne ne t'ait reconnue. D'après le signalement, j'entends.

— Ah non ? fit-elle d'un ton taquin. Peut-être pas ?

— Qu'est-ce qui a fait, en réalité, que...

— Pas tout de suite », m'interrompit-elle en posant une petite main blanche et douce sur la mienne. Elle étreignit un bref instant le dos de ma main.

« Profitons un peu de ce moment... pour commencer. Je t'invite, si tu me le permets. Fais-moi juste grâce de ce moment, avant... »

Ses lèvres avaient pris une expression de tristesse, et ses yeux avaient une nuance sombre qui n'y était pas auparavant.

Je hochai la tête.

« D'accord. » Je libérai ma main et levai mon verre.

« Est-ce que nous avons... quelque chose en commun... de quoi nous pourrions parler ? Quelque chose *d'autre*, je veux dire ?

— L'amour, peut-être ? proposa-t-elle sur le même ton badin.

— Oui ? peut-être bien », répondis-je avec un sourire en coin.

Elle but une gorgée avant de poursuivre :

« Mais pourquoi faut-il que ce soit toujours si bateau, quand les gens parlent d'amour ? »

J'étais allé au fond de mon verre. Les glaçons demeuraient, comme des pierres précieuses au fond d'un tamis.

« Parce qu'on n'arrive jamais à dire quelque chose qui n'ait pas déjà été dit. Parce que l'amour se renouvelle sans arrêt, tout en restant vieux comme le monde. Parce que tout se répète — le même bonheur, le même chagrin. Nous faisons les mêmes erreurs que les gens ont faites il y a des milliers d'années, et on ne se contente pas de ça. On les répète, encore et encore, d'un bout à l'autre de nos petites vies. » Je fis une petite pause. « Et voilà. Tout a déjà été dit. Tu ne pourras pas trouver quelque chose de nouveau. »

Elle me dévisagea d'un air pensif, à travers le voile de fumée de sa cigarette. Comme si elle n'avait pas entendu le moindre mot de ce que je venais de dire, elle poursuivit :

« Je pense que l'erreur faite par la plupart d'entre nous, c'est d'attendre beaucoup trop du mariage. »

Le bar se vidait progressivement. L'homme en costume sombre se dirigeait vers la sortie, en compagnie de la femme qui affichait son numéro de chambre. Il avait posé une de ses mains sur les reins de la femme, assez bas. Le type au manteau clair avait enfin fini de rouler. Il avait allumé sa cigarette, enfonça ses mains dans ses poches à tel point qu'elles se rejoignirent, et partit en chancelant vers la porte. Le barman quitta le comptoir pour aller débarrasser derrière eux. Il restait encore quelques heures avant le rush du soir.

Elle vida son verre et le reposa d'un geste vif et décidé.

« On va manger ? »

Je la suivis dans la salle de restaurant. Je distinguai à peine les contours du corset de soie qu'elle devait porter autour de la taille. Si quelqu'un devait obtenir le droit de la déballer, elle gonflerait comme un duvet. Elle composerait une adversaire imposante, blanche et douce, pour une bataille de polochons. Elle serait quelqu'un d'agréable en qui se perdre. Mais pas pour moi, et pas aujourd'hui.

*

Ils avaient tiré les rideaux devant les fenêtres de la salle de restaurant, si bien qu'il régnait dans cette pièce la même pénombre et la même atmosphère feutrée qu'au bar. C'était voulu : les contours s'adoucissaient, les gens étaient plus beaux. C'était un endroit où l'on venait en compagnie de personnes qu'on aimait, pour ne pas avoir à les contempler à la lumière du jour. C'était l'endroit idéal pour fêter ses noces d'argent, ou son demi-siècle.

J'écartai sa chaise de la table, et un serveur arriva bientôt, avec deux menus sous le bras.

« Prends ce qui te fait plaisir, dit-elle. C'est moi qui régale. »

372

Je la regardai, les sourcils haussés.

« Je me permets d'insister. » Puis elle ajouta, sur un ton un peu plus crispé : « N'y a-t-il rien qu'on appelle le dernier repas du condamné ?

— Si, mais que je sache, ni l'un, ni l'autre ne sommes...

— Ah non ? »

Je détournai le regard.

« Si on voit ça de façon un peu plus générale, nous sommes tous condamnés, n'est-ce pas ? »

Je la regardai à nouveau. Il n'y avait pas que son aspect qui avait changé. C'était une tout autre personne. Les gens devraient faire ce genre de choses plus souvent. Ou peut-être pas, tout compte fait, réflexion faite.

Nous tombâmes d'accord pour que chacun ait sa salade de crevettes, et elle choisit ensuite un assortiment de brochettes, tandis que j'optai pour un steak au poivre. Nous commandâmes deux verres de vin blanc pour l'entrée, et une bouteille de rouge pour le plat principal. Les choses prirent tout à coup une tout autre tournure que celle que j'avais imaginée, s'orientant vers une sorte de soirée, en plein milieu de l'après-midi.

On nous servit la salade de crevettes dans de hautes coupes étroites, et nous la mangeâmes en silence. Il y avait réellement des crevettes dedans.

Nous trinquâmes.

« Tu t'appelles vraiment...

— Oui, répondis-je, en habitué. C'est vraiment comme ça que je m'appelle.

— Ma mère aurait voulu que je m'appelle Bodil, mais en définitive, ça a donc été... » Elle aspira ses joues. « Peut-être que nos vies seraient différentes si nous portions un autre nom ?

— Peut-être. Mais peut-être pas. Peut-être que nos vies seraient différentes si on prenait à droite plutôt qu'à gauche, à un moment ou à un autre. La vie aurait peut-être été différente s'il avait plu, au lieu de faire beau, le jour où on a rencontré, lors d'une promenade au parc, la personne qui devait partager notre vie. Toi qui aimes bien voir les choses de façon un peu plus générale : la vie aurait été différente s'il avait plu — et s'il n'avait pas fait beau — le jour où ton père, en se promenant dans le parc, a rencontré ta mère. Ou bien ton grand-père et ta grand-mère. Il faut bien le reconnaître : on ne devrait tenir aucun compte des "peut-être". Il n'y a que la vie, et quand tu en as vécu une partie, les "peut-être" ne sont qu'un moyen de se consoler. Et c'est — peut-être — justement ça qui est si foutrement attristant.

— On n'est pas un peu trop sérieux, Varg ?

— Si.

— Oui, parce que je peux bien t'appeler Varg ?

— Bien sûr.

— Et toi, tu peux m'appeler...

— Bodil ?

— Oui ! » dit-elle avec un brusque sourire. Il valait mieux qu'elle ne sourie pas. Parce qu'alors je la reconnaissais. C'était un petit sourire amer qui ne seyait pas à sa nouvelle personnalité. Il fallait que je me retienne d'être trop spirituel.

« Ma mère, commença-t-elle... c'était une personne romantique, par bien des aspects, je crois. Elle lisait tellement... Et elle écoutait de la musique de ballet, assise dans le canapé, les yeux fermés... à la radio, d'abord, puis des disques. Elle était... Je me souviens d'elle comme... d'une belle femme. Mon père... était plus terre à terre. Il travaillait dans un bureau. Je lui ai toujours vu le même costume, aussi loin que remontent mes souvenirs — renforcé au coude par des pièces de cuir. Des lunettes. Pas beaucoup de cheveux. Un bon sourire. Ni l'un, ni l'autre n'aurait supporté que je divorce. Si j'avais dû le faire de leur vivant. Ça leur aurait brisé le cœur. Ils ne concevaient pas l'amour en dehors... du mariage — Mais, ajouta-t-elle, presque comme un épilogue, que sait-on en réalité sur ses parents ?

— Eh bien...

— Ils étaient si fiers que j'aie fait... de la... situation... à laquelle j'étais arrivée, grâce à... celui que j'avais épousé. »

On nous servit le plat principal. Pour elle, une longue brochette pointue comme une alêne, sur laquelle étaient enfilés divers morceaux de viande, de rognons, de cœurs, de foies et de petites saucisses, accompagnée de salade verte et d'une pomme au four. On me servit mon steak au poivre avec des pommes de terres dorées, la même salade verte et une sauce presque blanche qui contenait des morceaux de poivron. Je servis le vin rouge.

« Mais quand je me suis mariée, je ne me doutais pas avec qui.

— Non ?

— Les premières années ont été heureuses, presque incroyablement heureuses, quand j'y repense, aujourd'hui.

— C'est toujours le cas, murmurai-je la bouche pleine.

— Quoi ? fit-elle distraitement. Oui, peut-être bien. » Elle détacha de la brochette un morceau rond de rognon grillé, et le porta à sa bouche.

« Mais par la suite... ça s'est refroidi. Nous avons eu nos deux premiers enfants, et mon mari... ses premières copines. »

J'acquiesçai.

« La première fois, quand j'ai découvert — compris — qu'il m'avait trompée, qu'il était allé avec quelqu'un d'autre... Ça a été comme si le monde s'écroulait autour de moi, comme si le ciel me tombait sur la tête. Mais... tu connais la vieille histoire du poussin qui avait cru recevoir le ciel sur la tête, alors que ce n'était qu'une noix ? me demanda-t-elle avec un regard curieux.

— Oui, mais qu'est-ce que...

— J'étais dans la même situation. Ce n'était qu'une noix. Rien du tout. Je lui ai dit que si elle comptait à ce point pour lui... celle avec qui il... qu'il n'avait qu'à la rejoindre, me quitter, accepter le divorce. Lui, il s'est contenté de me regarder d'un air las, et il m'a dit : Elle ne signifie rien à mes yeux. Absolument rien — Tu sais, Varg, c'est justement ça qui a été le plus difficile à comprendre. Je veux dire... j'aurais pu le comprendre s'il avait vraiment été épris d'elle, mais que... qu'elle n'ait aucune valeur à ses yeux... ça, je n'arrivais pas à le comprendre. »

Elle haussa les épaules, et poursuivit :

« Oui, j'étais peut-être une amante sans surprise. C'était peut-être ça. »

Elle coupa un morceau de viande en deux et le détacha de la brochette. Je n'avais jamais remarqué jusqu'alors à quel point une brochette pouvait être pointue.

« Plus tard, continua-t-elle, ça m'est petit à petit devenu parfaitement égal. Je savais qu'il rencontrait sans arrêt de nouvelles filles, et j'ai compris qu'il ne ressentait rien pour elles non plus. En fait, je crois qu'il n'a jamais aimé qui que ce soit en dehors de lui... sauf peut-être...

— Je crois que tu as raison. Des types de ce genre n'aiment qu'eux-mêmes. Ils couchent avec des centaines de femmes, mais la seule chose qu'ils cherchent, c'est un miroir. Et c'est un enfer, pour eux, de vieillir. Tu peux me croire sur parole.

— Ah oui ? dit-elle avec une pointe d'espoir dans la voix, avant que son visage ne s'assombrisse à nouveau. Mais le pire, ça a été... le pire, c'est qu'il m'a détruite, moi aussi ! Je... je me suis refroidie, pendant ces longues années dépourvues de sentiments, Varg. J'ai perdu la faculté d'aimer, je n'étais jamais heureuse. Je ne pouvais même pas aimer mes enfants, je n'étais même pas heureuse à... à Noël. Je vivais dans mon petit monde, faisais ce que j'avais à faire, en tant que mère, en tant que femme au foyer et en tant qu'hôtesse, quand c'était nécessaire. Mais ce qui avait un jour existé en moi — Bodil, si tu préfères — ça a disparu. C'est tombé en ruine, ça s'est fané. Bodil, Bodil est morte pour toujours », conclut-elle dans un souffle.

Je bus. Ça avait un goût de rouille, comme de l'eau croupie où se désagrège un morceau de fer. La sauce crémeuse s'éparpillait comme du velours contre le palais. La viande devint dure sous la dent.

« Tu sais, pendant toutes ces années-là, j'ai été...

fidèle. » Elle déglutit. « Je n'ai pas été... je ne lui ai pas été infidèle... pas une seule fois... avant... » Des larmes lui montèrent aux yeux.

Nous continuâmes un moment à manger silencieusement.

« Il y avait toujours la possibilité... d'un divorce ? » demandai-je doucement.

Elle leva brusquement les yeux vers moi. Des plaques rouges apparurent sur ses joues.

« Oui ? Pour *moi*, trente ans en arrière ? Ce n'était pas si facile, à l'époque — pas pour une femme, pas pour moi. Comme je te l'ai dit... mes parents, ils voulaient... et les enfants... et moi... je n'avais aucune formation. J'avais dix-neuf ans quand on s'est fiancés, vingt quand on s'est mariés. Mais en premier lieu, il y avait les enfants. »

Elle regarda autour d'elle, dans la pièce qui était presque vide. Un couple dans la force de l'âge, aux cheveux blancs, était assis à une table, loin de la nôtre ; quatre personnes, deux couples, s'installaient à une autre table.

« Les enfants. Je voulais qu'ils aient un bon foyer qui leur apporte la sécurité, une bonne enfance, en sécurité. Et puis... » Elle posa sur moi ses grands yeux noirs. « Et puis, je me suis sacrifiée, soupira-t-elle. Est-ce que ça sonne trop mélo ? Est-ce que je me pose en martyr ? »

Je secouai prudemment la tête.

« Non, parce que c'est réellement comme ça. J'ai tiré un trait sur ma vie — pour la leur, et la sienne. Je leur ai donné une enfance heureuse dans un foyer sûr, mais ça s'est fait au détriment de ma propre vie. Je n'ai pas eu de vie propre. Et j'aurais pu, parce que tout le monde peut, malgré tout, même si ça doit être... le prix du sang. »

J'acquiesçai.

« Et à présent... que me reste-t-il ? Les deux aînés sont depuis longtemps partis de chez nous, et la plus jeune... » Elle fit un large geste des bras. « Dieu seul le sait. Mon mari... continue comme avant... et moi... » Elle se pencha par-dessus la table. Son décolleté bâilla, le creux entre ses seins se fit plus profond. La pique, dans son assiette, lançait des éclairs affûtés.

« Et après presque trente ans de mariage, j'ai rencontré... Peter.

— Et il a réveillé la Belle de son sommeil ? » demandai-je du tac au tac.

Elle me regarda, et je vis qu'elle venait de comprendre.

« Oui, Varg. Il a tiré la Belle de son sommeil. »

45

Elle posa ses couverts, tendit la main par-dessus la table et attrapa mon poignet, comme si elle voulait m'attirer vers elle.

« Dis-moi... raconte — comment tu as fait pour comprendre, alors...

— À la réaction de Lisa, quand je suis monté la voir.

— Quelle réaction ? demanda-t-elle en me regardant.

— Elle m'a raconté — d'une manière qui dénotait une sacrée expérience, pour une gamine de seize ans — comment elle et Peter... avaient gagné de l'argent, chacun de son côté, grâce à... eh bien, grâce à la prostitution. Avec une résignation qui par bien des aspects est typique de sa génération, elle a accepté qu'il ait... d'autres relations. De cette façon. Mais il est une rivale qu'aucune femme au monde n'a jamais pu accepter, et c'est... oui. » Je fis un grand geste d'une main, dans sa direction. « Cette réaction en particulier, en association avec une chanson... voilà ce qui m'a mis sur la piste.

— Une chanson ?

— J'y reviendrai. Que s'est-il réellement passé... quand Lisa s'est enfuie à Copenhague ? »

Elle ne cessa pas de manger, mais répondit entre les bouchées :

« Elle est rentrée à la maison... Non. Il ne faut pas que je raconte ça comme ça. Il faut d'abord que je te parle de Peter. De lui et... de moi. Parce que, tu sais, ce n'est pas comme ça que l'on s'est rencontrés, comme je te l'ai dit, après presque trente ans de mariage. Il avait bien sûr tout le temps été là, enfant, puis adolescent, puis... Mais en fait, on ne connaît jamais bien... les enfants de ses amis, n'est-ce pas ? C'est déjà tout juste si on connaît les siens, alors... Mais ce soir-là... on a sonné à la porte. Il était tard, je m'apprêtais à me coucher. Lisa était au centre de soins, et mon mari était en réunion. »

Elle fit une moue pleine de mépris.

« J'ai enfilé un peignoir... J'ai jeté un coup d'œil par l'une des fenêtres de côté pour voir qui avait sonné. Quand j'ai vu que c'était Peter, j'ai ouvert. Il... il a demandé à voir Lisa. Il avait l'air... perdu, désespéré. Il voulait juste avoir son adresse, disait-il, pour pouvoir lui écrire. Il fallait que je comprenne, il n'avait pas voulu faire de mal à Lisa, il ne voulait pas nous faire de mal, et tout à coup, il s'est mis à pleurer, il... J'ai fait un ou deux pas en arrière, dans l'entrée, et il est tombé à genoux devant moi, a pris... m'a prise entre ses bras, a appuyé son visage, contre mes cuisses... et il a pleuré. Mon peignoir avait... s'était... défait... »

Ses yeux étaient grands ouverts. Sa bouche était entrouverte, son rouge à lèvres était en train de s'effacer. Ses lèvres s'étaient bizarrement rétrécies : minces, étroites et vulnérables. Sa brochette ne comportait plus rien ; il restait une larme de vin rouge dans le fond de son verre. Nous étions entourés de voix, de tintements de couverts contre les assiettes, de goulots de bouteilles contre des bords de verres, mais nous aurions aussi bien pu être seuls dans la pièce, nous *étions* seuls.

« Et puis... il a arrêté de pleurer, dit-elle d'une voix éteinte. Il s'est relevé, a pris mon visage entre ses mains, a dit qu'il ne m'avait jamais *vue* auparavant. Il... m'a embrassée. Il... est resté. Et puis, par la suite, il est revenu, une fois, puis deux, puis... Je lui donnais de l'argent, j'étais... j'étais différente, renouvelée, jeune. Tout à coup, la vie était... belle, délicieuse, merveilleuse. Je m'éveillais de nouveau à la vie, Varg, tu comprends ? J'étais amoureuse ! »

Il luisait toujours quelque chose de cet amour dans ses yeux, mais c'était un reflet terne, une lueur fantôme.

« Et puis... » relançai-je.

Elle me regarda sans comprendre.

« Lisa », dis-je tout en sentant à quel point ce nom sonnait comme une menace dans ma bouche.

« Oui, Lisa, dit-elle d'une voix fanée. Elle est rentrée... Oui, Peter est venu, comme ça... pendant presque deux ans, les deux années les plus heureuses de ma vie. Je... En dépit de la différence d'âge, en dépit des nombreuses années qui nous séparaient — du fait qu'il aurait pu être mon fils... je l'aimais, je l'ai aimé plus fort que j'avais jamais... aimé.

— Et lui ?

— Lui ? Il l'a dit, en tout cas, pendant un temps... »

Son regard tomba sur la table, sur son assiette vide. Une expression pensive sur le visage, elle attrapa la pique, la leva et la maintint au-dessus de son assiette, entre ses mains.

« Le jour où Lisa est revenue à la maison, dit-elle, nous étions sur le canapé, Peter et moi, mais ce n'était pas, je veux dire, nous... nous n'étions pas couchés, nous étions simplement assis là, et il me tenait dans ses bras, et... eh bien, il m'embrassait, tu vois... Elle... ce n'était pas prévu qu'elle rentre, pas à ce moment-là, elle ne le faisait jamais, j'étais toujours seule, c'était le moment le plus sûr, mais donc... D'un seul coup, elle était là — et elle s'est mise à crier. Elle a attrapé l'un de nos plus beaux vases et l'a balancé dans le mur, juste au-dessus de nous, les morceaux nous sont tombés dessus, et elle a hurlé les pires horreurs, elle a dit qu'elle allait nous tuer, et puis... et puis elle s'est enfuie. Et Peter a couru derrière. Plus tard... plus tard, nous n'avons plus entendu parler d'elle, nous ne l'avons plus vue, jusqu'à... jusqu'à ce que tu reviennes avec elle. Et je n'ai rien raconté à... »

J'acquiesçai. Il ne restait plus que la dernière ligne droite. Mais peut-être aussi la partie la plus difficile.

« Et en fait, ça n'a été que le début... de ce qui s'est passé ensuite ?

— Pas exactement. Dès le moment où Lisa s'est enfuie... Peter est revenu, il m'a dit qu'il n'avait pas réussi à la rattraper, mais que... que ça devrait marquer la fin de... pour nous. Je suis restée tétanisée. Je me suis cramponnée à lui, je l'ai supplié. Mais il était dur, il a dit que je n'étais que... qu'une pauvre vieille salope... qu'il n'avait jamais rien ressenti pour moi — que je n'étais en fait qu'une source de revenus — moi aussi... mais que Lisa, il l'aimait, elle, qu'il ne voulait pas lui faire de mal, qu'il ne voulait *plus* lui faire de mal. Je... je me suis humiliée devant lui, je me suis mise à genoux devant lui, et je suis restée allongée par terre à chialer comme une gosse lorsqu'il est parti. Quand la porte a claqué derrière lui, c'était comme si j'étais coupée en deux, intérieurement. Voilà ce qu'on m'a accordé, comme amour, Varg. Ces deux années avec un type qui m'a traitée de vieille conne quand il est parti. »

Elle n'avait plus les larmes aux yeux. Ceux-ci étincelaient. Je pouvais me faire une petite idée de la haine qu'elle avait ressentie.

Elle appuya la pointe de la brochette contre le gras de son pouce, comme pour la tester.

« Le jour où Lisa est revenue, j'ai appelé Peter à l'hôtel. J'étais déjà allée le voir, à quelques reprises, quand ça ne pouvait pas se faire... à la maison. Je l'ai appelé et je lui ai dit que Lisa était rentrée, et je lui ai demandé si je pouvais passer le voir. Il était froid, sur la réserve, mais il a uni par céder. Je... j'ai mis cette perruque, je me suis habillée... comme il faut, j'y suis allée, et je suis montée dans sa chambre... »

Elle s'interrompit. « Tu savais que Peter était le fils de Niels ? »

Je lui lançai un regard las. Puis je hochai imperceptiblement la tête.

« Mais est-ce que toi, tu le savais ?

— Je ne suis pas aveugle, répondit-elle très vite, et c'était à la portée du premier venu de s'en rendre compte. Je savais bien que Niels et Vera, à une époque... mais j'ai aussi accepté ça, comme j'ai pu tout accepter. Je veux dire, c'est-à-dire, ça ne me gênait pas du tout de fréquenter Vera ; je suppose qu'il lui en avait fait voir, à elle aussi, à une époque... Mais tout le monde devait pourtant se rendre compte que Peter était... Plus il grandissait, plus il ressemblait à Niels. Ingelin, c'était la fille de Håkon, c'était tout aussi évident, mais Peter... »

Elle secoua la tête. Pendant une fraction de seconde, je me les imaginai ; Peter, sur la photo, Niels Halle et la même forme de visage, les mêmes traits ; Håkon Werner, tout autre, plus rond, aux traits plus doux, comme Ingelin... La petite sœur Ingelin.

Elle fit descendre la pointe de la brochette le long de la paume de sa main, l'appuya contre l'intérieur de son poignet, à l'endroit où l'on prend le pouls, regarda avec une expression presque rêveuse le sang qui battait sous la fine peau blanche.

« J'avais pensé le tuer, réellement. Mais quand je suis arrivée dans sa chambre... Il m'attendait. Il était assis sur le lit, une clope au bec, sa robe de chambre... ouverte. Tu es venue pour l'extrême-onction ? a-t-il demandé avant de se mettre à ricaner. Quand il s'est levé, quand il est venu vers moi... et qu'il m'a prise dans ses bras... Je ne sais pas pourquoi il a fait ça, ça aurait été beaucoup plus charitable de... Mais il m'a fait l'amour, nous avons fait l'amour... pour la toute dernière fois. Et ensuite, c'est exactement ce qu'il m'a dit. C'était un baiser d'adieu, il a dit. Alors j'ai attrapé le couteau que j'avais dans mon sac à main, et je le lui ai planté, aussi bas dans le ventre que j'ai pu. C'était là que je voulais l'atteindre, tu vois... dans son plus intime... où était son cœur. »

Il y avait une nuance presque joyeuse dans sa voix, comme si elle parlait d'une coïncidence amusante.

« Lui et son père... en une seule fois ! s'exclama-t-elle sauvagement. Et ensuite, je me suis rhabillée et je suis rentrée à la maison. »

Je la regardai un bon moment avant qu'elle ne s'écrie tout à coup :

« Il n'aurait jamais dû faire ça !

— Faire quoi ?

— Me réveiller ! C'est ça, l'erreur qu'il a faite. Je... Il aurait dû me laisser comme j'étais, congelée, froide. Mais Peter, Peter est venu et a réveillé l'amour que j'avais en moi, des sentiments que je croyais morts depuis longtemps, *Bodil*... Et ensuite, il ne pouvait pas tout bonnement les éteindre à nouveau, n'est-ce pas ? Je ne supportais pas l'idée de devoir retourner à... tout le reste. Pas à ce moment-là.

— Non, je vois. La Belle dormit cent ans.

— Quoi ? fit-elle sans comprendre.

— Cette chanson, dont je t'ai parlé tout à l'heure. La Belle dormit cent ans. Et puis le Prince charmant est venu la réveiller. Mais je pensais — je me demandais... ce que la Belle pouvait bien avoir pensé quand elle s'était réveillée.

— Oui ? embraya-t-elle avidement. Qu'a-t-elle pensé ?

— Elle a pensé à ces cent années qu'elle avait ratées, dis-je d'un ton acide. Elle a pensé à tout ce à côté de quoi elle était passée, et puis... et puis elle l'a poignardé, un jour.

— La Belle au Bois Dormant... » répéta-t-elle, absente, comme si je venais de lui donner un autre nom, pas Bodil, pas son véritable nom, mais un nom qui la suivrait le restant de ses jours, quel qu'il dût être... La Belle au Bois Dormant...

Je ne pus me contenir davantage :

« Et Lisa...

— Lisa ?

— L'accident. Tu avais l'intention de... »

Elle hocha la tête, à nouveau nostalgique :

« Cette petite idiote. Je voulais tout simplement lui parler, lui *expliquer*. Je crois... je crois que d'une certaine façon, elle a... compris. Je crois qu'elle... qu'elle s'en doutait. Le soir où elle est rentrée de la clinique, une fois que nous avons été couchés, j'ai entendu qu'elle se tirait en douce. Je l'ai suivie. J'ai vu qu'elle passait un coup de téléphone, dans cette cabine. Quand elle m'a vue et s'est enfuie en courant, je me suis lancée derrière elle. Je voulais seulement lui parler, mais elle... c'était comme si elle avait peur de moi. » Elle posa sur moi un regard plein de questions.

« Elle... elle est arrivée comme une balle, dans cette rue, devant... »

Il y eut une longue pause.

« Et tu es rentrée à la maison ? dis-je.

— Ouiii, je suis rentrée à la maison, dit-elle d'une voix à nouveau aiguë, presque enfantine.

— Aussi simple que ça.

— Oui, aussi simple que ça, répéta-t-elle d'une voix réconfortante.

— Mais quel a été le véritable point de départ de toute cette misère ? » demandai-je avec un regard résigné.

Son regard se perdit au-dessus de mes épaules.

« Quel a été le point de départ ? Que deux personnes qui n'auraient pas dû, se sont mariées. Et qu'elles ont eu des enfants. Voilà, comment ça a commencé. »

Elle avait retourné la brochette. Elle la tenait à présent solidement des deux mains, par le bout. La pointe était appuyée sur le fin tissu rouge, juste sous son sein gauche. Elle était dirigée légèrement vers le haut, vers le cœur. Ses yeux n'étaient plus que deux trous noirs vibrants ; sa bouche était ouverte, sa langue frémissait entre ses dents, je voyais son pouls battre dans sa fossette susternale. J'étais comme hypnotisé.

Puis je m'arrachai brusquement à cette transe.

« Ne fais pas ça, dis-je. Ne fais pas l'idiote. » Je tendis la main par-dessus la table et attrapai fermement son poignet.

Mais je n'eus pas besoin de recourir à la force. Elle avait déjà lâché sa prise sur la brochette, qui tomba en sifflant sur ses genoux, puis par terre. L'un des serveurs arriva bien vite et la ramassa avec une révérence polie.

Nous payâmes notre addition et finîmes le vin. Un moment après, nous nous levâmes et sortîmes. Les gens qui nous virent passer crurent sans doute que nous étions mari et femme

DU MÊME AUTEUR

Chez Gaïa Éditions

ANGES DÉCHUS, 2005.

LA NUIT, TOUS LES LOUPS SONT GRIS, 2005.

LA FEMME DANS LE FRIGO, 2003 (Folio Policier n° 409).

LA BELLE DORMIT CENT ANS, 2002 (Folio Policier n° 362).

POUR LE MEILLEUR ET POUR LE PIRE, 2002 (Folio Policier n° 338).

LE LOUP DANS LA BERGERIE, 2001 (Folio Policier n° 332`

Aux Éditions de l'Aube

BREBIS GALEUSES, 1997.

COLLECTION FOLIO POLICIER

Dernières parutions

Composition IGS-CP.
Impression Société Nouvelle Firmin-Didot
à Mesnil-sur-l'Estrée, le 30 mai 2006.
Dépôt légal : juin 2006.
1ᵉʳ dépôt légal dans la collection : janvier 2005.
Numéro d'imprimeur : 79962.

ISBN 2-07-031095-7/Imprimé en France.

145749